Stb

Sabrina Dengel

Fay
und die andere Welt

Stb

Originalausgabe

ISBN 978-3-8434-3043-2

1. Auflage September 2013

Umschlag: Murat Karaçay, Schirner,
unter Verwendung von # 37299109 (claraveritas)
und # 51371219 (fotoknips) www.fotolia.de
Lektorat: Dirk Grosser
Redaktion & Satz: Claudia Simon, Schirner

Printed by: OURDASdruckt!, Celle, Germany

www.schirner.com

Inhalt

Widmung

Fays Geschichte widme ich meinen Lehrern in der Menschenwelt: Antara, Jeanne, Georg, Heidi, Buckshoot und Ben – danke fürs Erinnern und für euer Sein.

Funnys und Lanas Geschichte widme ich meinen Verbündeten und allen anderen Bewohnern der Anderswelt. Solange es euch und uns gibt, wird jede Welt lebendig sein.

Vorwort

Eine fantastische, schamanische Geschichte und mehr …

Liebe Leserin, lieber Leser,
herzlich willkommen in der Anderswelt!

Was tun unsere Verbündeten wie zum Beispiel unser Krafttier in der Anderswelt, wenn wir gerade nicht hinsehen? Diese und weitere daraus resultierende Fragen kamen auf, als ich einen Stammtisch für schamanisch arbeitende Menschen in Augsburg besuchte.

Gibt es dort, in dieser nichtalltäglichen Wirklichkeit, vielleicht Wellnessoasen für gestresste Krafttiere? Eine Bar, in der sich die Lehrer aus der Anderswelt auf einen Drink treffen? Eine Arbeitsvermittlung für Aufträge von Menschen, die bereit sind, die Anderswelt zu erforschen? Wie sähe diese Vermittlungsstelle wohl aus? Ausgebuchte und überarbeitete Wölfe, Bären und Büffel, während Ameisen, Mäuse und Stinktiere eher selten einen Auftrag erhielten? Gibt es dort in der Anderswelt Therapieangebote für vernachlässigte Verbündete?

Aus diesen Gedanken heraus - die zugegebenermaßen lustig klingen, aber dennoch einen ernst gemeinten Hintergrund haben - ist die folgende Geschichte entstanden.

Begleiten Sie die drei Seelenessenzen Lana, Funny und Sarah auf ihrer Reise durch die Anderswelt zurück zu ihrem inkarnierten Menschen Fay. Treffen Sie Kurt, die Raupe – ein ganz besonderes Krafttier. Lernen Sie dort auch Edith, das Eichhörnchen, den Kater Sir Samtpfote und Edward, den edlen Ritter, kennen. Erfahren Sie auf unterhaltsame Art und Weise, wie Seelenrückholung funktionieren kann.

Schritt für Schritt erkennt Fay in dieser Erzählung die Zusammenhänge der Welten und findet ihren ganz persönlichen Weg. Ein Weg, der sie zu ihrem wahren Selbst und zu ihrer Lebensaufgabe führt.

Die Geschichte ist frei erfunden. Jede Ähnlichkeit mit lebenden Personen ist rein zufällig und nur in wenigen Fällen, die ich jedoch nicht verraten werde, auch beabsichtigt. Zwischen den Zeilen der Erzählung finden Sie wertvolle Hinweise und Übungen für Ihr eigenes Leben.

Sie werden sehen: Alles ist miteinander verwoben. Gerade in diesem Moment wird ein neues Netz gesponnen. Ein Netz, das Sie, lieber Leser, mit der Anderswelt verbindet. Beantworten Sie für sich selbst die Fragen, die sich Fay auf ihrer Reise stellt – und das Lesen dieser Geschichte wird auch für Ihre Seele ein Abenteuer!

Fay nimmt Sie mit auf eine Reise in die Anderswelt, die Ihr Leben verändern kann. Heilung geschieht in jedem Moment. Können Sie es fühlen?

Herzlichst
Sabrina Dengel

PS: An alle schamanisch tätigen Kollegen und Kolleginnen: Zweifellos ist die Seelenrückholung ein sehr ernstes Thema der schamanischen Arbeit. Diese Ernsthaftigkeit möchte ich mit diesem Buch keinesfalls infrage stellen. Die Geschichte von Fay soll einzig dem unerfahrenen, am Schamanismus interessierten Menschen die schamanische Arbeit auf humorvolle Weise näherbringen und ein Verständnis dafür erwecken, dass alle Welten miteinander verwoben sind. So bitte ich euch, ihr Schamanen und Schamaninnen: Lest dieses Buch mit den Augen eines Kindes, lasst die Freude und den Schalk sich in euch entfalten. Vielleicht hat bei diesem Buch ja Meister Kojote, der Trickser, seine Finger im Spiel. Und vielleicht hat mir den einen oder anderen Satz auch ein heiliger Narr eingeflüstert - wer weiß?!

Die Begegnung

Es war ein ganz besonderer Moment, als sich Lana und Funny in der Anderswelt begegneten. Funny stolperte beinahe über Lana, die sich gerade auf einer wunderschönen Blumenwiese in der lauen Nachmittagssonne der Anderswelt ausruhte. Sie erkannten sich augenblicklich als das, was sie waren: zwei Seelenessenzen, die zu ein und derselben auf der Erde inkarnierten Menschenseele gehörten.

Sprachlos schauten sie sich an, bis Funny als Erste ihre Stimme wiederfand: »Unglaublich, ich hätte nie gedacht, dass mir so was mal passiert! Ich habe ja schon davon gehört, dass sich hier in der Anderswelt zwei verwandte Seelenessenzen begegnen können. Aber dass mir das passiert … Das ist einfach genial! Wer bist du denn?« Bevor Lana antworten konnte, sprudelte es weiter aus Funny heraus: »Ich bin Funny, die Lebensfreude und der Spaß im Leben. Sag schon, wer bist du?«

Nun fasste sich auch Lana wieder. »Ähm, ja, ich bin Lana, die Ruhe*. Hallo, Funny.«

»Lana. Die Ruhe ...« Funny grinste verschmitzt. »Und was tust du so, Lana, die Ruhe?«

»Nun, ich bin die Essenz der Erholung, des Rückzuges nach innen. Mithilfe meiner Kraft kann sich ein Mensch auf den Weg zu sich selbst machen. In sich selbst zu ruhen ist ein Zustand der Zufriedenheit und des Wohlbefindens. Dieser Zustand wirkt sich positiv auf das ganze Leben dieses Menschen aus. Das ist es, was ich tue, wenn ich bei meinem Menschen bin: Ich helfe ihm, in diese Ruhe zu kommen.«

* Lana ist ursprünglich ein hawaiianischer Name, der übersetzt Ruhe bedeutet.

»Moment mal«, legte da die stets impulsive Funny wieder los, »mit meiner Essenz der Lebensfreude kann sich der Mensch auf den Weg zu sich selbst machen! Durch mich hat er doch erst die Energie, die Kraft und die Freude, sich auf den Weg zu machen. Dann kann er Erfahrungen sammeln, daran wachsen und sich an seinem Selbst erfreuen. Ich zeige ihm die Schönheit eines jeden Augenblicks in seiner irdischen Inkarnation!«

»Ja, da gebe ich dir recht«, antwortete Lana. »Dennoch ist es für einen Menschen wichtig, sich auch Zeiten der Ruhe zu gönnen. Daraus kann er die Energie und Kraft schöpfen, um mit deiner Lebensfreude seinen Weg zu gehen.«

»Du meinst also, dass wir beide uns ergänzen …«, meinte Funny nachdenklich.

»Ja, genau so ist es«, sagte Lana und bekräftigte es mit einem Kopfnicken.

»Sag mal, Lana, wie alt bist du eigentlich? Ich habe das Gefühl, wir beide sind beinahe gleich alt.«

»Ich bin elf. Als mein Mensch in diesem Alter war, musste er erleben, wie sich seine Eltern getrennt haben. Es war keine einfache Trennung. Die Zeit danach, als mein Mensch bei seiner Mutter lebte, war dann auch alles andere als schön. Ich habe gespürt, wie mein Mensch immer mehr den Kontakt zu mir, der Ruhe, verlor. Statt Ruhe zu finden, wurde mein Mensch von diesem Zeitpunkt an von Angst und dem verzweifelten Versuch, alles richtig zu machen, beherrscht. Die Eltern haben sich oft gestritten. Alkohol und Tabletten waren an der Tagesordnung. Gewalt kam immer öfter vor. Diese Umstände haben meinen Menschen immer mehr in Bedrängnis gebracht. Da war kein Platz mehr für Ruhe. Das Kind musste lernen, stets aufmerksam zu sein und seine Eltern genau zu beobachten, um abschätzen zu können, wann eine Situation zu eskalieren drohte. Dann kam die Angst, und es zog sich zurück. Auch durch diesen Rückzug konnte es mich, die Ruhe, nicht mehr finden.

Obwohl ich immer da war. Irgendwann hat mein Mensch mich dann vergessen gehabt. Seitdem bin ich hier in der Anderswelt.«

»Ich erinnere mich an dich«, sagte Funny zu Lana. »Du warst oft da, wenn ich mit meinem Menschen einen besonderen Augenblick erlebt habe. Dann konnte ich neben meiner Essenz der Lebensfreude auch tiefe Ruhe und Zufriedenheit spüren. Ich bin übrigens acht. Mein Mensch hat es geliebt, im Sand zu spielen. Wir haben in einem alten Bauernhaus am Waldrand gelebt. Mein Mensch ist auf die höchsten Bäume geklettert, und kein Bach war ihm zu nass. Wir waren Entdecker, Abenteurer und Piraten. Dann sind die Eltern meines Menschen in eine Siedlung mit vielen hohen Häusern gezogen. Wir haben ein graues Zimmer in einem Wohnblock bekommen. Mein Mensch war ein zartes Kind, das von anderen gehänselt wurde. Oft waren die anderen Kinder grob zu ihm. Bald schon hat es sich immer öfter in seinem Zimmer verkrochen. Dort fand es noch ein wenig von meiner Essenz, wenn es in Büchern stöberte. An meine Stelle sind dann die Essenzen der Ernsthaftigkeit, der Perfektion und der Korrektheit in das Leben meines Menschen gekommen. Alles Eigenschaften, die für ein Leben sicher wichtig sind. In dem gesellschaftlichen Umfeld, in dem sich mein Mensch befand, waren das sehr geschätzte Essenzen. Nur ohne mich, die Lebensfreude, sind sie in sich selbst erstarrt. Tja, irgendwann habe ich mich dann hier in der Anderswelt wiedergefunden.«

Beide schwiegen für einen Moment und schauten über die Blumenwiese hinweg in die Ferne.

»Weißt du, Lana, ich überlege mir gerade, was unser Mensch wohl gerade macht – so ohne uns. Ob er uns vermisst? Vielleicht weiß er gar nicht, dass wir ihm fehlen. Ich würde zu gerne wissen, wie es meinem Menschen geht.«

Funny stand auf und begann, lachend über die Wiese zu tanzen. Dabei sang sie laut vor sich hin: »Mensch, wie geht es dir? Hier bin ich nur für dich – deine Lebensfreude. Ich warte auf dich!«

»Du hast recht, Funny, das ist ein interessanter Gedanke. Diese Idee ist mir bisher noch nie gekommen. Je länger ich hier mit dir rede, desto deutlicher wird das Bild von meinem Menschen, an das ich mich noch erinnere ... Ich sehe das Gesicht, die Bewegungen ... Ich erinnere mich an die Stimme. Ein Mädchen, ein kleines Mädchen mit dem Namen Fay. Ja, Fay ...« Lana machte eine nachdenkliche Pause. »Ich frage mich, was das zu bedeuten hat«, fuhr sie dann fort. »Erst begegnen wir beide uns. Hier, in dieser riesigen, endlosen Anderswelt. Wir erinnern uns an unsere Ankunft an diesem Ort und an das, was uns aus dem Leben unseres Menschen verdrängt hat. Dann erinnere ich mich an Fay. Und jetzt breitet sich eine tiefe Sehnsucht nach unserem Menschen, nach Fay, in mir aus.«

»Fay ... Ich kann ihren Namen in mir klingen hören. Ich erinnere mich auch«, antwortete Funny. Sie begann, den Namen Fay zu singen. Ein zauberhafter Klang ertönte, glockenhell, süß und rein. Lana lauschte entzückt Funnys Stimme. Sie ruhte ganz in sich selbst und genoss voller Hingabe den Gesang. Fay, der Name ihres gemeinsamen Menschen. Lana spürte, dass die nächste Zeit spannend werden würde. Funny war in ihrem Tanz und ihrem Gesang pure Lebensfreude. Auch sie spürte, dass sich etwas verändern würde. Es wäre sicherlich interessant zu sehen, wie es Fay heute geht, darin waren sie sich beide einig.

Wer ist Fay?

Geschafft! Fay atmete laut hörbar aus. Endlich war sie mit ihrer Arbeit fertig. Sie stand von ihrem Bürostuhl auf und streckte sich. Ihre Gelenke knackten. Im Nacken, im Rücken, in den Handgelenken. Na prima, dachte sie, noch keine 30, aber spröde im Gebälk wie eine Achtzigjährige.

Fay arbeitete als Kundenbetreuerin in einer Firma für Werbung und Marketing. Beschwerden aufnehmen – telefonisch, per E-Mail und per Post. Offene Rechnungen einfordern, Mahnungen schreiben, Aufträge entgegennehmen und abwickeln. Und was sonst noch zu tun war im Kontakt mit den Kunden. Ihre Abteilung bestand aus 13 Mitarbeitern. »Dienstleistungsgewerbe« wurde das genannt. Ja, *dienen* lernte sie hier wirklich. Zwar auf eine andere Art als in ihrem erlernten Beruf als Kellnerin, aber dennoch dienen.

Wie so oft schon hatten ihre Kollegen auch diesmal wieder jede Menge Arbeit auf ihrem Schreibtisch abgeladen. Es hatte sich so eingespielt. Am Ende jeder Woche landete sämtliche liegen gebliebene Arbeit aus dem Büro auf ihrem Tisch. Meist begleitet von einem freundlichen Lächeln und den Worten: »Du kannst das viel besser als ich, Fay.« Was zur Folge hatte, dass sie oft nach 20 Uhr noch im Büro saß, während alle anderen bereits seit Stunden ihren Feierabend genossen. Zumindest bekam sie wegen dieser Überstunden ein bisschen Aufmerksamkeit. Manchmal lag auch eine Schachtel Pralinen auf ihrem Schreibtisch, wenn sie nach dem Wochenende wieder ins Büro kam. Zu den üblichen Verabredungen und Treffen ihrer Kollegen nach der Arbeit wurde sie jedoch nie eingeladen. Außer natürlich zu der alljährlichen Weihnachtsfeier, da wurde jeder eingeladen. Aber daran hatte sie sich gewöhnt. Wie an so vieles in ihrem Leben.

Schon in der Schule war sie immer übersehen worden. Naja, mit ihrer altmodischen Hornbrille und den aschblonden Haaren war sie auch nicht gerade die Schönheit in Person gewesen. Im Turnunterricht war sie alles andere als eine Sportskanone gewesen. Beim Völkerball war sie immer als Letzte gewählt worden. Einzig ihr Perfektionismus, der sich im Werkunterricht zeigte, war öfter einmal gelobt worden. Und zuweilen waren ihre Korrektheit sowie ihr Sinn für Gerechtigkeit positiv aufgefallen. Wobei dieser Sinn für Gerechtigkeit auch so eine Sache gewesen war. Mehr als einmal hatte sie von den anderen Kindern Prügel bezogen. Wenn sie ein schwächeres Kind verteidigt hatte, war am Ende sie selbst das nächste Opfer gewesen. Die anderen waren meistens zahlenmäßig überlegen und auch stärker gewesen. Selten war ihr jemand zu Hilfe gekommen.

In dieser Zeit hatte sie begonnen, sich immer mehr zurückzuziehen. Bücher wurden ihre Welt. Andere Länder und fremde Völker hatten sie schon immer interessiert. Bücher von Menschen, die Geschichten von ihren Abenteuern bei anderen Kulturen erzählten. Anfangs waren es vor allem Bücher mit vielen Bildern gewesen. Große, bunte Bilder. Diese Bücher waren ihr am liebsten gewesen. Stundenlang hatte sie sich in diese Bilder hineinträumen können. Später, als sie beschloss, ihre Legasthenie zu besiegen, begann sie zu lesen. Je dicker das Buch, desto besser. Lesen machte ihr Spaß. Beim Schreiben verdrehte sie allerdings weiterhin die Buchstaben. Das hinderte sie auch daran, eine Fremdsprache richtig zu lernen. Reden war kein Problem, aber die Grammatik und die schriftlichen Tests waren ein Graus.

Irgendwann hörte sie damit auf, für andere Verantwortung zu übernehmen. Vielleicht gab ich damals auch die Verantwortung für mich selbst ab, überlegte Fay.

Woher kam dieser Gedanke plötzlich? Ich bin doch eine durchwegs verantwortungsvolle Person, dachte Fay. Das ist ja schon alleine an der Tatsache zu sehen, dass ich bis jetzt im Büro bin.

Ja genau, flüsterte eine Stimme in ihr - schön verantwortungsvoll bist du, Fay - nur immer allen alles recht machen - dann ist alles gut. Braves Mädchen.

Ein bitteres Lächeln umspielt ihren Mund. Stimmt, wenn ich immer allen alles recht machte, werde ich wenigstens in Ruhe gelassen, erwiderte sie trotzig in Gedanken.

Insgesamt arbeiteten über 200 Menschen bei Fays Arbeitgeber, der Werbeagentur Babylon.

Babylon - unsere Werbung bringt sie hoch hinaus.

Fay erinnerte sich an diese Geschichte aus der Bibel. Der Turmbau zu Babel. Schlussendlich ist dieser Turm eingestürzt. Ob dieses ganze System aus künstlich erzeugten Bedürfnissen und Dingen, die kein Mensch braucht, auch irgendwann einstürzen wird? Und damit auch diese Firma, die sich darauf spezialisiert hatte, diese Bedürfnisse zu wecken und all die unnötigen Dinge zu bewerben? Komisch, woher kamen denn plötzlich diese ungewöhnlichen Gedanken über Verantwortung und den Turm zu Babel? Sie sollte doch froh sein, in dieser Firma zu arbeiten. Immerhin hatte sie einen Job. Das war in der heutigen Zeit auch keine Selbstverständlichkeit mehr. Von nichts kommt nichts, und Arbeit ist kein Zuckerschlecken - das hatte sie schon als Kind gelernt. Immer dranbleiben und schuften. Du weißt ja nie, was morgen kommt. Sei dankbar, wenn du Arbeit hast, selbst wenn du die Toiletten putzen musst, um deinen Lebensunterhalt zu verdienen. Immer noch besser, als keine Arbeit zu haben.

Während sie kopfschüttelnd darüber nachdachte, packte sie ihre Sachen zusammen und schob alle Utensilien auf ihrem Schreibtisch an den richtigen Platz. Ordnung ist die halbe Arbeit.

An der Tür angekommen drehte sich noch einmal um und ließ ihren Blick über das große Büro mit seinen Schreibtischen schweifen. Obwohl alle Geräte ausgeschaltet waren, glaubte sie, ein leises Summen zu hören. Der Strom, war ihr erster Gedanke. Oder vielleicht auch die unzähligen Informationen, die den ganzen Tag über von den 21 Computern im Raum verarbeitet wurden. Für einen Moment meinte Fay, Stimmen zu hören. Sie schüttelte verwirrt den Kopf über diese verrückte Idee. Seit wann ist Strom zu hören? Oder die Informationen aus den Computern ... Das ist ja lächerlich!

Sie löschte das Licht, zog die Tür hinter sich zu und trat auf den langen Gang. Auch hier hörte sie das Summen. Es musste wirklich der Strom sein. Aber gut, hier im Gang waren ja auch die Deckenleuchten noch eingeschaltet. Das hatte sie schon einmal gelesen: Wenn ansonsten keine anderen Geräusche vorhanden sind, kann ein Mensch das Fließen des Stromes hören. Sie war alleine hier in diesem Teil des Hauses. Alle anderen waren schon weg. Freitagabend ...

Am Freitag sind die meisten Menschen froh, wenn sie so früh wie möglich nach Hause kommen. Die einen freuen sich auf das Wochenende mit ihren Familien. Die anderen freuen sich auf ein Wochenende mit Freunden und Partys. Ja, heute war Freitag, Freitag der 13. Fay verzog das Gesicht. Ab heute ist jeder Freitag der 13. mein Glückstag, beschloss Fay aus einer Laune heraus. Ein guter Tag, das Leben zu ändern ...

Genau das war der Augenblick, in dem in der Anderswelt Funny beinahe über Lana stolperte.

Fay seufzte auf. Niemand hatte ihr jemals gezeigt, wie sich eine junge Frau richtig anzog und zurechtmachte. Immerhin hatte sie sich inzwischen etwas gemausert – das empfand Fay sogar selbst so: Anstatt der dicken Hornbrille ihrer

Kindheit trug sie heute Kontaktlinsen. Sie hatte ein braunes und ein blaues Auge. Diese waren leicht schräg gestellt – ein bisschen wie Katzenaugen. Als Kind war sie wegen ihrer verschiedenfarbigen Augen oft gehänselt worden. Heute fand sie selbst, dass gerade diese Augen etwas Besonderes waren. Ihre schmale Nase verlieh ihrem Gesicht einen edlen Zug. Ihre Haare waren mit der Zeit nachgedunkelt und schimmerten in einem schönen Haselnussbraun. Manchmal konnte sie diese Schönheit an sich selbst sehen. Doch meistens fühlte sie sich nach wie vor wie eine graue Maus. Als Mauerblümchen. Unsicherheit begleitete sie seit jeher wie ein Schatten. Dazu passte auch ihr eigentlicher Name: Friederike hatten ihre Eltern sie getauft. Friederike … Wie das schon klang … Schmallippig, farblos, irgendwie bieder. Das war ihr großes Aufbegehren in der Kindheit gewesen: Seit sie sich erinnern konnte, hatte sie sich selbst Fay genannt. Und das mit einer solchen Konsequenz, dass ihre Eltern schließlich dazu übergegangen waren, sie ebenfalls so zu nennen. Sie hatte dann auch bei ihrer Einschulung – und von da an überall und jederzeit – ganz selbstverständlich diesen Namen verwendet. Sie hatte keine Ahnung, wo sie ihn aufgeschnappt hatte. Sie wusste nur, dass sie ihn wie ein Lieblingskleidungsstück empfand, während ihr Taufname ihr wie ein kratziger Rollkragenpulli erschien. Sie war Fay, nicht Friederike – das war ihr klar. Doch dies blieb ihre einzige Rebellion. Bald fingen die Probleme in ihrer Familie an, und sie verlegte sich darauf, es allen recht zu machen, nicht aufzufallen und sich im Hintergrund zu halten.

Nun war sie eine schüchterne, junge Frau. Während andere sich durchs Leben lächelten, hielt sie den Blick gesenkt. Wenn das Leben über eine unbeleuchtete Ecke verfügte, dann war diese ihre natürliche Heimat geworden. Nie hatte sie sich wie all die anderen Mädchen getraut, mit den Jungs zu flirten. Fay konnte sich einfach nicht vorstellen, dass es jemanden gäbe, der sich ernsthaft für sie interessierte. Abgesehen von drei eher kurzen Affären war sie immer alleine gewesen. Diese drei »Beziehungen« - wenn man sie denn so nennen wollte - hatten ihr das Gefühl gegeben, von den Männern benutzt zu werden.

Scheinbar aus dem Nichts kamen die Gedanken an ihre Kindheit. Damals, als ihre Eltern ständig stritten ...

Sie war gerade einmal sechs oder sieben Jahre alt, als alles anfing, aus dem Ruder zu laufen. Erst verlor Papa seine Arbeit. Dann begann er zu trinken. Mama begann, bei anderen Leuten putzen zu gehen, um wenigsten ein bisschen Geld zu verdienen. Sie war kaum noch zu Hause. Und wenn, dann hatte sie keine Zeit, sondern musste den Haushalt machen. Papa fand keine neue Stelle. Mama wurde immer gestresster und begann irgendwann, Tabletten zu nehmen. Das hatte Fay erst viel später erfahren. Schlaftabletten, um überhaupt noch zur Ruhe zu kommen, und Aufputschmittel, um den Tag zu überstehen. Dazu noch sogenannte Glücklichmacher - also Antidepressiva. Als Kind merkte Fay einfach nur, dass ihre Mama und auch ihr Papa sich immer weiter von ihr entfernten. Sie veränderten sich immer mehr, bis Fay nicht mehr wusste, wie es früher gewesen war. Oft hatte Fay das Gefühl, dass die beiden sie völlig vergessen hatten. Irgendwann stritten sie sich beinahe täglich. Immer öfter kam es auch zu Handgreiflichkeiten. Oh, wie Fay diese Situationen damals hasste. Wie sehr sie von Angst erfüllt gewesen war ...

Die drei Männer, mit denen Fay so etwas wie eine Beziehung versuchte hatte, hatten sie an ihren Vater erinnert. Einer der drei trank öfter einmal über den Durst. Der andere war jähzornig und konnte recht schnell auch handgreiflich werden. Der dritte sah in einer Frau eine ergebene Dienerin, die nach seiner Pfeife zu tanzen hatte. Sie war froh, dass sie sich von allen dreien getrennt hatte. Klar, als sie noch jünger gewesen war, hatte auch sie von dem Prinzen auf dem weißen Pferd geträumt. Welches

Mädchen tut das denn nicht? Aber von diesen Prinzen gab es anscheinend zu wenige auf der Welt. Oder die anderen Mädchen hatten sie alle bekommen. Jedenfalls hatte Fay diesen Prinzen nie getroffen. Inzwischen lebte sie mit ihren 28 Jahren recht gut, auch allein.

Sie freute sich auf ein Wochenende mit ihrem schwarzen Kater Pfötchen. Ein edler, schwarzer Kater, der eigentlich Sir Samtpfote hieß, was aber kein besonders alltagstauglicher Name war. Eigensinnig und verschmust war er. Eine Katze, wie sie im Buche stand. Mit ihm würde sie in ihrer kuscheligen Zweizimmerwohnung am Stadtrand die freien Tage verbringen.

Pfötchen war ihr kurz nach ihrem Einzug in die Wohnung zugelaufen. Sie hatte damals alle Nachbarn befragt, doch niemand hatte gewusst, wohin er gehörte. So blieb er einfach, als hätte er schon immer bei ihr gelebt. Sogar ein kleines Fleckchen Erde hatte sie vor ihrem Wohnzimmerfenster. Ein Gärtchen, vier Meter breit und fünf Meter lang. Besser als nichts, dachte sie immer wieder.

Jedes Jahr nahm sie sich vor, ein Beet mit Blumen anzulegen, oder noch besser, Kräuter für die Küche anzupflanzen. Vielleicht würde sie dann ja auch einmal für sich selbst kochen. Fay ernährte sich zu Hause vorwiegend von Sandwiches und Fertigsalat. Schokolade und Chips waren immer im Schrank zu finden. Was sollte sie auch für sich alleine groß kochen?! Außerdem lebte sie ja schon fast im Büro. Dort gab es eine Mikrowelle und Fertiggerichte aus der Tiefkühltruhe zum Personalpreis. In der Not frisst der Teufel auch Fliegen – ein Spruch ihrer Mutter, an den sie sich plötzlich erinnerte. Bei dem Gedanken an die Tiefkühlkost konnte sie verstehen, was ihre Mutter damit ausdrücken wollte. Erdbeeren wären auch eine Idee für ihren winzigen Garten. Doch sie hatte es in keinem der sieben Jahre, in denen sie nun hier wohnte, geschafft, auch nur irgendetwas anzupflanzen. Jedes Jahr wucherten auf ihrem Fleckchen Erde vor allem Gras, Brennnesseln und jede Menge Blumen, die sie nicht kannte. Zwei- oder dreimal im Jahr lieh sie sich von ihrem Nachbarn den Rasenmäher und kürzte das Grün auf ihrer kleinen Parzelle. So einen Wildwuchs brauchen die Schmetterlinge, redete sie sich dann selbst ein. Jedes Jahr hoffte sie, einen Schmetterling zu sehen, aber die schienen hier in der Stadt Mangelware zu sein.

Einer der wenigen, wenn nicht der einzige Höhepunkt in ihrem Leben war das Café in der Nähe ihrer Wohnung. Kurz nachdem Fay in die Stadt gekommen war, hatte sie das Café entdeckt. Nun ging sie jeden Samstagvormittag, wenn sie freihatte, dort frühstücken. Meistens saß sie dann am Abend noch an ihrem angestammten Tisch.

Das Café wirkte wie ein kleines Museum. Sein Besitzer, Herr Vindermann, führte es alleine. Jedenfalls hatte Fay bisher außer Herrn Vindermann nie jemand anderen dort arbeiten sehen. Das Café befand sich im Erdgeschoss eines Stadthauses aus dem 16. Jahrhundert. Herr Vindermann hatte das Haus geerbt. Seit sieben Generationen befand es sich im Besitz seiner Familie. Noch unter seinem Vater war es eine Apotheke gewesen, doch Herr Vindermann hatte wenig Lust verspürt, eine Apotheke zu führen. Er reiste lieber in der Welt umher und studierte fremde Völker, Kulturen und Sitten. Als einziges Kind hatte er das Haus geerbt und war mit 49 Jahren zurück in die Stadt gekommen, nur ein paar Monate bevor Fay hierher gezogen war. Kurz darauf hatte er das Café eröffnet.

In den Regalen, in denen früher die Medikamente gestanden hatten, stapelten sich heute Bücher. Gemütliche Ecken waren mit Ohrensesseln und bequemen kleinen Sofas eingerichtet. An den Wänden hingen geschmackvolle Mitbringsel aus den unterschiedlichsten Ländern der Erde. Masken aus Afrika, Wandteppiche aus Südamerika, Instrumente und Gefäße, deren Herkunft und Gebrauch wohl nur Herr Vindermann erklären konnte. Alles zusammen wirkte wie eine edle, stimmungsvolle und vor allem ganz besondere Komposition. Die unterschiedlichsten Dinge, die dennoch irgendwie zusammenpassten, erschufen gemeinsam einen wundervollen Zauber im Raum.

Fay hatte ihren Stammplatz im Café – ein großer kuscheliger magentafarbener Ohrensessel, der in einer Ecke stand. Darauf lag ein weißes Schaffell. Daneben stand eine Stehlampe mit perfektem Leselicht. Auf einem Beistelltischchen servierte Herr Vindermann Getränke und kulinarische Kleinigkeiten.

Herr Vindermann war immer sehr freundlich und um eine ruhige, gemütliche Atmosphäre in seinem Café bemüht. Die Regale waren gut gefüllt mit Büchern aus allen möglichen Themengebieten. Alle Bücher hatten jedoch auf die eine oder andere Art und Weise mit Menschen und deren unterschiedlichen Lebensweisen zu tun. Es gab keine Romane oder Unterhaltungsliteratur, doch dafür Bildbände über andere Länder und deren Bewohner, Berichte über fremde Völker und deren Riten, Bücher über Schamanismus, Engel, Quantenphysik und noch viele spannende Themen mehr. Fay schätzte, dass die Bibliothek, die Herr Vindermann über die Jahre in seinem Café zusammengetragen hatte, weit über 2000 Bücher umfasste. Genug jedenfalls, um sie noch viele Samstage zu beschäftigen.

Am Samstag waren meist nur wenige Leser hier. Oft war Fay alleine im Café. Sie liebte diese Tage, wenn sie in die Bücher eintauchte, in die Geschichten, die andere Menschen in fremden Ländern erlebt hatten.

Inzwischen war Fay bei der Bushaltestelle angekommen. Ein Auto besaß sie nicht. Wofür auch? Sie konnte alles ohne einen eigenen fahrbaren Untersatz erledigen. Selbst der Einkauf für eine Person war ohne Auto leicht zu bewältigen. Wenn sie doch einmal weiter weg fahren wollte, konnte sie das ja immer noch mit dem Zug machen. Das hatte sie aber noch nie getan. Die weiteste Reise in ihrem Leben war der Umzug aus ihrem Heimatdorf in die 40 km entfernte Stadt, in der sie jetzt lebte, gewesen. Wenn sie etwas über fremde Länder wissen wollte, konnte sie es ja nachlesen. Das war gewiss ebenso aufregend, dafür sicherer und kontrollierbarer.

Während Fay auf ihren Bus wartete, ging sie noch einmal verwundert ihre Gedanken der letzten Viertelstunde durch. Ihre Eltern und ihre Schulzeit, daran hatte sie schon ewig nicht mehr gedacht. Dann dieser komische Einfall mit dem Turm von Babylon und der Eigenverantwortung. Ihre drei gescheiterten Beziehungen - auch schon einige Zeit her. Strom, der zu hören war. Oder waren es doch die Informationen aus den Computern? Welch seltsamer, schräger Gedanke. Wurde sie verrückt? Das wäre ja auch kein Wunder, dachte sich Fay, ich rede ja auch mit meinem Kater beinahe schon mehr wie mit Menschen. Wenn die Telefonate mit den Kunden nicht wären, hätte er gute Chancen, bald mein einziger Gesprächspartner zu sein.

Irgendetwas rührte sich in Fay. Sie konnte es nicht beschreiben. Fast war es, als ob tief in ihr eine Melodie auftauchte. Irgendetwas sang ihren Namen. Wie ein ferner Ruf oder ein Echo erschien es ihr. In ihrer Herzgegend fühlt sie ein Ziehen, das sie so noch nie empfunden hatte. Als hätte sie etwas verloren, was sie dringend brauchte. Etwas, was nach ihr rief. Eine tiefe Sehnsucht breitete sich in ihr aus.

Der Bus hielt vor ihr, und Fay stieg ein. Eine Gruppe Jugendlicher, die wohl auf eine Party unterwegs waren, unterhielten sich lautstark. Sie setzte sich auf einen Fensterplatz, und der Bus fuhr wieder an. Während sie aus dem Fenster schaute, zogen mit den Häusern draußen auch ihre Gedanken dahin, und das Gefühl, diese Sehnsucht in ihrer Herzgegend, verschwand wieder, ohne dass es Fay wirklich bewusst wurde.

MaPa – oder Das große Geheimnis

Diesmal war es Lana, die als Erste zu sprechen begann: »Hör mal, Funny, glaubst du, es gibt noch mehr von uns Seelenessenzen hier in der Anderswelt, die zu Fay gehören?«

»Das habe ich mich auch gerade gefragt«, erwiderte Funny. »Wenn es noch mehr von uns gäbe, dann wäre es sicher spannend, sie zu finden … Was meinst du, Lana?«

»Sicher, aber wie sollen wir das anstellen? Wo willst du sie denn suchen? Denkst du, es funktioniert, wenn wir sie rufen? Die Anderswelt ist so groß, so vielschichtig, dass es Äonen dauern würde, um alles zu durchsuchen. Lass uns in aller Ruhe darüber nachdenken«, meinte Lana.

»Ich hab´s«, jubelte Funny, »fragen wir doch MaPa! Es weiß alles!«

»Wer bitte ist MaPa?«, fragte Lana erstaunt. »Und warum weiß es alles?«

»MaPa ist das große Geheimnis, die Schöpferkraft, Gott oder Göttin, auch Manitu oder Allah genannt«, erklärte Funny. »Ich habe es so getauft, weil ich mich nie entscheiden kann, ob es mehr Mutter oder mehr Vater ist. Es ist beides in einem, Mama und Papa – darum MaPa.«

Lana schmunzelte. »Ich kann mich erinnern, dass Fay, als sie noch sehr klein war, vielleicht drei Jahre alt, auch nach MaPa rief. Sie konnte sich nicht entscheiden, wen sie gerade lieber bei sich haben wollte. Oft, vor allem am Abend, kamen damals beide, herzten sie und kuschelten mit ihr auf dem Sofa. Dann las ihre Mama aus einem Kinderbuch vor, und sie lag zwischen ihren Eltern. Sie fühlte sich pudelwohl in diesen Momenten.«

Funny sprang auf. Aufgeregt hüpfte sie von einem Fuß auf den anderen. »Ja, genau, jetzt fällt es mir wieder ein! MaPa rief sie auch, wenn sie draußen im Garten Verstecken oder Fangen spielte! Stimmt, als sie drei war. Das machte damals richtig Spaß! Weißt du noch, der Garten, Lana? Hinter dem Haus die Obstbäume und rechts und links davon Gemüse und die Spielwiese. Da waren eine Schaukel und ein Sandkasten. Ich kann mich wieder an das Gefühl erinnern, wie es war, mit beiden Händen im Sand zu graben. Und an den Spaß, den ich mit Fay hatte, wenn wir auf der Schaukel immer höher und höher schwangen.«

»Die Obstbäume, ja, an die erinnere ich mich auch.« Lana lächelte verträumt. »Bei den Obstbäumen hat Fay oft meine Essenz erfahren. Als sie noch kleiner war, schlummerte sie am liebsten unter einem alten Apfelbaum. Als sie größer wurde, kletterte sie in einen Walnussbaum. Da gab es eine Astgabel, in die sie sich hineinlegen konnte. Es war beinahe wie ein Liegestuhl. Dort oben lag sie dann und träumte vor sich hin. Träume und Ruhe sind zwei Essenzen, die sehr eng zusammenwirken. Um gut träumen zu können, muss ein Mensch in der Ruhe, in seiner Mitte, sein. Fay konnte das als Kind ziemlich gut, bis sie etwa sechs Jahre alt war.« Lana und Funny erinnerten sich an immer mehr aus Fays Leben. Ein Leben, von dem sie selbst ein Teil, eine Essenz, waren.

»Sag mal, was glaubst du: Warum erinnern wir uns plötzlich an all diese Einzelheiten aus Fays Kindheit?«, fragte Funny.

»Ich glaube, es ist wirklich Zeit, dass wir MaPa aufsuchen.« Lana musste unwillkürlich schmunzeln, als sie diesen Namen aussprach. MaPa klang wirklich originell, dachte sie bei sich.

»Gut, lass uns MaPa rufen … Los geht´s!«, antwortete Funny. Mit aller Kraft wünschten sich die beiden MaPa, das große Geheimnis, um Rat fragen zu dürfen. All ihre Energie zentrierte sich auf diesen einen Gedanken und folgte Lanas und Funnys Aufmerksamkeit. So konnten sie mit MaPa in Kontakt treten.

Schon nach kurzer Zeit empfanden beide ein Gefühl der Liebe und des Friedens. Alles um sie wurde noch ein Hauch lichter und klarer. Die Blumen begannen zu leuchten, und ein leichter Wind kam auf. Dann war MaPa präsent. Lana und Funny konnten es mit all ihren Sinnen wahrnehmen. Einen Augenblick später erschien vor den beiden ein Wesen, das so unglaublich schön und leuchtend war, dass es dafür keine Worte gab. Dieses Wesen lächelte die beiden an, und eine Stimme, die klang wie die schönste Musik im Universum, begann zu sprechen. »Hallo, Lana, hallo, Funny. Wie ich sehe, habt ihr beiden euch kennengelernt. Das ist schön. Ihr habt ein großes Abenteuer vor euch. Ich denke, ihr habt ein paar Fragen an mich – so intensiv, wie ihr mich gerufen habt.«

Funny und Lana waren durchflutet von Liebe und Vertrauen. Das machte es ihnen leicht, ihre Fragen an MaPa zu stellen. »Wie kommt es, dass wir beide uns begegnet sind, MaPa?«, fragte Lana.

»Ihr beiden seid euch begegnet, weil es an der Zeit ist, zurück zu Fay, eurem inkarnierten Menschen, zu gehen. Sie ist jetzt in einer Lebensphase, in der es notwendig ist, neue Wege zu beschreiten, um ihre Lebensaufgabe erfüllen zu können. Sie ist dazu bereit, aber noch weiß sie nichts davon. Eure Aufgabe wird es sein, Fay dabei zu begleiten, wenn sie Schritt für Schritt ihr wahres Selbst findet.«

Aufgeregt hüpfte Funny wieder von einem Bein auf das andere. »Heißt das, wir können zurück zu ihr? Wieder ganz bei Fay sein? Oh ja, bitte jetzt gleich! Ich möchte wieder schaukeln und im Sand spielen!«, jauchzte sie.

MaPa lachte. Es war ein fröhliches Lachen, das die beiden anderen ansteckte. Dann sprach MaPa zu Funny: »Du und Lana werdet zu Fay zurückkehren, aber noch nicht jetzt. Du musst auch wissen, dass Fay nun eine erwachsene Frau ist. Im Moment hat sie vergessen, wie viel Spaß es macht, zu schaukeln oder auf der Erde zu knien und in ihr zu graben.«

Funny blieb stehen und schaute verwundert. »Sie hat es vergessen? Wie kann etwas, das so viel Spaß macht, einfach vergessen werden?«

»Nun ja«, antwortete MaPa, »so, wie ihr bis zu diesem Moment vergessen hattet, dass ihr Essenzen eines inkarnierten Menschen seid, so hat auch Fay vergessen, was Lebensfreude ist. Sie hat dich ebenso vergessen wie du sie, liebe Funny.«

»Ja, das stimmt«, überlegte Funny, »ich habe mich erst wieder an Fay erinnert, als ich beinahe über Lana gestolpert bin. Wir begannen, uns zu unterhalten, und erkannten, dass wir zu Fay gehören. Aber warum ist es so, MaPa, dass wir uns jetzt wieder erinnern?«

MaPa sprach lächelnd weiter: »Wenn ein Mensch in seinem Leben Seelenessenzen verliert, dann vergisst er, dass sie ein Teil seiner selbst sind. Andere Essenzen treten dann in den Vordergrund. Wie du selbst schon herausgefunden hast, sind es bei Fay vor allem die Essenzen der Korrektheit, der Ernsthaftigkeit und der Perfektion, die sie verstärkt zu leben begann, nachdem du aus ihrem Leben verschwunden warst. Manchmal gibt es Momente in ihrem Leben, in denen erinnert sie sich für den Bruchteil einer Sekunde an dich. Aber es ist nur ein Echo deiner Essenz. Ohne dich kann sie ihre Lebensfreude nicht mehr ganz entfalten. Es bleibt bei den kleinen Momenten, die zu wenig Kraft haben, um sie wirklich zu nähren. Sie sind wie ein Lufthauch, der schon vorüber ist, wenn er über die Haut streift. Andererseits habt auch ihr beiden, du und Lana, eure Fay vergessen. Ihr seid aus dem Leben eures Menschen verschwunden, als dieser eure Essenz immer weniger lebte. Ihr wisst ja: Energie folgt der Aufmerksamkeit. Wird eine Essenz immer mehr vernachlässigt, zieht sie sich zurück, und irgendwann verschwindet sie ganz aus dem Leben des Menschen. Das ist der Moment, in dem die Seelenessenz in die Anderswelt eintritt. Hier in der Anderswelt kann sich die Essenz entfalten. Ihr Alter entspricht dem ihres inkarnierten Menschen zu dem Zeitpunkt, als sie ihn verließ. Auch die Seelenessenz vergisst hier in der Anderswelt den Schmerz und die Trauer, die sie erlebt hat, als es zur Trennung kam. Die Erinnerung kehrt erst wieder, wenn es an der Zeit ist zurückzukehren. In der Phase dazwischen kann die Essenz sich erholen und Kraft sammeln. Diese braucht sie, wenn der Mensch sich zu erinnern beginnt. Irgendwann kommt dann der Zeitpunkt, an dem der Mensch seine Essenz zurückhaben möchte. Das ist oft ein schwieriger Prozess für beide. Der Mensch und die Seelenessenz sind in ihrer ganzen Kraft gefordert, diese Rückkehr zu vollbringen. Manchen Menschen gelingt es in ihrer aktuellen irdischen Inkarnation nicht, alle ihre Seelenessenzen wieder einzusammeln. Die Seele findet diese fehlenden Essenzen allerdings in dem Moment wieder, in dem ihre Inkarnation auf der Erde beendet ist. Die Seelenessenzen warten hier in der Anderswelt auf ihre Seele. Hier, in meinem Zentrum, in der Mitte der Schöpfung, wo Geburt und Tod ein und dieselbe Tür sind, ist jede Seele vollkommen und heil.«

Nachdenklich schaute Lana zu MaPa. »Kannst du uns sagen, wie dieses Zurückkehren zu unserem Menschen funktionieren kann?«

»Liebe Lana, es hat für euch beide schon begonnen. Auch wenn es noch eine Weile dauern wird, bis ihr wirklich wieder bei eurer Fay sein werdet. Ihr beide seid euch begegnet. Fay hat zur selben Zeit einen Impuls von euch empfangen. Funny hat mit so viel Freude ihren Namen gesungen, dass Fay für einen kurzen Augenblick eine tiefe Sehnsucht in sich wahrgenommen hat. Sie spürte, dass ihr etwas fehlt. Noch kann sie es nicht fassen, nicht erklären, was es ist, aber es hat bereits begonnen. Ihr müsst wissen, dass jeder inkarnierte Mensch eine Lebensaufgabe hat. Diese kann er aber nur erfüllen, wenn er voll und ganz in seiner Kraft ist. Jeder Mensch weiß zum Zeitpunkt seiner Geburt genau, was seine Aufgabe ist. Er ist vollkommen eins mit sich, möchte seine innerste Sehnsucht leben und seine Aufgabe erfüllen. Auf der Erde lebt der Mensch in einer Welt der Gegensätze und der Glaubensmuster. Nicht immer entspricht das Umfeld auf den ersten Blick dem, was der Mensch sich wünscht, um seinen Lebensplan zu entfalten. Doch alles ist gut. Jede Begegnung und jedes Erlebnis im Leben eines Menschen hat einen Sinn. Es lässt ihn wachsen und Fähigkeiten entwickeln, die für seine Aufgabe wichtig sind. Oft erkennt der Mensch das erst viel später. Manchmal verzweifeln Menschen aber auch an den Umständen in ihrem Leben. Sie geben sich selbst auf, verlieren immer mehr ihrer Energie, ihrer Essenz. Sie vergessen vollkommen, dass sie Geschöpfe der Liebe und der Kraft sind. Dann kann es sein, dass ihre irdischen Körper in der materiellen Welt erkranken. Auch diese Krankheiten gehören zum Lernprozess. Oft erinnern sich die Menschen in dieser Situation wieder an ihren vollkommenen Ursprung und verändern ihr Leben komplett. Dann kann Heilung geschehen. Nicht immer werden Menschen krank, und dennoch sind sie unglücklich oder unzufrieden. Wenn sie beginnen, ernsthaft nach dem Sinn in ihrem Leben zu forschen, werden sie über kurz oder lang erfahren, was ihnen fehlt, um glücklich zu sein. Das ist der Moment, in dem die Tore sich öffnen. Der Mensch beginnt, sich nach mehr zu sehnen. Die Suche nach seinem wahren Selbst beginnt. Diese Sehnsucht ist es, die den Menschen wieder auf seinen ursprünglichen Weg bringen kann. Manch einer ertränkt diese Sehnsucht in Alkohol oder betäubt sie mit anderen Drogen. Das lässt die Sehnsucht nach Liebe und Glück für die Dauer des Rausches verschwinden. Doch sie kommt zurück, sobald die Wirkung nachlässt. Sehnsucht – der Mensch sehnt sich nach etwas, er sucht nach seiner Seele, nach sich selbst. Um dieses Selbst wiederzufinden, braucht der Mensch seine Spiritualität. Jeder Mensch ist ein spirituelles Wesen. Er ist Energie, die sich in einem Körper verdichtet hat. Ein geistiges Wesen in einem menschlichen Körper. Egal, ob der Mensch seine Spiritualität in einer der großen Religionen wiederfindet oder in seiner Beziehung zur Natur: Wichtig ist nur, dass der Mensch begreift, dass er niemals von irgendetwas gänzlich getrennt ist. Einer der vielen Wege, die ein Mensch gehen kann, ist der Schamanismus. Ein für menschliche Vorstellungen sehr altes und überaus gut funktionierendes, spirituelles System der Heilung. Eure Fay interessiert sich sehr für andere Kulturen und deren Lebensweise. Sie liebt die Erzählungen von Menschen, die bei anderen Völkern lebten. Die Berichte über Geisterwelten, Verbündete, Heilungen durch Schamanen und Kräuterfrauen berühren sie in ihrem Innersten. Noch weiß sie nicht, dass es dieser Weg ist, auf dem sie wieder ganz heil werden kann. Sie wird erfahren, dass alles, was sie in den Büchern gelesen hat, auch für sie selbst erlebbar ist. Und ihr beide werdet ihr dabei helfen.«

»Wie sollen wir ihr denn dabei helfen«, warf Funny ein, »wenn sie sich nicht mal mehr an uns erinnert? Ja, klar, sie spürt eine Sehnsucht, weiß aber nicht, was sie sucht. Du hast gesagt, sie hat mich in ihrem Inneren singen gehört, aber sie hat mich nicht erkannt! Wie also sollen wir ihr helfen können, wenn sie uns nicht wahrnimmt?«

»Genau da könnt ihr Fay helfen. Sie braucht einen Brückenbauer. Jemanden, der sich in der Anderswelt auskennt. Ein Mensch, der seine Lebensaufgabe darin gefunden hat, zwischen den Welten zu vermitteln. Ein Erinnerer. Jemand, der gelernt hat, die Anderswelt wahrzunehmen und zu bereisen. So ein Mensch kann Fay dabei helfen, sich wieder an euch zu erinnern. In ihrem Leben gibt es einen Menschen, der mehr ist, als es auf den ersten Blick scheint. Er kann euch und auch Fay dabei unterstützen, wieder eins zu werden. Ich werde euch nun ein Bild von diesem Menschen zeigen, damit ihr ihn erkennt, wenn ihr ihm auf eurer Reise begegnet.«

Vor Lana und Funny öffnete sich plötzlich ein Fenster, das einfach so im Raum schwebte. Durch dieses Fenster sahen sie in die Welt der Menschen. Sie erblickten ein kleines Café, das bereits geschlossen hatte. Herr Vindermann hatte alles aufgeräumt und befand sich in einem Zimmer hinter dem Gästeraum. Er saß auf einer Decke am Boden, vor sich eine Muschel, aus der Salbeirauch aufstieg. Er hatte die Augen geschlossen und wiegte sich zum Klang seiner Trommel. Es war der Rhythmus eines Herzschlages, den er spielte. Lana und Funny bemerkten beinahe gleichzeitig einen Wanderfalken an der rechten Seite von Herrn Vindermann. In dem Moment, als die beiden dem Falken in die Augen schauten, wussten sie, dass er ein Bewohner der Anderswelt war. Auch der Falke konnte sie sehen.

Höflich stellten die beiden sich vor. Der Wanderfalke nickte freundlich mit dem Kopf und sagte: »Mein Name ist Skulan. Ich bin die Essenz des Reisens für meinen Menschen. Mit meiner Kraft ist es ihm möglich, in die Anderswelt zu reisen. Er ist gerade unterwegs und besucht einen seiner Lehrer. Ebenso bin ich ein Botschafter für ihn. Ich kann ihm Nachrichten aus der Anderswelt überbringen. Ich bin eines seiner Krafttiere. Aber nun sagt mir, warum ihr uns hier begegnet, meinem Menschen und mir.«

»Also, das ist so«, sprudelte Funny heraus, »wir sind gerad bei MaPa und …«

»Bei wem?«, fragte Skulan und schüttelte schmunzelnd seinen Kopf.

Lana lächelte und antwortete: »MaPa, das große Geheimnis, Mama und Papa von allem, was ist.«

»Ach so, jetzt verstehe ich«, nickte Skulan. »Mutter Erde und Vater Himmel mit all ihren Kindern.«

»Ja, genau!« Funny hüpfte vor Aufregung auf und ab wie ein Gummiball. »Bei MaPa eben. Und MaPa hat ein Fenster geöffnet zu euch beiden. Dann hat MaPa auch noch gesagt, dein Mensch könne uns helfen, zurück zu unserem Menschen zu kommen. Weil unser Mensch, Fay … Sie … Sie braucht uns.« Mit diesen Worten beendete Funny atemlos ihren Satz.

Skulan schaute sie erstaunt an. »Ganz schön viel Temperament hast du kleines Seelchen für dein Alter. Das gefällt mir. Ihr beide seid also Seelenessenzen von Fay, und ihr wollt zu ihr zurück. MaPa hat euch gesagt, dass wir, mein Mensch und ich, euch helfen können«, fasste Skulan zusammen.

»Genau so ist es«, bestätigte Lana.

In diesem Moment öffnete MaPa ein weiteres Fenster, durch das Fay zu sehen war. Alle drei, Lana, Funny und Skulan, beobachteten still, wie Fay in ihrem Lieblingsstuhl mit dem weißen Schafwollfell saß und ein Buch las …

Herr Vindermann stand hinter der kleinen Theke und schaute zu Fay hinüber. Vor sieben Jahren war diese junge Frau zum ersten Mal zu ihm ins Café gekommen. Damals war sie ein Mädchen gewesen, vielleicht 20 Jahre alt. Es war ein Samstag gewesen, als sie sein Café das erste Mal betreten hatte. Seither hatte es keinen Samstag ohne sie gegeben. Meistens ging sie erst am Abend wieder, fünf Minuten bevor er das Café schloss. Fay war ihr Name, das wusste er. Er lächelte. Ja, sie sah auch aus wie eine Fee. Sie hatte einen ganz besonderen Zauber. Auf den ersten Blick schien sie völlig unauffällig. Das Einzige, was man sofort bemerkte, waren ihre Augen – ein braunes und ein blaues. Aber da war noch etwas anderes an ihr, das sie in diesem Moment leuchten ließ.

Herr Vindermann bemerkte, dass er Fay zum ersten Mal wirklich anschaute. Er hatte auch noch nie wirklich mit ihr gesprochen. In sieben Jahren nie mehr als die üblichen Höflichkeiten. Verwundert schüttelte er den Kopf und begann, die Bücher von der Theke in die Regale zu ordnen. Ein Café sollte ein Ort zum Verweilen sein. Er konnte es sich leisten, dieses Café zu führen. Er hatte während seiner langen Zeit unterwegs um die ganze Welt nicht nur vieles gelernt, er hatte auch Touristenführungen in entlegene Gegenden organisiert und begleitet und damit gutes Geld verdient. Einige Male hatte er auch Fotos verkaufen können – vorwiegend Naturaufnahmen. Er hatte bei Ureinwohnern in Südamerika, in Nordamerika, in der Mongolei und auch in Afrika gelebt, jeweils für mehrere Monate. Immer wieder hatte er diese Orte und die Menschen dort besucht und dabei tiefe Freundschaften geschlossen. Er hatte die Möglichkeit genutzt, in die Gedankenwelt und in die Spiritualität der verschiedenen Völker, bei denen er lebte, einzutauchen. Sein Lebensstil war immer sehr bescheiden gewesen. So hatte er einiges ansparen können. Das und sein Erbe erlaubten es ihm, in seiner bescheidenen Art gut zu leben. Das Café war seine Leidenschaft. Seine große Liebe. Die gesammelten Geschichten seines Lebens.

Damals, als er von zu Hause weggegangen war, war er ein zutiefst verletzter junger Mann gewesen. Er hatte sich ungeliebt gefühlt. Niemals hatte er den Ansprüchen seiner Eltern genügen können. Die Schulnoten waren immer zu schlecht, und Klavierspielen mit seinen beiden linken Händen war unmöglich gewesen. Musik war definitiv nicht sein Talent. Dabei hätte es sich seine Mutter so sehr gewünscht, dass er ein Instrument lernte. Chemie und Physik – welch ein Horror! Doch von ihm wurde erwartet, genau in diesen Fächern gut zu sein. Als zukünftiger Erbe einer Apotheke. Einer Apotheke, die seit Generationen von seiner Familie geführt wurde. Die Tradition weiterzuführen – dieser Anspruch hatte stets schwer auf ihm gelastet. Seine Interessen galten damals schon der Welt und ihren

Geheimnissen, der bildenden Kunst und der Literatur. Später auch der Musik, jedoch nur die, die andere Menschen zum Besten gaben. Fremde Völker, andere Lebensweisen, Kunsthandwerk aus aller Welt. Das war es, was ihn interessierte. In Geschichte und alten Sprachen war er gut. Er hatte davon geträumt, Archäologie zu studieren. Mit 19, kurz nach seinem Abitur, war er von zu Hause ausgezogen und hatte ein Studium der Archäologie und der Ethnologie begonnen. Kunst nahm er als Nebenfach noch dazu. Sein Studienplatz war gute 700 km von seiner Heimatstadt entfernt gewesen. Das war ihm nur recht gewesen. Seine Eltern hatten bis zuletzt versucht, ihm seine Entscheidung auszureden. Sein Vater hatte mehrere Wutausbrüche gehabt. Er hatte ihn als Nestbeschmutzer, als Habenichts beschimpft. »Wie will einer denn von so was leben! Eine Schande für die Familie bist du! Ich werfe dich raus, ich enterbe dich!«, hatte er getobt. Seine Mutter war furchtbar emotional geworden. Sie weinte und wurde richtig dramatisch, als würde ihre Welt in einem Abgrund versinken. War das alles seine Schuld, war die Frage, die er sich damals gestellt hatte. Diese Frage und das Gefühl dabei, diese Wut in ihm. Eine Wut, die ihm sagte: »Sei, was du bist. Befreie dich, und suche dein Selbst.« Diese Wut war es, die ihn auf seine große Wanderschaft geführt hatte.

Später verstand er, dass diese Wut ein Teil von ihm war. Eine Essenz, die, wenn sie gewandelt und kultiviert wurde, pure Lebenskraft darstellte. Lebenskraft, darüber hatte er auf seinen Reisen viel gelernt. Er lächelte vor sich hin. Ja, es war gut zu wissen, dass es sie gibt, die Lebenskraft. Noch besser war es zu wissen, wie sie funktionierte. Und dies hatte er auf seinen Reisen und bei seinen Freunden gelernt.

Es war lange her, dass er an seine Jugendzeit gedacht hatte. Es war damals ein langer Weg gewesen, bis diese Wut verwandelt war. Aber es hatte sich ausgezahlt. Als die Wut verschwunden war, hatte ihn ein Gefühl der Freiheit und des Friedens durchströmt. Er war schon 42 Jahre alt gewesen, als er seinen Eltern verzeihen konnte. Erst da verstand er, dass ihr Widerstand ihm gegenüber ein Ausdruck ihrer Liebe gewesen war. Erst in diesem Alter erkannte er die aufrichtige Sorge um ihn und sein Leben. Auch die Angst seiner Eltern vor einer Änderung dessen, was immer funktioniert hatte, musste er verstehen lernen. Sie hatten in jeder Situation ihres Lebens das Bestmögliche getan. Nachdem sie sich ausgesprochen und versöhnt hatten, erlebte Herr Vindermann noch einige schöne Jahre mit seinen Eltern …

MaPa schloss nun dieses Fenster wieder. Herr Vindermann und Fay verschwanden aus der Wahrnehmung der drei Beobachter.

»Das war, in der Zeitrechnung der Menschen, letzten Samstag«, erklärte MaPa. »Ihr seht also, die beiden kennen sich schon. Jetzt liegt es an euch, eine Möglichkeit zu finden, die beiden zusammenzuführen. Das wäre der erste Schritt für Fay, um ihr Leben zu ändern. Womit sie den Weg der Heilung wählen würde. Was sie wiederum näher an ihre Lebensaufgabe brächte. Wenn ein Mensch seine Lebensaufgabe wirklich lebt, so ist das eine Kraft, die von innen strahlt. Ein Licht, das den Menschen wahrhaft leuchten lässt. Herr Vindermann hat letzte Woche einen kleinen Impuls bei Fay wahrgenommen. Ein Leuchten. Er hat sich Gedanken über sie gemacht. Er hat Fay Aufmerksamkeit geschenkt. Weil er mit seiner Aufmerksamkeit wirklich bei ihr war, konnte er das Leuchten erkennen. Er hat gelernt, die Lebensenergie wahrzunehmen. Dieses Feld, das auch Aura genannt wird. Fay hat in dem Moment etwas gelesen, was ihrer Lebensaufgabe entspricht. Das brachte in ihr diese Essenz, die eigene Aufgabe im Leben, zum Leuchten. Sie ging in Resonanz mit dem, was sie las. Es berührte sie in ihrer Seele. Die Essenz der Lebensaufgabe ist immer bei ihrem Menschen. Sie geht nie ganz verloren. Ein Teil von ihr wird immer im Leben präsent sein. Oft neigt ein Mensch jedoch dazu, diese Lebensaufgabe zu vergessen. Was dann verloren geht, ist die Kraft, die Essenz der Träume und Visionen. Alles andere scheint dann für diesen Menschen wichtiger zu sein. Eure Fay wohnt in einem Umfeld, in dem Geld, materieller Reichtum und Macht herrschen. Viele Menschen sind damit beschäftigt, Geld zu verdienen, um sich Dinge zu kaufen, die schon in dem Moment unwichtig sind, in dem sie sie in Besitz nehmen. Sie suchen das Glück und die Zufriedenheit in Dingen. Sie geben dem Umfeld die Schuld, wenn es ihnen schlecht geht. Anstatt in sich hineinzuhorchen, haben sie Fernseher und Radios, mit denen sie ihre eigenen inneren Stimmen übertönen. Die Natur holen sie sich auf großen Bildern in ihre Häuser. Sie haben vergessen, dass sie selbst ein Teil der Natur sind. Sie sind Natur in ihrem ganzen Sein.

Erde ist dein Körper,
Wasser ist dein Blut,
Luft dein Atem,
Feuer deine Seele.
Mensch, du bist Natur.

Eure Fay ist bereit. Herr Vindermann ist in der Menschenwelt jetzt genau der richtige Lehrer für sie. Ich wünsche euch viel Erfolg bei eurer Reise.«

Mit der sanften Geste einer Umarmung verabschiedete sich MaPa von Lana, Funny und Skulan. Letzterer war jetzt bei Lana und Funny auf der Blumenwiese. Da in der Anderswelt Raum und Zeit aufgehoben sind, war das für Skulan kein Problem. Er war ebenso auf dieser Blumenwiese, wie auch weiterhin an der Seite seines Menschen, Herrn Vindermann.

Die drei schauten sich an. Jeder begann, für sich zu überlegen, wie sie Fay und Herrn Vindermann zusammenführen konnten.

Skulan hob sein Haupt und sagte: »Mein Mensch ist ein guter Reisender. Er fühlt sich sicher, wenn er in der Anderswelt unterwegs ist. Er beherrscht auch die Fähigkeit, die Traumwelten zu bereisen. Wir können ihn in einen Traum eurer Fay schicken. Ich werde ihn darum bitten.«

»Das ist eine geniale Idee«, rief Funny voller Freude. »Fay wird träumen, Fay wird träumen«, trällerte sie vor sich hin.

Lana nickte bedächtig, und somit war es beschlossen: Skulan würde Herrn Vindermann bitten, in Fays Träumen mit ihr Kontakt aufzunehmen.

Skulan war seit langer Zeit ein Verbündeter seines Menschen. Gemeinsam hatten sie schon einigen Menschen geholfen. Aus Erfahrung wusste Skulan, dass bei sehr rationalen, kopflastigen Menschen, wie Fay es zu sein schien, der Weg der Kontaktaufnahme überraschend sein sollte. In einer Weise, die ihren analytischen Verstand austrickste. Ein Traum war da perfekt geeignet.

In Fays Wohnung

Der Bus hatte inzwischen die Randbezirke der Stadt erreicht. Dort, wo Fays Wohnung war, hatte sich früher einmal das Zentrum einer mittelalterlichen Stadt befunden. Ein kleiner Teil davon war heute noch erhalten. Dazwischen standen Wohnhäuser aus den 70er-Jahren. Das gab dem Viertel ein etwas skurriles Aussehen. Mittelalterliche Fassaden, Rundbögen. Hinterhöfe und Gässchen. Daneben graue, quadratische Betonbauten mit riesigen, teilweise mehrstöckigen Schaufenstern. Inzwischen hatte sich das lebendige Zentrum der Stadt mit den Firmen, den modernen Einkaufszentren, Bars und Restaurants weiter nach Süden verlagert. Dorthin, wo die Schnellstraße durch das Tal führte. Fay war das nur recht. So war es in ihrem Viertel ziemlich ruhig - und das gefiel ihr.

Abgesehen von den Touristen, die im Sommer durch die kleinen, verwinkelten Gässchen schlenderten, gab es hier wenig zu sehen. Hauptsächlich lebten hier am Stadtrand Rentner und Pensionäre. Ein paar Künstler hatten sich auch eingefunden. Die Wohnungen waren hier draußen günstiger. Fay mochte die Künstler, auch wenn sie nie mit ihnen redete. Sie mochte es, wenn sie im Sommer die Musik und ihr Lachen von der Straße hörte. Weiter draußen, noch mehr im Grünen, lagen die Villen der Reichen, die in der Stadt ihr Geld verdienten und es sich leisten konnten, in einem Haus auf dem Land zu leben.

Von der Bushaltestelle musste Fay noch bis ans Ende der Straße laufen. Das letzte Haus auf der linken Seite. Es war einer dieser Betonklötze. Drei Etagen übereinander, wobei ihre Wohnung im Erdgeschoss lag. Dritte Türe links.

Die Straße trug den Namen »Am Goldbrunnen«, und ihr Haus hatte die Nummer drei. Laut einer Legende soll es in dieser Gasse einmal eine Quelle gegeben haben, deren Wasser Heilkräfte besessen haben soll. Daher hatte die Straße ihren Namen. Niemand wusste mehr, wo die Quelle gewesen sein soll. Die Legende erzählt, dass die Stadtbewohner durch den Segen dieser Quelle zu unglaublichem Reichtum kamen. Sie waren nie krank, und von überall pilgerten die Menschen zu ihnen. Sie begannen, das Wasser der Quelle in Krüge abzufüllen und an die Menschen zu verkaufen. Mit der Zeit wurden sie immer überheblicher. Sie begannen, das Wasser immer teurer zu verkaufen, und bald konnten es sich nur noch die Wohlhabenden leisten. Daraufhin versiegte die Quelle. Sie verschwand über Nacht und wurde nie wieder gefunden. Das Städtchen versank in Vergessenheit und erlangt erst lange Zeit danach wieder an Bedeutung, als in der Nähe Kohle gefunden wurde.

Jetzt war Fay bei ihrem Haus angekommen. Sie spitzte ihre Lippen und pfiff eine kleine Melodie. Schon kam Pfötchen, ihr Kater, um die Ecke gesaust.

»Na, du Herumtreiber«, sagte Fay liebevoll, »hattest du einen schönen Tag?« Wenigstens einer von uns ist ein Freigänger, dachte sie sich. Pfötchen schmiegte sich an ihre Füße und miaute leidenschaftlich. Fay lachte und ging die letzten Schritte zur Türe mit einem sich anschmiegendem Pfötchen zwischen den Beinen. Das hatten sie schon so oft geübt, es war ein allabendliches Spiel zwischen ihnen. Fay sperrte die Türe auf und betrat das Treppenhaus. Von den neun Parteien im Haus kannte sie niemanden wirklich. Kinder gab es hier keine, soweit sie wusste. Auch in ihrem Haus lebten vorwiegend Menschen im Ruhestand. Am Wochenende kamen zwar ab und an deren Kinder mit den Enkeln zu Besuch, sodass wenigstens ein bisschen Leben im Haus herrschte, aber da war Fay schon früh im Café und las.

Elternbesuch, das sollte sie auch wieder einmal machen. Ihre Mutter lebte noch immer in dem Dorf 40 km entfernt, in das sie beide nach der Scheidung ihrer Eltern gezogen waren. Zumindest soweit Fay wusste, denn sie hatte schon lange Zeit keinen Kontakt mehr zu ihrer Mutter gehabt. Diese hatte irgendwann, nachdem Fay schon ausgezogen war, eine Entziehungskur gemacht und anschließend angefangen, in einer Gärtnerei zu arbeiten. In ihrer Freizeit leitete sie eine Selbsthilfegruppe für Frauen, deren Ehemänner tranken und die zu Gewalt neigten. Das hatte sie ihr bei einem der letzten Telefonate erzählt. Fay fand das zwar großartig von ihrer Mutter, aber wirklich freuen konnte sie sich darüber nicht. Sie fühlte sich um ihre Kindheit betrogen, um die Zeit, in der ihre Mutter süchtig gewesen war. Diese Trauer hielt sie davon ab, ihre Mutter zu besuchen. Jedes Jahr zu ihrem Geburtstag und zu Weihnachten bekam sie einen Brief von ihr. Sie hatte diese Briefe ungeöffnet gesammelt. Sie lagen alle in ihrem Schrank, zusammen mit den vielen anderen Dingen, die sie irgendwann einmal erledigen wollte. Dort befanden sich auch die wenigen Fotos aus ihrer Kindheit und der Jugend, mit denen sie irgendwann einmal ein Album füllen wollte ... Schon wieder diese Gedanken an früher – woher kamen die alle plötzlich? Fay war irritiert. Ihr früheres Leben schien sie einzuholen. Eine Woche vor ihrem 21. Geburtstag war sie bei ihrer Mutter ausgezogen. An diesem Tag hatte sie beschlossen, ihre Vergangenheit aus ihrem Leben zu streichen. Bis zum heutigen Tag hatte sie das auch erfolgreich praktiziert.

Fay bemerkte, dass sie immer noch im Gang stand. Pfötchen miaute inzwischen immer lauter und forderte ihre Aufmerksamkeit. Fay hörte den Strom summen. Sie schüttelte sich, und es war ihr, als ob sie aus einem Traum erwachte. Was war nur mit ihr los? Verwundert ging sie zu ihrer Wohnungstür und wollte aufschließen. Im Türrahmen steckte ein Umschlag. Sie nahm ihn heraus und erkannte die Schrift ihres Vaters. Keine Briefmarke. Er war also hier gewesen … Fay fiel der Wohnungsschlüssel aus der Hand. Pfötchen sprang erschrocken zur Seite und warf den Schirmständer, der neben der Tür stand, scheppernd zu Boden. Fay entfuhr ein Laut, den sie selbst nicht einordnen konnte. Ihr Herz machte einen Satz und begann, wie wild zu rasen. Das letzte Mal hatte sie mit ihrem Vater Kontakt gehabt, als sie 15 war. Mit dem Brief in der Hand bückte sie sich nach dem Schlüssel. Ihre Hände zitterten.

Endlich schaffte sie es, die Tür zu öffnen, und ging geradewegs in die Küche. Pfötchen folgte ihr auf dem Fuß. In der Küche lehnte sie sich an den Kühlschrank. Fay hörte den Strom jetzt nicht nur, sie spürte auch das Vibrieren des Gerätes. Jetzt reicht´s, dachte sie. Alles hat seine Ordnung. Es ist normal, dass Strom zu hören ist. Es ist ein Zufall, dass ich gerade heute an meine Kindheit und an meine Mutter denke. Es ist auch ein Zufall, dass ich heute einen Brief von meinem Vater an meiner Tür finde. Ich werde mir jetzt einfach einen Kräutertee machen. Und ein Bad. Ja, ein Blütenbad mit dieser Mischung aus der Drogerie. Rosenöl und Salz. Das soll reinigen und verwöhnen. Genau so etwas brauche ich jetzt, entschied Fay.

Pfötchen meldete sich nun lautstark zurück. Fay stellte Wasser für den Tee auf. Sie gab Pfötchen sein Futter und eine Schale Wasser dazu. Er umschmeichelte wieder ihre Füße und begann, schnurrend zu fressen. Das Wasser kochte, und Fay wählte einen Entspannungstee. *Beruhigt Körper, Geist und Seele,* wurde auf der Packung versprochen. *Sieben Minuten ziehen lassen.* Perfekt. Sie ging ins Badezimmer und ließ das Wasser für ihr Bad einlaufen. Ihr Blick fiel auf den kleinen CD-Player in der Ecke. Sie erinnerte sich, dass sie irgendwann einmal so eine CD gekauft hatte. Eine geführte Meditation. Irgendwas mit einem inneren Garten.

Fay ging ins Wohnzimmer. Die Stereoanlage stand im Regal beim Fernseher. Daneben standen ein DVD-Player und eine kleine Sammlung eher bedeutungsloser Filme. Auf einem Tisch daneben ihr Computer. Die Palme in der Ecke brauchte Wasser. Fay seufzte. Nur wenige Pflanzen in ihrer Wohnung lebten lange. Ah, da war ja die CD. Auf dem Weg in die Küche schaute sie ins Badezimmer. Das Wasser brauchte noch einen Moment. Fay seihte ihren Tee ab. Er duftete herrlich, und sie freute sich auf ihr Bad. Mit dem Tee und der Meditationsreise in ihren inneren Garten. Im Bad stellte Fay den Tee auf das Tischchen neben der Badewanne. Den CD-Player platzierte sie in einem sicheren Abstand zur Wanne. Wo war noch mal dieses Badesalz? Fay überlegte. Genau, das hatte sie ja im Schlafzimmer abgestellt. Fay ging in ihr Schlafzimmer. In einer Ecke standen verschiedene Tüten mit lauter Dingen, die sie sich irgendwann einmal gekauft hatte. Da sollte ich auch einmal ausmisten, dachte Fay mit schlechtem Gewissen. Sie zog sich aus, nahm ihren Bademantel vom Haken an der Schlafzimmertür und schnappte sich das Badesalz. Bereit für Entspannung … CD einschalten, das Badesalz in die Wanne geben. Dabei fiel ein kleineres Plastikpäckchen aus der Pappschachtel ins Wasser.

»Sie liegen in einer für Sie angenehmen Position auf ihrem Rücken …«, hörte Fay eine Frauenstimme säuseln.

Was ist denn das?, dachte Fay, als sie das kleine Plastikpäckchen wieder herausfischte. Sie las den Aufdruck: *Rosenölbad.* Aha, das Öl ist also gar nicht im Salz. Sie versuchte, das kleine Päckchen zu öffnen. Mit ihren nassen Händen rutschte sie immer wieder ab.

»Sie atmen tief und gleichmäßig in Ihren Bauch. Nun spüren Sie, wie sich Ihr Körper nach und nach immer mehr entspannt«, sagte die Stimme auf der CD.

Schöne Entspannung, Fay zog eine Grimasse. Mit ihren Zähnen riss sie die Packung auf. Ein Geschmack nach Seife entfaltete sich auf ihrer Zunge. Igitt, schmeckte das eklig. Sie drückte das Rosenölbad aus der Packung in die Wanne.

»Vor Ihnen erscheint nun eine wunderschöne Blumenwiese«, verlautete die Stimme der Frau aus dem Hintergrund.

Verdammt, eine Blumenwiese entfaltet sich gerade auf meinen Geschmacksnerven! Fay legte den Bademantel ab und stieg in die Wanne. Die Salzkristalle am Boden der Wanne hatten sich noch nicht aufgelöst und piksten. Es war, als ob ihr Hintern auf lauter kleinen Steinchen säße.

»Sie fühlen, wie Sie auf dieser Blumenwiese liegen und dabei die weiche Erde unter sich spüren«, erklärte die Stimme. »Lassen Sie ihre Gedanken immer weiter dahinziehen wie die Wolken über ihnen.«

Welche Wolken? Über mir ist die Badezimmerdecke. Naja, die feuchten Stellen an der Decke könnten als Wolken interpretiert werden. Wenigsten lösten sich jetzt langsam die Salzkristalle auf. Ach ja, dachte Fay, einen Schluck Tee, der entspannt Körper, Geist und Seele. Fay setzte sich in der Badewanne auf und nahm die Tasse in die Hände. Lauwarm.

»Schauen Sie sich auf der Wiese um. Da gibt es irgendwo eine Stelle, die Sie anspricht. Sie möchten dorthin gehen. Nachsehen, was sich an dieser Stelle befindet.«

Fay stellte die Tasse mit dem lauwarmen Tee wieder auf das Tischen. Sie rutschte zurück in die warme Wanne. Das Letzte, was sie hörte, bevor sie einschlief, war: »Je näher Sie zu dieser Stelle kommen, desto klarer erkennen Sie ein Tor. Betrachten Sie dieses Tor mit all ihren Sinnen, und wenn Sie dazu bereit sind, durchschreiten Sie es. Es ist das Tor zu Ihren inneren Garten.

Als Fay aufwachte, war ihr kalt. Sie brauchte einen Augenblick, bis sie registrierte, dass sie in der Badewanne lag. Das Wasser war eiskalt, die CD wohl schon lange aus. Offensichtlich hatte sie sich entspannt. Extrem entspannt sogar. Fay raffte sich auf und stieg aus dem Wasser. Schnell kuschelte sie sich in ihren Bademantel. Der Tee war natürlich ebenfalls kalt. Pfötchen hockte an der Türschwelle zum Badezimmer. Er schaute sie aus seinen bernsteinfarbenen Augen an. In diesem Moment hatte Fay das Gefühl, dass Pfötchen mit ihr Kontakt aufnehmen wollte. Es war, als ob er in ihre Seele schauen könne. Noch so ein komischer Gedanke! War wohl doch nichts mit der Entspannung, scherzte Fay mit sich selbst.

Wie aus dem Nichts ging ihr plötzlich ein Gedanke durch den Kopf, ein Satz aus ihrem Traum: »Das wichtigste Buch in deinem Leben ist das, welches du selbst schreibst.«* Sie erinnerte sich nur an diesen Satz. Die Stimme, die diesen Satz in ihrem Traum gesagt hatte, kam ihr bekannt vor. Ihr wollte jedoch nicht einfallen, zu wem sie gehörte.

Fay ging in ihr Wohnzimmer und schaltete den Fernseher ein. Ohne Ton. Die bewegten Bilder gaben ihr das Gefühl von Gesellschaft. Dann fühlte sie sich nicht so allein. Am Freitagabend kam ihre Lieblingssendung im Radio. Zwei Stunden Berichte über fremde Völker und deren Riten. Untermalt von Musik aus aller Welt. Sie schaltete das Radio an. Fay beschloss, sich noch einmal einen Tee zu kochen. Sie ging in die Küche, schaltete den Herd ein, und während sie darauf wartete, dass das Teewasser heiß wurde, hörte sie Urwaldgeräusche aus dem Amazonas im Radio.

Das Wasser begann zu brodeln, der Fernseher summte, obwohl der Ton abgestellt war. Der Kühlschrank sprang an. Fay hörte den Strom summen. Es könnte auch ein Tinnitus sein, versuchte sie, sich selbst zu trösten. Oder ein Burn-out, das soll ja auch so anfangen, hatte sie irgendwo gelesen. Sie goss sich den Tee in ihre Tasse. Ihr Blick fiel auf das Kuvert mit dem Namen ihres Vaters darauf. Fay nahm den Umschlag in die eine und die Teetasse in die andere Hand. Den Brief legte sie zu den ungeöffneten Briefen ihrer Mutter. In den Schrank mit den Dingen, um die sie sich irgendwann einmal kümmern würde. Da drinnen lagen die

* Zitat Georg Gschwandler

beiden wenigstens jetzt friedlich beieinander, ging es Fay durch den Kopf.

Mit ihrer Teetasse ging sie ins Wohnzimmer. Sie schaltete die Leselampe neben dem kleinen Sofa an und stellte den Tee auf dem Tischchen vor dem Sofa ab. Sie las gerade ein Buch über einen europäischen Reisenden, der sich auf der Suche nach Heilung zu Schamanen in Ecuador aufgemacht hatte. Fay hatte das Buch letzte Woche im Café mitgenommen. Hans, der Reisende in diesem Buch, kämpfte sich gerade schweißgebadet durch den Regenwald. Schwungvoll warf sich Fay auf ihr Sofa und zog ihre Lieblingsdecke über die Knie. Ein Griff, und sie hatte die Seite im Buch gefunden, auf der sie weiterlesen wollte. Mit einem Satz landete Pfötchen auf ihrem Bauch. Schnurrend massierte er sie mit seinen Pfoten. Sie streichelte ihn über seinen Kopf, und er legte sich hin. Fay begann zu lesen.

Als sie die letzte Zeile des Buches gelesen hatte, war es bereits nach Mitternacht. Sie seufzte, wieder eine Geschichte vorbei. Es war so schön, mitzuerleben, wie Hans seinen Weg fand. Am anderen Ende der Welt, in Südamerika. Der Tee auf dem Tisch war unberührt. Fay schob Pfötchen sanft auf die Seite, warf die Decke zurück und stand auf. Der Kater streckte seinen schlanken Körper elegant und kraftvoll durch. Fay streckte sich, und ihre Gelenke knackten. Sie schaltete das Radio und den Fernseher aus. Der Kühlschrank summte nach wie vor. Nie war es wirklich still in ihrer Welt. Fay löschte im Wohnzimmer das Licht. Sie ging ins Badezimmer und putzte sich die Zähne. Ab ins Bett, dachte sie, morgen habe ich Literatur-Frühstück! Sie zog sich ihren Pyjama mit den aufgedruckten Teddybären an, legte sich hin und schlief mit einem Lächeln auf den Lippen ein. In ihrem Arm hielt sie eine Stoffschildkröte. Diese Schildkröte war das Einzige, was sie noch aus ihren Kindertagen besaß.

Am nächsten Morgen wachte Fay schweißgebadet auf. Sie rieb sich die Augen. Bilder aus ihrem Nachttraum tauchten auf. Dschungel, Hitze und der Geruch von nasser Erde. Sie musste wohl Teile dieser Geschichte von Hans im Dschungel geträumt haben. Auch Pfötchen war in ihrem Traum vorgekommen. Allerdings war er ihr viel größer erschienen – als schwarzer Panther. Sie schaute sich im Schlafzimmer um und fand ihren Kater eingerollt am Fußende ihres Bettes. Dort schlummerte er friedlich. Während sie sich streckte, kam ihr ein Satz aus ihrem Traum in den Sinn: »Das wichtigste Buch in deinem Leben ist das, welches du selbst schreibst.« Sie erstarrte. Das war doch derselbe Satz, den sie auch im Kopf gehabt hatte, als sie gestern in der Badewanne aufgewacht war. Wieder erschien ihr die Stimme, die den Satz formuliert hatte, irgendwie vertraut. So sehr sie sich auch bemühte, es fielen ihr keine weiteren Traumbilder mehr ein. Fay zuckte mit den Schultern. Was soll's … Sie hatte sich daran gewöhnt, dass ihre Nächte meist traumlos waren. Aber dass sie jetzt offenbar gleich zweimal hintereinander denselben Traum gehabt hatte, war schon spannend. Und in beiden Träumen war dieser Satz aufgetaucht. Was der wohl zu bedeuten hatte? Sollte sie jetzt etwa ein Buch schreiben? Sie lachte laut auf. Ja, genau … Sie, die Legasthenikerin, die mit ihrer Perfektion und ihrem Hang zur Korrektheit Nächte durchgebüffelt hatte. Sie hatte Wort für Wort auswendig lernen müssen. Vor allem die Worte mit dem langen I und dem stummen H, die ihr immer solche Schwierigkeiten bereitet hatten. Nur so hatte sie ihren Abschluss machen können. Danach hatte sie sich eine Arbeit gesucht, bei der sie so wenig wie möglich auf Rechtschreibung achten musste. Bei Babylon, in ihrer Abteilung, war das einfach. Alle Briefe waren als Vorlagen auf dem Computer abgespeichert. Sie musste nur den Namen und die Adresse eingeben. Selbst die Antworten auf die Beschwerden der Kunden waren schon vorformuliert.

Mit dem Zurückwerfen ihrer Bettdecke verscheuchte Fay ihre Gedanken an die Firma. Heute war Samstag, ihr freier Tag, den sie wie üblich im Café verbringen würde. Schwungvoll stand sie aus ihrem Bett auf. Pfötchen sprang ebenfalls vom Bett und macht einen Katzenbuckel. Ein empörtes Miau tat kund, dass er noch gut und gerne länger hätte schlafen können. Fay ging ins Bad. In der Küche richtete sie danach für Pfötchen eine Schale Milch und ein wenig Trockenfutter. Pfötchen kam angetrabt und bedankte sich mit dem wohlbekannten Schmeichler um ihre Beine. Ein Blick auf die Küchenuhr sagte Fay, dass sie noch eine halbe Stunde Zeit hatte, bis das Café öffnete. Pfeifend schlenderte sie in ihr Schlafzimmer und wählte eine bequeme Hose und eine leichte Bluse für den Tag aus. Es war Frühling, und die Sonne versprach einen schönen, warmen Tag.

Als Fay wieder zurück ins Wohnzimmer kam, saß Pfötchen an der Balkontür. Er hatte sein Frühstück beendet und wollte nun hinaus in den neuen Tag. Als Fay die Tür für ihn öffnete, fiel ihr Blick hinaus auf das kleine Stück Garten vor ihrer Tür. Sie traute ihren Augen nicht! Da flog tatsächlich ein Schmetterling in ihrem Garten! Er kam in ihre Richtung und flatterte mit seinen zarten, weißen Flügeln vor ihrer Nase herum. Fay konnte es nicht glauben. Nach sieben Jahren, die sie nun hier lebte, sah sie nun zum ersten Mal einen Schmetterling in ihrem Garten. Es kam ihr vor, als wäre sie ein kleines Kind, das sein höchstes Glück in diesem Moment erlebte. Wärme und Freude erfüllten ihr Herz. Der Schmetterling verweilte für einen Moment auf einer kleinen, gelben Blume, die ihren zarten Kopf aus der Erde streckte. Fay schien es, als ob dieser Schmetterling in einem ganz besonderen Licht schimmerte. Ja, beinahe, als ob er leuchtete! Ob das seine Aura war? Das hatte sie auch schon einmal gelesen. Die Aura war ein Energiefeld, das alle Lebewesen umhüllte. So oder so ähnlich war es in dem Buch beschrieben worden. Dann flatterte der Schmetterling auf und flog über das kleine Stück Garten hinweg in Richtung der Weiden und des Waldes. Fay schaute dem Schmetterling nach. Mit ihm flatterten auch ihre Gedanken über die Aura hinweg. Das kann nur ein besonders guter Tag werden, dachte sich Fay. Sie freute sich über ihre Zuversicht. Dieses Gefühl hatte sie schon lange nicht mehr empfunden. Sie konnte spüren, dass etwas Besonderes bevorstand. Es lag förmlich in der Luft.

Fay schnappte sich ihre Sachen und machte sich auf den Weg zum Café.

Die kleine, graue Raupe

Nachdem Lana, Funny und Skulan beschlossen hatten, Fay durch Herrn Vindermann einen Traum zu schicken, erhob sich Skulan mit kraftvollen Flügelschlägen in die Luft. »Wenn wir uns wiedersehen, werde ich euch berichten, wie es meinem Menschen ergangen ist«, rief Skulan im Wegfliegen.

Lana und Funny blieben auf der Blumenwiese zurück. Beide waren noch ganz gefangen von den vielen Eindrücken, die sie gerade gewonnen hatten.

Bislang war ihr Dasein in der Anderswelt verhältnismäßig ruhig verlaufen. Das Leben war hier sehr leicht. Durch die Nähe zu MaPa, dem großen Geheimnis, war die Dualität aufgelöst. Zeit und Raum ebenso. Bisher hatten Lana und Funny die Anderswelt genau so wahrgenommen, wie es ihrer jeweiligen Essenz - der Ruhe und der Lebensfreude - entsprach. Beide verstanden nun, was MaPa ihnen über das Vergessen erklärt hatte. Sie hatten hier in der Anderswelt beide vergessen, dass sie Teile einer inkarnierten Menschenseele waren. So, wie Fay vergessen hatte, dass es sie beide gab und sie eigentlich zu ihr gehörten. Für sie beide war dieses Vergessen wichtig gewesen, um ihre Essenz erhalten und diese in ihrer ganzen Kraft entfalten zu können. So konnten sie hier in der Anderswelt, ganz nahe bei MaPa, heil werden.

Nun war jedoch die Zeit dafür reif, dass die Erinnerung wiederkam. Und damit die Sehnsucht nach der inkarnierten Menschenseele. Mit der Erinnerung wurden sie auch immer manifester. Bisher waren beide reine Kraft und

Energie gewesen. Nun wurden sie immer körperlicher. Sie bemerkten beide, dass sie sich nach und nach verdichteten.

Für Fay war diese Zeit des Vergessens wichtig gewesen, um andere Essenzen entfalten zu können. Aufmerksamkeit, Genauigkeit, Ordnung, Perfektionismus, Angst. Die Angst konnte verwandelt werden. Sie war ein Verbündeter der Menschen. Ein großer Lehrmeister des Lebens auf der Erde. Ihr gegenüber stand die Liebe. Das musste Fay noch erkennen. Die anderen Essenzen waren in ihrer Kraft ebenso wichtig. Vor allem, wenn Fay lernen würde, in die Anderswelt zu reisen, und sich ihr Leben zu verändern begänne. Wenn Fay es schaffte, den Ruf ihrer Seele zu hören, würde sich für sie das Tor in die Anderswelt öffnen. Sie würde dann beginnen, ihr Leben auf der Erde neu zu ordnen.

Funny schaute Lana an und jubelte: »Wer hätte das gedacht?! Was so ein Zusammentreffen von uns beiden alles bewirken kann …« Fröhlich tanzte sie über die Wiese und summte eine Melodie. Plötzlich blieb sie stehen und drehte sich um. »Du, Lana, weißt du, was wir vergessen haben zu fragen? Ob es noch mehr von uns hier in der Anderswelt gibt …«

Lana lächelte Funny an und meinte: »Wenn die Zeit reif ist, werden sie sich zeigen, Funny. So, wie sich auch Skulan und Herr Vindermann gezeigt haben.«

»Hallo? Hallooooooo ihr beiden! Könnt ihr mich sehen?«

Lana und Funny schauten sich verwundert um. Woher kam dieses kleine piepsende Stimmchen?

»Nein, so geht das nicht. Ihr müsst schon zu mir runterschauen«, rief dasselbe Stimmchen. »Hier unten auf der Wiese. Ich sitze auf der kleinen, gelben Blume, direkt vor euch!«

Lana und Funny entdeckten sie gleichzeitig. Eine unscheinbare, kleine, graue Raupe. Erstaunen erfasste die beiden.

Funny platzte heraus: »Wer bist denn du?«

»Ich bin Kurt«, stellte sich die Raupe den beiden vor. »Ich muss euch sagen, dass ich schon länger hier auf der Wiese verweile.« Kurt räusperte sich. »Nicht, dass jetzt der Eindruck entsteht, dass ich gelauscht hätte … Ihr wart allerdings so beschäftigt, dass ihr mich wohl kaum wahrgenommen hättet. Ich bin einer von Fays Begleitern, ein Krafttier, so, wie Skulan für Herrn Vindermann. Aber doch ein bisschen anders. Ich werde Fay nur ein kleines Stückchen ihres Wegs begleiten. Das wurde mir in dem Moment klar, als MaPa euch Fay zeigte. Die Sehnsucht, die ich dabei empfunden habe, war meine tiefe Liebe zur Veränderung. Im Moment lebt Fay viele meiner Eigenschaften. So, wie ich, ist sie unauffällig. Beide sind wir eher still, reden sehr wenig. Ich nage gerne perfekt symmetrische Muster in Blätter. Fay stellt die Sachen auf ihrem Schreibtisch immer in perfekt symmetrischen Verhältnissen zueinander. Die meiste Zeit langweile ich mich. Fay lenkt sich mit Büchern und Fernsehen ab. In Wirklichkeit langweilt sie sich auch. Diese Liebe zur Veränderung lässt einen Wunsch in mir aufkommen. Dieser Wunsch erfordert meine ganze Aufmerksamkeit. Ich wünsche mir, endlich ein Schmetterling zu werden. Das kann ich aber nur mit Fays Hilfe. Sie muss ebenso bereit sein, diese Wandlung zu vollziehen. Heute habe ich Fay einen Schmetterling in ihren Garten geschickt. Seit sie diesen Garten vor ihrer Tür hat, wünscht sie sich, einen Schmetterling zu sehen. Ich wünsche mir, dass sie dieses Zeichen versteht. Und ich glaube, dass wir alle drei uns gut ergänzen.« Etwas atemlos beendete Kurt seinen Monolog.

Lana schmunzelte: »Das war jetzt aber ganz schön viel gesprochen für jemanden, der von sich sagt, kaum zu reden.«

Kurt schaute sie verdattert an: »Ja, du hast recht. So viel habe ich noch nie gesprochen. Aber Dinge ändern sich nun mal, und das ist mir nur recht.«

Funny kicherte. »Kaum zu glauben, dass aus dir irgendwann ein Schmetterling werden soll. Natürlich weiß ich das, aber es ist einfach erstaunlich!« Mit der Neugierde und dem aufrichtigen Interesse einer Achtjährigen betrachtete Funny Kurt ganz genau. »MaPa ist einfach fantastisch! Die Schöpfung, das ganze Leben, alles ist so unglaublich spannend und voller Überraschungen. In jedem Moment!«

In diesem Augenblick landete Skulan wieder bei den Dreien. Kurt stellte sich erneut vor, und Funny erzählte Skulan im Schnelldurchgang Kurts Geschichte.

Skulan schaute amüsiert in die Runde. »Das wird ja immer vielfältiger hier. Hallo, Kurt, ich freue mich, dass du bei uns bist. Ich bin gespannt, wer uns auf der Reise noch alles begegnen wird.

Lana schaute Skulan fragend an: »Wie meinst du das?«

Skulan erwiderte: »Ich war unterwegs zu meinem Menschen. Ich wollte ihn um den Traum für Fay bitten. Dabei flog ich über eine wunderschöne Sumpflandschaft. Wie es Sümpfe aber so an sich haben, gibt es dort auch modrige Stellen. In einer dieser eher düsteren, modrigen Ecken sah ich ein Leuchten. Als ich meine Aufmerksamkeit auf dieses Leuchten richtete, nahm ich wahr, dass es sich um einen Teil, eine Essenz, handelt, die unmittelbar zu euch beiden gehört. Bevor ich jedoch genau erfahren habe, welche Essenz es ist, wurde meine Aufmerksamkeit zu meinem Menschen gezogen, der nach mir rief.«

Hüpfend schnatterte Funny drauflos: »Eine Essenz, die zu uns beiden gehört? Was könnte das sein, Lana? Vielleicht der Schalk? Oder der Mut? Lebensfreude braucht auch Mut … Braucht die Ruhe auch Mut?«

»Warte mal ein bisschen mit deinen Fragen«, unterbrach Lana sie. »Skulan, hast du deinem Menschen unsere Bitte um Hilfe überbracht?«

»Ja, das habe ich«, antwortete Skulan. »Er versprach mir, zu prüfen, ob er diese Aufgabe übernehmen darf.

Wenn mein Mensch einen Auftrag wie diesen bekommt, hält er immer erst Rücksprache mit seinen Lehrern und Verbündeten. Er fragt auch stets beim höchsten Selbst des Menschen, für den er arbeiten soll, nach. Dieses höchste Selbst weiß genau, was für den inkarnierten Menschen im Moment wichtig und richtig ist. Wir Verbündeten von Herrn Vindermann ebenso wie das höchste Selbst von Fay haben unsere Zustimmung gegeben. Mein Mensch träumte sich also in Fays Traumwelt. Ich konnte beobachten, dass es recht schwierig für ihn war. Fay ist in einem Zustand der körperlichen und seelischen Überlastung. Im Moment funktioniert sie einfach nur. Sie findet keine Ruhe, und dann ist es schwer zu träumen. Sie meint, das Fließen des elektrischen Stroms zu hören. Dabei ist es das Vibrieren ihrer Seele, die nach ihr ruft. Sie hat vergessen, wie ihre Seele klingt. Herr Vindermann hat Fay in ihrem Traum einen Hinweis hinterlassen. Nun können wir nur abwarten, was geschieht.« Damit schloss Skulan seinen Bericht.

»Wir können uns aber auch auf den Weg zu diesem Sumpf machen«, sagte Funny voller Tatendrang. »Das macht sicher mehr Spaß, als einfach herumzusitzen und abzuwarten.«

Lana nickte. »Ja, ich bin auch der Meinung, wir sollten zum Sumpf gehen. Ich sehe es als Hinweis für uns, dass Skulan das Leuchten wahrgenommen hat.«

»Einer von euch muss mich dann aber schon tragen, wisst ihr, ich bin nicht so schnell wie ihr«, warf Kurt ein.

Die drei anderen mussten lachen. »Wir werden dich abwechselnd tragen, damit sich keiner von uns übernimmt«, versicherte ihm Skulan augenzwinkernd.

Lana und Sunny nahmen sich an den Händen. Funny hatte Kurt auf einem großen Blatt Spitzwegerich in ihrer freien Hand. Skulan setzt sich auf die rechte Schulter von Lana. Alle vier richteten ihre ganze Aufmerksamkeit auf einen leuchtenden Punkt im Sumpf. Jenen Punkt, der in ihnen Resonanz erzeugte. Eine Sehnsucht nach einer Seelenessenz, die zu ihnen gehörte. Welcher Sumpf der richtige ist, das wusste Skulan. Sie spürten, wie es sie über die Blumenwiese hinweg in die Ferne zog, und gaben sich diesem Gefühl vertrauensvoll hin. Sie wussten, dass der Fluss des Lebens, die Energie der Lebenskraft, sie auf ihrer Reise führte.

Ist der Schüler bereit, zeigt sich der Lehrer

Beschwingt betrat Fay das Café genau fünf Minuten, nachdem es geöffnet hatte. Herr Vindermann musste schmunzeln. Jeden Samstag, kurz nachdem er die Tür um acht aufgesperrt hatte, war Fay da. Verlässlich wie der Glockenschlag einer Kirche, und das seit sieben Jahren. Heute würde er mit ihr sprechen, das war klar, nachdem ihm Skulan gestern Abend die Nachricht von Fays Seelenessenzen überbracht hatte.

Nachdem er sich die Erlaubnis für diese Aufgabe eingeholt hatte, war er in ihre Traumwelt gereist. Allerdings hatte sich dieses Unterfangen als schwieriger herausgestellt, als er gedacht hatte. Fays Traumwelt war dermaßen von äußeren Einflüssen überlagert, dass sie sich als reinstes Chaos darstellte. Ihr Schlaf war so unruhig wie ihre Traumwelt. Kaum ein Traumbild hatte eine Chance, sich lange genug zu zeigen, um in Fays Bewusstsein vorzudringen. Überhaupt schien diese junge Frau sich ständig abzulenken. Bei der Arbeit tat sie offenbar doppelt so viel wie ihre Kollegen. In ihrer Freizeit sammelte sie allerlei Informationen. Ihre Gedanken waren voller Bilder von der Arbeit. Voll von fremden Menschen in fernen Ländern. Bilder aus Büchern und aus dem Fernsehen schwirrten herum. Herr Vindermann hatte sich darauf konzentriert, wenigstens einen Satz zu Fay durchdringen zu lassen. Ein Satz, der ihm selbst sinnvoll für diese junge Frau erschien. Ein Satz über Bücher, die im Leben von Fay offensichtlich eine große Rolle spielten. Dieser eine Satz würde heute Fays ganzes bisheriges Weltbild verändern. Er würde vorsichtig vorgehen müssen.

Es war wichtig, dass Fay aufgerüttelt wurde. Er durfte sie aber auch nicht verschrecken. Der rechte Augenblick würde sich ihm offenbaren. Darauf vertraute er.

Jedes Mal wenn Fay die Schwelle des Cafés überschritt, war es, als würde sie in eine andere Welt eintauchen. In eine Zauberwelt voller Abenteuer. Dieser vertraute Geruch bedruckter Buchseiten, gemischt mit dem Staub der Zeit.

Die Sonne fiel durch die hohen Fenster ins Café. Beim Öffnen der Tür war ein Luftzug durch den Raum gewirbelt, sodass Fay den Staub im Licht der Sonne tanzen sehen konnte. Der Duft von alten Holzmöbeln und frischem Kaffee war allgegenwärtig. Wie immer stand Herr Vindermann hinter der Theke und lächelte sie freundlich an. Wie schön es doch war, eine Gewissheit im Leben zu haben, dachte Fay. Ihre Gewissheit war dieser Ort. Er schenkte ihr Sicherheit und Vertrautheit, Geborgenheit und Freude. Dieser Ort versprach ihr Stunden des Genusses in der Welt der Bücher. Und er hielt sein Versprechen, jeden Samstag.

»Guten Morgen, Fay«, sagte Herr Vindermann. »Pünktlich wie immer«, ergänzte er mit einem Lächeln.

»Guten Morgen, Herr Vindermann«, antwortete Fay ihm, während sie auf die Theke zuging.

Dort angekommen legte sie ihre Tasche auf die Theke und holte die Bücher heraus, die sie letzte Woche mit nach Hause genommen hat. Fay bemerkte, dass ein Buch fehlte. Es war das Buch von gestern Abend. Das Buch von diesem Hans, der im Dschungel unterwegs gewesen war. Sie musste es gestern, als sie ins Bett gegangen war, im Wohnzimmer liegen gelassen haben. Heute früh war sie so voller Freude über den Schmetterling gewesen, dass sie wohl nicht mehr daran gedacht hatte, es einzupacken.

Fay war peinlich berührt. So etwas entsprach überhaupt nicht ihrer Art. Sie war doch sonst immer so korrekt. Noch nie hatte sie eines der Bücher vergessen zurückzubringen, wenn sie es gelesen hatte. Verlegen schaute Fay Herrn Vindermann an. Mit einer leicht zittrigen, piepsigen Stimme sagte sie: »Das ist mir jetzt wirklich unangenehm, Herr Vindermann. Ich habe eines Ihrer Bücher zu Hause vergessen.« Fay spürte, wie ihre Wangen sich röteten.

Herr Vindermann lachte. Er hatte ein fröhliches, angenehmes Lachen, das Fay sofort ein wenig beruhigte. Seine Augen blickten sie freundlich an. »Fay, das macht doch nichts. Sie kommen doch sowieso jeden Samstag. Dann bringen Sie mir das Buch eben nächste Woche mit. Aber wissen Sie was, Fay, zur Wiedergutmachung könnten wir beide uns ab heute duzen. Immerhin sind Sie mein treuester Gast. Und wir kennen uns ja auch schon seit sieben Jahren.« Herr Vindermann strahlte über das ganze Gesicht. »Ich bin Hans«, sagte er und streckte Fay seine Hand entgegen.

Verblüfft entgegnete Fay den Handschlag. Seine Hand war warm, die Haut weich. Der Griff fest und vertrauenerweckend. Fay kam die Stimme von Herrn Vindermann in diesem Moment irgendwie sehr bekannt vor. Hatte ihr schon einmal jemand das Du angeboten? Sie konnte sich nicht erinnern. In der Firma war sie Fräulein Heylrich. Sie kam sich eh schon wie eine alte Jungfer vor. In ihrem Alter sind die meisten Frauen schon verheiratet. Oder sie haben studiert und sind eine Frau Doktor. Fay spürte, wie es ihr warm ums Herz wurde. Ein Gefühl der Freude breitete sich in ihr aus. Wie angenehm, dachte sie. Ich wusste es doch, der heutige Tag ist etwas Besonderes.

Schüchtern lächelte sie und sagte: »Ich bin Fay. Gern möchte ich Sie, ähm, dich duzen.«

»Prima, Fay, dann bin ich für dich ab sofort Hans.« Herr Vindermann zwinkerte ihr verschmitzt zu. »Frühstück wie immer? Kaffee mit Butterkipferl und einem Joghurt?«

»Ja, gerne, Hans, ich suche mir derweilen ein Buch, danke«, antwortete Fay. Sie schlenderte zwischen den Regalen herum. Vor Kurzem hatte sie begonnen, sich vor allem für

Bücher über Schamanismus zu interessieren. Für heute wollte sie sich in dieser Rubrik umsehen, was es da über Rituale und Zeremonien zu erfahren gab. Nicht lange, und sie fand ein Buch mit dem Titel *Die Schwitzhütte – Reinigungsritual und Neugeburt ins Leben.* Der Text auf der Rückseite klang vielversprechend. Hintergründe und Geschichte der Schwitzhütte. Das Ritual und seine Wirkung. Erfahrungsberichte von Teilnehmern und Leitern der Zeremonie. Genau nach ihrem Geschmack! Von allem etwas. Geschichtliche Zusammenhänge, Erzählungen und Erfahrungen zu einem Thema kompakt in einem Buch zusammengefasst. Sie nahm sich das Buch und ging zu ihrem Stammplatz. Auf dem Tischchen stand schon ihr Frühstück parat. Perfekt, freute sich Fay und kuschelte sich mit dem Buch in ihren Ohrensessel.

Fay hatte gerade die historische Abhandlung über die Entstehung der Schwitzhütte gelesen, als Hans an ihren Platz kam. »Du interessierst dich in letzter Zeit sehr für das Thema Schamanismus«, sagte er und deutete auf das Buch, während er das gebrauchte Geschirr abräumte.

Lächelnd schaute sie ihn an: »Ja, ich mag diese Bücher über die Geschichten der Menschen. Ihre unterschiedlichen Sichtweisen über die Welt und das Leben. Es gibt so viele verschiedene Vorstellungen darüber. Das finde ich faszinierend.« Sie lachte und ergänzte: »Ich werde wohl ein ganzes Leben darüber lesen können, ohne jemals alles zu erfahren.«

»Das wichtigste Buch in deinem Leben ist das, welches du selbst schreibst«, antwortete ihr Hans in diesem Moment. »Beginne das, was du in den Büchern liest, zu leben. Setze das um, was dich berührt. Dann kannst du das Buch deines Lebens selbst schreiben.«

Fay hat nur den ersten Satz gehört: »Das wichtigste Buch in deinem Leben ist das, welches du selbst schreibst.«

Der Rest war nur noch ein Summen in ihrem Kopf gewesen – sie hörte wieder den Strom. Das musste der Strom aus der Leselampe neben ihr sein. Ja, sicher, die summte dort auf dem Tisch. Der schmale Metallfuß vibrierte ganz leicht auf der Glasplatte. Daher kam dieses Summen. Verrückt, das Summen klang wie ihr Name. Als würde jemand ihren Namen singen. Fay fasste sich wieder. Für einen Moment. Ihre Gedanken rasten. Es war der Satz aus ihrem Traum. Nein, halt, aus ihren zwei Träumen. Hatte sie ihn einmal geträumt oder zweimal? War die Erinnerung von heute Morgen, eine Erinnerung an den Traum aus der Badewanne? Warum hatte Herr …, ups, warum hatte Hans diesen Satz jetzt gesagt? Fay spürte, wie sich ihre alte Freundin, die Unsicherheit, breitmachte. Was sollte das alles? Und die Stimme? Ja, das war dieselbe Stimme wie im Traum. Wie auch vorhin, als Hans mir seine Hand gereicht hatte. Der Moment, in dem er sagte: Ich bin Hans. Genau so hatte seine Stimme jetzt geklungen. War Hans die Stimme in ihrem Traum? Jetzt spinne ich vollkommen, ging es Fay durch den Kopf. Sie erschrak über sich selbst. Was passiert hier mit mir? Fay hatte das Gefühl, dass sich alles auflöste. Alles, was sie mühsam aufgebaut hatte. Sie hörte offensichtlich Stimmen im Traum. Die zu lebenden Menschen gehörten. War sie etwa schizophren? Seit gestern dachte sie über ihre Kindheit und ihr Leben nach. So intensiv wie schon seit Jahren nicht mehr. Seit sieben Jahren genau genommen. Waren das verdrängte seelische Verletzungen, die sich da meldeten? Ich brauche eine Therapie. Gleich am Montag werde ich mir einen Psychiater suchen, beschloss Fay in diesem Moment.

Der nächste Satz drang wieder zu ihr durch … »Fay geht es dir gut? Möchtest du noch etwas zu trinken?« Hans stand immer noch vor ihr.

»Ähm, ja einen Tee bitte.« Verzweifelt klammerte Fay sich an ihrem Buch fest. Sie wandte den Blick ab, räusperte sich und begann wieder zu lesen. Zumindest tat sie so, als wäre sie in ihr Buch über die Schwitzhütte vertieft. Hans schmunzelte wissend. Er schlenderte an die Theke, um den Tee für Fay zu kochen. Er würde ihr einen seiner selbst gebackenen Kekse dazulegen.

Gerade, als das Teewasser zu kochen begann, stand Fay aus ihrem Sessel auf. Sie hatte aufgegeben. Es war nicht mehr daran zu denken, hier in Ruhe weiterzulesen. Sie beschloss, nach Hause zu gehen. Es war schon lange einmal wieder nötig, die Wohnung aufzuräumen. So richtig gründlich. Dabei konnte sie vielleicht diese komischen Gedanken abstellen. Sie musste nur den Fernseher und das Radio laut genug aufdrehen. Gute, laute Musik hatte schon immer ihren Kopf frei gemacht. Es war das erste Mal seit Ewigkeiten, dass sie schon kurz nach Mittag aus dem Café ging. Zweimal war es bisher vorgekommen. Beide Male hatte ihr Chef aus der Abteilung morgens angerufen. Er hatte dringend ihre Hilfe gebraucht. Am Samstagnachmittag. Für den Monatsabschluss in ihrer Abteilung. Natürlich war sie hingegangen. Auf sie war Verlass. Aber diesmal war es anders. Auch das Gefühl dabei war ein anderes. Ihre Wohnung war sauber, und abgesehen davon war sie ja ohnehin nie zu Hause. Verwirrt nahm sie ihre Tasche, steckte das Buch hinein und ging in Richtung Ausgang.

Hans schaute ihr nach und sagte: »Fay, morgen ab zehn Uhr habe ich hier eine kleine Gruppe von Leuten zu Gast, die sich wie du für den schamanischen Weg interessieren. Wenn du möchtest, kannst du gerne dazukommen. Ich würde mich freuen. Außer dir kommen noch drei weitere Personen. Eine Frau und zwei junge Männer. Bring eine Decke mit, wenn du kommst.«

»Ja, ich komme gerne«, hörte sich Fay sagen, während sie schon in der Tür stand. Das wohlwollende Lächeln auf Hans' Gesicht konnte sie nicht mehr sehen. Und schon war sie durch die Tür und stand draußen auf dem Gehsteig.

Was hatte sie da gesagt? Ja, ich komme gerne? Fay konnte sich nur über sich selbst wundern. Sie war eingeladen worden, an einem Sonntag vorbeizukommen. Und sie hatte zugesagt. Vielleicht würde sie dort ja herausfinden, was die Stimmen aus ihren Träumen oder der Strom, den sie immer wieder meinte zu hören, bedeuteten. Auf alle Fälle besser als ein Psychiater, überlegte Fay. Ja, genau … Irgendwie fühlte sich diese Einladung gut und richtig an, wenn auch ein wenig verrückt. Fay fasste sich wieder. Morgen also, um zehn. Sie atmete tief durch. Die Sonne schien immer noch, und es war mittlerweile angenehm warm. Spontan beschloss sie, auf dem Heimweg durch den Park zu gehen. Dieser Weg war zwar länger, aber sie sehnte sich jetzt nach Natur. Der Park bot immerhin ein wenig davon. Mehr als das klägliche Stück Garten vor ihrem Wohnzimmer. Drei oder vier Mal im Jahr ging sie in den Park.

Fay wandte sich nach rechts in Richtung des Stadtparks. Unterwegs ließ sie ihren Blick über die Fassaden der Häuser schweifen, um manchmal an einem Detail hängen zu bleiben. Ein besonderes Fenster. Ein schöner Blumenschmuck. Da gab es ein Haus mit einem großen Gemälde. *Georg, der Drachenbändiger,* stand in geschwungener Schrift darunter. Das Bild war ihr noch nie zuvor aufgefallen. Ein Fachwerkhaus in gut erhaltenem Zustand. Wie alt das wohl war? Fay verlangsamte ihren Schritt. Sie schaute sich um, und es war ihr, als sähe sie die Straße, die zum Park führte, das erste Mal wirklich. All diese Blickfänge! Diese Farbtupfen. Noch nie waren ihr diese Dinge so ins Auge gesprungen wie heute. Sie musste grinsen. Dann breitete sich ein breites Lächeln in ihrem Gesicht aus. Ja, es war ein guter Tag!

Sie schlenderte durch den Park und kam zu einem kleinen Teich. Dort gab es eine Bank mit Blick auf ein kleines Wäldchen, in dem die Bäume kreisförmig gesetzt worden waren. Jetzt, wo sie groß waren, bargen sie in ihrer

Mitte eine kleine Lichtung. Im Winter war diese Lichtung deutlich zu sehen. Jetzt im Frühling war sie vor Blicken verborgen. Die Blätter von den Haselstauden und den Weidenbüsche, die zwischen den Bäumen standen, verdeckten die Lichtung. Fay gefiel das. Diese Lichtung hatte für sie etwas Geheimnisvolles.

Als sie bei der Parkbank ankam, saß dort schon eine ältere Frau. Für einen kurzen Moment spürte Fay den Impuls umzudrehen. Doch dann ging sie weiter. Heute war ein besonderer Tag. Also warum sollte sie jetzt umdrehen? Nur weil auf *ihrer* Bank jemand saß? Auch wenn das noch nie vorgekommen war. So selten, wie sie sich hier aufhielt, war selbst das nicht verwunderlich. Fay ging zu der Parkbank.

»Hallo«, sagte Fay freundlich, »ist hier noch ein Platz frei?«

Die Frau schaute auf. Ihr Gesicht war trotz all der Falten schön, und sie hatte warme, braune Augen, aus denen Liebe und Weisheit sprachen. All das konnte Fay mit einem Blick empfinden. Inzwischen wunderte sie sich über nichts mehr. Sie hatte beschlossen, an diesem Wochenende einfach alles geschehen zu lassen. Es genügte, wenn sie am Montag wieder alles unter Kontrolle hatte.

Die Frau lächelte. »Ja, gerne, junge Frau, setzen Sie sich zu mir. Dann bin ich nicht so allein.«

Fay nahm auf der Bank Platz. »Danke«, sagte sie.

»Es ist so schön hier am Teich. Wissen Sie, junge Frau, ich komme jeden Tag hierher. Immer um dieselbe Zeit. Mittags. Da ist es hier am ruhigsten«, erzählte die alte Frau.

Fay betrachtete die Frau von der Seite und schätze sie auf Ende 70. Ihre eigene Mutter war jetzt 50. Ob sie auch manchmal auf einer Parkbank saß und sich einsam fühlte?

»Ich liebe diese Lichtung da drüben. Ihre Stimmung im Winter. Wenn die Eichhörnchen die Nüsse ausgraben, die sie das Jahr über versteckt haben«, schwärmte ihre Sitznachbarin weiter. »Oder jetzt im Frühling, wenn alles wieder sprießt. Wenn sie langsam hinter einen Vorhang aus Blättern verschwindet. Im Sommer, wenn die ganzen Schmetterlinge zwischen den Bäumen herumflattern. Wissen Sie, auf der Lichtung wird nicht gemäht. Da wachsen wunderschöne Blumen. Ein Paradies für die Schmetterlinge. Es gibt im ganzen Bezirk wohl nicht so viele Schmetterlinge wie auf dieser Lichtung. Und erst der Herbst! Mit all seinen Farben. Wenn die Blätter fallen und zwischen den Sträuchern die reifen Beeren leuchten.«

Wie verzaubert lauschte Fay den Worten der alten Frau. Sie konnte sich alles, was diese erzählte, bildlich vorstellen, so, als läge es vor ihr. Sie sah die Schmetterlinge im Sommer, die Beeren im Herbst. Sie konnte sehen, wie das Laub fiel und die Eichhörnchen herumhuschten. Dies ist ein ganz besonderer Tag, ging es Fay durch den Kopf. Wann habe ich die Welt das letzte Mal in dieser Schönheit erlebt?, fragte sie sich. Sie empfand in diesem Moment große Dankbarkeit für ihr Leben. Sie hatte das Gefühl, als würde sich ihr Leben gerade von Grund auf ändern. Und noch etwas fiel ihr auf: Sie hatte keine Angst. Das war das Verblüffendste und gleichzeitig das Schönste daran. Tief in ihrem Inneren war sie sich sicher, dass alles gut war. Die alte Frau neben ihr schwieg jetzt und schaute lächelnd zur Lichtung hinüber. Was sie wohl gerade sah? Fay fühlte sich so gut wie schon lange nicht mehr.

Mit einem lang gezogenen Seufzer erhob sich die Frau neben ihr. »Vater im Himmel, mein Knochen! Ja, ja, Kindchen, ich bin nicht mehr die Jüngste. Ich mache mich jetzt auf den Weg nach Hause. Ist doch noch ein Stückchen zu gehen. Ich war eben noch einkaufen für das Wochenende. Viel brauche ich nicht. Ich lebe alleine. Aber die Tüten sind trotzdem schwer. Da muss ich langsam gehen.«

»Wo wohnen Sie denn?«, fragte Fay die alte Frau.

»Am Stadtrand draußen. Die letzte Straße. Am Goldbrunnen Nummer drei.«

Fay sprang von der Parkbank auf. »Das gibt's ja nicht«, rief sie. »Ich wohne im selben Haus! Ich trage Ihnen die Einkäufe nach Hause. Ich bin Fay Heylrich, Ihre Nachbarin.«

Die alte Frau lächelte. »Jetzt weiß ich, warum Sie mir so bekannt vorkamen. Vorhin, als Sie mich fragten, ob hier noch Platz auf der Bank sei. Sie sind die junge Frau mit dem schwarzen Kater. Ich sehe Sie manchmal nach Hause kommen. Im Sommer, wenn ich das Fenster in der Küche offen habe, höre ich Sie nach ihm pfeifen. Er ist ein wunderschönes Tier. Ich bin Hermine Wagner.«

Die beiden Frauen schauten sich in die Augen. Ein ganz besonderer Tag, dachte Fay, während sie die Einkaufstüten von Frau Wagner nahm. Allzu schwer erschienen sie ihr nicht. Aber sie war ja auch erst 28 Jahre alt und nicht über 70 wie Frau Wagner. Gemeinsam spazierten die beiden Frauen in der Frühlingssonne Richtung Stadtrand.

Am Goldbrunnen drei angekommen schloss Frau Wagner die Haustür auf und ließ Fay höflich den Vortritt. Fay schlüpfte an ihr vorbei in den Gang. Täuschte sie sich, oder war der Gang heute heller? Er schien irgendwie freundlicher zu wirken. Vielleicht lag es aber auch nur an der ungewöhnlichen Zeit. Samstagmittags kam sie sonst nie nach Hause. Und den Sonntag verbrachte sie meistens in ihrer Wohnung mit den Büchern aus dem Café. Eines oder zwei nahm sie immer von dort mit für die Abende unter der Woche. Sonst sah sie den Gang also morgens um halb sieben oder abends, wenn sie nach Hause kam. Das war meistens erst nach 20 Uhr. Das musste es wohl sein.

Fay stellte die Einkäufe von Frau Wagner vor deren Wohnungstür ab. Gewissenhaft schloss die alte Frau die Haustür hinter sich.

»Vielen Dank, mein Kind, Sie haben mir sehr geholfen. Möchten Sie noch auf einen Tee hereinkommen?« fragte Frau Wagner.

»Nein, danke, vielleicht ein anderes Mal«, erwiderte Fay. »Ich habe noch einiges zu erledigen.«

»Dann danke ich Ihnen noch mal von Herzen, Fay. Wir sehen uns ein anderes Mal.«

»Gerne, Frau Wagner, das war doch nur eine Kleinigkeit«, antwortete Fay.

»Oft sind es die Kleinigkeiten, die im Leben wichtig sind. Ich danke Ihnen für die Kleinigkeit, meinen Einkauf getragen zu haben. Und ich freue mich darauf, irgendwann mit Ihnen Tee zu trinken. Es ist schön, so eine junge Nachbarin zu haben.« Mit diesen Worten öffnete Frau Wagner ihre Wohnungstür und ging hinein. Bevor sie die Türe schloss, drehte sie sich noch einmal um. »Ich wünsche Ihnen noch einen schönen Nachmittag, Fay. Tun Sie Ihre Arbeit immer mit Freude, dann wird sie gut gelingen.« Mit einem Schmunzeln im Gesicht schloss Frau Wagner die Tür.

Fay stand auf dem Gang. Abermals überrascht von diesem außergewöhnlichen Tag! So viel geredet wie heute hatte sie seit ihrer letzten gescheiterten Beziehung nicht mehr. Außer natürlich bei der Arbeit mit den Kunden am Telefon. Sie hatte gleich zwei Einladungen privater Art an einem Tag erhalten. Noch ein Rekord! Na ja, eine von den beiden Einladungen war nur halb privat. Die Einladung von Hans. Er hatte gesagt, es sei eine Gruppe, die sich da träfe. Alle in dieser Gruppe interessierten sich für den schamanischen Weg. Interessierte sie sich selbst überhaupt für den schamanischen Weg? Sie las Bücher über Schamanismus. Zugegeben, das, was sie da las, faszinierte sie sehr. Aber war das überhaupt etwas für sie? Für eine Europäerin aus der Stadt? Vier Leute insgesamt. Hm, anschauen konnte sie es sich ja einmal.

Langsam ging Fay zu ihrer Wohnungstür. Kein Überraschungsbrief heute! Das war auch gut so. Sie sperrte die Wohnungstür auf und betrat ihr kleines Reich. Fay hatte für diesen Tag genügend neue Eindrücke gesammelt. In ihrem Kopf begann es zu summen. Das alles musste erst noch sortiert und verarbeitet werden. Na gut, dann summte es in ihrem Kopf eben. Es war ihr Ohr. Wahrscheinlich also doch ein Tinnitus. Fay hatte darüber gelesen. Ein Tinnitus war ein ständiges Summen im Kopf. Ein Ohrengeräusch. Manchmal auch ein Pfeifen. Dieses Geräusch machte die Menschen, die darunter litten, mit der Zeit wahnsinnig. Der Tinnitus machte sich vor allem dann bemerkbar, wenn wenige bis keine Außengeräusche vorhanden waren. Ja, sagte sie bestimmt zu sich selbst, ich leide an Tinnitus. Am Montag werde ich einen Arzttermin ausmachen. Dann lasse ich mich eben krankschreiben. Habe ich ohnehin noch nie gemacht, in den ganzen sieben Jahren nicht einmal.

Fay stellte ihre Tasche auf den Wohnzimmertisch. Pfötchen saß vor der Balkontür und miaute lautlos. Schalldämpfende Scheiben – um den Lärm draußen zu halten. Fay öffnete die Tür. Pfötchen sprang schnurrend ins Wohnzimmer. Sofort umschmeichelte er Fays Beine.

»Na, mein Hübscher, wie geht es dir?« Fay nahm Pfötchen auf den Arm und vergrub ihr Gesicht in seinem weichen Fell. Genüsslich schnurrte Pfötchen in ihr Haar. »Heute ist ein besonderer Tag, Pfötchen, spürst du das auch?«, fragte sie ihren Kater, ohne eine Antwort zu erwarten. Fay drehte sich um. Ach da, auf dem Fußboden neben dem Sofa lag das vergessene Buch. Fay hob es auf. *Die Reise zu meiner Seele* stand da auf dem Buchumschlag. Und darüber der Name des Autors: Hans Vindermann.

In diesem Moment wusste Fay, dass sie Urlaub brauchte. Und einen Psychiater. Dazu noch einen Arzt für den Tinnitus und überhaupt ein anderes Leben.

Im Sumpf der vergessenen Träume

Lana, Funny, Skulan und Kurt harmonierten in ihrer Aufmerksamkeit sehr gut. Sie verstanden es, ihre Energie gemeinsam auf eine Absicht auszurichten. So war ihre Reise in die Sümpfe der vergessenen Träume und Visionen sehr kurz.

Je besser die Absicht formuliert ist, desto genauer ist die Landung, dachte Skulan bei sich. Er war zufrieden mit seinen Begleitern. Sie verstanden es, die Energie zu lenken. Sie waren kräftig und gut erholt. Sie konnten gemeinsam ein starkes Kraftfeld erzeugen und in Schwingung bringen.

Schwingung war der Ursprung allen Lebens, der Urknall. Unvorstellbar, welche Schallwellen er ausgesendet hatte. Jeder Klang, jede Bewegung, ja, jeder Gedanke erzeugte Schwingung. Alles vibrierte im Universum. Das große Geheimnis hatte eine Melodie, einen Rhythmus. Wer aufmerksam lauschte, konnte diese Melodie in sich hören, den Rhythmus spüren. In der Anderswelt war diese Melodie leichter wahrzunehmen. In der Menschenwelt hatten die meisten vergessen, ihr zu lauschen.

Sie waren exakt am Rand der Sümpfe gelandet, wenige Schritte von der Stelle entfernt, an dem ein Leuchten zu sehen war. Skulan blickte zu den drei Wesen vor ihm an Rande der Sümpfe. Diese drei gehörten zu einem Menschenwesen, das jetzt die Möglichkeit bekam, sein Leben zu ändern. Im Leben jedes Menschen gab es solche Momente. Jeden Tag konnte er sich neu entscheiden und beginnen, alles in seinem Leben zu verändern. Meistens wurden die Menschen jedoch von ihrer Angst abgehalten, ihre Entscheidungen dann auch zu leben. Oft blieben sie lieber in ihren gewohnten Strukturen, die vermeintlich funktionierten. Er glaubte an Fay. Hans, sein Mensch, hatte bei ihr ein Leuchten gesehen, und das war ein gutes Zeichen. Skulan freute sich darauf, Lana, Funny und Kurt auf ihrer weiteren Reise zu begleiten.

»Schaut mal, da drüben leuchtet es. Zumindest ein kleines bisschen«, flüsterte Funny. »Meint ihr, das ist es?«

Kurt schaute in die Runde. »Also, ich weiß aus meinen Studien über die Landschaften in der Anderswelt, dass in diesem Sumpf auch Irrlichter unterwegs sind.«

»Du hast die Anderswelt studiert?«, fragte Funny belustigt.

»Ja«, antwortete Kurt. »Ich war auch schon ein Bücherwurm. Das ist ein sehr interessantes Leben, das kannst du mir glauben. Und einfach ist es auch als Bücherwurm. Unterhaltung, Wissen und Futter in einem«, ergänzte Kurt schmunzelnd.

Funny kicherte, und Lana schüttelte amüsiert den Kopf. Selbst Skulan musste grinsen. »Nun, ganz unrecht hat Kurt nicht«, sagte er dann ernst. »Vor allem für die Schamanen und Erinnerer, die Reisenden unter den Menschen, ist es manchmal schwierig hier in dieser Gegend. Sie markieren den Menschen, für den sie reisen, in ihrer Welt. Sie binden ihm ein Tuch oder ein spezielles Band um das Handgelenk. Dann, wenn sie hier in der Anderswelt nach einer Seelenessenz des Menschen suchen, hat dieser Teil, diese Essenz, ein identisches Band. Daran kann ein Reisender die Essenz sicher erkennen, die zu seinem Menschen gehört. Wir Andersweltwesen erkennen uns gegenseitig an der Resonanz, an der Schwingung, die wir aussenden. Auch am Leuchten, das von uns ausgeht. Es ist wie ein telepathischer Code, der uns verbindet. So finden wir uns.«

»Ja, aber was kann sich dem Reisenden hier in der Anderswelt sonst noch zeigen ?« Lana schaute Skulan fragend an.

»Weißt du, Lana, wir Krafttiere haben eine andere Aufgabe in der Anderswelt als ihr Seelenessenzen. Ihr kommt in die Anderswelt, um für eine Weile zu vergessen. Ihr könnt euch erholen und Kraft sammeln. Diese braucht ihr jetzt, wenn euer Mensch euch zu rufen beginnt. Ihr seid dabei, wieder zurück zu eurer Vitalseele zu gehen. Die Vitalseele ist der Tropfen aus MaPas Mitte, der allem, was lebt, Lebenskraft schenkt. Eine leuchtende Kugel, die in jedem Wesen ruht. Die Essenz des reinen Selbst, des Seins. Diese Rückkehr führt euch teilweise noch mal durch die Zeit, in der ihr eure Vitalseele, euren inkarnierten Menschen, verlassen habt. Das kann anstrengend sein. Ihr werdet es erleben. Wir Krafttiere begleiten einen Menschen ein Stück seines Weges. Manche von uns bleiben ein Menschenleben lang bei ein und derselben Seele. Solche Tiere sind Totems. Sie verfügen über eine ganz besondere Kraft, die sie mit ihrem Menschen teilen. Andere von uns übernehmen verschiedene Aufgaben für unseren Menschen. Das funktioniert dann, wenn der Mensch beginnt, mit uns Kontakt aufzunehmen. Dann können wir ihn bei seiner Aufgabe unterstützen. Ich unterstütze meinen Menschen beim Reisen. Ein Bär wird ihm eher Schutz und körperliche Kraft vermitteln. Eine Ameise kann Ordnung und Dienen lehren. Ansonsten beschränken wir uns darauf, als Haustier bei ihnen zu leben. Haustiere sind sehr gute Tröster. Viele Menschen sind heute alleine und lieben ihre Tiere sehr. Sie wissen oft nicht, dass ihre Tiere eine Seele haben. Auch wenn sie es vermuten. Als Krafttiere haben wir unterschiedliche Eigenschaften, die unser Mensch in sich trägt. Wie ihr so gehen auch wir mit den Menschen in Resonanz. Meistens unentdeckt. Mein Mensch hat meine Kraft des Fliegens, des Reisens als Wanderfalke, auch in seinem menschlichen Leben umgesetzt. Das hat mir viel Freude gemacht. So, wie ihm das Reisen in der Anderswelt leichtfällt, so ist es auch mit seinen Reisen in der Menschenwelt. Er hat noch andere

Helfer, aber die sind im Moment für diese Geschichte unwichtig.«

»Genau«, sagte Kurt. »Ich bin auch ein Krafttier. Ich werde, wie ich schon sagte, nur kurz bei Fay bleiben. Ich bin ein Gestaltwandler. Das ist etwas ganz Spezielles bei uns Krafttieren. Manche von uns können ihre Gestalt verändern. Ich kann mich von einer Raupe in einen Schmetterling verwandeln. Ein anderer Gestaltwandler ist der Phönix, der aus der Asche hervorgeht. Er steigt auf, schöner als zuvor. Ein Werwolf ist auch ein Gestaltwandler. Und viele der Elben. Meine Aufgabe wird es sein, aus Fay, die momentan eine Raupe ist, also ihr volles Potenzial noch nicht lebt, einen Schmetterling zu machen, ihr Leben zum Fliegen zu bringen. Gleichzeitig werde ich mich verwandeln. Wenn das geschehen ist, werde ich mich aus Fays Leben wieder verabschieden. Dann wird sie bereit sein für den nächsten Schritt. Und dafür bekommt sie dann einen neuen Verbündeten.«

Währenddessen hatte sich Funny auf den Weg in Richtung des Leuchtens gemacht. Neugierig, wie sie war, hatte sie ihre Aufmerksamkeit auf das Leuchten ausgerichtet. Was sie dabei empfand, machte sie traurig. Gleichzeitig zog sie diese Traurigkeit an. Sie weckte die Sehnsucht ihn ihr, die sie schon kannte. Diese Sehnsucht nach der Ganzheit in Fay. Funny war sich sicher, dass dieses Leuchten zu ihnen gehörte. Noch bevor sie diese Traurigkeit genau einordnen konnte, rief Skulan sie zurück. »Warte noch, Funny, du sollst auch hören, was ich noch zu erzählen habe.«

Schuldbewusst kam Funny zurück. »Ich bin ja schon wieder da«, maulte sie.

»Hier in der Anderswelt können einem Reisenden auch verirrte Seelen begegnen. Seelen von verstorbenen Menschen. Sie sind schon unterwegs ins Zentrum von MaPa und haben Essenzen auf ihrem Lebensweg verloren. Dadurch hängen sie hier fest und suchen diese Essenzen.

Meistens sind diese verirrten Seelen sehr unaufmerksam. Sie wissen gar nicht, was sie suchen. Manchmal begegnen sie einem erfahrenen Reisenden, der ihnen dabei hilft, ihre restlichen Teile zu finden. Dann begleitet er die Seele zur Brücke, die zu MaPas Schoß führt. Ein Reisender in der Anderswelt kann schon Aufmerksamkeit erregen. Manchmal passiert es dann, dass sich so eine verirrte Seele als gesuchte Essenz ausgibt. Deshalb ist es für einen Reisenden wichtig, einen guten Kontakt zu seinen Verbündeten zu haben. Hier in der Anderswelt sind wir so etwas wie Wildnisführer. Wir kennen das Gelände und die Gepflogenheiten, können die Reisenden leiten und sie schützen.«

»Bist du jetzt fertig?«, fragte Funny frech, »ich will jetzt nämlich wissen, wer dort drüben so leuchtet.«

Kurt prustete los, als er Skulans verdattertes Gesicht sah. Skulan war es nicht gewohnt, dass jemand in diesem Ton mit ihm sprach.

»Du solltest dich mal sehen, großer Vogel. Du siehst aus wie ein begossener Pudel.«

Selbst Lana konnte sich ein Lachen nicht verkneifen. Schnell hatte Skulan seine Fassung wiedergewonnen. »Ja, wir können nachsehen, wer das ist, aber erst, wenn ich euch die Besonderheiten dieses Sumpfes erklärt habe.«

»Menno, noch mehr Gequatsche«, murrte Funny.

Skulan entschloss sich, Funny nicht weiter zu beachten, und fuhr unbeirrt fort: »Der Sumpf der vergessenen Träume und Visionen hat seinen Namen aus gutem Grund. Die meisten Träume der Menschen gehen verloren, wenn sie aufhören, an die Kraft ihrer Träume zu glauben. Wenn sie aufhören, daran zu glauben, ziehen sie ihre Aufmerksamkeit ab. Sie geben ihren Träumen keine Energie mehr. Meist sind es Worte und Gedanken, die ihnen vermitteln, dass sie sich nicht auf ihre Träume verlassen sollten. Manchmal entwickeln sie selbst aufgrund bestimmter Erlebnisse diese Gedanken, manchmal werden sie ihnen durch die Bemerkungen anderer Menschen eingeflößt. Zum Beispiel gibt es Kinder, die davon träumen, Astronaut zu werden. Am Anfang finden das noch alle nett. Doch wenn das Kind älter wird, bekommt es immer öfter zu hören: ›Das geht nicht. Astronaut zu werden ist nur ein Traum. Lerne etwas Vernünftiges. Als Astronaut schaffen es nur die Besten der Besten. Das ist nichts für dich ...‹ Und noch vieles in der Art mehr. Der Mensch beginnt, an seinem Traum zu zweifeln. Aus all diesen Zweifeln, den eigenen und denen der anderen, bildet sich ein Sumpfloch. In diesem Sumpfloch versinkt der Traum. Hier herab, in genau diesen Sumpf, den ihr vor euch seht. Seid euch im Klaren darüber, dass ihr all diese Zweifel wahrnehmen werdet, wenn ihr euch dem Leuchten nähert. Lasst euch von den Zweifeln nicht überrollen. Sie können euch schwächen.«

»Das war dann wohl diese Trauer, die ich gespürt habe, als ich vorhin weggelaufen bin«, meinte Funny.

»Das kann gut sein«, antwortete Skulan sanft. »Hättest du gewartet, wärest du gewarnt gewesen.«

»Ja, aber können wir das Leuchten auch zu uns rufen? Dann müssen wir nicht in den Sumpf hineinsteigen«, überlegte Kurt laut.

»Ja, das klingt gut«, stimmte Lana ihm zu. »Versuchen wir, es zu rufen.«

Gemeinsam richteten sie ihre Aufmerksamkeit auf das Leuchten, das immer noch ein Stück vor ihnen im Sumpf zu sehen war. Lana, Funny und Kurt konnten die Schwingung des Lichtes empfangen. Es gehörte zu Fay, so viel stand fest.

Skulan beobachtete die drei. Aufmerksam legte er seinen Kopf schräg. Er hatte etwas gehört.

»Lasst mich in Ruhe, ich habe euch nicht gerufen«, maulte eine Stimme aus dem Sumpf. Die anderen drei hatten es auch gehört. Verdutzt sahen sie sich an.

Kurt fand seine Stimme als Erster wieder: »Warum leuchtest du dann so, dass wir dich sehen können, wenn du uns nicht gerufen hast?«

»Das weiß ich doch nicht!«, jammerte die Stimme weiter. »Jedenfalls war ich im süßen Nichts, im Zentrum von MaPa, und es ging mir gut. Und nun bin ich auf einmal hier, und all diese Gedanken und Zweifel halten mich in diesem Sumpf. Es fühlt sich an wie damals, als ich hier in der Anderswelt angekommen bin. Und das nervt mich.«

Verständnisvoll begann Lana zu sprechen: »Wir erinnern uns auch an das Sein in MaPas Zentrum. Gerade erst sind wir uns begegnet. Wir haben verstanden, dass unser inkarnierter Mensch zu erwachen beginnt. Darum leuchten wir. Nicht mehr lange, und Fay, unser Mensch, wird sich auf die Suche nach uns machen. Sie wird als Reisende hier in die Anderswelt kommen, und wenn sie uns findet, können wir mit ihr zurück in ihr Leben auf der Erde gehen.«

»So ein Blödsinn«, erwiderte die Stimme, »das glaubt ihr doch wohl selbst nicht. Verloren ist verloren. Kaum ein Mensch nimmt die Mühe auf sich, nach verlorenen Teilen zu suchen. Die kaufen sich einfach etwas Neues, wenn sie etwas verlieren oder etwas kaputtgeht. Daran kann ich mich noch gut erinnern.« Die Stimme zögerte kurz. »Komisch, warum erinnere ich mich plötzlich?«

Funny unterbrach: »Du erinnerst dich, weil unser Mensch beginnt, sich zu erinnern. Sie spürt immer mehr, dass wir ihr fehlen. Das sorgt nun dafür, dass auch wir uns erinnern. Es ist eine Sehnsucht, die wir in uns spüren. Diese Sehnsucht weckt auch die Erinnerung. Sie wird uns dabei helfen, zurück zu unserem Menschen zu kommen.«

»Papperlapapp! Sehnsucht … Erinnern … Das habe ich schon alles hinter mir«, antwortete die Stimme. »Wie sehr habe ich mich danach gesehnt, dass mein Mensch mich hört – mich, Edward, den Traum seines Lebens. Den edlen Ritter. Ich trage doch einen Samen seiner Lebensaufgabe in mir. Das sollte doch wichtig genug sein, um mich zu hören. Alles Mögliche habe ich versucht, damit mein Mensch sich an mich erinnert. Ich habe seine Sehnsucht nach mir geweckt, ich habe ihm Bilder aus der Zeit geschickt, in der wir noch gemeinsam träumten. Aber all das hat nichts genützt. Er hat mich vergessen. Wie, habt ihr gesagt, heißt dieser Mensch?«

»Fay ist ihr Name, und sie ist jetzt eine erwachsene Frau«, sagte Kurt.

Es schien als wiege sich das Licht in einem geheimnisvollen Rhythmus. Für einen Moment war es ganz still.

»Fay«, sagte Edward zärtlich und sanft. In seiner Stimme schwang Trauer mit. »Ja, ich erinnere mich an sie. Eine kleine Fee. Sie war davon überzeugt, dass sie Zauberkräfte hat. Damals, als sie noch ein Kind war. Wir spielten zusammen Ritter. Edel, mutig und gerecht. Beschützer der Armen und Verlassenen. Dann wurde ihr gesagt, dass Mädchen keine Ritter werden könnten. Schließlich gebe es in der Menschenwelt keine Ritter mehr und erst recht keine Ritterinnen. In ihren Träumen lebte sie weiter als Ritter. Sie stellte sich mich vor - Edward den Edlen. In ihrer Fantasie, wenn sie träumte, waren wir auf Abenteuerreise. Ich bin ihr Ritter, sie hat mich erfunden, um weiterhin Ritter und später auch Krieger zu sein. In der Menschenwelt beschloss sie erst einmal, Nonne zu werden. Das war für mich nicht so einfach. Ritter zu sein machte mehr Spaß. Da spielten wir draußen zwischen den Bäumen. Tapfer kämpften wir gegen Drachen und andere Ungeheuer. Wir erlebten Abenteuer im Land der Apfelbäume, bauten ganze Städte aus Steinen und Rindenstücken. Wir beschützten die Schwachen, verteidigten sie gegen das Böse und gewannen immer. Oft kamen wir von oben bis unten dreckig nach Hause. Das war eine gute Zeit. Als Fay dann beschloss, Nonne zu werden, wurde es ruhiger. Sie sorgte sich zwar immer noch um die Armen und die Kranken. Jetzt tat sie das aber vor allem in ihrem Zimmer mit ihren Puppen. Wickeln, füttern, Wunden versorgen … Einmal konnte ich sie dazu überreden, einer ihrer Puppen eine echte Wunde zuzufügen. Ich dachte mir, das wäre viel spannender als immer nur so zu tun, als ob sie verletzt wären. Sie schnitt ihr mit einer Schere in einen Puppenarm. Das war ein Theater! Ich kann es euch sagen … Als ihre Mutter den Schaden entdeckte, schimpfte sie fürchterlich mit ihr. Fay hörte auf, eine Nonne zu sein. Sie war ja nun auch schon fast acht Jahre alt. Da sollte ein Mädchen langsam aber sicher beginnen, sich um wichtige Dinge im Leben zu kümmern, anstatt mit Puppen zu spielen und vor sich hin zu träumen. Fays Welt änderte sich zu dieser Zeit. Ich konnte spüren, wie sie immer mehr den Glauben an mich, ihren Traum, verlor. Aber ich gab nicht auf. Es musste doch einen Weg geben, in ihr die Essenz ihrer Lebensaufgabe präsent zu halten. Ihre Eltern veränderten sich zusehends. Oft spürte ich bei Fay Trauer und Verzweiflung. Die streitenden Eltern machten ihr Angst. In der Schule wurde sie gehänselt, manchmal bekam sie sogar Prügel von größeren, stärkeren Kindern, wenn sie sich für schwächere einsetzte. Dieses Beschützen lag ihr im Blut, es ist meine Essenz. Die Essenz ihrer Lebensaufgabe, die sie vergessen hat. Sie flüchtete sich in Bücher. Sie liebte Geschichten über edle Helden. Das entsprach ihrem Wesen. Sie lebte förmlich in den Geschichten. In ihrer Vorstellung war sie der Held, der Beschützer der Armen und Schwachen. Ich half ihr dabei, die Bilder so bunt und lebendig wie irgend möglich in ihren Gedanken zu erwecken. Robin Hood war ihr Liebling. Über die Bücher konnte ich den Kontakt mit ihr noch eine Weile aufrechterhalten.« Edward verstummte, und sein Licht begann zu pulsieren. Er versank in Erinnerungen an diese Zeiten, als er noch bei seinem Menschen gewesen war.

»Und dann?« Funny war wieder ganz aufgeregt. »Was passierte dann? Wie bist du hierher in die Anderswelt gekommen?«

Die Traurigkeit, welche nun in Edwards Stimme mitschwang, erfasste die Freunde mit voller Wucht. Wie Skulan ihnen erklärt hatte, war das eine Wirkung dieses Sumpfes. Alle vier schüttelten sich kräftig. Dieses Schütteln half ihnen dabei, die Traurigkeit wieder aus ihrem Energiefeld hinauszuschleudern. Sie atmeten tief durch. Es half ein bisschen, dennoch merkten vor allem Lana und Funny, dass es hier, am Rand des Sumpfes des Vergessens, sehr anstrengend und belastend war.

Edward erzählte weiter: »Mit den Eltern von Fay wurde es immer schlimmer. Sie trennten sich. Für Fay war das schrecklich. Sie liebte doch beide, und nun war plötzlich ihr Vater weg. Er zog in eine eigene Wohnung. Manchmal konnte sie ihn am Wochenende besuchen. Aber das war nicht dasselbe. Ihre Mutter musste nun noch mehr arbeiten, um für sie beide zu sorgen. Sie war nur selten zu Hause, und wenn, dann war sie erschöpft. Die Tabletten, die sie dann anfing zu nehmen, taten ihr Übriges. Fay hatte das Gefühl, von ihren Eltern im Stich gelassen worden zu sein. Sie war gerade erst elf Jahre alt. Immer mehr fühlte sie sich selbst als Verliererin. Sie sehnte sich nach einem Ritter, der sie retten sollte. Nach einem edlen Ritter auf einem weißen Pferd, der sie in ein Land, in dem Milch und Honig flossen, mitnehmen sollte. Ich rief ihr zu: ›Fay, du selbst bist dieser Ritter! Du musst nur an dich glauben! Ganz tief in dir schlummert der Krieger des Lichts, der dich stark macht. Erinnere dich daran! Du bist die Beschützerin der Armen und Bedürftigen.‹ Aber das alles nützte nichts. Sie konnte mich in ihrer Trauer und Angst nicht hören. Dazu kam noch die Pubertät. Fays Körper veränderte sich zusehends. Auch das verwirrte sie. Weder ihre Mutter noch ihr Vater hatten die Zeit, ihr zu erklären, was mit ihr passierte. Einmal noch, als sie 15 war, konnte ich Fay erreichen. In der Schule ging es damals um das Thema Berufswahl. Fay entdeckte in den Unterlagen für den Unterricht ein spannendes Projekt. Es ging um Kinder aus Scheidungsfamilien. Ein Sozialprojekt, für das Jugendliche gesucht wurden. Voller Eifer schrieb sie die Bewerbung für einen Schnuppertag bei diesem Projekt. Sie wurde genommen. Der Tag in dem Jugendzentrum war für sie eine Herausforderung. Schon vor der Tür sah sie Jugendliche herumstehen. Der Umgangston war sehr rau, und viele von ihnen rauchten Zigaretten. Manche wohl auch etwas anderes. Sie kannte den Geruch, da ihre Mutter dieses Zeug auch manchmal rauchte. Mit ihrer sanften und zurückhaltenden Art, die sich Fay in den letzten Jahren angewöhnt hatte, erledigte sie alle Dinge, die ihr aufgetragen wurden. Hauptsächlich ging es darum, Tische abzuräumen und in der Küche zu helfen. Die Jugendlichen blafften sie an. Einer kniff sie in den Hintern. Es waren wirklich schlecht erzogene Kinder. Sie machten sich einen Spaß daraus, Fay zu ärgern – so, wie sie es ohnehin schon gewohnt war. Am Abend wurde ihr gesagt, dass sie sich für die Stelle in dem Projekt nicht eignen würde. Sie hätte zu wenig Durchsetzungsvermögen, wäre zu schüchtern und sei zu wenig schlagfertig. Fay war enttäuscht, aber auch erleichtert. Die anderen Jugendlichen dort hatten ihr irgendwie Angst gemacht. Danach bewarb sich Fay bei einem anderen Projekt. In einem Seniorenheim. Da wurde eine Stelle als Gesellschafterin ausgeschrieben. Das interessierte Fay. Sie bewarb sich für den Schnuppertag. Die Stelle gefiel ihr auf Anhieb gut. Sie mochte die alten Leute. Die anderen Mitarbeiter waren freundlich zu ihr. Je später es an diesem Tag wurde, desto mehr wünschte sich Fay, dass sie diese Stelle bekäme. Am Abend bedankte sich die Leiterin des Seniorenheimes bei Fay für ihr Interesse. Sie würde in den nächsten Tagen Bescheid bekommen, ob sie für das Projekt infrage käme. Fay ging hoffnungsvoll nach Hause und glaubte fest daran, dass sie bei dieser Stelle gute Chancen hätte. Eine Woche später kam der Brief. In freudiger Erwartung riss sie ihn auf. Es war eine Absage.

Sehr geehrtes Fräulein Heylrich, wir bedanken uns noch mal bei Ihnen für Ihr Interesse an unserem Projekt »Junge Menschen für alte Leute«. Leider müssen wir Ihnen mitteilen, dass Ihre Voraussetzungen unseren Vorstellungen nicht entsprechen. Wir wünschen Ihnen auf Ihrem weiteren Lebensweg viel Erfolg und verbleiben mit freundlichen Grüßen … Das war der Tag, an dem Fay mich endgültig beerdigte. Sie beschloss, dass sie ungeeignet war, sich um andere Menschen zu kümmern – egal, ob junge oder alte. Sie gab mich auf. Sie vergaß, wie es war, zu träumen und Visionen zu haben. Wen wundert's, hatte sie ihren Ritter, den Krieger in sich, doch schon lange vergessen. Angepasst und unauffällig sein – das wurde ihre Strategie. So kam sie am besten durch. So machte sie ihrer stets überarbeiteten Mutter und dem gestressten Vater die wenigsten Probleme. Dafür bekam sie manchmal, wenn einer der beiden sie zufällig einmal wahrnahm, ein Eis. Oder eine Kinokarte. Manchmal auch einen Gutschein für den Buchladen. Als sie die Schule beendet hatte, trat sie eine Lehrstelle als Kellnerin im einzigen Gasthof des Dorfes an. Da musste sie nicht viel schreiben, was sie wegen ihrer Legasthenie gerne vermied. Außerdem konnte sie sich zu später Stunde die Nöte und Sorgen der betrunkenen Gäste anhören. Das vermittelte ihr zumindest ein wenig von dem Gefühl, jemandem zu helfen. Welch ein Irrtum … So landete ich mit gerade mal 15 Jahren hier in der Anderswelt«, schloss Edward seufzend seine Erzählung. »Und hier bleibe ich auch«, ergänzte er trotzig.

»Und wie lange willst du hier noch vor dich hingammeln?«, fragte Funny ungeniert.

»Bis Fay oder ein anderer fähiger Reisender kommt und mich aus diesem Sumpf herausholt. Es muss ein Ritter sein, ein edler Beschützer und Helfer der Armen und Schwachen. Einer, der mich als seinesgleichen erkennt. Ein Reisender, der den Mut hat, mich hier zu finden. Und mein Leuchten muss außerdem noch viel kräftiger werden. Die Sehnsucht muss noch wachsen. Sodass ich es wahrhaftig spüren kann, dass Fay bereit ist, ihre Lebensaufgabe zu erfüllen, mich, ihren Traum, zu leben. Erst dann werde ich zurückkehren«, verkündete Edward dramatisch.

»Du meinst das wirklich ernst, oder?«, fragte Lana noch einmal nach. »Obwohl wir dich hier gefunden haben, willst du in diesem Sumpf bleiben? Wir haben uns erkannt, und du erinnerst dich an deinen inkarnierten Menschen, an Fay ... Dennoch willst du hier, in diesem Tal der Zweifel und der Enttäuschung, bleiben?«

»Ja«, antwortete Edward bockig. »Ich bleibe, und basta. Ich tu mir das nicht noch mal an. Dieses Hin und Her in der Welt der Menschen. Das eine Mal sagen sie sich: ›Ich glaube an mich.‹ Im nächsten Moment dann: ›Ich bin eh viel zu unfähig, meinen Traum zu leben.‹ Jeder Mensch ist in der Lage, seine Lebensaufgabe zu erfüllen, seinen Traum zu leben. Dazu gehören Vertrauen, Lebensfreude sowie die Kraft der Ruhe und Geduld. Fay hat mich vergessen, sie hat den Glauben an ihren Traum verloren. Erst wenn sie diesen Glauben, das Vertrauen in sich selbst, wiedergefunden hat, kann ich mir vorstellen zurückzukommen. Aber nur, wenn ich höflich darum gebeten werde.«

Kurt schmunzelte: »Typisch Jugendlicher, dieser Edward. Bockig und trotzig sind sie in dem Alter, die Menschen. Wie es scheint, hast du auch diese Essenzen mit dir genommen, als du Fay verlassen hast. Darum war sie dann in der Menschenwelt wohl auch so angepasst.«

»Ja, klar hab ich diese Eigenschaften mitgenommen«, konterte Edward. »Trotz ist eine Kraft, die den Menschen dabei unterstützt, auf seinem Weg zu bleiben. Trotz ist eine Reaktion auf das Umfeld, welches ihm seine Träume ausreden will. Gerade als Jugendlicher ist Trotz wichtig, um sich von den Eltern distanzieren zu können. Diese Distanz ist wiederum nötig, um sich selbst, das eigene wahre Selbst, zu finden. Hat ein Mensch sich selbst gefunden, wandelt sich der Trotz in Sicherheit. Ein Gefühl, auf dem richtigen Weg zu sein. Als Fay mich vergaß, verschwand auch ihr Trotz. Wofür sollte sie ihn denn noch brauchen? Alle anderen wussten ohnehin viel besser, was gut für sie war. Und wenn sie tat, was ihr gesagt wurde, sich anpasste, dann hatte sie ihre Ruhe. Kämpfen und den Widerständen des Lebens trotzen, das war etwas für die Helden aus ihren Büchern.«

»Moment mal«, erwiderte Funny, »ich bin die Lebensfreude. Lana ist die Ruhe. Geduld hat sie auch, zumindest mit mir.« Sie grinste. »Wir wollen beide zurück zu Fay. Was, hast du gesagt, fehlt noch, damit du zu Fay zurückkommst?«

»VERTRAUEN und ein edler, mutiger Reisender, der mich hier aus dem Sumpf befreit«, blaffte Edward Funny genervt an.

Skulan schaltete sich ein. »Hört mal, ich kann spüren, dass Edward wirklich noch nicht so weit ist, um zurückkehren zu können. Noch halten ihn die Zweifel und die Angst vor dem Wieder-vergessen-Werden in diesem Sumpf gefangen. Nicht immer wollen alle Seelenessenzen freiwillig zu ihren Menschen zurück. Das habt ihr hier und jetzt gelernt. Lasst uns überlegen, was unser nächster Schritt sein könnte.«

»Versucht doch mal, Fays Vertrauen zu finden«, meckerte Edward zynisch aus dem Sumpf.

»Das ist ein guter Ansatz«, stimmte Kurt zu, »aber wo sollen wir es suchen? Ich verspüre hier in der Anderswelt keinen Ruf, der zu Fays Vertrauen passen würde.«

Die anderen richteten ihre Aufmerksamkeit auf Fays Vertrauen. Auch sie konnten keinen Ruf vernehmen. Nichts ging in Resonanz mit ihrer Absicht. Was hatte das zu bedeuten?

Skulan bemerkte es als Erster. Etwas in der Landschaft veränderte sich. Die trübe Stimmung hellte sich ein wenig auf. Dann bemerkten es auch die anderen, und einen

Moment später erschien MaPa, das große Geheimnis, vor ihnen.

»Wie ich sehe, kommt ihr gut voran auf eurer Reise«, sagte MaPa. »Lasst uns ein wenig über das Vertrauen und das Urvertrauen im Speziellen sprechen.«

Alle fünf, sogar Edward, waren voller Erwartung, was MaPa ihnen nun erzählen würde.

»Jeder Mensch, der auf der Erde inkarniert, trägt in sich ein tiefes Vertrauen in das Leben. Bei seiner Geburt in die Menschenwelt ist er noch sehr gut mit mir und allem, was ist, verbunden. Daraus schöpft dieses Menschenkind das Vertrauen in sein Umfeld. Als Babys können sich Menschen noch nicht so gut verständigen. Viele erwachsene Menschen haben verlernt, Gedanken zu lesen und Botschaften über ihre Schwingung wahrzunehmen, wie Babys es noch können. Sie benötigen ihre Stimme und menschliche Worte dafür. Diese Worte muss ein Kind aber erst lernen, und das dauert. Bis dahin können sich Menschenkinder nur über Laute bemerkbar machen. Sie vertrauen darauf, verstanden zu werden. Meistens funktioniert das auch gut. Vor allem die Mütter entwickeln für diese Zeit einen Instinkt, der sie ihr Kind verstehen lässt. Sie können mehr oder weniger genau deuten, was das Baby braucht, wenn es schreit. Eine Mutter, die die Bedürfnisse ihres Kindes wahrnimmt, stärkt damit das Vertrauen dieser Seele. Sie bestärkt das Urvertrauen in der Tiefe. Eine gesunde Mutter liebt ihr Kind bedingungslos. Es ist ein Urvertrauen, das darum weiß, dass für die Seele immer gesorgt ist. Es weiß, dass die Seele in ihrer Ganzheit immer genährt und behütet ist. Das Urvertrauen ist der direkte Draht zu mir, zu MaPa, dem großen Geheimnis. Urvertrauen ist Liebe. Liebe zum Leben, aber vor allem zu sich selbst. Fays Eltern haben dieses Urvertrauen in ihr gestärkt. In den ersten Lebensjahren, wenn das Kind noch sehr auf seine Eltern angewiesen ist, kann das Urvertrauen gefestigt werden. Tief in eurer Fay schlummert also ihr Wissen um das Leben und die Kraft der bedingungslosen Liebe. Das Vertrauen in das große Ganze, das sie stets nährt und stärkt. Später in ihrem Leben machte Fay die Erfahrung, dass sie ihren Eltern nicht mehr vertrauen konnte. Der Alkohol und die Tabletten machten sie in ihren Handlungen unberechenbar, sodass Fays Vertrauen in sie immer schwächer wurde. Das machte Fay Angst. Wo Angst ist, gibt es kein Vertrauen. Sie hat es nie ganz vergessen, ebenso wie euch, und dennoch hat sie keinen echten Zugang zu dieser Kraft in sich. Das Urvertrauen ist nach wie vor in ihr. Es sitzt in ihrem Bauch. Vier Fingerbreit unter ihrem Bauchnabel ist der Punkt, an dem es sich aufhält. Dort ist ihre energetische Mitte. Von dort aus kann sich auch ihr wahres Selbst entfalten. Es ist der Punkt, von dem aus die Lebensenergie in ihre Aura, ihr Energiefeld, strömt. Im Moment ist dieser Punkt für sie unerreichbar. Die Angst blockiert den Weg dorthin. Manche Seelen entscheiden sich für einen schwierigeren Weg in der Menschenwelt. Sie suchen sich vor ihrer Geburt ein Umfeld aus, in dem ihr Urvertrauen niemals gestärkt wird. Auch das ist gut, so, wie es ist. Diese Menschen haben ebenso ihre Aufgabe zu erfüllen. Manchmal ist es so, dass sie ihr Vertrauen nicht wiederfinden. Sie verbringen ihr ganzes Menschenleben in Angst. Wenn sie dann am Ende ihrer Inkarnation wieder zu mir zurückkommen, brauchen sie oft lange Zeit, um sich zu erholen. Ihre Seele hat wichtige Erfahrungen gesammelt, die sie aber auch viel Kraft gekostet haben. Wie ihr schon wisst, vergessen die Menschen, wenn sie auf der Erde inkarnieren, nach und nach, woher sie kommen. Sie vergessen die Quelle allen Lebens. Es passiert etwa im Alter von drei Jahren, wenn sich die Fontanelle auf dem Kopf des Menschenkindes schließt. Damit wird die direkte Verbindung zu mir verwirbelt, der Empfang ist dann gestört. Wie bei einem Radio, wenn die Sendefrequenz gestört wird und nur noch Rauschen zu hören ist. Das ist wichtig für die Seele, um die unzähligen Erfahrungen eines Menschenlebens als freies Wesen zu erleben. So ein Leben dient ja dem Lernen und dem Verstehen von allem, was ist. Ich profitiere auch davon. Ich bin reine Energie, ich habe keinen Körper. Ich kann nur über die inkarnierten Wesen erfahren, wie sich Liebe, Freude, Hoffnung, aber auch Trauer, Schmerz und Leid anfühlen. Ebenso wie ein Eis im Sommer schmeckt oder ein leckerer Apfelkuchen. Es bedarf tiefen Vertrauens und einer klaren Absicht, diese Verbindung wiederzuerschaffen. Das ist für jeden Menschen möglich, der sich auf den Weg zurück zu sich selbst macht. Sein Selbst, seine Seele, ist in mir, und ich bin ihn ihr. So können wir uns wiederfinden. So entdeckt eine inkarnierte Seele ihr Selbst.«

»Das ist ja alles schön und gut, MaPa«, rief Funny, »aber wie können wir dieses Vertrauen von Fay finden? Wir brauchen es. So viel hab ich verstanden. Nur wo sollen wir es suchen?«

»Ihr könnt es hier in der Anderswelt weder finden noch suchen. Es ist nicht hier. Fay wird es selbst in sich finden müssen. Es ist ihre Aufgabe, in sich zu gehen und das Vertrauen wiederzuerlangen«, antwortete MaPa. »Erst dann, wenn sie in ihrem inneren Garten war, könnt ihr einen kleinen Tropfen der Essenz hier finden. Das Vertrauen in andere Menschen wird sich zeigen.«

»Kann sie das denn überhaupt?«, wollte Lana wissen.

»Ja, sie wird es finden. Hans, der Erinnerer, wird ihr dabei helfen. Der erste Schritt ist schon getan. Er hat sie zu sich eingeladen. Morgen wird Fay erstmals praktische Erfahrungen auf einer schamanischen Reise machen. Das ist ihr erster Schritt zurück in ein erfülltes Leben«, erklärte MaPa den Freunden.

»Und dann kann auch Edward mit uns kommen, stimmt´s?«, plapperte Funny drauflos. »Edward, dann kommst du doch auch mit uns, wenn Fay ihr Vertrauen wieder gefunden hat, oder?!«

»Mach mal halblang«, antwortete Edward, »noch ist da gar nichts entschieden. Ich werde vorerst hierbleiben und beobachten, was geschieht. Wenn Fay es wirklich schaffen sollte, ihr Vertrauen wiederzufinden, dann kann sie mich ja holen kommen. Bis dahin bewege ich mich von hier nicht weg.«

Lana, Funny, Kurt und Skulan konnten spüren, wie die Zweifel Edward weiterhin gefangen hielten. Sie verstanden, dass sie ihn im Moment nicht dazu bewegen konnten, ihnen und Fay zu helfen.

MaPa richtete erneut das Wort an die fünf Andersweltwesen: »Wenn die Zeit reif ist, wird auch Edward erkennen, dass er zu Fay zurückgehen muss, um sich selbst zu verwirklichen. Er wird bereit sein, wenn sie es ist. Bis dahin seid aufmerksam, und achtet darauf, wann euer Moment gekommen ist, wann Fay so weit ist, euch zu erkennen.«

Mit diesen letzten Worten wurde das Leuchten wieder schwächer, und MaPa verschwand aus der Wahrnehmung von Lana, Funny, Kurt, Skulan und Edward.

»Na also, ihr habt es gehört«, blaffte Edward, »ich kann hierbleiben und versauern. Das wird ja wohl noch dauern, bis sich Fay an mich erinnert.«

Die anderen schüttelten den Kopf. Edward lebte im Moment wohl sehr stark die Schwingung aus der Menschenwelt, die ihn damals dazu veranlasst hatte, in die Anderswelt zu gehen. Lana und Funny konnten sich daran erinnern, solche Situationen in ihrer Verbindung zu Fay auch erlebt zu haben. Doch sie beide waren bereit, ihre reine Kraft der Ruhe und der Lebensfreude wieder in Fays Leben zu bringen. Edward musste wohl sehr von den Zweifeln und negativen Gedanken hier im Sumpf beeinflusst sein. Obwohl sie sich im Klaren darüber waren, dass sich diese negative Gedanken hier vielleicht noch verstärkten, sahen sie keine Möglichkeit, Edward umzustimmen, den Sumpf zu verlassen. Er war so sehr in seiner Opferrolle gefangen, dass er im Moment nicht bereit war, seine wahre Essenz zu entfalten. Schweren Herzens nahmen sie seine Entscheidung hin.

Die Welten verschmelzen

Wie in Zeitlupe legte Fay das Buch auf den Tisch, doch es fiel erneut zu Boden. Sie sparte sich den Aufwand, es nochmals aufzuheben. Wie in Trance setzte sie sich auf ihr Sofa. Sie hörte den Strom. Da war es wieder, dieses Summen in ihrem Kopf. Der Tinnitus. Genau genommen hörte, nein, spürte sie dieses Summen in ihrem ganzen Körper. Zumindest jetzt, in diesem Moment.

Fay sprang auf. Ich brauche einen Tee und ein Bad, ein Entspannungsbad, dachte sie. Schon war sie unterwegs in die Küche. Dann hielt sie inne. Nein, kein Bad und kein Tee, das war doch gestern schon ein Reinfall gewesen.

In der Küche über dem Herd war ein Regal, in dem diverse Flaschen standen, die sie irgendwann aus Höflichkeit von irgendjemandem geschenkt bekommen hatte. Da waren auch die sieben Flaschen Sekt, in denen angeblich echtes Gold schwamm. Sieben Jahre Weihnachtsfeier, sieben Flaschen Sekt – wie kreativ für ein Werbeunternehmen, dachte Fay. Sie schob die Flaschen beiseite. Ganz hinten im Regal stand eine Flasche Portwein, die sie sich damals selbst gekauft hatte, als sie in diese Wohnung eingezogen war. Den Wein hatte sie sich für einen besonderen Abend gekauft – und heute war definitiv so ein Abend! Chips … Genau! Irgendwo hatte sie doch noch Kartoffelchips. Fay kramte in ihren Küchenschränken, fand die Chips in der hintersten Ecke und studierte erst einmal das Verfallsdatum. Das hatte sie sich angewöhnt. Stets las sie die Inhaltsstoffe durch und schaute auf das Verfallsdatum, wenn sie eine Packung aus ihrem Schrank nahm. Es gab so viele Möglichkeiten, sich zu beschäftigen und die Zeit totzuschlagen. Die Chips waren schon vor einem Monat abgelaufen, aber egal! Wein, Chips und Fernsehen. Etwas Spannendes. Etwas Lautes. Irgendetwas, das dieses Summen aus ihrem Körper vertreiben würde. Sie versuchte, es sich gemütlich zu machen und für Ablenkung zu sorgen …

Als Fay aufwachte, lag sie in ihrem Wohnzimmer auf dem Sofa. Im Fernsehen lief irgendeine Talkshow, und auf dem Tisch vor ihr stand die leere Portweinflasche. Daneben eine leere Sektflasche. Pizzareste? Woher kamen die denn? Die leere Chipstüte lag auf dem Boden. Neben der Stereoanlage stand eine Flasche Baileys. Die Balkontüre stand offen. Pfötchen saß an der Schwelle und schaute sie an. Lag da etwas Vorwurfsvolles in seinem Blick? Als Fay sich aufsetzte, brummte ihr der Schädel. Die Erinnerung kam langsam zurück.

Sie hatte schon am Nachmittag den Portwein geöffnet. Der war gut gewesen! Mit dem Wein und einer abgelaufenen Tüte Chips hatte sie sich auf ihr Sofa gekuschelt und den Fernseher angestellt. Auf beinahe allen Sendern liefen Talkshows. Das war wohl so üblich am Samstagnachmittag. Lustlos hatte sie sich dem Fernsehprogramm ergeben. Alle Leute in diesen Shows redeten über Probleme, aber niemand bot wirkliche Lösungen an. Die Aufgabe der Moderatoren war es eher, die unterschiedlichen Gäste gegeneinander aufzuwiegeln. Der Wein hatte bei Fay eine gewisse Resonanz zu dem hervorgerufen, was die Leute da erzählten. Einsamkeit war ein Thema, vernachlässigte Kinder, Eltern, die alkoholabhängig waren, Arbeitslosigkeit und noch so manch anderes, in dem sie sich wiederfand.

Sie hatte immer mehr Wein getrunken und begonnen, mit den Menschen in den Talkshows mitzuleiden. Verglichen mit denen ging es ihr ja richtig gut! Sie hatte keine Kinder. Auch keinen Partner, mit dem sie sich streiten konnte. Das Geld, das sie verdiente, reichte für sie alleine allemal. Sie war genügsam, bescheiden in ihren Ansprüchen. Schulden hatte sie keine. Sogar ein kleines finanzielles Polster hatte sie angespart. Für alle Fälle. Zur Sicherheit.

Dann war die Weinflasche leer gewesen, und Fay war schwungvoll aufgestanden, um sich Nachschub zu besorgen. Für einen Moment hatte sie geschwankt. »Ich bin beschwipst«, hatte sie gekichert.

Auf dem Weg in die Küche hatte sie den Fernseher lauter gestellt und sich dann eine Flasche übrig gebliebenen Baileys aus dem Kühlschrank geangelt. Diesen leckeren Whiskey-Likör hatte sie schon immer gerne getrunken, und dennoch stand die Flasche unberührt seit dem letzten Weihnachtsfest hier. Dann war ihr eingefallen, dass doch eigentlich Eiswürfel dazugehörten, und sie hatte mit Schwung das Tiefkühlfach geöffnet, woraufhin ihr drei Tiefkühlpizzen entgegengerutscht waren. Abgelaufene Pizzen zu abgelaufenen Chips, und das Ganze mit Alkohol herunterspülen? Warum nicht?! Nach drei weiteren Talkshows, vier Baileys und einer nahezu geschmacksneutralen Tiefkühlpizza hatte sie eine Flasche aus ihrem Sektvorrat gänzlich uninspirierter Weihnachtsgeschenke mit Goldflitter geöffnet. Im Fernsehen lief gerade eine Vorschau, in der ein Thriller für den Abend angekündigt wurde. Viel Blut, das Quietschen von Autoreifen, Spezialeffekte – genau das Richtige, hatte Fay beschlossen. Hauptsache, es war laut, lauter als die eigenen Gedanken. Nichts schuf so zuverlässig Abstand zwischen ihr und der Welt wie ein geistloser Film.

Doch dann hatte sie die Nachrichten geschaut. Krieg, Gewalt, Hungersnöte, Klimawandel. Und sie saß in ihrem Wohnzimmer und trank Sekt mit Goldflitter. Ihre Hand mit dem Glas war in der Luft erstarrt, ihre Augen waren feucht geworden. Wie eine unaufhaltsame Flut hatte Fay plötzlich all den Schmerz, die Not und das Leid in der Welt über sich hereinstürzen gefühlt. Der Alkohol erledigte den Rest, riss mühsam errichtete Barrieren nieder und ließ Fay in einem

Meer aus Mitleid, Selbstmitleid und Ohnmacht versinken. Niemand konnte dieses Leiden auf der Welt beenden. Alle waren sie Opfer, alle waren sie machtlos, besonders Fay selbst. Dieses Gefühl, ein Opfer zu sein, fraß sich in ihr fest, auch der anschließende Thriller konnte daran nicht viel ändern. War sie etwa drauf und dran, eine handfeste Depression zu entwickeln? Zu viele Emotionen, zu viel Leid, zu viel Goldflitter … Sie war völlig erschöpft, als sie in die Bewusstlosigkeit eines alkoholisierten Schlafes gefallen war.

Langsam stand Fay nun auf. Ihr Kopf pochte. Schuldbewusst schaute sie zu Pfötchen hinüber. »Na, mein Lieber, ich habe gestern wohl vergessen, dich zu füttern. Komm rein. Ich mach dir Frühstück.«

Auf dem Weg in die Küche nahm sie die Flasche Baileys vom Regal mit. Pfötchen folgte ihr auf dem Fuß. Allerdings begann er diesmal, erst ihre Beine zu umschmeicheln, nachdem sie ihm das Futter auf den Boden gestellt hatte. Sie strich ihm über das weiche Fell. Pfötchen murrte genervt. Sein Schwanz zuckte. Täuschte sie sich, oder war ihr Kater ernsthaft beleidigt? Jedenfalls fraß er jetzt mit Heißhunger sein Futter.

Die Uhr zeigte halb neun. Sie hatte also noch ein wenig Zeit. Eine Tasse Kaffee tut mir jetzt sicher gut, beschloss sie. Sie befüllte die Kaffeemaschine, schaltete sie ein und ging ins Wohnzimmer, um aufzuräumen.

Kaffeeduft verbreitete sich in der ganzen Wohnung. Ihre Stimmung hellte sich auf. Zumindest war es ihr gelungen, gestern Abend das Summen abzustellen. Und bis jetzt war es auch noch nicht zurückgekehrt. Dafür brummte es in ihrem Schädel immer noch. Egal, das konnte sie wenigstens logisch erklären.

Fay vermied es, in die Ecke zu schauen, in der das Buch lag. Das Buch, das offensichtlich Herr Vindermann – Hans – geschrieben hatte. War er wirklich im Dschungel gewesen?

Sie konnte ihn heute fragen. Sie war ja eingeladen. Fay grinste. Wer hätte das gedacht, dass sie ihn ihrem Leben einmal einen Autor persönlich kennenlernen würde … Ihr Grinsen wurde breiter. Das ist ja schon fast ein Promi, ging es ihr durch den Kopf.

Pfötchen kam aus der Küche herein und schlenderte, offensichtlich satt, hinüber zum Sofa. Anstatt hinaufzuspringen, wie er es sonst immer tat, blieb er jedoch auf dem Boden sitzen und miaute. Fay ging zu ihm hinüber, wo er vor dem Buch saß, das am Boden lag. Pfötchen schaute auf das Buch, dann schaute er Fay an und miaute noch mal.

Verwundert schüttelte Fay den Kopf. »Willst du mir etwas sagen, Pfötchen?«, fragte sie belustigt. Pfötchen legte eine Tatze auf das Buch und beschnupperte es ausgiebig. Fay lachte. »Meinst du, ich sollte da heute hingehen?«

»Miau«, maunzte Pfötchen und legte sich schnurrend quer über das Buch. Er leckte sich genüsslich eine Pfote, hielt mitten in der Bewegung inne und blickte Fay direkt an. Ihr war, als würde der Kater direkt in ihr Herz schauen. Sie zog das Buch unter Pfötchen hervor und betrachtete es noch mal. Dann steckte sie es in ihre Tasche. Sie ging in die Küche. Endlich Kaffee. Es war neun, sie hatte also noch eine halbe Stunde Zeit. Sollte sie wieder durch den Park laufen? Dann müsste sie sich aber beeilen. Dann doch lieber noch geschwind unter die Dusche und vor allem die Zähne putzen. Der Kaffee konnte den schalen Geschmack des Alkohols auf ihrer Zunge nicht überdecken. Also ab ins Badezimmer.

Nach der Dusche war Fay endgültig wach. Das Kopfweh hatte sich auf ein erträgliches Maß verringert. »Bring eine Decke mit«, hatte Hans gesagt … Wofür auch immer, dachte sie, und sie kramte eine Decke hervor. Ein hübsches Ding mit Abbildungen von Bäumen und Bambus drauf. Made in China. Einen flüchtigen Moment lang hatte Fay ein Bild von chinesischen Kindern in einer Fabrik im Kopf. Sogleich schob sie es beiseite und stopft die Decke zum Buch in die Tasche. Sie zog sich an. Etwas Bequemes. Oder doch lieber etwas Ordentliches? Wer würden die anderen wohl angezogen sein? Konnte sie da im Schlabberlook auftauchen? Sie entschied sich für den Schlabberlook. So verkatert, wie sie war, konnte auch die beste Kleidung sicher nichts am ersten Eindruck ändern. Sie nahm die Tasche, schlüpfte in ihre Schuhe und verließ die Wohnung.

Als sie die Tür hinter sich zuzog, hörte sie jemanden hinter sich sagen: »Einen wunderschönen Sonntag wünsche ich Ihnen, mein Kind.«

Fay drehte sich um und schaute in die warmen, braunen Augen von Frau Wagner. Ihr Herz hüpfte. Fay spürte, wie sich ein Lächeln über ihr Gesicht ausbreitete. »Ich wünsche Ihnen auch einen schönen Sonntag, Frau Wagner.«

»Ach, Fay, nennen Sie mich doch Hermine, dann fühle ich mich nicht so alt neben Ihnen«, lächelte Frau Wagner verschmitzt.

»Gerne, Hermine, ich freue mich ja auch, wenn Sie mich Fay nennen.« Fay freute sich wirklich. Sie konnte die Freude spüren, die sich in ihrem Körper wie eine warme Welle entfaltete.

»Wie geht es Ihrem Garten, Fay? Sie haben doch auch einen Garten wie ich, oder?«, fragte Hermine.

Fay war von dieser Frage irritiert. »Meinem Garten? Dem geht es gut. Gestern habe ich sogar ein Schmetterling dort gesehen.«

»Das ist schön, Fay. Ein Garten will gepflegt sein. Dann wird Ihnen die Schöpfung auch eine reiche Ernte bescheren«, sagte Hermine freundlich. »Sie können mich gerne einmal in meinem Garten besuchen kommen, Fay. Dann trinken wir eine Tasse Tee.«

»Das werde ich machen, Hermine«, antwortete Fay, »aber jetzt muss ich leider gehen. Herr Vindermann aus dem Café hat mich heute eingeladen. Da möchte ich pünktlich sein.«

»Dann viel Spaß, Fay. Genießen Sie den Tag! Und denken Sie daran, dass oft die kleinen Dinge im Leben wichtig sind!«, hörte Fay Hermine beim Hinausgehen noch sagen.

Als Fay beim Café ankam, hing im Fenster ein Schild: *Geschlossene Gesellschaft.* Sie musste grinsen. Eine geschlossene Gesellschaft. Zu so etwas war sie wirklich noch nie eingeladen worden. Als sie gegen die Tür drückte, wurde diese von innen geöffnet. Hans empfing Fay mit einer freundlichen, kleinen Verbeugung. »Treten Sie ein, junge Frau. Ich freue mich, dass du gekommen bist, Fay. Das ist mutig von dir.«

Fay betrat das Café, atmete tief ein und sah sich um. Da war der Zauber wieder. Dieser Zauber, der den ganzen Raum erfüllte. Aber heute war da noch etwas anderes. Das Summen war wieder da. Das Summen war in ihrem Kopf, nein, in ihrem Körper. Für einen Moment wurde Fay schwindlig. Sie schwankte kurz. Dann war es vorbei, und das Kopfweh trat wieder in den Vordergrund.

»Alles in Ordnung mit dir, Fay?«, fragte Hans.

»Ja, alles in Ordnung, danke. Ich bin nur aufgeregt.« Mühsam rang sich Fay ein Lächeln ab.

»Das ist okay, wenn du nervös bist. Du wirst heute ja auch etwas für dich vollkommen Neues kennenlernen. Komm, wir gehen zu den anderen. Sie sind schon da. Ich habe Tee und Butterkipferl für uns vorbereitet.«

Hans führte Fay zwischen den Bücherregalen weiter nach hinten. An einer Seite des Raums war eine Tür. Komisch, die hatte sie noch nie bemerkt. War sie überhaupt schon einmal hier hinten gewesen? Die Toiletten waren auf der anderen Seite des Raums. Hans öffnete die Tür, und Fay betrat einen Raum. Fay empfand etwas, was sie zuerst nicht einordnen konnte. Dann erinnerte sie sich plötzlich an die Apfelbaumwiese hinter dem Haus, in dem sie als Kind gelebt hatte. Dieser Raum löste dieselben warmen Gefühle wie der Gedanke an die Wiese aus. Es war, wie nach langer Zeit nach Hause zu kommen. Ihr Kopfweh war beinahe verschwunden, wofür sie wirklich dankbar war.

Fay setzte sich auf einen freien Platz am Boden. Was genau war es, was dieses Heimatgefühl in ihr auslöste? Sie ließ ihren Blick durch den Raum schweifen, doch sie blieb an keinem Detail hängen.

Sie saßen alle im Kreis am Boden. Hans hatte Sitzpolster und Matten ausgelegt. Er selbst ließ sich auf einer Decke nieder. Vor ihm in einer Muschel rauchte etwas, was, zumindest für Fays Nase, ziemlich übel roch. Neben Hans lag eine Trommel, auf deren Schlagfell die Abbildung eines großen Vogels gemalt war. Fay vermutete, dass es einen Adler darstellte … Ein Krafttier. Darüber hatte sie schon gelesen. Das waren große und besonders starke, edle Tiere. Sie halfen den Schamanen auf ihren Reisen in anderen Welten. Hauptsächlich war in den Büchern von Bären, Wölfen, Büffeln und Adlern die Rede. Beeindruckende Wesen, deren außergewöhnliche Kraft man sich leicht vorstellen konnte. Einen Moment lang überlegte Fay, wie wohl ein Schmetterling auf so einer Trommel aussehen würde. Sie musste schmunzeln. So ein Schmetterling war wohl eher kein Krafttier.

Hans bat sie und die drei anderen, sich kurz vorzustellen. Fay begann. Das ging sehr schnell. Sie hatte das bei unzähligen Meetings und Weiterbildungsveranstaltungen der Firma geübt. Name, Alter, Beruf, Familienstand, Wohnort. Fertig. Das sind die Eckdaten. Die drei anderen schauten etwas verwundert. Hans schmunzelte.

Dann stellte sich Gabriella vor. Sie saß links von Fay. Gabriella stammte ursprünglich aus Lateinamerika, ihre Familie gehörte zu einem indigenen Volk aus den peruanischen Anden. Als Baby war sie adoptiert worden und dann hier aufgewachsen. Jetzt war sie auf der Suche nach ihren indianischen Wurzeln.

Neben Gabriella saß Ulrich. Er war etwa in Fays Alter. Er stammte aus einem sehr christlich geprägten Elternhaus und studierte zurzeit Theologie. Er schrieb gerade an seiner Examensarbeit über Geister- und Dämonenglauben. Ulrich studierte im Kloster zum Heiligen Martin hier in der Stadt. Er wäre am liebsten immer in seinem Konvent geblieben, denn dort, im Haus Gottes, fühlte er sich wohl. Um aber sein Priestergelübde abzulegen, musste er noch seine Examensarbeit fertigstellen. Das Thema hatte sein Dozent ausgesucht. Wie Fay durch Ulrichs Erzählung auch noch erfuhr, war dieser Dozent mit Hans befreundet und hatte Ulrich zu ihm geschickt.

Der Letzte in der Runde war Sascha. Früher hatte Sascha Heinrich geheißen, aber schon als Kind hatte er sich gern als Mädchen verkleidet. Sascha war für ihn ein Name, der für Mädchen wie auch für Jungs verwendet werden konnte. Sascha war ein schwuler Transvestit. Kein Transsexueller. Er liebte es einfach, eine Frau zu sein. Vielmehr, die Rolle einer Frau zu spielen. Er hatte gelesen, dass Schamanen in den nativen Kulturen oft transsexuell waren. Das war sein Beweggrund, hierher zu kommen. Er wollte einfach mehr darüber erfahren.

Jetzt hatte auch Fay verstanden, wie eine Vorstellung in so einem Kreis funktionierte: Hier wurde ein Seelenstrip erwartet. Na, das konnte ja noch lustig werden. Fay grinste schief. Ob sie sich den anderen noch einmal vorstellen musste?

Doch ohne Fay um eine ausführlichere Vorstellung zu bitten, begann Hans zu sprechen.

»Ich freue mich, dass ihr vier gekommen seid. Wir werden heute gemeinsam eine Reise in die untere Welt unternehmen. Dort habt ihr die Möglichkeit, eurem persönlichen Krafttier zu begegnen. Den Verbündeten, der für eure momentane Lebenssituation genau richtig ist. Ich gehe davon aus, dass ihr über das schamanische Weltbild Bescheid wisst?!« Alle vier nickten zustimmend. »Ihr wisst also, dass dieses Weltbild grob in drei Ebenen eingeteilt wird. Die obere, die mittlere und die untere Welt?« Wiederum bejahten alle vier seine Frage. »Nun, ihr werdet bald feststellen, dass Theorie und Praxis zwei Paar Schuhe sind.«

Soll das jetzt eine Drohung oder ein Versprechen sein?, überlegte Fay amüsiert.

»Bevor wir zu reisen beginnen, werde ich euch abräuchern. Dann werden wir gemeinsam die Schöpferkräfte rufen, um uns in der Anderswelt anzukündigen und die Tür zwischen den Welten zu öffnen.« Hans fächelte reihum den Rauch aus der Muschel über sie. »Das ist Beifuß«, erklärte er. »Eine Kulturpflanze, die aus unserer Gegend stammt. Schon immer räucherten die Menschen hier bei uns mit diesem Kraut. Um Krankheiten zu vertreiben und auch um Plätze oder das eigene Energiefeld zu reinigen.«

Genau das tat Hans jetzt bei ihnen. Dann nahm er seine Trommel in die eine und eine Rassel in die andere Hand. Er drehte den vieren seinen Rücken zu und begann, eine archaisch klingende Melodie zu pfeifen. Anschließend rasselte er mehrmals von oben nach unten. Dann begann er, seine Trommel zu schlagen. Er ging mit kräftigen Schritten im Kreis um die kleine Gruppe herum. Dabei sprach er laut, doch Fay nahm die Worte nicht wirklich wahr. Ab dem Moment, in dem Hans angefangen hatte zu pfeifen, hatte ihr Körper begonnen zu vibrieren. Stärker als je zuvor. Fay spürte das Summen überall. Dieses Mal machte es sie jedoch nicht schwindlig, es war eher ein Gefühl der Wärme und der Freude. Was war das bloß? Es schien, aus ihr selbst zu kommen. Sie spürte es in ihrem Herzen pulsieren.

Dann erklärte Hans, wie man in die untere Welt reisen konnte. »Ihr braucht dazu nur einen Platz in der Natur, an dem ihr euch wohlfühlt.« Das war leicht – sie hatte sich gerade erst an die Obstbaumwiese hinter ihrem alten Haus erinnert, und die stellte sie sich jetzt einfach vor. »Von dem

Ort, den wir uns vorstellen, sollten wir in die Erde hineinreisen können«, erläuterte Hans weiter.

Wenn sie sich vorstellte, sie würde mit dem Walnussbaum auf der Wiese verschmelzen ... Ob das funktionieren würde? Die Wurzeln gingen ja in die Erde hinein. Könnte sie an denen hinunterrutschen? Die Gedanken wirbelten nur so durch Fays Kopf. Hans sprach weiter, erläuterte, wie man sein Krafttier finden könne und wie es sich zu erkennen gebe. Was es wohl sein wird? Ein Bär oder ein Wolf? Hoffentlich keine Schlange. Vielleicht eine Raubkatze, schwarz wie Pfötchen. Fay schmunzelte. Naja, sie konnte sich ja alles vorstellen, was sie wollte.

Hans fuhr fort, dass sie auf ihrer Reise handlungsfähig und dass alle ihre Sinne wichtig seien: Riechen, Fühlen, Sehen, Hören, Wissen. Wahrnehmen in der Anderswelt funktioniere immer über alle Sinne, die ein Mensch zur Verfügung hat.

Fay verstand Folgendes: Sie konnte in dieser Anderswelt Dinge verändern, was dann Auswirkungen auf ihr Leben hätte. Sie konnte dort riechen, sehen, fühlen und hören. Fast schon gespenstisch, dachte sie. Theoretisch wusste sie, dass die Schamanen in den Welten unterwegs waren, um Dinge zu verändern. Aber sie war ja keine Schamanin. Sie war nur aus Neugierde hier. Also was sollte da schon groß passieren? Aufgeregt war sie trotzdem.

Hans forderte sie alle auf, sich auf den Boden zu legen. Fay packte ihre Decke aus und legte sich hin. Sie sollten bequem liegen, für den Anfang möglichst auf dem Rücken. Sie sollten sich dann ihren Startplatz vorstellen.

Fay dachte an die Wiese hinter ihrem Elternhaus. Sie dachte an den Walnussbaum, auf dem sie so oft gesessen hatte. Verwundert stellte sie fest, dass sie den Duft von blühenden Obstbäumen wahrnahm. Wie damals im Frühling hinter dem Haus. Die Bäume rundherum blühten in ihrer ganzen Pracht. Ihre Aufmerksamkeit zog sie näher zum

Walnussbaum. Als sie sich an ihn lehnte, bemerkte sie, wie ihr Körper mit dem des Baumes in Resonanz ging. Der Baum pulsierte im Takt ihres Herzens.

»Formuliert klar und deutlich eure Absicht für diese Reise«, sagte Hans und begann, die Trommel zu schlagen. Ein schneller, monotoner und kraftvoller Rhythmus erklang.

Ich möchte mein Krafttier finden, wünschte sich Fay mit aller Aufmerksamkeit, die sie aufbringen konnte. Mit den ersten Trommelschlägen zog es Fay in den Baum hinein. Noch bevor sie sich darüber wundern konnte, hatte sie das Gefühl zu fallen. Doch da war keine Angst, obwohl es um sie herum dunkel war. Es war eine Art kontrolliertes Fallen. Unter sich sah Fay Licht. Langsam steuerte sie darauf zu. Aus dem Fallen wurde ein Schweben.

Sie landete auf einer Lichtung. Irgendwie kam ihr diese bekannt vor. Sie schaute sich um. Da, wo sie jetzt stand, war kein Tier zu sehen. Aber sie sah einen Walnussbaum. Sie schaute über die Wiese hinweg. War da hinten ein See? Glitzerte da Wasser zwischen den Blättern der Sträucher hindurch? Hans hatte gesagt, sie sollten nahe bei ihrem Eingang zur Anderswelt bleiben. Dennoch ging Fay ein paar Schritte in Richtung des Glitzerns.

»Hey, pass doch auf, wo du hintrittst!«, hörte Fay ein feines Stimmchen von unten.

Erschrocken blieb sie mit einem Bein in der Luft stehen und blickte auf die Wiese. Sie sah eine kleine, gelbe Blume, der Blume aus ihrem Garten verblüffend ähnlich. Die Blume, auf der ihr Schmetterling gesessen hatte. Hier war aber kein Schmetterling. Fay kniff die Augen zusammen und erblickte etwas auf der Blume. Da saß eine kleine, graue Raupe. Fast hätte sie diese zertreten.

»Ja, genau, jetzt siehst du mich. Hallo, Fay, herzlich willkommen in der Anderswelt, ich bin Kurt, dein Krafttier«, sagte das Stimmchen.

Fay blinzelte ungläubig. Sie schaute sich noch einmal auf der Lichtung um. Da war sonst niemand. Hörte sie wirklich eine Raupe sprechen? Und diese Raupe sollte ihr Krafttier sein? Kein Bär? Kein Löwe? Nichts Großes und Starkes?

»Fay, erinnere dich: Oft sind es die kleinen Dinge im Leben, die wichtig sind«, rief ihr das Stimmchen zu.

Fay bückte sich und schaute sich die Raupe aus der Nähe an. Okay, sie war auf einer schamanischen Reise. Eine Raupe bildete sie sich sicher nicht ein. Schon gar nicht eine Raupe, die sprach. Was hatte Hans gesagt? Ihr erkennt euer Krafttier daran, dass es euch wohlgesonnen ist. Das war diese Raupe offensichtlich. Zumindest hatte sie sich noch nicht zähnefletschend und fauchend auf Fay gestürzt. Das Tier zeigt sich von vier verschiedenen Seiten. Vier Seiten einer Raupe? Na, da war Fay aber mal gespannt!

»Zeig dich mir bitte von vier verschiedenen Seiten«, forderte sie Kurt auf.

Kurt seufzte. »Immer diese Zweifler, aber bitteschön.«

Kurt verwandelte sich in ein Ei, dann zurück in eine Raupe. Schon hing er als Kokon an der gelben Blume. Und kaum, dass Fay sich versah, tanzte vor ihrer Nase ein wunderschöner, weißer Schmetterling, der in einem ganz besonderen Licht schimmerte. Einen Moment später saß da wieder die kleine, graue Raupe auf der Blume vor ihr. Dieser kleine Kerl schien also wirklich ihr Krafttier zu sein.

»Wie war dein Name noch mal? Kurt, richtig?«, fragte Fay.

»Genau, und du bist Fay«, stellte Kurt wie zur Bestätigung fest.

»Und du bist dir sicher, dass du mein Krafttier bist?«, zweifelte Fay abermals.

»Siehst du noch ein anderes Tier hier auf der Lichtung? Ich entspreche wohl nicht deinen Vorstellungen von einem Krafttier. Aber eines kann ich dir versichern: Ich bin der beste Verbündete, den du im Moment haben kannst.« Mit einem Kopfnicken bekräftigte die Raupe ihre Aussage.

»Und was ist deine Kraft?«, wollte Fay wissen.

»Nun, ich werde dir dabei helfen, dich zu entfalten. Das dürfte in deinem Fall nicht schwer sein. So zerknittert, wie du jeden Tag aufstehst.« Bei diesen Worten grinste Kurt Fay frech an.

»Na prima, jetzt habe ich also eine Raupe als Krafttier, eine rotzfreche noch dazu«, stellte Fay fest.

»Ganz so ist es nicht, Fay, ich bin nicht rotzfrech. Ich spreche nur aus, was du dir denkst. Wäre schön, wenn wir beiden in Kontakt bleiben würden. Du wirst sehen, du wirst Spaß mit mir haben.«

In einer Mischung aus Faszination und Verwirrung betrachtete Fay die kleine, offensichtlich sehr selbstbewusste Raupe, als sie ein immer stärker werdendes Ziehen an sich spürte. Irritiert über dieses Gefühl ging Fay drei Schritte rückwärts und stieß mit ihrem Rücken an den Walnussbaum. Sofort verschmolz sie mit dem Baum und fand sich auf der Wiese hinter dem Haus ihrer Kindheit wieder. Gleichzeitig hörte sie die Trommel von Hans laut tönen.

Dann nahm sie seine Stimme wahr. »Atme tief und gleichmäßig in deinen Bauch. Mit jedem Atemzug kommst du mehr und mehr zurück in diesen Raum. Wenn der Augenblick für dich richtig ist, öffne deine Augen. Strecke deine Glieder. Komm ganz zurück ins Hier und Jetzt.«

Fay öffnete ihre Augen. Sie streckte sich durch. Nicht ein Gelenk knackte.

Eine Raupe … Verwundert blinzelte Fay in den Raum.

»Ich heiße Kurt«, hörte sie seine Stimme an ihrem linken Ohr.

Auf der Lichtung

Kaum war Fay aus der Anderswelt verschwunden, begann Funny, ausgelassen über die Lichtung zu tanzen. »Fay hat dich gesehen, juhu! Es hat geklappt! Jetzt können wir alle bald zu ihr zurück!« Jubelnd und singend wirbelte Funny über die Lichtung und war nicht zu bremsen. Lana lächelte über diese erfrischende Lebensfreude, die von Funny ausging. Sie war einfach ein bezauberndes Wesen.

»Also, das mit dem Zerknittert-Sein hättest du dir auch sparen können, Kurt«, meinte Lana in Richtung der kleinen Raupe.

»Nö, gar nicht«, war seine Antwort. »Ihr müsst wissen, Fay steht jeden Morgen vor dem Spiegel und prüft, ob sie neue Falten hat. Sie bildet sich ein, daran feststellen zu können, dass sie alt wird. Dabei hat Alter doch nichts mit dem Aussehen zu tun! Sie sollte sich mal Frau Wagner genau anschauen. Die hat jede Menge Falten im Gesicht, doch ihre Ausstrahlung ist die eines jungen, frechen Mädchens. Ich begleite Fay nun schon, seitdem sie vor sieben Jahren umgezogen ist. Und vor vier Jahren hat sie begonnen, ihre angeblichen Falten zu zählen. Erst wollte sie ihr Leben ändern. Sie war voller Tatendrang, und ich sah meine Chance kommen. Ich wollte ihr dabei helfen, ihre ganze Schönheit zu entfalten. Stattdessen hat sie dann diese Stelle bei Babylon angenommen. Zugegeben, sie hatte viele Bewerbungen geschrieben. Als Kellnerin wollte sie nicht mehr arbeiten. Also suchte sie nach einer anderen Beschäftigung. Bewerbungen schrieb sie unter anderem an eine Gärtnerei, die wollten aber lieber einen Mann. Jemanden, der auch die schweren Säcke mit Erde tragen konnte. Dann meldete sie sich bei einem Kosmetikunternehmen für die Kundenbetreuung. Da sie aber kein Händchen fürs Schminken hat, wurde auch daraus nichts. Im Tierheim hat sie sich auch beworben. Doch die Umstände, wie die Tiere dort aus Platzmangel gehalten wurden, schreckten sie ab. So ging es weiter, und irgendwann landete sie in der Kundenbetreuung von dieser Werbeagentur. Seither ist ihr Leben immer mehr zur Routine geworden. Aber seit diesem Freitag hat sich bei Fay etwas verändert. Ihr stets gleicher Tagesablauf ist aus dem Ruder gelaufen. Wir haben es alle miterlebt. Und das ist erst der Anfang«, schloss Kurt seine Rede.

Plötzlich landete Skulan auf der Lichtung. »Routine? Habe ich da Routine gehört?« Skulan seufzte. »Ja, diese ständig sich wiederholenden Handlungen, immer dasselbe in genau derselben Art und Weise – dazu kann ich euch etwas erzählen.«

Funny hatte ihren ausgelassenen Tanz unterbrochen und war zu den drei anderen zurückgekehrt. »Ja, bitte Skulan, erzähl uns etwas über Routine. Ich weiß nämlich nicht, was das ist.«

Skulan lächelte Funny an »Das kannst du auch nicht wissen, denn dir als Lebensfreude ist Routine fremd. Du bist spontan und schäumst über vor lauter Neugierde und Tatendrang. Die Routine ist das genaue Gegenteil von dir. Sie ist starr und lebt von der ständigen Wiederholung der immer gleichen Handlungen. Es sind Gewohnheiten im Leben eines Menschen. Die Menschen glauben, dass diese Routine ihr Leben einfacher macht und ihnen Sicherheit gibt. In Wirklichkeit lässt sie ihr Leben allerdings erstarren. Die Routine friert das Leben ein. Wie Wasser, das zu Eis wird. Dann verliert die Lebenskraft ihre Fähigkeit zu fließen. Es kann lange dauern, bis ein Mensch bemerkt, dass sein Leben nur noch aus immer denselben Handlungen besteht. Manche Menschen merken es auch nie. Wie ihr ja schon wisst, ist alles, was lebt, Energie, die fließt. Nun gibt es auch

Energien, die sich von dieser Routine nähren. Bei manchen Menschenvölkern ist das Wissen um diese Energien noch lebendig. Sie haben Namen dafür. Die einen nennen diese Energien Voladores oder auch Traumatadämonen. Wie alles im Universum brauchen auch diese Wesen Energie, um zu existieren. Und sie nähren sich von der Routine. Von der Energie, die hinter den Worten ›Das ist so, das war immer schon so, und das wird immer so sein‹ steht. Es ist ein Trugschluss zu glauben, dass immer alles gleich bleibt, dass immer alles auf die gleiche Art und Weise funktioniert. Leben ist Veränderung, hier in der Anderswelt wie auch in der Menschenwelt und im ganzen Universum.«

»Aber wie kann es dann sein, dass solche Wesen überhaupt existieren, Skulan?«, fragte Lana besorgt, »wenn doch alles ständige Veränderung ist?«

»Das ist eine gute Frage, Lana. Ich werde versuchen, sie euch zu beantworten«, Skulan neigte nachdenklich seinen Kopf. »Wie ihr wisst, leben die Menschen in einer Dimension, in der es Dualität gibt. Alles hat in seiner Existenz eine Gegenseite. Licht und Schatten, Tag und Nacht, Liebe und Angst. Das ist wichtig für die Lernprozesse der Menschen auf der Erde. Mit ihren Entscheidungen für die eine oder die andere Seite erschaffen sie ihre Welt. Idealerweise werden sie irgendwann hinter diesen Schleier der Dualität schauen und erkennen, dass sie eine Illusion ist, dass alles eins ist und in MaPa, dem großen Geheimnis, ruht. Ihr könnt euch das vorstellen wie eine Münze. Die meisten Menschen denken, eine Münze hätte zwei Seiten. Das ist das, was sie offensichtlich sehen. Tatsächlich hat eine Münze aber drei Seiten. Die dritte Seite offenbart sich erst, wenn die Münze aufgestellt wird. Es ist ihr Rand. Wenn ein Mensch das erkennt, hat er die Chance, die Illusion der Dualität zu durchbrechen. Er steht nun auf dem schmalen Rand der Münze und sieht beide Seiten. Er sieht die Angst ebenso wie die Liebe als Teil ein und derselben Sache. Wenn der Mensch dafür bereit ist, erkennt er auch, dass er selbst der Schöpfer seines Lebens ist. Mit jeder Entscheidung, die er trifft. Als du, Funny, damals in die Anderswelt gegangen bist, entstand in Fays Energiesystem ein leerer Platz. Dieser Platz wurde von den Essenzen der Perfektion, der Ernsthaftigkeit und der Korrektheit aufgefüllt. Diese drei arbeiten stets eng zusammen. Diese Essenzen reichten jedoch nicht ganz aus, um deinen Platz zu füllen. Eine kleine Ecke blieb frei, und an dieser Stelle hat sich die Angst eingenistet. Diese Angst fand nun einen Weg in Fays Leben. Immerzu hatte Fay das Gefühl, nicht genau genug zu arbeiten. Sie hatte Angst davor, dass ihre Leistungen ungenügend seien. Dadurch rief sie unbewusst in ihrem Umfeld auch genau diese Reaktion hervor. Ihre Eltern verlangten immer mehr Leistung von ihr. Gute Noten in der Schule, bessere Leistungen im Sport und so weiter. Sie hatte das Gefühl, nie zu genügen, und fürchtete sich jeden Tag vor neuem Versagen. Genau dieses Gefühl nährt die Energiewesen der Routine. Aus dieser Angst heraus neigen Menschen dazu, Handlungen, die einmal funktioniert haben, ständig zu wiederholen. So, wie Fay jeden Tag stundenlang Worte auswendig gelernt hat, um ihre Legasthenie in den Griff zu bekommen. Zum Teil hat das funktioniert, und dennoch hat sie immer wieder Angst davor, einen Text zu schreiben. Dabei bemerkt sie nicht, dass sie den Weg der Vermeidung geht, einen Weg der Angst. Sie glaubt, sie sei in Sicherheit. In Wirklichkeit wird sie von den Voladores gesteuert. Den Voladores ist das nur recht, wenn Fay weiterhin den Weg der Vermeidung geht. So können sie sich sicher sein, gut genährt zu werden. Voladores sind Energievampire.«

Kurt nickte andächtig mit seinem kleinen Raupenkopf. »Das hast du schön erklärt, Skulan. Wir Krafttiere helfen den Menschen auch dabei, ihre Routinen aufzubrechen. Das ist eine unserer Aufgaben. Indem wir uns mit ihnen verbinden, schenken wir ihnen einen Teil unserer

Fähigkeiten. Unsere Menschen wiederum schenken uns Aufmerksamkeit. Wir freuen uns auch immer, wenn sie uns kleine Geschenke mitbringen. Ich mag frische, junge Brennnesselblätter sehr gerne.«

»Aber jetzt möchte ich noch einmal auf die Energievampire zurückkommen. Manche Menschen empfinden es so, dass andere Menschen solche Wesen sind. Dazu müsst ihr wissen, dass Energie immer vom stärkeren zum schwächeren System fließt. Wenn zwei Menschen sich begegnen, verschmelzen ihre Energiekörper für eine Weile. Dabei werden Informationen ausgetauscht. In der Menschenwelt meistens über die Sprache. Zumindest glauben das die Menschen. Viel mehr Information wird jedoch über die Schwingung der beiden Energiekörper ausgetauscht. Energie fließt. Das passiert meistens unbemerkt von den Menschen. Als Kind hatte Fay sehr viel Lebensenergie in ihrem System. Ihr Urvertrauen wurde gestärkt, das lässt sie heute noch leuchten. In dieser Zeit war der Energieaustausch ausgewogen – ähnlich wie zwischen einem Krafttier und seinem verbündeten Menschen. Sie wurde älter. Wie ihr euch erinnert, änderten sich die Umstände in ihrem Leben nach und nach. In der Zeit, als ihr beiden, Lana und Funny, Fay verlassen habt, war sie in ihrer Familie das stärkste Energiesystem. Sie nährte in dieser Zeit unbewusst ihre Eltern.«

»Ich erinnere mich.« Lana wurde nachdenklich. »Ich erinnere mich an einen Abend kurz bevor ich in die Anderswelt gegangen bin. Fays Eltern hatten furchtbar gestritten. Ihr Vater war wutentbrannt aus der Wohnung gerannt. Ihre Mutter saß im Wohnzimmer. Um sie herum ein Scherbenhaufen. Fays Mutter hatte dem Vater gesagt, dass sie sich endgültig scheiden lassen würde. Sie saß auf dem Sofa und weinte wie ein kleines Kind. Fay, damals vielleicht zehn Jahre alt, setzte sich zu ihrer Mutter. Diese legte ihren Kopf in den Schoß von Fay und weinte hemmungslos vor sich hin. Fay war in diesem Moment ganz ruhig. Ich nahm all meine Kraft zusammen, um mich in ihrem ganzen System zu entfalten. Es gelang mir, so viel Energie zu verströmen, dass Fays Mutter sich beruhigte. Ich konnte spüren, wie meine Kraft auch zu Fays Mutter floss.«

»Das ist sehr interessant. Fay hat noch viel zu lernen.« Funny wiegte nachdenklich ihren Kopf hin und her. Dabei machte sie ein sehr ernstes Gesicht. So ernst, dass es schon wieder zum Lachen war.

»Und wir werden ihr dabei helfen, Funny«, antwortete Lana voller Freude.

»Wir sind schon dabei, ihr zu helfen«, grinste Kurt verschmitzt.

Die Anderswelt wirkt

Nachdem sich alle vier wieder aufgesetzt hatten, reichte Hans einen sogenannten Redestab an Sascha weiter. Er bat alle aus der Gruppe zu erzählen, was sie erlebt hatten – natürlich nur so viel, wie sie gerne erzählen mochten. Solange jemand den Redestab in der Hand hatte, durfte nur diese Person reden.

Fay war froh, dass sie als Letzte an die Reihe kam. So hatte sie genügend Zeit, sich zu überlegen, was sie sagen würde. Sie könnte ja erzählen, dass sie einen Elefanten getroffen habe. In Afrika. Auf dem sie dann durch die Wüste geritten sei.

Sascha begann zu erzählen: «Ich kam in eine Savannenlandschaft. Südafrika oder so.«

Bingo, Afrika ist schon weg. Aber es gibt ja noch indische Elefanten. Die sind auch groß, dachte Fay.

»In dieser Landschaft zeigte sich mir ein Löwe«, erzählte Sascha weiter. »Was mir besonders gefiel war, dass mein Löwe das Geschlecht wechseln konnte.« Bei diesen Worten lächelte Sascha versonnen. Er erzählte weiter, doch Fay hörte nicht mehr zu. Ja, klar, ein Löwe, der das Geschlecht wechselt, für einen schwulen Transvestit. Was denn auch sonst?! Das hat er sich doch sicher nur ausgedacht, dachte sie amüsiert.

»Nö, es gibt Gestaltwandler unter uns. Ich kenne den Löwen zufällig. Das ist einer meiner Urgroßonkels. Ich bin nämlich auch ein Gestaltwandler«, flüsterte Kurt in Fays Ohr. Fay erschrak und hätte beinahe ihr Wasserglas umgeworfen. Moment mal, das war doch die Stimme von dieser Raupe.

»Genau, ich bin es«, hörte sie nun.

Du hörst meine Gedanken auch hier?, dachte Fay erstaunt.

»Ja, klar, jetzt wo wir uns kennen, dürfte das für dich doch kein Problem sein, oder? Wir haben uns ja einander vorgestellt.«

Verwirrt überlegte Fay, ob so etwas möglich sei.

»Aber klar ist das möglich, Fay. Wir sind Verbündete, du und ich. Wir sind verbunden! Das ist so, wie wenn du in der Menschenwelt telefonierst. Der einzige Unterschied ist, dass du bei mir nicht so schnell wieder auflegen kannst. Jetzt, nachdem wir uns kennen.«

Du sagst also, er hat sich das nicht ausgedacht mit dem Löwen?

»Hat er nicht, ganz sicher. Selbst wenn, was stört es dich? Es ist *seine* Reise, *sein* Weg, den er geht. Du hast *deine* Reise und *deinen* Weg«, antwortete Kurt.

Fay sinnierte über diese Worte nach, während der Redestab an Ulrich weitergereicht wurde.

Fay lenkte ihre Aufmerksamkeit auf Ulrich. Er erzählte von dem indischen Gott Ganesha. Ein Gott, der sich ihm als Elefant gezeigt hatte. Okay, Indien und der Elefant haben sich erledigt, verwarf Fay ihren zweiten Plan.

Sie hörte Kurt lachen. »Ja, Fay, diese Geschichte hat dir auch jemand weggeschnappt ... Nun du hast eben mich, eine Raupe namens Kurt, auf einer kleinen Lichtung in einem Park gefunden.«

Fay schmunzelte. Werde ich dich jetzt immer hören?, fragte sie in Gedanken.

»Immer dann, wenn du mich brauchst«, antwortete Kurt.

Ulrich begann nun eine ausführliche Erzählung über die Weisheiten, die er von Ganesha in der Anderswelt erhalten hatte. Fay langweilte sich. Und sie hatte Hunger. Ob es schon Mittag war? So, wie Ulrich redete, würde er zumindest einmal ein guter Pfarrer werden.

»Wenn er seine Arbeit als Pfarrer mit Liebe macht, dann wird sie sicher gut sein. Dann macht ihm seine Aufgabe Freude. Mit dieser Freude und der Liebe zu seiner Arbeit kann er andere Menschen bereichern. Machst *du* deine Arbeit mit Liebe und Freude, Fay?«

Was soll diese Frage jetzt wieder?! Natürlich mache ich meine Arbeit mit Freude. Sonst würde ich doch nicht jeden Tag in die Agentur gehen, dachte Fay. Doch so sehr sie auch lauschte, sie bekam keine Antwort mehr von Kurt.

Jetzt hatte Gabriella den Redestab. Gabriella erzählte, dass sie einen Andenkondor gefunden hatte.

Wieder ein so großes und mächtiges Tier, dachte sich Fay. Dieser große Vogel hatte Gabriella auf einen Flug über die Landschaft der peruanischen Anden mitgenommen. Gabriella war zutiefst berührt. Sie konnte kaum sprechen. Daher hielt sich ihr Bericht ziemlich in Grenzen.

Nun hatte Fay den Redestab. Sie überlegte, ob sie etwas von einem Bären oder einem Jaguar erzählen sollte, als ihr Mund schon wie von selbst losplapperte. »Ich habe eine kleine, graue Raupe getroffen, und sie heißt Kurt.« Fay erblasste. Hatte sie das gesagt, oder Kurt? Sie wollte doch gerade Bär sagen und dann kam Raupe aus ihrem Mund. Hans schaute sie mit einem amüsierten Blitzen in den Augen an. Er sagte kein Wort. Die anderen drei grinsten verhalten. »Naja, jedenfalls hab ich jetzt Hunger, und viel mehr gibt es auch nicht zu erzählen«, schloss Fay ihren Bericht. Sie räusperte sich und gab den Redestab an Hans weiter.

Dieser schaute sie unverwandt an, und sie wusste, dass Hans ihre kleine Lüge durchschaut hatte. Hunger hatte sie, ja. Aber zu erzählen gäbe es schon noch mehr. Vor allem zu fragen. Etwa, ob es normal ist, dass man sein Krafttier auch noch hört, wenn die Reise schon vorbei ist.

Hans nahm den Redestab und bedankte sich bei ihnen für ihre Berichte. Dann meinte er: »Ich werde keine eurer Reisen interpretieren, das könnt nur ihr selbst.«

Mit diesen Worten stand Hans auf und ging zu einem kleinen Schränkchen an der Wand hinter ihm. Er öffnete eine Schublade und holte vier Bücher heraus. Dann kam er zurück. Es waren vier gleiche, schlichte Bücher, die wie Taschenbücher aussahen. Sie hatten kein Cover, der Umschlag war einfach weiß.

Hans sprach weiter. »Meine Erfahrung hat mir gezeigt, dass es gut ist, solche Reisen zu dokumentieren.« Dabei überreichte er jedem von ihnen eines der weißen Bücher. »Mit dieser ersten Reise, die ihr nun in dieses Buch schreiben könnt, beginnt das wichtigste Buch in eurem Leben.«

»Das Buch, welches ich selbst schreibe«, flüsterte Fay.

»Genau, Fay. Das wichtigste Buch in deinem Leben ist das, welches du selbst schreibst«, sagte Hans und gab Fay ihr Buch.

Fay schaute in Hans' Gesicht. »Danke«, sagte sie, »ich werde meine Geschichte aufschreiben, wenn ich Zeit dafür habe.« Fay blieb an seinen Augen hängen. Diese tiefblauen Augen wirkten magisch auf sie. Sie waren wie der Himmel oder ein tiefer, klarer See. Aus irgendeinem Grund vertraute sie diesen Augen.

Nachdem Hans den heiligen Raum, wie er es nannte, wieder aufgelöst hatte, war das Treffen offiziell beendet. Sie packten ihre Decken zusammen und gingen gemeinsam hinüber in das Café. Als sie schon fast an der Tür waren, erinnerte Fay sich, dass sie noch das Buch in ihrer Tasche hatte. Sie blieb stehen. »Hans, ich habe das Buch dabei, das ich gestern vergessen hatte«, sagte sie.

»Einen Moment«, antwortete er und begleitete die anderen drei hinaus. Dann kam er zurück zu ihr.

»Bist das wirklich du, Hans? Hast du dieses Buch geschrieben, oder heißt der Autor zufällig genauso wie du?« Insgeheim wusste sie die Antwort schon. Aber sie wollte es von ihm hören. Dass er der Autor war. Dass sie mit einem Autor per Du war.

Hans nahm das Buch in die Hand und lächelte. »Ja, Fay, das Buch habe ich geschrieben, als ich noch sehr jung war. Das ist jetzt über 30 Jahre her, dass ich in Ecuador war.«

Das ist länger her, als ich alt bin, staunte Fay. Was dieser Mann wohl sonst noch alles in seinem Leben erlebt hat?!

Hans schaute Fay eindringlich in die Augen. »Das ist nur eine Geschichte, Fay, eine Geschichte aus meinem Leben. Du hast schon so viele Geschichten gelesen, jetzt ist es Zeit, deine eigene zu schreiben. Wenn du magst, kannst du am Mittwochabend um sechs wieder hierherkommen. Um sechs schließe ich das Café, und wenn du Lust hast, können wir dann unter vier Augen noch mal über deine Reise reden.«

Fay lächelte. »Ja, gerne. Ich werde am Mittwoch wiederkommen.«

»Dann freue ich mich auf dich«, antwortete Hans und begleitete Fay zur Tür.

Draußen auf dem Gehsteig fiel ihr Blick auf die Uhr gegenüber beim Juwelier. Sie zeigte kurz vor 14 Uhr. Der Hunger meldete sich zurück. Zwei Straßen weiter gibt es ein kleines Restaurant. Ich könnte dort etwas essen, das habe ich schon ewig nicht mehr gemacht, beschloss Fay. Sie machte sich auf den Weg. Sie wusste aus Postwurfsendungen, die massenhaft in ihrem Briefkasten landeten, dass dieses Restaurant auch sonntags geöffnet hatte. Sie lächelte, zumindest dafür war Werbung gut. Und auch dafür, dass sie immer genügend Prospekte zum Durchblättern hatte, wenn ihr langweilig war. Und das war ihr oft.

Nach einem leckeren späten Mittagessen nahm Fay noch ein Stück Torte aus dem Restaurant mit nach Hause. Kaum war sie dort angekommen, kam Pfötchen um die Ecke gehuscht. Er begrüßte Fay mit einem Miauen und umschmeichelte wie üblich ihre Beine. »Hi, Pfötchen, du hast mir ja offensichtlich verziehen, das finde ich schön«, begrüßte Fay ihren Kater.

Gemeinsam gingen sie in die Wohnung, und nachdem Fay den Kuchen in der Küche abgestellt hatte, lief sie durchs Wohnzimmer in ihren Garten. Sie schaute auf das verwilderte Grün und auf die kleine, gelbe Blume vor ihren Füßen.

»Ich mag junge Brennnesselblätter«, hatte die Raupe gesagt, erinnerte sich Fay. Sie lächelte und ging zu den Brennnesseln in der Ecke ihres Wiesenstückes. Wie konnte sie jetzt von diesen Stauden Blätter abzupfen, ohne sich zu verbrennen? Sie überlegte kurz und zog dann den Ärmel ihres dünnen Pullis über eine Hand nach vorne. Mit der so geschützten Hand pflückte sie einige Blätter. Autsch, das funktioniert nicht, merkte Fay, beim nächsten Mal werde ich Gummihandschuhe verwenden. Dann legte sie die Brennnesselblätter neben die kleine, gelbe Blume auf die Wiese. Warum genau sie das machte, konnte sie sich nicht erklären, selbst dann nicht, als sie dachte: Guten Appetit, kleine Raupe.

Fay lächelte und wunderte sich über sich selbst. Jetzt fütterte sie schon eine imaginäre kleine Raupe mit Brennnesselblättern in ihrem Garten. Aber wenigstens war das Summen verschwunden. Es war nicht wiedergekommen, nach dem kurzen Anfall heute früh im Café. Es ging ihr gut, richtig gut. Die Stimme der kleinen Raupe in ihrem linken Ohr meldete sich nicht mehr.

Der Rest des Tages verlief ruhig. Fay fütterte Pfötchen, kochte sich einen Kaffee und aß dazu das Stück Torte. Später lümmelte sie sich mit dem Kater und einem Buch auf dem Sofa. Sie ging früh ins Bett, stellte ihren Wecker für den nächsten Tag und schlief schnell tief und fest ein.

Am nächsten Morgen fühlte sich Fay ausgeruht und gut gelaunt. Geradezu ein bisschen ausgelassen. Sie warf ihre Bettdecke zurück und ging ins Bad. Beim täglichen Blick in den Spiegel prüfte sie die Zahl ihrer Falten. Warum tue ich das eigentlich?, fragte sie sich in diesem Moment. Ich bin so alt, wie ich mich fühle, und heute fühle ich mich wie 17. Sie lachte sich selbst im Spiegel zu. Sie stellte das Wasser an, tauchte ihre Hände hinein und wusch sich das Gesicht. Wie erfrischend sich das anfühlte, herrlich!

Ein Lied trällernd ging sie in die Küche, um sich einen Kaffee zu kochen. Pfötchen war schon auf den Beinen und trippelte in der Küche hin und her. »Ja, jetzt bekommst du dein Futter!«, lachte Fay. Doch Pfötchen lief ins Wohnzimmer. Er setzte sich vor die Balkontür und miaute. Als Fay ins Wohnzimmer kam, miaute er abermals und schaute zum Fenster hinaus.

»Du willst vor dem Fressen schon raus? Also gut, wie du meinst.« Fay öffnete die Tür und Pfötchen sprang hinaus. Nicht weit, nur ein paar Schritte. Dann blieb er stehen. Er setzte sich genau vor die kleine, gelbe Blume - und dort blieb er.

Verwundert ging Fay zu ihm hin. »Willst du mir etwas zeigen, Pfötchen?«, fragte sie. Pfötchen miaute kurz und schnüffelte mit seiner Schnauze am Boden. Fay schaute genauer hin. Da lagen die drei Brennnesselblätter neben der Blume am Boden. In einem war genau in der Mitte ein kreisrundes Loch. Beim zweiten Blatt war in der Mitte ein Quadrat ausgefressen. Das dritte Blatt war an den Rändern so abgefressen, dass es wie ein kleines Herz aussah.

Fay konnte es nicht fassen. Wie war so etwas möglich? Gab es Insekten, die solche Formen in Blätter fraßen? War etwa ihre Raupe heute Nacht im Garten gewesen? Fay beschloss, im Moment nicht darüber nachzudenken. Sie konnte ja am Mittwoch Hans fragen, was er dazu meinte. Heute ging sie erst einmal ins Büro. Das Summen war nicht wieder aufgetreten, und das deutete Fay als gutes Zeichen. Sie brauchte wohl doch keinen Arzt. Ein ordentlicher Rausch und ein paar Stunden in einer anderen Welt taten es offensichtlich auch. Fay musste über ihre eigenen Gedanken grinsen. War das wirklich sie?

Wie meistens, vor allem montags, war Fay die Erste in ihrer Abteilung. Sie ging in den kleinen Raum, der als Personalküche diente, und stellte dort die Kaffeemaschine an. Die Küche war blitzblank aufgeräumt. Na klar, das hatte sie am Freitagabend noch erledigt. Wie immer, seitdem sie hier angefangen hatte. Auch das hatte sich sehr schnell eingespielt. Da kam eben doch ihr erlernter Beruf als Kellnerin durch. Reine Gewohnheit, dachte sie bei sich.

Der Tag verging wie ein üblicher Montag. Eigentlich wie jeder Tag im Büro. Die Kollegen gingen in Gruppen zusammen in einem Restaurant essen. Fay holte sich eines der Tiefkühl-Fertiggerichte und stellte es in die Mikrowelle. Sie hatte den Eindruck, diese Gerichte gab es sowieso nur wegen ihr. Während sie darauf wartete, dass das Essen heiß wurde, fiel ihr Blick auf ein Plakat an der Tür. Sie kannte dieses Plakat gut. Darauf war eine blitzblanke Küche zu sehen. Gut gelaunte Menschen lachten sie von diesem Plakat an. Darunter stand geschrieben: *Verlass die Küche so, wie du sie vorgefunden hast. Jeder deiner Arbeitskollegen hat gerne eine saubere Küche. Danke!*

Ihr erster Arbeitstag bei Babylon war ein Mittwoch gewesen. Als sie an diesem Tag in die Personalküche gekommen war, hatte sie ein einziges Chaos vorgefunden. Im Abwaschbecken hatten noch Tassen und Löffel vom Vortag gelegen. Die Ablage war schmuddelig, und in der Kaffeekanne hatten sich dicke Ränder gebildet. Als gelernte Kellnerin hatte sie das so nicht lassen können. Ihre Korrektheit ließ das nicht zu. Sie sah es als ihr Einstandsgeschenk an die Kollegen, die Küche am Abend aufzuräumen.

Dabei blieb es. Hatten die Kollegen ihre Tassen früher vor dem Kaffeetrinken abgewaschen, so machte das nun Fay am Abend jeden Tages.

»Und wenn du einmal nicht abwäschst?«, hörte Fay die Stimme von Kurt leise an ihrem linken Ohr. Fay schreckte aus ihren Gedanken auf.

»Was hast du gesagt?«, fragte sie laut.

»Was würde passieren, wenn du heute nicht abwäschst?«, fragte Kurt noch mal.

»Stopp«, sagte Fay, »du bist immer noch hier?«

»Klar, hab ich dir ja gestern schon gesagt. Wie beim Telefonieren mit der besten Freundin«, antwortete Kurt. »Danke übrigens für die Brennnesselblätter.«

Jetzt war Fay fassungslos. Woher konnte der Kerl von den Brennnesselblättern wissen?

Kurt lachte an ihrem linken Ohr herzlich amüsiert: »Fay, ich bin im Moment so etwas wie ein Teil von dir. Zumindest ein Teil von mir ist das. So gesehen sind wir immer und ständig verbunden. Bis meine Aufgabe als Krafttier bei dir vollbracht ist. Verstehst du? Ich kriege alles mit, was du erlebst. Und du kannst mich ebenso hören, wenn die Schwingung, die Resonanz, zwischen uns stimmt.«

Bevor Fay wieder einen klaren Gedanken fassen konnte, sprach Kurt weiter. »Also, was würde passieren, wenn du heute Abend das dreckige Geschirr stehenlassen würdest? Mach einfach nur deine Tasse und deinen Teller sauber, alles andere lass liegen. Und noch was, Fay: Machst du deine Arbeit mit Freude und Liebe?«

Die Mikrowelle piepste und Fay zuckte zusammen. Vermutlich würde einfach nichts passieren, überlegte Fay. Es war keine Antwort mehr an ihrem linken Ohr zu hören. Kurt schwieg den ganzen restlichen Tag.

Fay lag ihre Mikrowellenmahlzeit schwer im Magen. Und ebenso die beiden Fragen ihrer Kraftraupe Kurt, wie sie feststellte. Machte sie ihre Arbeit mit Freude? Fay konnte diese Frage nicht beantworten. Bisher hatte sie immer gedacht, sie sei ganz zufrieden mit ihrem Leben. Ihre Arbeit machte sie, um Geld zu verdienen. »Arbeit ist kein Zuckerschlecken«, hatte ihre Mutter immer zu ihr gesagt, wenn Fay im Haushalt mit anpacken musste. Sie hatte die Putztage gehasst. Die Arbeit bei Babylon war nicht so schlimm. Aber machte sie diese Arbeit mit Freude? Anfangs vielleicht schon, als alles noch neu war. Aber jetzt? Nach sieben Jahren? Wenn Fay ganz ehrlich war, konnte sie da keine Freude mehr entdecken. Aber was machte ihr dann Freude im Leben?

Sie begann zu überlegen. Das Telefon auf ihrem Schreibtisch läutete, ohne dass sie es hörte. Sie schaute auf ihren Bildschirm, ohne zu verstehen, was da geschrieben stand. Tief in ihrem Inneren fühlte Fay eine unbestimmte Sehnsucht. Wo war ihre Lebensfreude geblieben?

Um Punkt 17 Uhr, wie es ihr Arbeitsvertrag vorsah, räumte Fay ihre Sachen zusammen. Sie stellte alle Dinge auf ihrem Schreibtisch ordentlich an ihren Platz. Als sie sich streckte, bemerkte sie angenehm erfreut, dass kein einziges Gelenk knackte.

Ohne die Personalküche auch nur eines Blickes zu würdigen, ging sie erhobenen Hauptes zur Tür hinaus. Sie fühlte sich mutig. Sie hatte beschlossen, ihre Lebensfreude wiederzufinden.

Bei den vier Freunden

»Warum ist es eigentlich wichtig, dass wir das alles erfahren, Skulan?«, fragte Funny.

»Wie du schon richtig erkannt hast: Damit ihr Fay helfen könnt«, antwortete Skulan. »Aber auch, damit ihr euren Menschen versteht. Ihr seid als Kinder gegangen, nun ist Fay eine erwachsene Frau. Sie hat sich verändert.«

»Das kannst du laut sagen«, kicherte Funny, »nicht mal einen Sandkasten hat sie in ihrem Garten.«

Skulan lächelte Funny nachsichtig zu. »So ist es. Nach Herzenslust zu spielen oder zu schaukeln könnte Fay dabei helfen, sich an dich zu erinnern. An die Lebensfreude, die sie als Kind lebte. Doch heute ist Fay eine erwachsene Frau. Du, Funny, wirst auf ganz andere Art und Weise deine Essenz in ihrem Leben entfalten. Daher ist es wichtig, dass du und Lana all das erfahren. Edward hat sich geweigert, mit euch zweien mitzukommen. Es wird eure Aufgabe sein, ihm zu helfen, sich zu entfalten, und, wenn er so weit ist, zurückzukommen. Auch dafür werdet ihr dieses Wissen brauchen«, erklärte Skulan weiter. »Ihr zwei freut euch darauf, zu Fay zurückzukehren. Sie wird bald die Kraft haben, euch selbst zurückzuholen. Bei Edward ist das anders. Bei ihm wird sie Hilfe von Hans, meinem Menschenverbündeten, brauchen. Er wird ihr diesen Seelenteil, diese Essenz, zurückbringen, wenn die Zeit reif ist.«

Kurt kicherte.

»Was ist los Kurt?«, fragte Funny neugierig.

»Ich habe Fay gerade gesagt, sie soll heute Abend im Büro das schmutzige Geschirr stehen lassen. Sie hat noch nicht ganz akzeptiert, dass ich jetzt bei ihr bin. Dementsprechend sah ihr Gesichtsausdruck aus.« Kurt grinste breit und zog eine theatralische Grimasse.

»Wenn Fay am Mittwoch zu Hans geht«, fuhr Skulan fort, »wird er ihr alles über das Fließen der Energie erzählen. Ebenso werden sie über die Voladores reden. Er wird ihr das Prinzip des stärkeren und des schwächeren Systems erklären und noch einige andere Dinge.«

Lana unterbrach Skulan. »Okay, Seelenessenzen lernen hier in der Anderswelt von euch Krafttieren. Fay lernt in der Menschenwelt von Hans mehr oder weniger zeitgleich dasselbe. Das verstehe ich alles. Aber warum soll sie heute Abend das Geschirr stehen lassen?«

Kurt lachte aus ganzem Herzen. »Nun, Lana, es ist eine Gewohnheit von Fay, eine von vielen Routinen. Die brechen wir, Fay und ich, gemeinsam auf. Dadurch wird sich ihr ganzes Leben ändern. Das ist erst der Anfang. Warte ab, wenn die Mauern erst zu brechen beginnen, wie dann der Fluss wieder an Kraft gewinnt!«

»Hey Leute, schaut mal, wie ich leuchte!«, rief Funny ganz aufgeregt.

»Ja, Funny«, antwortete Kurt, »Fay fragt sich gerade, wo du bist, sie ruft dich. Sie sucht ihre Lebensfreude.«

»Sie ruft mich? Ernsthaft? Dann kann ich jetzt zu ihr zurück?« Funny turnte aufgeregt über die Lichtung.

»Nein, noch nicht, aber bald, sehr bald, Kleines«, antwortete Skulan zärtlich.

Routinen brechen

Kurt, die Raupe, hatte sich nicht mehr gemeldet. Den ganzen Montag nicht mehr. Fay war sich nicht ganz sicher. Sollte sie sich darüber freuen oder traurig sein? Der Kerl war ja schon witzig. Außerdem hatte er sie zum Nachdenken gebracht. Über ihre Arbeit und über ihr Leben.

Am Abend hatte sie sich in die Küche gesetzt. Mit dem Buch von Hans, das mit den leeren Seiten. Für die Geschichte ihres Lebens. Sie überlegte, wo diese Geschichte anfangen könnte. Bei ihrer Geburt? War das schon der Beginn ihres Lebens? Oder doch erst die Zeit, als sie hierhergezogen war? Da hatte doch ihr Leben erst begonnen. Also wenigstens das Leben, das mit den Worten »auf eigenen Beinen stehen« umschrieben werden konnte.

Während sie darüber nachdachte, kam immer wieder die Frage in den Sinn: Machst du deine Arbeit mit Freude und mit Liebe? Ihre Gedanken verwoben sich. Wann hatte sie das letzte Mal etwas wirklich mit Freude und mit Liebe getan? Sie konnte sich nicht daran erinnern.

Deprimiert über diese Erkenntnis stand Fay auf und lief in ihrer Küche auf und ab. Na toll, ich weiß nicht, wo mein Leben beginnt, und ich kann mich auch nicht mehr erinnern, wann ich das letzte Mal etwas mit Freude und Liebe getan habe, dachte sie genervt. Zweifel stiegen in Fay auf. Warum stellte sie sich plötzlich alle diese Fragen? Was sollte das überhaupt? Das Buch deines Lebens schreiben … So etwas kann ein Autor ja leicht sagen. Aber sie war keine Autorin, sie war Leserin, basta. Wut stieg in ihr hoch. Wut? Wann war sie das letzte Mal so richtig wütend gewesen?

Ja, daran konnte sie sich noch erinnern. Das war in ihrer Schulzeit. Als sie dieses Praktikum gemacht hatte.

Erst war sie in diesem Jugendzentrum gewesen. Die Jugendlichen dort waren so anders als sie selbst gewesen, sie hatten ihr Angst gemacht. Danach war sie in dieses schnuckelige Seniorenheim gekommen. Ein privat geführtes Haus. Von einer Stiftung für Künstler. Drei alte Pärchen und vier Einzelpersonen.

Fay musste bei dieser Erinnerung lächeln. Ein Pärchen war in seiner Jugend beim Zirkus gewesen. Das zweite Pärchen hatte sich bei den Symphonikern kennengelernt. Sie hatte Querflöte und er Kontrabass gespielt. Das dritte Paar war ein Zauberer und seine Assistentin gewesen. Dann hatte es da noch einen Maler, eine Sängerin, eine Schauspielerin und einen Buchautor, der mehrere Bestseller geschrieben hatte, gegeben.

Fay hatte schon immer Geschichten aus dem Leben anderer Menschen geliebt. Und dort hatten zehn Menschen gelebt, die zusammen wohl Hunderte von Geschichten hätten erzählen können! Es kam ihr damals vor wie ihr Traumjob. Fay war von einer Freude und einem Gefühl des Glücks erfüllt gewesen, das mit Worten nicht zu beschreiben gewesen wäre. Sie erinnerte sich genau, wie sie damals gedacht hatte, sie schwebe über den Boden dahin. Sie war von tiefer Liebe zu diesen Menschen, die so viel zu erzählen hatten, berührt gewesen. Nichts hatte sie sich mehr gewünscht, als diese Stelle zu bekommen.

Eine ganze Woche lang hatte sie auf den Brief gewartet. Und dann - eine Absage erhalten. Fay hatte mit dem Brief in der Hand dagestanden und es nicht glauben können. Sie hatte weiche Knie bekommen. In ihrem Bauch hatte es heftig pulsiert. Ihr Herz hatte sich schmerzhaft zusammengezogen. Dann war ihr schlecht geworden, und sie war ins Badezimmer gerannte. Dort hatte sich die ganze Enttäuschung der letzten Jahre in die Kloschüssel ergossen. Diese Absage war der letzte Tropfen für sie gewesen. In diesem Moment war Fay furchtbar wütend geworden.

Sie erinnerte sich, wie sie in ihr Zimmer gerannt war und die Tür hinter sich zugeknallt hatte. Ihre Mutter war ihr nachgelaufen. Fay hatte sie angebrüllt. Sie hatte ihr all die Angst und den Schmerz der letzten Jahre ins Gesicht geschrien. Obwohl sie gesehen hatte, wie sehr sie ihre Mutter damit verletzte, hatte sie weiter getobt, ihre Mutter aus dem Zimmer gedrängt und die Tür abgeschlossen. Dann hatte sich ihre Wut gegen sie selbst gerichtet. Sie war ein Nichts, eine Niete. Hässlich noch dazu. Aus ihr würde doch nie was werden …

Jeder dieser Gedanken war wie ein Messerstich gewesen, den sie beinahe körperlich spürte. Immer weiter hatte Fay sich selbst beschimpft, während sie vor Wut laut schnaufend im Zimmer herumgestampft war. Dann hatte sie sich auf ihr Bett geworfen und geheult.

An all das erinnerte sich Fay jetzt, da das Gefühl der Wut wieder in ihr hochstieg.

Hatte sie an diesem Tag ihr Leben aufgegeben? Ja, vielleicht habe ich das, überlegte Fay. Sollte sie damit in ihrem Buch beginnen? Fay schaute auf die Uhr. Es war schon nach zehn. Normalerweise ging sie um diese Zeit ins Bett. Zumindest unter der Woche, damit sie für die Arbeit fit war. Aber morgen war auch noch ein Tag. Und überhaupt, sie konnte ihr Buch anfangen zu schreiben, wann sie wollte. Dieser Hans würde ja wohl nicht erwarten, dass sie am Mittwoch schon das erste Kapitel geschrieben hätte.

Fay ging ins Wohnzimmer. Momentan waren die Nächte für den Frühling außergewöhnlich warm, weshalb die Balkontür noch offen stand. Pfötchen lag vor der Tür auf der Steinplatte. »Na, mein Hübscher, kommst du rein?« Pfötchen sprang auf und streckte sich. Gemächlich kam er ihr entgegen und sprang elegant auf das Sofa. Fay streichelte über seinen Kopf. Seidenweiches Fell.

»Gute Nacht, mein Panther.« Sie löschte das Licht auf dem Weg ins Schlafzimmer.

Am Dienstagmorgen kam Fay wie gewohnt als eine der Ersten ins Büro. Aus reiner Gewohnheit ging sie in die Personalküche. Tja, dachte sie, zumindest finde ich die Küche so vor, wie ich sie gestern verlassen habe. Das Abwaschbecken quoll über vor gebrauchtem Geschirr. Sie nahm sich die letzte saubere Tasse aus dem Schrank und füllte diese mit Wasser. Auf Kaffee verzichtete sie, denn sie hätte erst die Maschine sauber machen müssen. Fay hatte den Entschluss gefasst, das jetzt durchzuziehen. Sie wollte erfahren, was passierte, wenn sie nicht mehr abwusch. Offensichtlich nichts. Bisher zumindest.

Der Rest des Tages im Büro verlief ohne besondere Ereignisse. Mittagessen aus der Tiefkühltruhe und unzählige Anrufe von Kunden, die irgendetwas wollten. Routine eben. Nur eines war heute anders, bemerkte Fay. Ihre Kollegen schienen öfter zu ihr herüberzuschauen als sonst. Das war nicht schwer, gewöhnlich schauten sie nur zu ihr herüber, wenn sie etwas von ihr brauchten. Heute brauchte niemand etwas von ihr. Dennoch schien es Fay, als würden sich die Leute im Büro flüsternd über sie unterhalten.

Am Nachmittag, pünktlich um 17 Uhr, sortierte Fay ihre Sachen auf dem Schreibtisch. Sie wusch ihre Tasse und übersah dabei geflissentlich das restliche schmutzige Geschirr.

Nachdenklich verließ sie das Büro. Nichts war passiert.

Fay spazierte zur Bushaltestelle. Auch die Raupe hatte sich nicht wieder gemeldet. Gab es die überhaupt? Das vergangene Wochenende schien ihr wie aus einem anderen Leben zu sein. Sie war einfach überarbeitet. Und irgendwie traurig. Was diese Trauer auslöste, darüber war sie sich nicht ganz im Klaren. Oder doch? Hatte es mit der Frage zu tun, auf die sie keine Antwort wusste? Die Frage nach der Freude und der Liebe in ihrem Leben.

Der Bus kam. Er war voll mit Menschen, die von der Arbeit nach Hause fuhren. Fay schaute aus dem Fenster, hinter dem das Zentrum der Stadt an ihr vorbeizog. Noch mehr Menschen. Ob die sich auch alle solche Fragen stellten? Wie viele von ihnen hatten Freude an dem, was sie taten? Wie viele von ihnen lebten ihr Leben mit Liebe?

Der Bus fuhr durch die Randbezirke. Noch drei Stationen, dann wäre sie an ihrer Bushaltestelle. Fay stieg an der zweiten aus. Sie hatte sich entschlossen, durch den Park zu laufen. Am Café vorbei. Das würde zwar schon geschlossen sein, aber das war egal. Sie wollte jetzt ein Stück laufen und Natur um sich haben.

Fay schlenderte durch den Park zu ihrem Platz am Teich. Die Parkbank war leer. Fay lächelte, als sie sich an ihre Nachbarin Hermine erinnerte. Fay hätte sich gefreut, die alte Frau hier wiederzutreffen. Ihr ging die Einladung zum Tee durch den Kopf, und sie nahm sich vor, am kommenden Wochenende bei Hermine vorbeizuschauen.

Inzwischen hatte sich Fay auf die Parkbank gesetzt. Sie schaute hinüber zur Lichtung. Die Sträucher trugen schon ihr sattes Frühlingsgrün, und ein Eichhörnchen turnte zwischen den Bäumen herum. Lächelnd beobachtete Fay das Tierchen. Es hüpfte von den Bäumen auf die Sträucher hinunter und in die Wiese. Dann setzte es sich auf die Hinterpfoten, drehte sich um und begann, unter den Sträuchern eifrig zu graben. Zwischendurch setzte es sich immer wieder auf und schaut in Fays Richtung. Als wollte es sich versichern, dass sie ihm bei seinem Treiben zuschaute.

Nach einer Weile schien das Eichhörnchen gefunden zu haben, was es suchte. Fay konnte nicht erkennen, was es war. Mit seinem soeben geborgenen Schatz in den Vorderpfoten hüpfte das Eichhörnchen über die Wiese. Aber warum hüpft es mit seiner Beute in Richtung des Gehweges?, fragte sich Fay verwundert. Das Eichhörnchen war am Rand der Wiese angekommen. Mit einem Blick zu Fay legte es etwas auf die Erde und begann wieder zu graben. Fay lächelte. Noch bevor das Eichhörnchen mit seiner Arbeit fertig war, kam ein Spaziergänger mit einem freilaufenden Hund auf den Teich zu. Mit lautem Bellen stürmte der Hund auf das Eichhörnchen zu. Hektisch blickte es für einen Moment zu seiner Beute, zu Fay und zu den Bäumen. Dann rannte es blitzschnell zu den Bäumen und verschwand in deren Wipfeln. Der Hund fegte über die Wiese zu den Bäumen und bellte aufgeregt hinauf. Sein Besitzer pfiff ihn zurück, und nach einigem Protestgebell setzten Hund und Herrchen ihren Spaziergang fort.

Fay seufzte und stand auf. Gerne hätte sie das Eichhörnchen noch länger bei seinem eifrigen Tun beobachtet. Das hat sicher Freude an seiner Arbeit, sinnierte Fay. Sie machte sich auf den Heimweg. Dabei lief sie an der Stelle vorbei, an dem das Eichhörnchen seinen Schatz hatte vergraben wollte. Sie bückte sich, um zu sehen, was es war. Erstaunt nahm sie die kleine Walnuss in die Hand und schaute zur Lichtung hinüber. War da ein Walnussbaum? Fay konnte sich nicht erinnern, hier einen gesehen zu haben.

Sie betrat den Rasen und ignorierte dabei die Tatsache, dass im ganzen Park Schilder angebracht waren, die genau das verboten. Fay ging über die Wiese und versuchte, durch die Sträucher hindurch das Innere der Lichtung zu sehen. An der Stelle, an der das Eichhörnchen gegraben hatte, blieb sie stehen. Sie ging in die Hocke, um zu sehen, ob es da am Boden noch mehr Walnüsse gab. Als sie in Richtung der Sträucher blickte, war da ein kleiner Tunnel. Zumindest sah es aus wie ein Tunnel. Die Zweige der Sträucher bildeten eine Art kleines Tor, gerade groß genug, dass sie hindurchpasste.

Schnell blickte sie sich um. Weit und breit war niemand zu sehen. Schon war sie durch das Tor durch. Ihr Herz klopfte. Eine freudige Aufregung erfasste sie. Auf der anderen Seite stand sie auf und blickte sich um. Sie stand auf einer kreisrunden Wiese, umgeben von Bäumen und Sträuchern. Es war wirklich eine Wiese, kein gepflegter Rasen wie im Rest des Parks. Mit einem Lächeln auf den Lippen ging Fay am Rand der Lichtung entlang. Sie war fasziniert von diesem kleinen Fleckchen Erde. Es war wie in einer anderen Welt, als würde der Park draußen in ein anderes Leben gehören.

Als Fay an der gegenüberliegenden Seite der Lichtung ankam, sah sie eine kleine, gelbe Blume. Sie bückte sich, um sie näher zu betrachten. Tatsächlich, die gleiche wie in ihrem Garten. Beim Aufstehen streifte ihr Blick über die Lichtung und blieb bei einem Glitzern hängen. Der Teich, er schimmerte in der Abendsonne hinter den Blättern der Sträucher. Fays Herz machte einen Satz. Das gab's doch nicht. Noch bevor sie sich umdrehte, wusste sie genau, dass hinter ihr ein Walnussbaum stand.

Erstaunen erfasste Fay. Das letzte Wochenende war real. Sie hatte es sich nicht eingebildet. Nichts davon. Es gab die Raupe, es gab diese Lichtung – sowohl hier als auch in der Anderswelt, es gab den Walnussbaum und die gelbe Blume. Das konnte kein Zufall mehr sein.

Für einen kleinen Moment erwartete Fay, in Panik auszubrechen. Wie schon so oft in ihrem Leben, seitdem die Angst ihr ständiger Begleiter war. Aber die Panik kam nicht. Im Gegenteil. Sie hatte das Gefühl, dass alles genau richtig war. Dieses Gefühl spürte sie in ihrem Bauch.

Fay blieb an den Walnussbaum gelehnt stehen, bis sie zu frieren begann. Irgendwie schien der Baum ihr Ruhe, Kraft und Zuversicht zu geben. Als sie beschloss zu gehen, streichelte sie sanft über die Rinde des großen Baumes. »Ich danke dir, Baum«, sagte Fay leise. Dabei kam sie sich kein bisschen komisch vor. Im Gegenteil, es fühlte sich gut an.

Gut gelaunt ging Fay nach Hause. Das Café war schon geschlossen, und auf den Straßen war kaum noch Verkehr. Die Dämmerung hatte eingesetzt, und Fay genoss die laue Frühlingsluft. Als sie zu Hause ankam, sprang ihr wie jeden Abend Pfötchen vor die Füße.

Nach dem abendlichen Fütterungsritual setzte Fay sich an den Küchentisch, schlug das leere Buch auf und begann zu schreiben. Ihre ersten Worte waren: *Herzlich willkommen in der Anderswelt, Fay.*

Sie schrieb weiter. Sie schrieb über Kurt und ihre Reise. Sie schrieb über die Fragen, die Kurt ihr gestellt hatte, und über ihren Schmerz, über ihre Trauer. Sie schrieb Seite um Seite, ohne auf die Zeit zu achten. Es war ihr egal, dass ihr die Tränen über die Wangen liefen und auf die frisch beschriebenen Seiten tropften.

Als Fay auf die Küchenuhr schaute, war es drei Uhr morgens. Erschöpft und auf eine angenehme Weise erleichtert, stand sie auf. Sie klappte das Buch zu, schlurfte aus der Küche und ging am Badezimmer vorbei direkt ins Bett. Minuten später schlief sie tief und fest.

Verwirrt wachte Fay nach einer traumlosen Nacht auf. Pfötchen saß schnurrend auf ihrem Bauch und massierte sie hingebungsvoll mit seinen Pfoten.

Kurz musste sie nachdenken, welcher Wochentag heute war. Mittwoch! Sie sprang auf. Pfötchen miaute vorwurfsvoll, während er mit einem Satz auf den Boden hüpfte. Hektisch griff Fay nach dem Wecker auf ihrem Nachtkästchen. Halb zehn! Verdammt, dachte sie, ich hätte schon vor zwei Stunden im Büro sein sollen. Bisher war ihr das noch nie passiert. Weder bei Babylon noch davor als

Kellnerin. Jetzt fühlte sie leichte Panik in sich aufkommen. Was sollte sie tun? Bis sie im Büro war, würde es Mittag sein. Anrufen, sich krankmelden. Das würde aber bedeuten, dass sie lügen müsste. Lügen ist falsch, meldet sich ihr Sinn für Korrektheit. Wer einmal lügt, dem glaubt man nicht, wenn er auch die Wahrheit spricht, pflegte ihre Mutter stets zu sagen. Aber was sollte sie sonst tun? Mittags ins Büro kommen und sagen »Hallo, Leute, ich habe verschlafen, aber jetzt bin ich da«? Das brächte sie nicht fertig. Dafür war sie zu feige. Nein, dann doch lieber lügen. Die Kollegen waren ja auch manchmal krank. Vorzugsweise am Montag.

Mit zittrigen Händen griff Fay zum Telefonhörer und wählte die Nummer von Babylon. Die einzige Visitenkarte auf ihrem Telefontischchen. Es meldete sich die Zentrale. Nicht die Warteschleife wie bei den Kunden. Fay hielt sich die Nase zu. So konnte sie einen Schnupfen vortäuschen. Das hatte sie einmal in einem Film gesehen. Sie erklärte der Dame am Telefon, wer sie war. Name, Abteilung, Mitarbeiternummer - und weil sie sich krankmeldete, auch ihre Sozialversicherungsnummer. Fay war froh, dass sie die Nummern beide auswendig konnte. Während des Telefonats wurde ihr immer heißer. Sie spürte eine Mischung aus Scham und Schalk in sich aufsteigen. Scham, weil sie log, und Schalk, weil es ihr leichter fiel als gedacht. An ihrem linken Ohr glaubte sie, ein Kichern zu hören. Kurt, bist du das?, fragte sie in Gedanken. Doch da kam keine Antwort.

Als sie das Gespräch beendet hatte, stand sie für einen Moment neben dem Telefon und überlegte, was sie jetzt mit diesem gerade eben gewonnenen freien Tag anfangen könnte. Erst einmal unter die Dusche und gemütlich einen Kaffee trinken. Das Wetter war schön, und so setzte sich Fay mit ihrem Kaffee hinaus in den Garten. Da gab es an der Wand einen kleinen Tisch zum Ausklappen und einen alten Campingstuhl. Beides vom Vormieter. Fay genoss die

Sonne in ihrem Gesicht und fragte sich, warum sie das so selten machte.

»Hallo, Fay«, hörte sie die freundliche Stimme von Hermine. »Haben Sie Urlaub?«

Fay schaute über die niedrige Buchsbaumhecke, welche die einzelnen Gärten der Wohnungen trennte, und sah Hermines lächelndes Gesicht.

»Ja, ähm, nein …«, antwortete Fay verlegen, »ich habe verschlafen, und jetzt habe ich in der Firma angerufen und gesagt, dass ich heute nicht mehr komme. Ich habe genügend Überstunden angespart, sodass das kein Thema ist.« Das war schon wieder gelogen. Zwei Lügen in einer halben Stunde. Erstaunlich, dachte Fay, ich wusste gar nicht, dass ich dazu fähig bin.

In diesem Moment ging die Balkontür einer anderen Wohnung auf, und ein älterer Herr kam heraus. Er war braun gebrannt und schaute sehr zufrieden und erholt aus. »Guten Tag, die Damen«, sagte er mit einem charmanten Lächeln auf den Lippen.

»Guten Morgen«, sagte Fay. Sie hatte den Mann noch nie gesehen und fragte sich, ob er schon immer ihr Nachbar gewesen war. Der ältere Herr nickte Fay freundlich zu.

»Guten Morgen, Hugo, schön, dass du wieder hier bist«, sagte Hermine, »wie war die Zeit bei deinem Sohn in Amerika?«

Hugo strahlte über das ganze Gesicht. »Es war fantastisch, meine liebe Hermine. Ich habe so vieles erlebt!«

»Na, dann komm doch in meinen Garten auf eine Tasse Tee, ich freue mich, von deinen Abenteuer zu hören«, lud Hermine Hugo ein.

»Fay, möchten Sie auch herüberkommen und eine Tasse Tee mit uns trinken?«, rief ihr Hermine freundlich über Hugos Schulter hinweg zu.

»Ein andermal gerne, Hermine, heute möchte ich noch ein paar liegen gebliebene Dinge erledigen.«

»Ist gut, Kindchen, wir finden einen Tag, an dem es für uns beide passt«, erwiderte Hermine lächelnd.

Fay dachte an das Buch und an ihre Gefühle, während sie geschrieben hatte. Die Briefe ihrer Mutter fielen ihr ein. Und der Brief von ihrem Vater, der letzten Freitag in ihrer Tür gesteckt hatte, als sie nach Hause gekommen war. Sollte sie die Briefe lesen?

Fay stand auf und ging in die Richtung ihres Schlafzimmers. Dabei kam sie an dem Spiegel im Flur vorbei. Sie blieb davor stehen und betrachtete sich. Sie sah eine junge Frau. Schlank, mit einem schmalen, sympathischen Gesicht. Zwei verschiedenfarbige Augen. Ein Lächeln auf den Lippen. Glatte, lange Haare, die ihr bis zur Taille reichten – wie immer zu einem Zopf geflochten. Ich könnte mir die Haare schneiden lassen. Dieser Gedanke war plötzlich in ihrem Kopf. Warum nicht? Ihr Lächeln wurde zu einem breiten Grinsen. Sie war in ihrem ganzen Leben nur einmal bei einem Friseur gewesen. Damals zum Abschlussball. Ihre Mutter hatte ihr im Secondhandshop ein Ballkleid gekauft und ihr den Friseur bezahlt. Dieser hatte ihr eine aufwendige Hochsteckfrisur mit mindestens hundert Haarnadeln gemacht.

Fay ging ins Schlafzimmer und kramte einen luftigen Rock und eine Bluse aus ihrem Schrank hervor, beides mit fröhlichen Blütenmustern bedruckt. Sie hatte sich diese Kombination in der Zeit ihrer zweiten Affäre gekauft. Das Kostüm schmeichelte ihrer Figur, fand Fay. Sie fühlte sich wohl darin. Voller Elan schnappte sie sich ihre Tasche, warf die Tür hinter sich zu und machte sich auf den Weg zum Friseur in ihrem Viertel.

Der Friseurladen war eine Reminiszenz an die 60er-Jahre. Die Stühle und Waschbecken hätten auch in ein Museum gepasst. Fay schüttelte den Kopf, irgendwie schien alles im Viertel alt zu sein. Die Menschen, das Café, der Friseursalon.

»Guten Tag, junge Frau, was kann ich für Sie tun?«, sprach sie ein älterer Herr an. Offensichtlich der Chef. Zwei weitere Kundinnen in seinem Alter wurden gerade von zwei jungen Friseurinnen bedient.

»Guten Tag, waschen und kurz schneiden, bitte«, antwortete Fay gut gelaunt.

»Kurz? Wirklich kurz?« Der Mann schaute Fay erstaunt an und schüttelte ungläubig den Kopf. »Diese Haarpracht wollen Sie kurz schneiden lassen? Ist das ihr Ernst?«

Fay musste lachen. »Ja, ich will meine Haare schneiden lassen, darum bin ich hier. Sie sind doch ein Friseur, oder?«

»Ja, ja, ich bin ein Friseur, daher wundere ich mich auch über Ihren Wunsch. Aber kommen Sie erst einmal her, und nehmen Sie Platz. Dann werden wir schauen, was wir mit Ihren Haaren machen.«

Fay nahm auf einem der freien Friseurstühle Platz, und der ältere Herr brachte ihr mehrere Zeitschriften, in denen die unterschiedlichsten Frisuren abgebildet waren.

»Ich mache Ihnen jetzt eine Tasse Kaffee, und Sie schauen sich in Ruhe die Frisuren an.«

Mit diesen Worten ließ er Fay allein. Sie blätterte in den Hochglanzmagazinen. Lauter perfekt geschminkte Gesichter schauten sie an. Lustlos warf sie die Zeitungen auf die Ablage.

Der Friseur kam mit einer Tasse Kaffee zurück zu Fay. »Nun, haben Sie etwas gefunden, was Ihnen gefällt?«

»Nein«, antwortete Fay, »ich möchte einfach die Haare kurz haben, mich verändern, ganz anders werden. Ganz anders ausschauen.«

»Ah, ich verstehe, Sie befinden sich in einer Umbruchphase, Ihr Leben ändert sich gerade.« Wissend lächelte der ältere Herr.

Ja, so könnte man es nennen, dachte Fay.

Er sprach weiter: »Ich habe in meinem Leben viele Kundinnen gehabt, die sich in stürmischen Zeiten ihres Lebens die Haare haben schneiden lassen. Glauben Sie mir, junge Frau, ich verstehe Sie. Dennoch, es wird an ihrem Leben nur etwas ändern, wenn Sie auch in Ihrem Inneren etwas ändern.« Er stellte sich hinter sie und begann, ihren Zopf zu öffnen. »Na, dann schauen wir mal, was wir für Sie zaubern können«, sagte er mit einem freundlichen Lächeln.

Als Fay den Friseursalon verließ, reichten ihre Haare nur noch bis knapp über ihre Schultern. Nachdem die Haare nun gekürzt waren, bildeten sich leichte Locken. Fay hatte keine Ahnung gehabt, dass sie Naturlocken besaß. Die langen Haare hatten die Locken mit ihrem Gewicht immer glatt gezogen. Der Friseur hatte ihr mehrere rötliche Strähnen in die Haare gefärbt. Ganz dezent zwar, aber es gab ihren Haaren einen schönen Schimmer.

Als Fay an der altmodischen Kasse stand und bezahlte, hatte der alte Mann freundlich gefragt: »Darf ich Ihr abgeschnittenes Haar behalten, um daraus Perücken zu knüpfen?«

Fay schaute erstaunt. Perücken aus ihrem Haar? Bei der Vorstellung, dass demnächst eine der alten Damen aus dem Viertel mit einer Perücke aus ihrem Haar herumlaufen würde, musste Fay lächeln. »Wenn Sie es brauchen können, gerne, ansonsten würden Sie es ohnehin nur wegschmeißen, vermute ich«, antwortete Fay.

»Ihr Haar ist so schön lang und dick, meine beiden Lehrlinge werden damit lernen, wie eine Perücke von Hand geknüpft wird. Das ist hohes Friseurkönnen. Ihr Haar wäre wahrlich zu schade für den Müll, ich danke Ihnen, Sie machen mir eine große Freude damit«, erwiderte der alte Herr erfreut.

Es gefiel Fay, dass der alte Friseur sich so über ihre Haare freute. Sie empfand so etwas wie Stolz. Ihre abgeschnittenen Haare waren anscheinend wertvoll.

Fay blieb am nächsten Schaufenster stehen und betrachtete sich darin. Sie fand, dass sie richtig gut aussah. Das

Outfit passte genau zu diesem Gefühl. Heute verwöhne ich mich mal so richtig, beschloss Fay. Ich bin es mir wert – ein Werbeslogan aus ihrer Firma. Fay schmunzelte, sie machte heute das erste Mal in ihrem Leben blau und würde genau das tun. Es sich wert sein und sich selbst verwöhnen. Das Leben war schön.

Fay leistete sich ein leckeres Mittagessen in einem Gasthof um die Ecke. Hausmannskost, frisch gekocht. Es war richtig lecker. Nach einem Apfelstrudel mit Kaffee war es bereits halb drei. Fay beschloss, direkt zu Hans zu gehen. Vielleicht war ja nichts im Café los, dann hätten sie schon früher die Gelegenheit, miteinander zu sprechen.

Als Fay jedoch im Café ankam, wurde sie in zweierlei Hinsicht enttäuscht. Es waren etliche Gäste dort. Sie waren allesamt in ihren Büchern versunken. Hinter der Theke, wo sie Hans vermutet hatte, stand eine junge Frau. »Guten Tag«, sagte diese freundlich zu Fay, »kann ich Ihnen helfen?«

Mit einem schnellen Blick sah Fay, dass ihr Sessel frei war. Wenigstens das, dachte sie. Doch wo war Hans? Fay hatte immer gemeint, er arbeite alleine hier im Café.

»Hallo. Danke, ich kenne mich aus«, antwortete Fay verwirrt, »ähm, doch Sie können mir helfen. Können Sie mir sagen wo Ha.. – Herr Vindermann ist?«

Die junge Frau lächelte sie an. »Hans kommt erst gegen 18 Uhr wieder. Er hat heute Nachmittag eine Lesung an der Universität. Ich bin Sandra, seine Aushilfe.«

»Danke«, sagte Fay, »kann ich bitte ein Kännchen Kräutertee haben? Ich bin da hinten auf dem Sessel mit dem weißen Fell.«

»Gerne«, antwortete Sandra und hatte schon ein Kännchen in der Hand.

Das Leben ist voller Überraschungen, dachte Fay, während sie zu den Regalen schlenderte, um sich ein Buch auszusuchen. In einem der Regale lag ein Buch quer auf allen anderen. Sie nahm es in die Hand: *Alice im Wunderland.* Sie kannte dieses Buch, hatte es als Zehn- oder Elfjährige gelesen. An die Geschichte konnte sie sich jedoch nur noch dunkel erinnern. Fay nahm das Buch mit an ihren Platz. Sandra brachte den Tee, und Fay versank in einer Geschichte, die von einem Mädchen und von einer pfeiferauchenden Raupe handelte. Irgendwann kam Sandra noch einmal bei ihr vorbei, und sie bestellte sich ein weiteres Kännchen Tee.

»Eine ausgezeichnete Wahl, dieses Buch. Vor allem für jemanden, der eine Raupe als Krafttier hat«, hörte Fay die Stimme von Hans zu ihr durchdringen. Sie war so in der Geschichte gefangen gewesen, dass sie völlig die Zeit vergessen hatte.

»Wie ich sehe, beginnt sich der Schmetterling langsam zu entfalten.« Bei diesen Worten begannen die Augen von Hans zu leuchten. »Du siehst gut aus, Fay, das freut mich sehr. Sollen wir nach hinten gehen?«

»Gerne«, antwortete Fay mit einem Lächeln und schaute sich um. Das Café war leer. Auch Sandra war nirgends mehr zu sehen. Sie stand auf. Als Fay nach ihrem Teegeschirr greifen wollte, sagte Hans: »Lass es stehen Fay, du kannst dich ruhig auch mal verwöhnen lassen. Ich habe uns schon frischen Tee gemacht.«

Fay ging mit Hans nach hinten in den Raum, in dem sie am Sonntag ihre erste schamanische Reise erlebt hatte. Das Gefühl von Heimat war sofort wieder da. In ihrem Bauch, ein wenig unter ihrem Bauchnabel, pulsierte es leicht. Kein Summen, kein Schwindel. Anstelle der Sitzkissen waren diesmal zwei gemütliche Rattanstühle im Zimmer. Fay konnte sich nicht erinnern, diese Stühle beim letzten Mal gesehen zu haben. Mit einer Geste bot Hans Fay einen der beiden Stühle an. »Nimm Platz, Fay. Hast du Hunger? Sandra hat mir gesagt, du seist schon seit dem Nachmittag hier.«

»Ja, das stimmt, aber ich war davor gut essen. Danke, ich habe keinen Hunger.« Fay setzte sich in den Stuhl. Hans nahm im anderen Stuhl Platz und schenkte ihnen beiden Tee ein.

»Warum bist du heute zu mir gekommen, Fay?« Bei dieser Frage schaute er sie direkt an.

Fay war verwirrt. »Weil du mich eingeladen hast?«, antwortete sie unsicher.

»Ja, das stimmt, aber warum bist du der Einladung nachgekommen?«, fragt Hans.

Was wollte er von ihr hören? Was waren das für komische Fragen? Sie war hier, weil er sie eingeladen hatte, oder? Fay räusperte sich. »Nun ich habe da ein paar Fragen«, meinte sie, und dann begannen diese Fragen, auch schon aus ihr herauszusprudeln. Konnte sich ihr Krafttier tatsächlich auch im alltäglichen Leben bemerkbar machen? Warum kamen plötzlich alle diese Fragen auf? Warum erinnerte sie sich seit ein paar Tagen so intensiv an ihre Kindheit? Was war dieses Summen in ihr gewesen, das sie über das Wochenende immer wieder gehört und später dann auch gespürt hatte? Konnte die Lichtung im Park wirklich etwas mit der Lichtung aus ihrer Reise zu tun haben? Kurz gesagt: Konnte es sein, dass all diese Geschichten in den Büchern, die sie über Schamanismus, die Anderswelt und deren Bewohner gelesen hatte, wirklich real waren?

Hans lachte herzlich. »Ganz schön viele Fragen auf einmal.«

Fay grinste verlegen. Sie war aufgeregt. Sie wusste, dass sie hier Antworten auf ihre Fragen bekommen würde.

»Das Summen und Vibrieren, das du wahrgenommen hast, war die Schwingung deiner Seele. Sie hat dich gerufen. Du bist mit deiner Aufmerksamkeit so sehr im Außen, dass du deine Seele vergessen hast.« Hans erklärte Fay die Zusammenhänge der Vitalseele und den im Leben verlorenen Seelenessenzen. »Die Erinnerungen an die Kindheit sind ein Zeichen dafür, dass deine Seele diese Erlebnisse aufarbeiten will.«

Sie redeten über die Einflüsse der Anderswelt auf die alltägliche Welt, die Welt, in der die Menschen den Großteil ihres bewussten Lebens verbringen. Hans versicherte Fay glaubhaft, dass Kurt, die Raupe, ein sehr ernst zu nehmender und kraftvoller Verbündeter war. Es sei auch völlig normal, dass sich Krafttiere außerhalb einer schamanischen Reise bemerkbar machten. Vor allem, wenn sie es für wichtig hielten, ihren Menschen in einer bestimmten Situation zu unterstützen. Sie sprachen darüber, dass Menschen, die in Gewohnheiten gefangen sind, starr und steif wurden. Oft zeigte sich das in Rücken- und Gliederschmerzen. Die Gelenke knackten, der Mensch wurde immer unbeweglicher, körperlich wie geistig.

Hans erklärte Fay auch, dass der Mensch zu einem sehr großen Teil ein spirituelles, energetisches Wesen sei. »Dein materieller Körper, der hier vor mir sitzt, ist die Verdichtung deines Energiekörpers. Dieser Energiekörper umgibt dich wie eine eiförmige Hülle. Je besser dieser Energiekörper ausgebaut ist, desto verbundener bist du mit deinem Selbst und somit auch mit der Schöpfung. Ein Ziel im Schamanismus ist es, diesen Energiekörper zu pflegen, ihn gut mit sauberer Energie zu versorgen. Dadurch verbessern sich die Vitalität, die Wahrnehmung und auch die Selbstentfaltung in jeder Hinsicht. Dieser Energiekörper nährt dich und dein Leben genauso wie jede Mahlzeit, die du zu dir nimmst. Nur auf einer anderen Ebene.«

Fay fühlte sich ziemlich erschlagen von den vielen Informationen. Nachdenklich schaute sie Hans an. »Also, ich habe jetzt vieles von dir gehört, was mich zumindest beruhigt – meinen Verstand betreffend«. Fay schmunzelte. »Aber das mit den Energiekörpern, das ist für mich schwer vorstellbar. Also, ich kann mir schon einen Menschen in einer eiförmigen Hülle vorstellen, aber wenn ich dich anschaue, sehe ich nichts.«

Hans lachte. »Also gut, Fay, dann steh mal auf, und geh da hinüber an die Wand.« Hans stellte sich selbst an die gegenüberliegende Wand. »Jetzt mach deine Augen zu.« Fay schloss ihre Augen. »Ich werde jetzt auf dich zugehen, und wenn du das Gefühl hast, mich wahrzunehmen, dann ruf ›Stopp‹.«

Fay versuchte, die Schritte von Hans zu hören. Nichts. Plötzlich spürte sie auf Höhe ihres Herzens einen leichten Druck. »Stopp!«, rief sie.

»Mach die Augen auf.« Hans stand direkt vor ihr. Etwa zwei Schritte entfernt, und auf ihrer Brusthöhe war sein Arm nach vorne ausgestreckt. Die flache Hand war nur ein paar Zentimeter vor ihrer Brust. Genau da spürte Fay den Druck.

»Was spürst du?«, fragte Hans. Fay beschrieb ihr Gefühl. »Das ist der Druck, den ich auf dein Energiefeld ausübe. Ich presse mit meiner Hand deinen Energiekörper nach innen. Dadurch empfindest du diesen Druck auf deiner Brust. Wie du siehst, bin ich sehr nahe bei dir. Du hast im Moment einen sehr kleinen Energiekörper. Gut wäre, wenn dein Energiekörper in alle Richtungen etwa eine Armlänge in seiner Ausdehnung hätte.« Hans war inzwischen wieder ein paar Schritte zurückgegangen. Beim Weggehen machte er über Fays Brust eine schnelle, reißende Bewegung. Als würde er an etwas ziehen. Der Druck auf Fays Brust ließ nach. Einen Moment später war er ganz weg.

Hans betrachtete sie mit einem konzentrierten Blick. »Mach deine Augen bitte noch mal zu, Fay.«

Sie tat es. Fay spürte ein Reißen in ihrer Bauchgegend, dann weiter oben, auf Höhe des Magens. Noch einmal in der Herzgegend. Ihr wurde warm. Hans nahm ihre Hände in die seinen. Er schob ihre Hände so ineinander, dass ihre

Daumen sich einhakten. So lagen die Handflächen übereinander. Dann legte er Fays Hände auf ihren Bauch. »Vier Finger unter deinem Bauchnabel ist deine Mitte, da wohnt deine Seele. Von da aus entfaltet sich dein Selbst. Jetzt gehe ich noch mal auf die andere Seite des Zimmers. Wir wiederholen dieselbe Übung.«

»Los«, sagte Hans.

Nur Augenblicke später rief Fay: »Stopp!« Als sie die Augen öffnete, stand Hans gut zwei Meter von ihr entfernt.

»Wie kann das denn sein?«, fragte sie zutiefst verblüfft.

»Ich habe mit einer schamanischen Technik deinen Energiekörper ausgedehnt. Verstehst du jetzt besser, was es mit den Energiekörpern auf sich hat?«

Fay war immer noch erstaunt über das, was sie gerade erlebt hatte. Sie hatte tatsächlich gespürt, wie sich etwas verändert hatte. Wie der Druck verschwunden war und wie ihr warm geworden war, als Hans an ihr gearbeitet hatte. Unter ihren Händen, die auf ihrer Mitte lagen, konnte sie einen ganz leichten Puls spüren, ganz zart nur. Ob das ihre Seele war?

»Ja, Hans, ich glaube, jetzt verstehe ich es besser, danke. Bleibt mein Energiekörper jetzt so groß?«, wollte Fay wissen. Sie setzte sich wieder in ihren Sessel. Die Hände behielt sie auf ihrem Bauch. Das fühlte sich sehr angenehm an.

»Nein Fay, damit dein Energiekörper so groß und dabei auch stabil bleibt, musst du ihn trainieren«, erklärte Hans.

»Wie geht das?«, fragte Fay interessiert.

Hans schnaufte laut durch. »Das, meine liebe Fay, ist ein eigenes Thema für einen anderen Abend.« Seine Augen blitzten auf bei diesen Worten. »Es ist spät geworden für einen alten Mann wie mich«, sprach er weiter. »Was hältst du davon, wenn wir uns am Freitagabend wiedersehen, Fay? Gegen 18 Uhr, so, wie heute?« Hans stand bei diesen Worten auf.

»Oh, ja, klar«, antwortete Fay, »ich muss ja morgen auch arbeiten. Entschuldige, dass ich dich so lange aufgehalten habe.« Fay stand ebenfalls aus ihrem Stuhl auf und nahm ihre Sachen.

»Du hast mich nicht aufgehalten, Fay. Es hat mir sehr viel Freude gemacht, mit dir Zeit zu verbringen«, erwiderte Hans.

Fay lächelte. »Ja, ich komme am Freitag gerne wieder.«

»Denk daran, deine Decke mitzubringen«, sagte Hans.

»Werde ich machen«, versicherte Fay.

Inzwischen waren sie beide bei der Eingangstür angekommen.

»Dann bis Freitag, Fay«, sagte Hans noch mal.

»Ja, und danke für deine Zeit. Es geht mir jetzt viel besser, nachdem du mir meine Fragen beantwortet hast«, verabschiedete sich Fay.

Ein Blick auf die Uhr gab ihr die Auskunft, dass es bereits nach 23 Uhr war. Und Fay fühlte sich pudelwohl. Seit letztem Freitag war nichts mehr wie zuvor. Sie betrank sich, sie machte blau, sie hatte sogar im Büro geschwindelt. Kein Abwasch mehr für die anderen. Eine neue Frisur, sie war im Restaurant essen gewesen. Hans hatte gar nichts mehr über das Buch gesagt. Egal, sie würde es am Freitag einfach mitbringen. Fay konnte fühlen, dass ihr eine spannende Zeit voller neuer Erfahrungen bevorstand.

Edith, das Eichhörnchen

Die Freunde auf der Lichtung verfolgten gespannt, was Fay in der Menschenwelt erlebte. Funny leuchtete besonders strahlend.

»Also eines muss ich euch sagen«, meinte sie aufgeregt. »Ich fühle mich Fay so nahe wie schon lange nicht mehr. Der Tag heute, mit dem Friseurbesuch und der kleinen Lüge. Ihr Beschluss, sich selbst zu verwöhnen, das hat mir richtig Freude gemacht.«

Lana betrachtete Funny genauer. »Funny, irgendwie leuchtest du zwar ganz besonders hell, aber du bist auch durchsichtiger als zuvor. Ich habe das Gefühl, als würdest du dich nach und nach auflösen.« Lana konnte nicht genau sagen, was dieses Phänomen zu bedeuten hatte.

»Ja, das stimmt«, warf Kurt ein, »Lana hat recht. Du bist durchscheinend. Ich kann die Wiese durch dich hindurch sehen.« Bei diesen Worten lächelte Kurt sein breitestes Raupenlächeln. »Glückwunsch, das ist ein gutes Zeichen. Du wirst bald zurück bei deiner Fay sein. Ich habe das schon oft beobachtet, wenn Seelenessenzen zu ihrem inkarnierten Menschen zurückgekehrt sind. Sie verschwinden dann nach und nach aus der Anderswelt. Im selben Ausmaß wächst diese Essenz in der Vitalseele des Menschen. Sie beginnt, sich dort wieder zu entfalten. Zumindest bei den Seelenessenzen, die von selbst zu ihrem Menschen zurückkehren, ist das so. Anders ist das bei den Seelenessenzen oder Teilen, die ein Reisender zurückbringt. Diese verschwinden nicht nach und nach, sie werden geholt, und nachdem sie gänzlich gereinigt sind, werden sie dem Menschen zurückgegeben. Das geschieht, indem sie der Reisende in das Herz und in das Kronenchakra des Menschen einbläst und versiegelt.« Kurt wurde in seinen Ausführungen unterbrochen.

»Hi, Leute, ich bin Edith«, hörten Lana, Funny und Kurt eine Stimme aus den Bäumen auf der Lichtung. »Na, wie hab ich das mit der Walnuss gemacht?«

Die drei blickten nach oben. Dort saß ein dunkelbraunes, wuscheliges Eichhörnchen in den Ästen.

»Das war eine geniale Idee«, antwortete Kurt. »Damit hast du Fay auf die Lichtung in der Menschenwelt gebracht. Sie konnte die Verbindung in die Anderswelt auf dieser Lichtung spüren. Ihr Vertrauen in das, was sie erlebt, wird immer stärker.«

Das Eichhörnchen zuckte mit dem Schwanz und hüpfte zu den dreien auf die Wiese herunter. »Also ich möchte mich euch vorstellen.« Höflich verbeugte sich das putzige Tierchen vor den dreien. »Wie schon gesagt, ich bin Edith. Ich bin wie Kurt ein Krafttier von Fay, und ich werde ihr dabei helfen, ihre Erinnerungen auszugraben. Dann helfe ich ihr dabei, diese zu betrachten, um daraus zu lernen.«

»Wie kann Fay aus ihren Erinnerungen lernen?«, fragte Lana.

»In ihren Erinnerungen ist Energie gespeichert. Es gibt schöne Erinnerungen, die in einem Menschen gute Gefühle wie Freude oder Liebe auslösen. Diese Erinnerungen spenden dem Menschen Kraft und Energie. Es gibt aber auch weniger schöne Erinnerungen an schmerzhafte oder traurige Erlebnisse. Diese kosten den Menschen Kraft. Für Fay wird es wichtig sein, die in ihrer Vergangenheit gebundene Energie wieder zu sich zurückzuholen. Hans, der Menschenlehrer in ihrer Welt, kennt Möglichkeiten, wie so etwas funktioniert. Er wird diese Techniken demnächst an Fay weitergeben«, erklärte das Eichhörnchen. »In der Zeit, in der Fay diese Übungen, die in der Menschenwelt als Rekapitulation bezeichnet werden, macht, werde ich sie begleiten. Das ist meine Aufgabe.«

»Hat das auch etwas mit den Energieübungen zu tun, die Hans ihr beibringen will?«, fragte Funny.

»Nur insofern, als sie durch dieses Rekapitulieren eine Möglichkeit hat, einen Teil der Energie, die in alten Lebensabschnitten gebunden ist, wieder zu sich zurückzuholen. Hans wird ihr aber auch noch andere Übungen zeigen. Fast so etwas wie Turnübungen, mit denen sie sich jederzeit in der Menschenwelt Energie zuführen kann. Je mehr Lebensenergie Fay zur Verfügung steht, desto besser wird sie uns alle wahrnehmen können, und desto leichter wird sie auch in der Menschenwelt die Veränderungen vornehmen können, die für sie wichtig sind. Veränderungen, die sie auf den Weg ihrer Lebensaufgabe bringen werden. Dafür braucht sie ihre Erinnerungen – und mich. Noch weiß Fay nichts von mir, sie glaubt, ich sei ein ganz gewöhnliches Eichhörnchen aus der Menschenwelt.« Mit diesen Worten schloss Edith ihre Erläuterungen ab.

Beinahe lautlos landete Skulan auf der Lichtung. Mit einem Blick auf Funny meinte er: »Da wird uns wohl bald jemand verlassen, wie es aussieht.«

»Ja, genau so ist es, das hat mir Kurt schon erklärt«, jubelte Funny und hüpfte freudig im Kreis herum. Plötzlich blieb sie stehen und schaute nachdenklich. Dabei neigte sie ihr Köpfchen leicht zur Seite. »Aber wie ist das dann mit euch? Also mit mir und mit euch. Kann ich euch dann überhaupt noch wahrnehmen, wenn ich wieder bei Fay bin?«

Skulan begann zu sprechen. »Fay macht sehr gute Fortschritte. Sie fasst immer mehr Vertrauen in ihre Wahrnehmung der Anderswelt. Das habt ihr sicherlich auch beobachtet. Wenn sie weiter diesen Weg geht, dann werdet ihr Seelenessenzen nach und nach zu ihr zurückkehren. Fay ist dabei, einen schamanischen Weg zu erlernen. Diesen dann auch wirklich zu beschreiten ist eine andere

Geschichte. Wenn sie diesen Weg allerdings weitergeht, dann wird sie zu einer Reisenden in der Anderswelt. Dann kann sie hier immer mehr Erfahrungen machen und sicherlich auch die eine oder andere Bekanntschaft. Du wirst uns dann immer wieder einmal wahrnehmen können, Funny, durch Fays Bewusstheit, die stetig wächst.«

»Hm, du meinst also, ich bin dann nicht mehr Funny, so, wie jetzt, sondern ich bin dann Funny in Fay, die durch Fay dann die Anderswelt erlebt?«, fragte Funny leicht verwirrt.

»Ja, genau so wird es sein, Funny. Das klingt jetzt kompliziert, ist aber im Grunde ganz einfach. Alles ist Energie, wir, die Anderswelt, die Menschenwelt, das Universum, die gesamte Schöpfung. Diese Energie verbindet alles mit allem. So ist es auch mit dir und Fay und uns allen hier. Wir sind immer und überall verbunden. Es ist nur eine Frage der Bewusstheit, wie viel davon von jedem Einzelnen auch wahrgenommen wird. Da du ein Teil von Fay bist, Funny, auch jetzt und hier bei uns, wirst du immer durch ihre Augen schauen. Sobald du wieder in sie integriert bist, schaust du durch die Augen einer 28-jährigen Frau. Sie ist kein kleines Kind mehr, das hat sich verändert. Du wirst mit ihr verschmelzen, und gemeinsam werdet ihr in die Anderswelt reisen, als eine ganze, heile Seele.«

»Als eine ganze, heile Seele«, wiederholte Funny leise. »Das klingt wunderschön!« Funny lächelte und begann, ganz besonders hell zu leuchten.

Im Büro

Am Donnerstag war Fay pünktlich im Büro. Sie war die Erste. Als sie in den großen Raum mit den vielen Schreibtischen trat, zog sich ihr Herz zusammen. Das erinnerte Fay an den Abend zuvor. Als Hans seine Hand in ihren Energiekörper gedrückt hatte, hatte sich das sehr ähnlich wie jetzt angefühlt. Fay war überrascht, aber nicht irritiert. Sie stellte fest, dass sie sehr ruhig reagierte. Hans hatte ihr ja am Abend zuvor erklärt, wie das mit der Energie ist. Alles hinterlässt Eindrücke im Energiefeld. Auch Räume taten das. Ihren Energiekörper hatte Hans mit einer Technik ausgedehnt. Sie hatte ausgezeichnet geschlafen und war noch vor ihrem Wecker aufgewacht. Sie fühlte sich ausgeruht und sehr wohl. Das, was sie hingegen jetzt im Büro empfand, machte sie schwer und traurig. Sie fühlte sich hier nicht zu Hause. Nicht angenommen. Sie empfand keinerlei Freude.

Einer Eingebung folgend hatte sie sich heute Morgen ihre Lieblingstasse von zu Hause mitgenommen. Warum genau, wusste sie nicht. Als sie in die Personalküche kam, musste sie grinsen. Jetzt wusste sie, warum.

Aus wirtschaftlichen Gründen arbeiteten bei Babylon keine Putzfrauen. Zumindest keine, die jeden Tag kamen. Nur am Samstag, wenn die Räume ungenutzt waren, kamen ein paar Frauen, deren Aufgabe es war, alle Büros zu saugen und die Gänge zu wischen. Aus diesem Grund gab es diese Plakate überall. Auf den Toiletten und in den kleinen Personalküchen der verschiedenen Abteilungen. Die Plakate mit den schönen, fröhlichen Angestellten und dem Spruch über die Sauberkeit. Nein, über die Gemeinschaft, die *zusammen* für Sauberkeit sorgte.

Inzwischen waren zwei weitere Kollegen ins Büro gekommen. Sie konnten Fay in der Küche nicht sehen. Fay stellte den Wasserkocher an und machte sich einen Tee. Mit ihrer vollen Tasse ging sie zu ihrem Schreibtisch ganz hinten am Fenster. Ihre beiden Kollegen schauten kurz auf und nickten ihr wortlos zu, während ihre Augen schon wieder auf die Bildschirme gerichtet waren. Wie heißen die beiden noch mal?, überlegte Fay angestrengt beim Hinsetzen. Wenigstens der Ausblick aus dem Fenster war schön, sie konnte den Himmel von hier sehen.

»Und was ist sonst noch schön hier?«, hörte Fay ein Stimmchen an ihrem linken Ohr.

Fays Herz hüpfte. »Hallo, Kurt«, sagte sie laut.

Ihre beiden Kollegen schauten irritiert erst zur Tür und dann zu Fay. Es gab keinen Kurt im Büro, das wusste Fay sicher. Sie versteckte sich hinter ihrem Bildschirm, sodass die beiden sie nicht sehen konnten. Fays Gesicht fühlte sich heiß an, doch ihr Herz hüpfte vor Freude. Sie hatte ein breites Lächeln in ihrem Gesicht.

Kurt, wie schön, dass du wieder da bist, sagte Fay jetzt in Gedanken.

»Ich war nie weg, Fay. Hübsch bist du mit deiner neuen Frisur. Es gefällt mir, wie du dich in den letzten Tagen verändert hast«, plapperte Kurt drauf los.

Mir gefällt es auch, dachte Fay.

»Dass du gestern verschlafen hast, habe ich mit Pfötchen organisiert. Nachdem du am Abend zuvor so viel geschrieben hattest, hast du diesen Tag gebraucht. Ich habe Pfötchen gebeten, deinen Wecker abzustellen.«

Kurt sagt dies mit einem bewusst gelassenen Ton. Er wusste, dass das die nächste Erschütterung für Fays Weltbild war.

»Du hast was?«, rief Fay entsetzt. Schnell hielt sie sich mit einer Hand den Mund zu. Ihre beiden Arbeitskollegen blickten auf, schüttelten den Kopf und drehten sich wieder weg.

Du hast was gemacht?, fragte Fay in Gedanken noch einmal ungläubig.

»Fay, dir wurde doch gestern erst erklärt, wie das mit der Energie und so ist. Sie ist immer und überall, sie fließt und ist ein Transportmittel. Für Strom, für Wasser und eben auch für Informationen. Übrigens: Pfötchen und ich sind schon seit dem ersten Tag Freunde. An unserem ersten Abend haben wir in deinem Garten gelegen. Wir haben uns über MaPa, das große Geheimnis, unterhalten, über die Welten im Allgemeinen und sonst noch über so einiges. Es war der Abend, an dem ich aus den drei Brennnesselblättern die geometrischen Formen gefressen habe. Dein Kater ist klug. Pfötchen weiß genau, welchen Knopf du jeden Tag drückst, um den Wecker abzustellen. Es war für ihn kein Problem, ihn auszuschalten.«

Fay prustete los. Sie lachte aus vollem Herzen. Das ist unglaublich! Wenn ich das alles einem Arzt erzähle, weist der mich sofort in eine Anstalt ein, dachte sie.

Inzwischen war gut die Hälfte der Kollegen im Büro eingetroffen. Alle schauten Fay verwundert an. Es war ihr herzlich egal. Ihr ging es gut. Das Lachen war befreiend. Es war real, sie erlebte das alles wirklich. Kurt und die Anderswelt. Oder sie wurde tatsächlich verrückt. Sie legt ihre Hand an die Stelle, die Hans ihr gezeigt hatte. Ihre Mitte. Das Lachen beruhigte sich zu einem leisen Glucksen.

»Ich soll dich von Edith grüßen«, sagte Kurt.

Wer ist Edith?, fragte Fay.

»Sie ist das Eichhörnchen aus dem Park, das mit der Walnuss«, antwortete Kurt. »Du wirst sie bald näher kennenlernen.«

Fay schmunzelte. Sie würde also ein Eichhörnchen namens Edith kennenlernen.

»Ach ja, und von Skulan soll ich dich auch grüßen. Er möchte sich dir auch vorstellen, aus Höflichkeit. Er ist ein Begleiter von Hans, Herrn äh … Vindermann«, ergänzte Kurt.

Interessant, dachte Fay, und warum ist dieser Skulan hier, wenn er ein Verbündeter von Hans ist?

»Er ist mit uns bekannt, weil du mit Hans bekannt bist, Fay. Die Welten sind verwoben.«

Fay hört eine Stimme aus der Personalküche: »Sagt mal, ist Fräulein Heylrich immer noch krank? Die Küche schaut ja schlimm aus! Sollte wieder mal aufgeräumt werden.« Es war die Stimme von Mike. Eigentlich hieß er Michael, aber er bestand auf Mike. Er war der Neffe des Firmenchefs und sah sich im Büro als so etwas wie einen Abteilungsleiter. Ein Typ etwa Anfang 40. Haare lässig nach hinten geföhnt, solariumgebräunt. Am Hemd die oberen zwei Knöpfe offen. Stets ein perfektes Lächeln im Gesicht. Manchmal hatte Fay den Eindruck, dieses Lächeln sei ihm ins Gesicht getackert worden. Ihr Vater hatte früher manchmal, wenn sie Grimmassen geschnitten hatte, gesagt: »Lass das lieber, sonst bleibt es so.« Fay musste grinsen. Ja, so sah dieses Lächeln aus, wie eine eingefrorene Grimasse.

Jetzt kam Mike aus der Küche und schaute in ihre Richtung. »Aber da ist sie ja, unser Fräulein Heylrich!« Er kam auf sie zu und setzte sich auf den Rand ihres Schreibtisches. »Oho, Sie haben Ihre Frisur geändert, das ist ja fantastisch. Steht Ihnen sehr gut.« Süffisant grinste Mike sie an. Er strich ihr mit einer Hand eine Haarsträhne aus dem Gesicht und tätschelte ihre Wange. »Gut sehen Sie aus, Sie sollten öfter mal erkältet sein.«

Fay errötete. Wusste er, dass sie gelogen hatte?

»Da sind wir aber froh, dass Sie wieder hier sind, dann wird sicher auch unsere Küche schnell wieder blitzblank sein, so, wie wir es gewohnt sind, nicht wahr?«, sagte er im Weggehen.

Kaum hatte Fay sich wieder gefangen, stieg Wut in ihr hoch. Was sollte das? Sie war hier doch nicht die Putze.

»Genau, das bist du nicht, die Putze«, hörte sie Kurt sagen. »Was gedenkst du jetzt zu tun?«

Was soll ich schon großartig tun, er ist der Neffe des Firmenchefs, antwortete Fay wütend in Gedanken. Ich glaube, er weiß, dass ich gestern gar nicht krank war.

»Und wenn schon … Glaubst du, alle anderen sind immer krank, wenn sie das behaupten?«, konterte Kurt. »Außerdem ist es egal, wessen Neffe er ist. Wenn er auf dem Klo sitzt, lässt auch er die Hosen runter, und es stinkt. Bei deinem Firmenchef übrigens auch.«

Bei der Vorstellung von Mike und ihrem Chef auf der Toilette musste Fay unwillkürlich wieder lachen. *Wir erledigen jeden Scheiß für sie* – das wäre doch einmal ein Werbeslogan für Babylon, dachte sie belustigt. Die Blicke der Kollegen waren Fay jetzt endgültig egal. Sollten die anderen sie doch für verrückt halten. In gewisser Weise war sie das ja, ver*rückt* in die Anderswelt.

»Erinnerst du dich noch an das Plakat in der Küche? Dieses Plakat ist doch im Auftrag seines Onkels gemacht worden, stimmt's?«, fragte Kurt.

Meinst du das mit den glücklichen Mitarbeitern?, fragte Fay in Gedanken. Ja, das stimmt, sein Onkel vertritt die Philosophie, dass er sich die tägliche Putzfrau spart, wenn alle etwas tun. Einen gewissen zynischen Unterton konnte sie nicht verhehlen.

»Ja, genau dieses Plakat. Hol es von der Wand in der Küche, und leg es ihm auf seinen Schreibtisch«, meinte Kurt in einem recht bestimmten Ton. »Dann sagst du ihm, dass du dich ab sofort an diese Aufforderung halten wirst. Du wirst deine persönliche Tasse abwaschen, und der Rest interessiert dich nicht mehr.«

Fay musste grinsen. Das war also der Grund dafür, dass sie heute Morgen die Tasse mitgenommen hatte. Sie zögerte.

»Mach schon, Fay, sein eigener Onkel hat diese Regel aufgestellt. Du bist im Recht. Er soll genauso abwaschen wie alle anderen hier im Büro auch. Tu es einfach, was soll schon großartig passieren«, drängte Kurt Fay.

Fay stand auf und ging langsam in Richtung Personalküche. Tat sie das jetzt wirklich? Sie war fasziniert davon, was in ihr passierte. Es vibrierte in ihrem Körper, sie war aufgeregt. In ihrem Bauch, dort, wo ihre Mitte war, spürte sie einen kräftigen Puls. Jetzt, da sie wusste, dass das, was sie spürte, die Stimme ihrer Seele war, machte es ihr keine Angst mehr. Im Gegenteil, es machte sie mutig. Diesen Mike hätte schon lange einmal jemand in die Schranken weisen sollen, ging es Fay durch den Kopf. Immerzu grapscht er an den Kolleginnen herum. Wie zufällig legte er hier und da eine Hand auf einen Oberschenkel. Manchmal klatschte er einer Frau auch auf den Hintern. Besonders gerne, wenn diese am Kopierer stand. Er war ständig im Büro unterwegs, stets die neuesten anzüglichen Witze im Gepäck. Zu den männlichen Angestellten hatte er ein kühles, reserviert kollegiales Verhältnis. Von ihm landete am Freitag immer am meisten Arbeit auf Fays Schreibtisch. Sie hatte nicht den Eindruck, dass die anderen Mike wirklich mochten. Doch niemand wagte es, sich gegen ihn aufzulehnen.

Dann stand sie in der Küche und schaute auf das Plakat. Fay griff danach, um es von der Wand zu lösen. Verdammt, das Klebeband war schon so alt, dass es mit dem Wandputz regelrecht verwachsen war. Fay schmunzelte. Alles ist miteinander verwoben. Als sie das Plakat mit einem Ruck von der Wand löste, riss sie drei der vier Ecken ab. Die vierte Ecke blieb dran, mitsamt dem Verputz.

Mit ihrer Trophäe in der Hand ging sie mutig auf den Schreibtisch von Mike zu. Sie legte ihm das Plakat auf den Tisch und sagte: »Lieber Mike, was halten Sie davon, wenn wir uns alle ab heute im Sinne einer guten Bürogemeinschaft an die Bitte ihres Onkels halten würden?« Dabei deutete sie auf den Text. Dann drehte sie sich um und ging ohne ein weites Wort zurück an ihren Schreibtisch. Mike schaute ungläubig auf das Plakat vor sich. Sein Grimassenlächeln gefror. Ebenso ungläubig blickte er Fay nach. Im Büro war es plötzlich mucksmäuschenstill. Nur Fays Schritte waren zu hören. Vereinzelt blickten ihr erstaunte, anerkennende Gesichter der Kollegen nach.

An ihrem Schreibtisch angekommen, musste Fay tief durchatmen. Unglaublich, sie hatte es tatsächlich getan!

»Und wie fühlst du dich?«, wollte Kurt wissen.

Fantastisch, antwortete Fay gedanklich. Ich fühle mich stark und glücklich. Ich habe das Gefühl, das Richtige getan zu haben. Nicht nur für mich.

»Du hast das richtig gut gemacht. Ich habe es dir ja gesagt, Fay, wir beide werden noch viel Freude miteinander haben.« Kurt lächelt zufrieden vor sich hin.

Der restliche Tag verlief ohne besondere Vorkommnisse. Mittags entschied sich Fay, in ein Restaurant gegenüber dem Büro zu gehen. Mal etwas anderes als immer die Tiefkühlkost in einer verdreckten Personalküche. Es war ein kleines, asiatisches Lokal. Mit ihrer neu gewonnenen Lebensfreude schmeckte das Essen noch viel besser. Sie genoss die Stunde Pause und war froh, nicht im Büro geblieben zu sein.

Am Nachmittag hatte sie den üblichen Bürokram zu erledigen. Um 17 Uhr räumte sie ihren Schreibtisch auf. Dann nahm Sie ihre Tasche und ging in Richtung Ausgang. In der Personalküche waren zwei ihrer Kolleginnen damit beschäftigt aufzuräumen.

»Schönen Feierabend«, sagte Fay.

»Schönen Feierabend, Fräulein Heylrich«, antworteten die beiden aus der Küche. Es klang nett, worüber sich Fay freute.

Fay stieg wieder zwei Stationen früher aus, um den Weg durch den Park zu nehmen. Als sie am Kinderspielplatz vorbeikam, war dieser leer. Eine der Schaukeln, eine Reifenschaukel, bewegte sich im leichten Wind. Das Schaukelgestell stand inmitten eines großen Sandkastens. In Fay begann es zu summen. Sie blieb stehen und betrachtete die Schaukel. Da war eine leise Erinnerung. Ein Vibrieren, das wie eine Melodie klang. Fay ging wie in Trance auf die Schaukel zu und setzte sich auf den Reifen. Nach hinten lehnen und antauchen. Nach hinten lehnen und antauchen. Fay schloss die Augen und schaukelte. Sie schaukelte immer höher. Sie genoss das Gefühl, welches sich in ihr ausbreitete. Das Gefühl zu fliegen. Bilder aus der Vergangenheit stiegen in Fay hoch …

Sie war auf der Schaukel im Garten hinter ihrem Elternhaus. Dem Zuhause ihrer frühen Kindheit. Sie liebte diese Schaukel. Pure Freude durchströmte sie, wenn sie auf ihr durch die Lüfte segelte. Manchmal so hoch, dass sie das Gefühl hatte zu fliegen. Dann jauchzte sie auf und lachte laut …

Bei dieser Erinnerung spürte Fay, wie sich diese Freude aus ihrer Kindheit in ihr zu entfalten begann. Sie jauchzte. Ihr Herz klopfte voller Kraft. In ihrer Mitte pulsierte es. Fay jubelte.

Jubelt da noch eine Stimme? War das Kurt? Fay glaubte für einen Moment, eine Stimme gehört zu haben. Eine Stimme die »Juchuuuu, ich komme!« gerufen hatte.

Von Kurt kam keine Antwort.

Fay hatte das Gefühl zu fliegen. Sie lachte laut und lehnte sich weit zurück. Dann öffnete sie ihre Augen und beobachtete den schaukelnden Himmel über ihr. Sie setzte sich hoch und nahm noch einmal kräftig Schwung. Dann nahm sie ihren ganzen Mut zusammen. So, wie damals als Kind. Oh Gott, ist das lange her, dachte Fay, schloss die Augen und sprang …

Sie landete im Sand. Auf allen vieren. Sie spürte den Sand unter ihren Händen und öffnete die Augen. Lächelnd grub sie ihre Finger in den Sand, durchflutet von einem Gefühl, als würde sie vor lauter Glück überschäumen. Unbändige Freude erfüllte sie. Irgendwie ist das lächerlich, dachte sie bei sich. Du sitzt hier in einer Sandkiste auf einem Kinderspielplatz und gräbst deine Hände in den Sand. Mit 28 Jahren. Und es fühlt sich unglaublich gut an. Sie setzte sich mit ihrer weißen Leinenhose in den Sand und begann, eine Sandburg zu bauen. Als sie fertig war, stand sie auf, und klopfte sich den Sand von der Hose und von ihren Händen. Sie schaut sich ihr Werk an. Dafür, dass sie weder Schaufel noch einen Eimer gehabt hatte, war es eine ansehnliche Sandburg geworden. Zufrieden nahm sie ihre Tasche und ging nach Hause. Von Kurt war nichts mehr zu hören.

Abschied

»Ich habe gewusst, dass sie im Sand spielen würde«, war das Letzte, was Lana, Kurt, Edith und Skulan von Funny hörten, bevor diese verschwand. Funny war zu Fays Vitalseele zurückgekehrt. Die vier Verbleibenden freuten sich für Funny. Sie hatte es sich so gewünscht zurückzukehren.

»Ich werde Fay von Funny erzählen. Aber erst, wenn sie das nächste Mal bei Hans gewesen ist«, sagte Kurt.

»Ich werde Hans informieren«, meinte Skulan. »Er wird Fay vorbereiten. Damit Funny sich bei Fay wohlfühlt und bleibt, muss sie noch einiges erfahren. Hans wird es ihr erklären können.«

Edith hob ihr kleines Köpfchen und schnupperte aufgeregt in den Wind. »Hey Leute, ich glaube, das große Geheimnis kommt! Ich kann es wahrnehmen …«

Tatsächlich wurde die Lichtung heller. Dieses ganz besondere Leuchten verbreitete sich überall.

»MaPa kommt«, rief Lana erfreut.

»Wer ist MaPa?«, fragte Edith.

Mithilfe von Telepathie vermittelte Lana Edith, warum sie das große Geheimnis MaPa nannten. Edith verstand und kicherte amüsiert.

»Ich grüße euch, meine Lieben«, sagte MaPa. »Funny habe ich gerade viel Liebe auf ihrem Weg gewünscht. Liebe ist die wichtigste Essenz im Universum. Und sie ist so vielfältig wie das Universum selbst. Funny wird Fay die Liebe zum Leben und zu sich selbst zurückbringen. Damit wird die Heilung in Fays Leben voranschreiten. Hier, in euch, und auch in der Menschenwelt hat Fay gute Begleiter.«

»Wie geht es jetzt weiter, MaPa?«, fragte Lana.

»Erinnert ihr euch noch an Edward aus dem Sumpf?«

»Ja, selbstverständlich.« Lana, Kurt und Skulan nickten auf MaPas Gegenfrage mit dem Kopf.

»Ihr braucht noch eine Essenz, die wichtig ist, bevor Edward zurückgeholt werden kann«, erklärte MaPa den vier Freunden auf der Lichtung.

Lana nickte mit dem Kopf: »Vertrauen hat er gesagt, ich erinnere mich.«

»Fay hat es geschafft, Funny aus eigener Kraft zu sich zurückzuholen. Wie ihr wisst, wird das bei Edward nicht so einfach sein. Es wird einen besonderen Moment geben, schon bald. Das wird der Augenblick sein, an dem du, Lana, zu Fay zurückkehrst. Fay beginnt, sich an ihr Urvertrauen zu erinnern. Sie entdeckt ihren Mut neu, der lange Zeit in ihr vor sich hin geschlummert hat. Ihr könnt Fay dabei helfen, mehr Vertrauen zu sich selbst zu erlangen. Dann kann sie auch wieder den Menschen um sich herum vertrauen. Es hat schon angefangen … Fay hat in den Augen von Hans und auch in den Augen von Frau Wagner etwas gesehen, das in ihr Vertrauen geweckt hat. Doch jetzt braucht sie mehr von dieser Essenz, damit sie die nächsten Schritte tun kann. Es gibt eine Essenz hier in der Anderswelt, die einen Teil ihres Vertrauens in sich birgt. Es ist ein kleiner Teil, den sie verloren hat, als sie vier Jahre alt war. Damals war sie sehr krank. Sie musste für längere Zeit in ein Krankenhaus, und ihre Eltern durften nicht bei ihr bleiben. Sie waren abwechselnd so oft und so lange wie möglich bei ihr, und doch verlor Fay in dieser Zeit einen Teil ihrer Essenz. Die Essenz des Vertrauens in andere Menschen. Es wird Zeit, dass ihr euch auf die Suche nach diesem Teil macht. Lasst euch einfach wieder ziehen. Die Essenz hat das Summen, das Lied der Seele schon vernommen. Ihr Leuchten erwacht.«

Die vier richteten ihre Aufmerksamkeit auf die beschriebene Seelenessenz. Lana konnte die Sehnsucht spüren.

Dieses Ziehen. Sie freute sich darauf, einer weiteren Essenz ihres inkarnierten Menschen zu begegnen.

MaPa sprach weiter: »Wenn ihr diese Essenz findet, müsst ihr sehr behutsam vorgehen. Sie war lange Zeit in meiner Mitte, um sich zu erholen. Ihr Weg zurück wird sehr schwer werden. Durch die Erlebnisse, die dazu geführt haben, dass sie gegangen ist, ist sie sehr verletzlich. Wenn jetzt die Erinnerung wiederkommt, ist es wichtig, dass ihr für sie da seid. Erklärt ihr, was ihr schon alles gelernt habt. Es ist kein schöner Ort, an dem sie sich jetzt befindet. Ihr werdet alle zusammen helfen müssen, um diese Essenz zu befreien.«

Jetzt spürten auch Kurt und Edith die Sehnsucht. Es war, als würde eine ihnen noch unbekannte Kraft an ihrer Energie ziehen. Skulan bemerkte diese Sehnsucht nur ganz leicht. Da er ein Verbündeter von Hans war, konnte er die Schwingung zwar spüren, doch sie traf ihn nicht so intensiv wie seine Freunde. Das war auch ein Zeichen dafür, dass Fay schon gut an sich gearbeitet hatte. Ihr eigener Kontakt zur Anderswelt festigte sich. Bald würden die Freunde ihn als Vermittler nicht mehr brauchen.

»Ich schenke euch die Liebe und die Kraft, die ihr braucht, um diese Seelenessenz von Fay zu befreien.« MaPa kicherte. »Nun ja, natürlich nähre ich euch immerzu mit der Kraft und der Liebe, die ihr braucht … Aktiviert in euch das Vertrauen in mich, und alles wird gut sein.«

Lana wusste genau, was MaPa meinte. Sie spürte, wie die Liebe und die Kraft der Schöpfung in ihr flossen. Das war also eine Möglichkeit, um den verlorenen Teil zu bergen: Sie selbst mussten in sich das Vertrauen aktivieren, um so die Schwingung auszusenden, die sie suchten: Vertrauen. Kaum war Lana dies klar geworden, schwand das Licht von MaPa, dem großen Geheimnis. Sie schaute ihre Freunde an und wusste, dass auch sie verstanden hatten. Gemeinsam riefen sie in sich das Gefühl von Vertrauen und Liebe hervor, und schon waren sie gemeinsam in der Anderswelt unterwegs. Auf direktem Weg zu dieser Essenz des Vertrauens, die zu Fay gehörte.

Der Platz, an dem sich die vier wiederfanden, war wahrlich ungemütlich. Sie befanden sich in einer kargen Gebirgslandschaft, in der ein kalter, schneidender Wind um die Felsen pfiff. Die vier Freunde rückten näher zusammen. Sie schauten sich um, und Edith bemerkte sarkastisch: »Na ja, hier würde ich auch nicht gerade darauf vertrauen, dass alles gut ist. An diesem Ort kann ich kaum Licht, Liebe oder Vertrauen empfinden.«

Die ganze Landschaft zeigte sich in einem grauen Dämmerlicht. Ähnlich wie im Sumpf der vergessenen Träume war auch hier eine große Trauer präsent. Als sie sich umsahen, entdeckten sie nicht weit entfernt einen Höhleneingang.

Kurt bemerkte es als Erster: »Könnt ihr auch dieses leise Weinen hören? Es scheint aus der Höhle dort zu kommen.« Jetzt hörten auch Lana, Edith und Skulan ein Raunen, Seufzen und Jammern, das aus der Höhle nach draußen drang.

Aufgeregt putzte sich Edith mit ihren Pfoten über das kleine Köpfchen. »Ich kenne diese Höhle. Ich war schon einmal dort. Meinem letzten Menschen, dem ich als Verbündete auf Zeit diente, habe ich dort beim Sammeln seiner Erinnerungen geholfen. Damals fand ich hier ein Kind, einen Teil des Kindseins dieses Menschen. Dieser Seelenteil war mit ungefähr sechs Jahren gegangen. Sein Stiefvater hatte es missbraucht. Seine Seele war dabei zerbrochen. Es war damals sehr schwierig, dieses Kind aus der Höhle zu befreien. Ähnlich wie bei Edward brauchte mein Mensch einen Reisenden zur Unterstützung. Es war ein verlorener Seelenteil, den wir von dort drinnen holten. Es ist ein Unterschied, ob ein Teil der Seele oder eine Essenz verloren geht. Einen Teil der Seele zurückzubringen ist ungleich schwieriger, als eine Essenz wieder mit seinem Menschen zu verbinden. Wenn wir so wie jetzt mit Fay arbeiten, erinnert sie sich an ihre Kraft, an das, was sie einmal war. Was sie als Kind lebte. So kommen zuerst einige ihrer Essenzen zurück. Das macht es am Ende leichter, Edward, den Seelenteil, zurückzubringen. Wenn ein Mensch so gut mitarbeitet wie Fay, dann kann es gelingen.«

Skulan legte seinen Kopf schief. »Nun, meine Freunde, das werdet ihr gemeinsam sicher schaffen. Ich vertraue da auf eure Gemeinschaft. Ihr seid stark und klar in eurer Absicht, und Fay wird es auch immer mehr. Sie muss alle ihre neuen Erfahrungen nur noch richtig einordnen. Dabei wirst du ihr sicherlich eine gute Unterstützung sein, Edith. Ich lasse euch jetzt allein. Mein Menschenverbündeter ruft mich. Wir haben eine Aufgabe, die meine ganze Aufmerksamkeit beansprucht.«

»Was ist das für eine Aufgabe? Hat sie etwas mit Sammeln zu tun?«, wollte Edith wissen.

Skulan lachte. »Edith, das hat unsere Arbeit auf die eine oder andere Art doch immer. Wir begleiten heute einen Schüler auf seiner Reise zur Gottheit Ganesha. Sie wird sich ihm heute als das offenbaren, was sie ist. Eine von vielen Bildern der Schöpfung. Doch diesmal wird der Schüler hinter das Bild schauen, er wird eine Erfahrung machen, die in seinem Verständnis eine Gotteserfahrung sein wird. Diese Reise ist sehr wichtig für diesen Menschen. Sie wird der Ausschlag dafür sein, dass er seinen Lebensweg gehen wird. Auf diesem Weg wird er ein Hilfswerk gründen, mit einer Schule, einer Farm, einer Weberei und einer Schmiede. Später wird dort auch noch eine Schusterei entstehen. Er wird in Indien ein ganzes Dorf aufbauen, in dem die Menschen autark leben können. Sie werden altes Handwerk wieder erlernen und damit in ihrer Region gut leben können. Das alles wird ihm möglich sein, weil er ein sehr guter Pfarrer sein wird. Ein Tropfen auf dem heißen Stein, mögt ihr jetzt denken. Aber so verändert sich die

Welt. Indem jeder tut, was seine Aufgabe ist. Wenn diese Aufgabe dann auch noch mit Liebe getan wird, ändert sich das Leben für viele Menschen. Genau genommen für jeden Einzelnen, der einem solchen Menschen begegnet. So wird Ulrich heute seine Gotteserfahrung erleben.« Lächelnd blickte Skulan zu Edith.

»Werden wir uns wiedersehen, Skulan?«, fragte Lana.

»Ja, Lana, wenn Fay in der Anderswelt auf Reisen ist, kann es sein, dass wir uns wiedersehen. Du wirst mich erkennen. Aber für den Moment ist meine Zeit bei euch beendet«. Skulan strich jedem der drei Freunde mit seinem Flügel sanft über den Kopf. Dann nickte er ihnen zu. Seine bernsteinfarbenen Augen betrachteten jeden der drei noch einmal mit einem sanften, liebevollen Blick. Dann erhob er sich kraftvoll und elegant in die Lüfte. Kurz darauf war er in der Ferne verschwunden. Lana seufzte. Noch ein Abschied.

Vollmond und Karfreitag

Als Fay am Donnerstagabend aus dem Park nach Hause kam, fand sie einen Brief ihrer Mutter im Briefkasten. Sie wunderte sich nicht darüber. Warum auch? Von ihrer Mutter kam immer wieder einmal Post. Pfötchen flitzte um die Ecke, und ihr gemeinsames abendliches Ritual von Begrüßung bis Fütterung nahm seinen Lauf. Fays Blick fiel auf den Kalender in der Küche. An diesem Wochenende war Ostern. Wie praktisch, dachte sie, dann habe ich ja ein langes Wochenende vor mir. Im Gegensatz zu früher freute sie sich auf das lange Wochenende. Noch vor einer Woche hätte sie missmutig darüber gegrübelt, was sie mit all der Zeit anfangen solle. Das war jetzt anders. Dann kann ich mit Hermine Tee trinken oder wieder in den Park schaukeln gehen. Fay lächelte. Oder auf der verbotenen Lichtung im Park ein Picknick machen. Verbote Lichtung, weil es ja verboten war, den Rasen überhaupt zu betreten. Also war der Weg zu dieser Lichtung schon verboten und somit auch die Lichtung selbst. Außerdem machte dieser Name die Lichtung geheimnisvoll, und das gefiel Fay.

Nachdem sie Pfötchen versorgt und sich einen Tee gekocht hatte, machte sie es sich auf dem Sofa bequem. Sie nahm den Brief in die Hand. Sie wusste, dass ihre Mutter eine Entziehungskur gemacht hatte.

Als Fay neu in die Stadt gezogen war, hatte ihre Mutter sie manchmal angerufen. Dann erzählte sie von der Therapie. Fay war bei diesen Gesprächen immer sehr reserviert. Zu oft schon hatte sie als Kind die Hoffnung gehabt, ihre Mutter würde es schaffen. Irgendwann rief diese dann nicht mehr an.

Gedankenverloren drehte Fay den Brief in ihren Händen und betrachtete ihn. Pfötchen sprang zu ihr auf das Sofa. »Na du, schaltest einfach meinen Wecker aus. Du bist mir ein Schelm.« Fay konnte es zwar irgendwie nicht ganz glauben, dass es wirklich so gewesen sein sollte, aber die Vorstellung alleine machte Spaß. Es war wie in diesen ganzen Fantasyromanen, die sie so gerne las. Fast wie bei Harry Potter. Fay schmunzelte. Ihr Leben war plötzlich so spannend und bunt. Das gefiel ihr immer besser. Pfötchen schnurrte und strich mit seinem Kopf an der Kante des Briefumschlages entlang. Dann miaute er und begann, eine Ecke anzuknabbern. »Meinst du, ich soll den Brief öffnen?«, fragte Fay ihren Kater nachdenklich. Pfötchen schaute sie an und miaute abermals. Fay verstand das als Zustimmung. Ihr Herz klopfte, als sie den Brief öffnet.

Es war eine Osterkarte. Ihre Mutter wünschte ihr schöne Feiertage. Sie erzählte von ihrer Arbeit und davon, wie gut es ihr jetzt gehe. Am Ende der Karte schrieb sie: *Fay, ich wünsche mir, dass irgendwann der Tag kommt, an dem du bereit bist, mich wiederzusehen. Ich freue mich auf diesen Tag. Deine Mutter.*

Fay ließ die Karte sinken. Sie schaute Pfötchen an, der die ganze Zeit neben ihr gesessen und sie beobachtet hatte. Er legte sich schnurrend auf ihren Bauch. Ganz in der Nähe ihrer Mitte. Sie konnte spüren, wie ihre Mitte vibrierte. Sie spürte aber auch etwas anderes. Eine Sehnsucht nach ihrer Mutter, die sie schon lange vergessen geglaubt hatte. Ebenso wie die anderen Briefe ihrer Mutter. Vergessen in einer Schublade in ihrem Schlafzimmer. Sie war nicht bereit, ihre Mutter zu sehen. Nicht bereit, wieder enttäuscht zu werden.

Fay wollte heute nicht mehr nachdenken. Sie stellte den Fernseher an, und nach einer langen Dokumentation über die sibirische Tundra ging sie ins Bett. Die Sehnsucht blieb und begleitete Fay in ihre Träume.

Als sie am nächsten Tag aufwachte, war die Sehnsucht beinahe verschwunden. Nur noch ein ganz leichtes Ziehen in ihrem Herzen erinnerte sie daran. Allerdings war auch die Freude, die sie am Vortag so intensiv empfunden hatte, in den Hintergrund getreten. Sie schaute auf den Wecker und zog sich die Decke über den Kopf. Nur noch fünf Minuten dieses geborgene Gefühl unter der Bettdecke genießen. Fay hatte keine Lust aufzustehen. Sie war sich endgültig im Klaren darüber, dass sie ihre Arbeit weder mit Freude noch mit Liebe tat. Sie seufzte. Im Moment blieb ihr allerdings nichts anderes übrig, als sie dennoch zu machen. Sie könnte sich etwas Neues suchen. Eine neue Arbeitsstelle.

Fay erinnerte sich an die unzähligen Bewerbungen, die sie früher geschrieben hatte. Sie erinnerte sich an all die Absagen und an das Gefühl dabei. Sie seufzte erneut und warf missmutig die Decke zurück. Gefolgt von Pfötchen ging sie in die Küche.

Lustlos stellte Fay die Kaffeemaschine an und ging danach ins Badezimmer. Sie schnitt ihrem Spiegelbild eine Grimasse und streckte sich selbst die Zunge heraus. Sogar die neue Frisur konnte sie nicht wirklich aufmuntern. Nachdem sie geduscht und sich angezogen hatte, trank sie ihren Kaffee und gab Pfötchen sein Futter.

Es war halb sieben, als Fay ihre Wohnungstür hinter sich schloss und in der Morgendämmerung zur Bushaltestelle ging. Wie an jedem Wochentag seit sieben Jahren. Etwas aber war heute anders. Dieses Gefühl in ihr. Dieser Widerstand. Etwas in ihr schien sich dagegen zu wehren, ins Büro zu gehen. Während die Häuser draußen am Fenster des Busses vorbeizogen, träumte sie von Sandburgen und Schaukeln, auf denen sie bis in den Himmel schaukeln konnte. Wenn sie von diesen absprang, landete sie auf Wolken, so weich wie Watte. Ihr war, als würde eine leise Stimme in ihr glockenhell lachen bei dieser Tagträumerei. Ihr wurde etwa wärmer ums Herz, und sie lächelte zum ersten Mal an diesem Tag.

Ich werde mir eine neue Arbeit suchen, dachte sie. Eine Arbeit, die ich mit Freude und mit Liebe machen kann. Ich habe ja genügend Zeit. Solange ich noch bei Babylon bin, habe ich ein sicheres Einkommen. Ich werde mir die Stellenangebote in der Tageszeitung durchsehen. Dann werde ich mich bewerben. Erst wenn ich eine feste Zusage bekomme, werde ich bei Babylon kündigen. Genau so werde ich es machen. Dieser Gedanke brachte Fay zumindest einen Teil ihrer gerade erst wiedergewonnenen Freude zurück.

Als Fay ins Büro kam, erwartete sie eine Überraschung. Kaffeeduft lag im Raum, ihre Kollegen grüßten sie freundlich, und die Küche war aufgeräumt. Fay grüßte freundlich zurück. Es war wie eine kleine Welle der Hoffnung, die sich heute über das Büro gelegt hatte. Vielleicht konnte sie ihre Arbeit hier ja doch wieder mit Freude machen … Wenn sich hier im Büro weiterhin die Dinge positiv veränderten?

»Fräulein Heylrich, haben Sie zu Ostern auch schon etwas vor?«, fragte eine der Kolleginnen, die am Vorabend den Abwasch erledigt hatten.

»Nein, noch nicht, aber ich freue mich auf die freie Zeit«, antwortete Fay sicher. Keine Spur von ihrer gewohnten Schüchternheit.

»Ah, ein spontanes Wochenende. Vielleicht machen Sie ja jetzt eine Fahrt ins Grüne, wenn alles so schön zu blühen beginnt«, plauderte die Frau munter weiter.

Wie heißt sie überhaupt?, überlegte Fay und sagte: »Eine gute Idee, vielleicht mache ich das wirklich, eine Fahrt aufs Land.« Freundlich nickend ging Fay zu ihrem Schreibtisch. Die Energie im Büro hatte sich verändert. Kam es ihr nur so vor, oder lag das an ihr?

»Guten Morgen, Fay!«, hörte sie die Stimme von Kurt an ihrem linken Ohr. »Klar liegt das an dir. So, wie du dich selbst veränderst, so veränderst du dadurch auch dein

Umfeld. Das ist es, was manche mit dem Satz ›Sei der Schöpfer deines Lebens‹ ausdrücken.«

Fay meinte zu verstehen, was Kurt ihr da erklärte. Seit sie begonnen hatte, sich zu verändern, wurde überhaupt alles in ihrem Leben anders. Sie hatte Hermine kennengelernt und bei Hans angefangen, die Geheimnisse des Lebens zu erforschen. Dadurch veränderte sich die Art und Weise, wie sie ihre Welt wahrnahm auf verschiedenen Ebenen. Dabei erlebte sie auch, wie diese Veränderung ihr Zufriedenheit und Freude schenkte.

»Ja, genau das meine ich, Fay. Ich sehe, du verstehst mich«, unterbrach Kurt Fays Gedanken.

Hallo, Kurt, schön, dich zu hören, dachte Fay. Warum tauchst du eigentlich immer hier im Büro auf?

»Weil du mich hier am meisten brauchst. Im Moment zumindest«, war die Antwort an ihrem linken Ohr. Dann schwieg Kurt wieder.

Der Vormittag verlief ruhig. Als Mike Fay über den Weg lief, schenkte er Fay kein Lächeln. Das erstaunte sie, war es doch das erste Mal, dass sie ihn ohne dieses Fernsehwerbelächeln sah. Noch etwas, das sich verändert hatte, grinste Fay in sich hinein.

Niemand legte ihr an diesem Freitag* unerledigte Arbeit auf den Tisch. Zumindest nicht, bis Mike gegen 15 Uhr an ihren Schreibtisch kam. Er lächelte süffisant und hatte zwei große Ordner unter dem Arm. Mit übertrieben freundlicher Stimme sagte er: »Mein liebes Fräulein Heylrich. Nachdem wir ja jetzt den Abwasch gemeinsam bewältigen, haben Sie doch sicher Zeit, den Wochenabschluss für mich zu machen. Wissen Sie, es ist ja Ostern, und ich habe mir eine Woche Urlaub genommen, um mit meiner Familie in den Süden zu fliegen. Mein Flieger geht heute um 20 Uhr,

* Dieser Roman spielt in Österreich, wo Karfreitag kein gesetzlicher Feiertag ist.

und vorher muss ich noch einiges erledigen.« Mit diesen Worten legte Mike die beiden Ordner auf Fays Schreibtisch.

Fay erstarrte, aber nur für einen Moment. Im nächsten Augenblick machte sie das freundlichste Gesicht, zu dem sie in der Lage war, und antwortete mit honigsüßer Stimme, in deren Betonung sie selbst ihr Krafttier Kurt wiedererkannte: »Mein lieber Mike, würden Sie weniger im Büro herumstolzieren wie ein eitler Gockel und ihre Mitarbeiterinnen belästigen, dann hätten Sie sicherlich genügend Zeit, Ihre Arbeit selbst zu machen. Ich werde heute pünktlich das Büro verlassen wie alle anderen auch. Wissen Sie, ich plane eine Fahrt ins Blaue für das lange Wochenende. Da muss ich auch noch einige Sachen zuvor organisieren.« Mit Nachdruck reichte sie Mike die beiden Ordner zurück.

Diesmal war es im Büro so still, dass eine fallende Stecknadel zu hören gewesen wäre. Fay vibrierte innerlich. Ein unbändiges Glucksen stieg in ihrer Kehle empor, doch es gelang ihr, es zu unterdrücken. Hitze stieg in ihren Kopf, und ihre Mitte pulsierte voller Kraft.

Jetzt war es Mike, der wie erstarrt vor ihrem Schreibtisch stand. Er räusperte sich. Irgendetwas wollte er sagen. Hinter ihm begann eine junge Frau zu kichern. Er drehte sich abrupt um und herrschte sie an: »Was gibt es da zu lachen, Fräulein Marratsch? Machen Sie sich wieder an Ihre Arbeit.«

»Das wird noch Folgen haben, Fräulein Heylrich«, sagte er dann drohend in Fays Richtung. Kurz hüpfte Fays Herz hoch zu ihrem Hals, und sie konnte spüren, wie sich das Pulsieren ihrer Mitte etwas nach oben verschob. Beinahe gleichzeitig kam eine kleine Welle der Angst in ihr auf.

Noch bevor sich ein Kloß in ihrem Hals bilden konnte, flüsterte Kurt: »Fay, du bist im Recht. Er soll seine Arbeit gefälligst selbst machen. Und mal ganz ehrlich, er ist ein schmalziger, schmieriger Typ. Er ist verheiratet und hat zwei bezaubernde Kinder. Hier im Büro spielt er den Casanova.

Und glaub mir, nicht nur hier. Er hat eine Zweitwohnung in der Stadt. Für besondere Schäferstündchen. Da will er heute Nachmittag noch hin, mit der Neuen aus der Buchhaltung«

Das interessiert mich nicht, Kurt, dachte Fay verärgert. Ich bin ja auch stolz auf mich. Ich weiß, dass ich im Recht bin. Dass er seine Arbeit selbst erledigen soll. Aber er wird zu seinem Onkel gehen. Was dann?

»Ja, was dann, Fay? Das wirst du sehen, wenn es dazu kommt«, antwortete Kurt und schwieg.

Fay war nervös. Gegen 16 Uhr klingelte ihr firmeninternes Telefon. Sie sollte sich im Büro des Firmenchefs melden. Fay stand auf. Ihr Herz klopfte schnell und unregelmäßig. Bekam sie jetzt doch noch einen Kloß im Hals?

Kurt, bist du da?, fragte Fay leicht verzweifelt. Keine Antwort. Na toll! Von wegen ›Ich bin immer für dich da, wenn du mich brauchst‹, äffte Fay Kurt in Gedanken nach. Und wo bist du jetzt?

Inzwischen war Fay im Büro des Firmenchefs angekommen. Im Vorzimmer saß Frau Engel, gut aussehend, gepflegt, reserviert, kühl und höflich. Eine perfekte Chefsekretärin eben.

»Ich kündige Sie an, Fräulein Heylrich. Herr Friesen hat mir schon gesagt, dass Sie noch kommen würden.« Sie hob den Telefonhörer ab und sprach mit ihrem Chef. »Bitte nehmen Sie noch einen Moment Platz, Fräulein Heylrich. Herr Friesen wird Sie gleich empfangen.«

Fay wusste aus den Schulungen der Firma, dass dieses Warten auch den Sinn hatte, sie nervös zu machen. Und es funktionierte. Fays Mitte war noch weiter nach oben gerutscht. Ihr schien es, als verließe sie all ihr Mut. Dieser kleine Anflug von Angst, den sie vorhin verspürt hatte, wurde größer. Kurt, wo bist du, verdammt noch mal?!, dachte Fay wütend. Sie war enttäuscht und fühlte sich im Stich gelassen. Kurt meldete sich nicht an ihrem linken Ohr.

Die Tür ging auf, und Herr Friesen kam auf Fay zu. Ein großer, gepflegter Mann mit einem Fernsehwerbelächeln wie sein Neffe. Er ging flotten Schrittes auf Fay zu: »Ah, das Fräulein Heylrich, wie ich vermute.« Sein Händedruck war kräftig, schon fast besitzergreifend. Fay sah in seine Augen. Es war das erste Mal, dass sie seine Augen aus dieser Nähe sah. Sie waren kalt, obwohl sie von ihrer Farbe her durchaus warm hätten sein können. Ein blasses, trübes Blaugrün. Ein gefährliches Glitzern lag in diesen Augen.

Wie ein älterer, guter Freund legte Herr Friesen seinen Arm um ihre Schulter, während sie gemeinsam in sein Büro gingen. Beim Eintreten erblickte Fay Mike. Er saß auf einem Sessel an einem kleinen Bistrotischchen. Auf dem Tisch standen eine Flasche Whiskey und zwei Gläser. Mike schaute sie siegessicher und gleichzeitig verschlagen an.

»Möchten Sie etwas trinken, Fräulein Heylrich?«, fragte sie ihr Chef.

»Ähm, ja, bitte ein Glas Wasser«, stammelte Fay.

»Bringen Sie uns bitte ein Glas Wasser, Frau Engel«, rief er seiner Sekretärin zu. »Kommen Sie, Fräulein Heylrich, setzen Sie sich zu uns. Ich bin mir sicher, dass wir gemeinsam eine Lösung finden. Michael hat mir schon alles erzählt.«

Fay ging hinüber zum Tisch. Herr Friesen bot ihr einen Stuhl an, und sie setzte sich.

»Also, mein Kindchen. Michael hat mir erzählt, dass Sie schon, seit Sie bei uns sind, in ihn verliebt sind«, begann Herr Friesen.

»Aber, das ist …«, wollte Fay dazwischenrufen.

»Seien Sie still, junge Frau, jetzt rede zuerst ich«, sagte ihr Chef recht grob. Mike grinste höhnisch. Herr Friesen fuhr fort: »Er hat mir auch erzählt, dass er mit Ihnen Mitleid hatte. Aus Mitleid hat er sich mit Ihnen eingelassen. Er bereut das sehr. Diese Nacht mit Ihnen … Er weiß, dass diese Nacht wohl Hoffnungen in Ihnen geweckt hat, die er nicht erfüllen kann. Er hat eine Familie und Kinder. Das verstehen Sie doch, Fräulein Heylrich. Er kann mit Ihnen keine Beziehung führen.«

»Das ist doch …«, versuchte Fay nochmals einzuwerfen.

»Ich bin noch nicht fertig, Fräulein Heylrich«, unterbrach sie ihr Chef erneut. »Ich möchte Sie bitten, aufzuhören, meinen Neffen zu bedrängen.« Bei diesen Worten stand Herr Friesen auf und holte eine kleine Schachtel von seinem Schreibtisch. Er gab sie Fay. »Hören Sie auf, ihm Geschenke zu machen. Sollten Sie ein Problem damit haben, können wir uns überlegen, ob wir Sie in eine andere Abteilung versetzen oder ob es besser ist, wenn wir uns trennen.«

Fay war sprachlos. Was war das für eine Geschichte? Dieser Mike hatte offensichtlich einen Knall. Mitleid mit ihr? Eine Nacht mit ihr? Sie schaute in die Schachtel. Darin lagen allerlei Kleinigkeiten. Schokoladenherzen. Eine kleine Kerze in Herzform, auf der *I love you* stand. Ein Armband mit den Worten *Für Dich – in Liebe.* Fay konnte es nicht glauben. Sie hatte diese Dinge noch nie gesehen. Dieser Mike war mehr als raffiniert, er war wirklich gerissen. Wie oft er so eine Schachtel wohl schon zum Einsatz gebracht hatte? Waren die Dinge darin Geschenke seiner Gespielinnen aus der Firma?

In diesem Moment kam Frau Engel mit dem Glas Wasser zur Tür herein. »Bitteschön, Fräulein Heylrich, Ihr Wasser.« Mit einem Fernsehwerbelächeln wurde ihr das Glas gereicht. Fay nahm es und setzte an, einen Schluck zu nehmen. Dann stand sie stattdessen auf. Der Inhalt des Glases landete mitten in Mikes Gesicht.

»Ich kündige!«, sagte sie. Oder war es Kurt? Ohne ein weiteres Wort verließ Fay das Büro ihres Chefs. Die drei anderen blickten ihr mit offenen Mündern nach.

»Chaka, geschafft!«, jubelte Kurt, kaum, dass sie wieder auf dem Gang waren. »Jetzt packen wir deine Sachen zusammen und verlassen hoch erhobenen Hauptes das sinkende Schiff Babylon.« Kurt trällerte eine erhebende

Melodie in ihr Ohr. Fay konnte ihre Mitte wieder dort pulsieren spüren, wo sie hingehörte. Vier Finger unter ihrem Bauchnabel. Die Angst war verschwunden.

Kurt, wer von uns beiden hat da drinnen gerade gekündigt?, erkundigte sich Fay.

»Fay, du hast gekündigt, und ich habe dir die Kraft und den Mut dafür verliehen«, antwortete Kurt. »Also, genau genommen habe ich dadurch, dass ich in mir die Kraft aktiviert habe, dich und dein System daran erinnert, dass du diese Kraft auch in dir trägst. Alles ist in dir, es geht nur darum, dich zu erinnern. An dieser Aufgabe arbeiten wir gemeinsam. Du, ich, Hans, Edith, Skulan und noch ein paar mehr. Und jetzt hast du auch ganz viel Zeit, um an dir zu arbeiten. Du bist jetzt arbeitslos.« Bei den letzten Worten begann Kurt, ausgelassen zu kichern.

Das stimmt, überlegte Fay. Es war erst halb vier. Ich bin frei zu gehen. Bei diesem Gedanken erwärmte sich Fays Herz. Arbeitslos. Einen winzigen Moment flammte Panik hoch. Doch der nächste Gedanke, nämlich an ihre Ersparnisse, ließ diese Panik schon im Keim ersticken.

Hoch erhobenen Hauptes, wie Kurt gesagt hatte, ging sie zurück in ihre Abteilung und zu ihrem Schreibtisch. Was sollte sie mitnehmen? Ihre Tasse. Ihre Tasche. Den Computer schaltete sie aus. Ein letzter Blick aus dem Fenster. Wolken am Horizont. Ob es regnen wird? Es würde den Gärten sicher guttun. Bisher war es ein trockener Frühling gewesen. Fay löste ihren Blick vom Fenster und ließ ihn durch das Büro schweifen. Einige ihrer Kollegen schauten in ihre Richtung. Offensichtlich wussten sie von ihrer Audienz im Büro des Chefs.

»Na, dann«, sagte Fay mit einem schiefen Lächeln. »Ich wünsche Ihnen allen frohe Ostern! Leben Sie wohl!« Fay machte sich auf den Weg zur Tür.

Eine der Frauen stand auf und lächelte Fay an. »Sie gehen für immer, Fräulein Heylrich?«

»Ja«, sagte Fay. »Ich werde nicht wiederkommen.«

»Ich möchte Ihnen dafür danken, dass Sie Mike die Stirn geboten haben. Er hat seine Spielchen auch mit mir gespielt. Ich hatte nie so viel Mut wie Sie. Es tut mir leid, dass Sie dafür jetzt gehen müssen.«

Fay lächelte die Frau an und antwortete: »Ich gehe freiwillig und gerne. Wissen Sie, ich mache keine Spielchen dieser Art mehr mit. Ich steige aus. Ich habe lange genug anderer Menschen Erwartungen und Bedürfnisse erfüllt. Jetzt ist es Zeit, dass ich mich um meine Bedürfnisse kümmere.« Fay wusste in dem Moment, als sie das alles aussprach, dass es genau so war. Noch nie hatte sie das so klar formuliert. Sie wusste mit jeder Faser ihres Seins, dass es die richtige Entscheidung war, die sie getroffen hatte.

Auf der Straße angekommen ging Fay zur Bushaltestelle. Sie hatte Glück. Der nächste Bus fuhr schon in fünf Minuten. Fay fühlte sich richtig gut. Sie würde jetzt nach Hause fahren, ihr Buch und die Decke holen und sich auf den Weg zu Hans machen. Wenn sie zu früh da sein würde, könnte sie die Geschichte von Alice im Wunderland weiterlesen. So hätte sie eine Beschäftigung, während sie darauf wartete, dass Hans das Café schloss. Sie hatte das Buch am Mittwoch auf dem Tischchen mit dem Geschirr liegengelassen. Nach dem Abend mit Hans hatte sie nicht mehr daran gedacht, es mitzunehmen.

Als Fay nach Hause kam, lag das Haus verlassen da. Es war still, und auch im Gang war niemand zu sehen. Nicht einmal Pfötchen hatte sie begrüßt. Es war aber auch eine ungewöhnliche Zeit, zu der sie heute nach Hause kam. Schon wieder. Fay schmunzelte. Sie schloss ihre Wohnungstür auf und ging hinein. Fay ließ die Türe offenstehen, was sie sonst nie tat. Schnell schnappte sie sich ihre Decke und das Buch ihres Lebens und wollte schon wieder gehen. Da machte sie noch einmal kehrt.

Sie füllte eine Schale mit Futter für Pfötchen, eine zweite mit Wasser und trug beide in den Garten. Aus dem Augenwinkel sah sie eine Bewegung. Ein Eichhörnchen lief durch den Garten ihres Nachbarn Hugo. Fay schaute dem Eichhörnchen überrascht nach. Wie kam das denn jetzt hierher? Gab es hier überhaupt Nussbäume für das kleine Tier? Das Eichhörnchen verschwand durch Hermines Garten in Richtung der Wiesen und Felder hinter der kleinen Stadtrandsiedlung. Ob das Edith war?

Sie ging wieder in ihre Wohnung. Als sie die Türe schließen wollte, hielt sie inne. Einen Spalt breit offen kann nicht schaden, für alle Fälle, dachte sie. Dann konnte Pfötchen hereinkommen und auf dem Sofa schlafen. Sie wollte ihn ja nicht wieder verärgern. Letzte Woche hatte sie noch Angst vor Einbrechern gehabt. In den Nachrichten wurde fast täglich geraten, Fenster und Türen verschlossen zu halten. Fay bemerkte, dass sie seit Samstagabend keine Nachrichten mehr gesehen oder gehört hatte. Jetzt rede ich stattdessen mit Raupen und habe einen Kater, der meinen Wecker ausschalten kann. Da brauche ich keine Fernsehnachrichten mehr, dachte sie und lachte.

Als sie im Café ankam, begrüßte Hans sie herzlich. Sie bestellte sich einen Tee und holte sich ihr Buch, Alice im Wunderland. Als Hans an ihren Tisch kam, fragte er sie schmunzelnd: »Und, hast du dich schon gefunden?«

»Wie meinst du das?«, fragte Fay erstaunt.

»Na, in der Geschichte, die du da liest. Darum geht es doch schlussendlich. Wir versuchen, uns so lange in den Geschichten anderer Menschen wiederzufinden, bis wir unsere eigene Geschichte zu leben beginnen.«

»Aber das ist doch eine Fantasiegeschichte«, antwortete Fay.

»Bist du dir da so sicher?«, fragte Hans schmunzelnd, drehte sich um und ließ Fay mit ihrem Buch alleine zurück.

Nachdenklich suchte sie die Seite, auf der sie aufgehört hatte zu lesen. Hatte sie sich schon gefunden? Diese Frage war eindeutig zweideutig von Hans gemeint. Er hatte sie nach ihrer Geschichte gefragt. So viel war klar. Ah, da war die Seite in ihrem Buch. Fay begann zu lesen. Die Frage von Hans schwirrte zwischen den Zeilen des Buches immer wieder in ihrem Kopf herum. Sie nahm nicht wirklich auf, was sie da las. Sie wollte sich ablenken. Es war ja doch einiges passiert heute. Und vermutlich würde noch einiges mehr am Abend geschehen.

Als Hans sie ansprach, nachdem er das Café geschlossen hatte, überlegte Fay, ob Alice doch mehr Ähnlichkeit mit ihr hatte als gedacht. Sie stand auf und nahm das Buch mit in den Raum hinter dem Café. Diesmal wollte sie es über das Wochenende ausleihen.

Heute stand neben den beiden Stühlen auch eine Massageliege. Fay setzte sich in denselben Stuhl wie letztes Mal und legte ihr Tagebuch auf den Tisch.

Hans setzte sich zu ihr und lächelte sie freundlich an. »Ich sehe, du hast begonnen zu schreiben. Wie geht es dir dabei?«

»Na ja, es geht so …«, sagte Fay unsicher. Was wollte er hören?

»Darf ich kurz hineinschauen?«, fragte Hans.

»Ja, klar«, antwortete Fay.

Er nahm das Buch, öffnete es und blätterte darin. Fay hatte nicht den Eindruck, dass er das, was sie geschrieben hat, las.

»Hast du geweint beim Schreiben? Auf manchen Seiten schaut es danach aus. Da ist die Schrift verschmiert.«

Fay spürte einen Frosch im Hals. »Ja, ich habe geweint. Es ist einfach so aus mir herausgekommen. Das Schreiben wie das Weinen.« Fay spürte auch jetzt wieder dieses Gefühl der Trauer aufkommen. Sie erinnerte sich für einen Moment an diesen Abend, und ein Hauch der Emotionen tauchte wieder auf.

»Das ist gut, Fay. So hast du den Schmerz erlöst, der in dir gefangen war. Du hast die Trauer gelebt und dadurch gebundene Energie aus deinem Leben wieder freigesetzt. Wie ging es dir, nachdem du mit dem Schreiben fertig warst?«

»Es ging mir danach gut. Ich fühlte mich sehr erleichtert.« Wiederum konnte sie dieses Gefühl in sich spüren. Die Erleichterung.

»Nun Fay, du hast begonnen, deine Erinnerungen aufzuarbeiten. Das wird rekapitulieren genannt. Dabei durchlebst du bestimmte Ereignisse aus deiner Vergangenheit, deiner Kindheit oder Jugend noch mal. Die Situationen und die entsprechenden Emotionen kommen erneut in dein Bewusstsein. Das hilft dir zu verstehen, wie dein Leben gewoben ist. Du machst das sehr gut, Fay. Es wird noch mehr kommen, das von dir angeschaut werden möchte. Das Schreiben ist eine gute Möglichkeit, alte Energie wieder freizusetzen. Noch besser ist es aber, diese Energie gereinigt wieder zu dir zurückzuholen. Da gibt es verschiedene Möglichkeiten. Eine davon ist Feuer. Die von dir beschriebenen Seiten werden in einem heiligen Feuer verbrannt. Mit jeder Seite, die in das Feuer gelegt wird, ziehst du den Rauch und die Hitze zu dir. Dabei bittest du darum, dass die Kraft und die Energie, die in diesen Ereignissen gebunden sind, gereinigt zu dir zurückkommen. Am besten machst du das an einem Platz in der freien Natur, an dem du dich wohlfühlst. Vielleicht auch an einem Ort, den du mit deinen Erinnerungen in Verbindung bringst. Ich möchte, dass du dir ein weiteres Buch mit leeren Seiten kaufst, es kann auch ein Notizblock sein. Diesen verwendest du für die Arbeit des Rekapitulierens. Du wirst die Seiten, die du schreibst, nach und nach verbrennen. Sieh es als Hausaufgabe für eine gewisse Zeit. Du wirst die Momente erkennen, in denen es gut ist, zu schreiben, und in denen es gut ist, das Feuer zu entzünden und das Geschriebene zu verbrennen.«

»Soll ich das mit diesen Seiten, die ich schon geschrieben habe, auch machen?«, fragte Fay.

»Das überlasse ich dir, ob du diese Seiten aus dem Buch entfernen willst.«

Während Fay noch überlegte, sprach Hans schon weiter. »Wir haben beim letzten Mal über verlorene Seelenessenzen gesprochen. Ich weiß von meinem Begleiter Skulan, dass eine deiner Essenzen schon zu dir zurückgekommen ist. Gestern, als du im Park warst. Skulan hat mir erzählt, dass es sich um deine Lebensfreude handelt.«

Erstaunt blickte Fay auf. Skulan war also wirklich sein Begleiter. Was wusste ihre Raupe sonst noch alles? Gab es da noch mehr Wesen, die mit ihr in Verbindung standen? Ja, klar diese Lebensfreudeessenz. Was oder wer noch? Fay hatte keine Zeit, um lange darüber nachzudenken, denn Hans erzählte ihr noch mehr.

»Allerdings ist sie eine sehr junge Essenz. Für sie ist es noch ungewohnt, dass du jetzt eine erwachsene Frau bist. Es wäre gut, wenn wir heute versuchen, mit dieser Essenz in dir Kontakt aufzunehmen. Dann kannst du sie fragen, was sie braucht, um sich bei dir wohlzufühlen. So könnt ihr euch nach und nach kennenlernen und wieder ganz zusammenwachsen. Wir werden heute auch wieder an deinem Energiekörper arbeiten. Damit dieser frei wird von Blockaden und die Energie wieder fließen kann. Anschließend wirst du eine Reise machen. Du wirst dir heute deinen inneren Garten ansehen, deinen Seelengarten.«

Irgendwas klingelte bei Fay im Hinterkopf. Innerer Garten, das hatte sie doch schon einmal versucht. Mit dieser CD. Das war furchtbar in die Hose gegangen. Aber heute lag sie ja auch nicht in der Badewanne. Außerdem hatte sich seit letztem Freitag vieles getan.

»Fay, hörst du mich?«, fragte Hans in diesem Moment.

»Ja, ähm, ich war nur gerade in Gedanken. Das mit dem inneren Garten habe ich erst letztens versucht, bin aber dabei eingeschlafen«, sagte sie.

Hans lächelte nachsichtig. »Heute wird es anders sein, Fay, da kannst du dir sicher sein … Legst du dich jetzt bitte auf den Massagetisch, damit wir anfangen können?«

Fay folgte Hans' Bitte und machte es sich bequem.

»Ich werde jetzt zuerst deine Energiebahnen von Blockaden befreien. Vieles, was in deinem Energiekörper als Eindrücke, als Prägungen, vorhanden ist, kann sich in deinem Körper manifestieren. Oft verdichtet sich diese Energie so sehr, dass sie sich in deinen Energiebahnen als Blockaden auswirkt, aus denen später Tumore und andere ernsthafte Erkrankungen entstehen können. Wir werden jetzt gemeinsam nachsehen, wo diese Blockaden sind, und sie bearbeiten. Das kann durchaus schmerzhaft sein. Es ist für dich jedoch notwendig, dass deine Energiebahnen frei werden, damit du genügend Energie für dein System zur Verfügung hast. Ich werde dir jetzt deine Bluse ein wenig nach oben schieben, damit ich an deinem Bauch arbeiten kann. Ich weiß, dass dir das unangenehm ist, da du sehr dünnhäutig und berührungsempfindlich bist. Das kommt daher, weil dein Energiekörper im Moment noch sehr klein, dünn und schwach ist. Dadurch kannst du dich nur schlecht von allem, was von außen auf dich zukommt, abgrenzen. Das macht dich sehr sensibel. Sensibel zu sein ist gut, dadurch hast du sehr feine Antennen und kannst Dinge wahrnehmen, die andere nicht bemerken. Das wird dir auf deinem weiteren Weg noch zugutekommen. Gleichzeitig ist es aber auch wichtig, eine gute Abgrenzung und eine gute Wahrnehmung für deine Grenzen zu haben. Dadurch kannst du besser filtern, was für dich wichtig ist und was nicht. Du kannst dann auch besser unterscheiden, was deines ist und was von deinem Gegenüber kommt. Das wiederum ist wichtig, wenn du mit anderen Menschen zusammenkommst. Erinnere dich, was wir letztes Mal über das Verschmelzen der Energiekörper besprochen haben.«

Hans hatte Fay ein Tuch über ihre geschlossenen Augen gelegt. Sie hatte das Gefühl, als wäre der Raum um sie verschwunden. Sie war ganz bei sich. Auf eine interessante Art und Weise spürte sie ihren Körper. Eine tiefe Ruhe breitete sich in ihr aus. Fay bemerkte wieder diesen seltsamen Geruch, Beifuß. Irgendwie doch gar nicht so schlecht, dachte sie, als er sie mehr und mehr einhüllte. Fay merkte, wie sie wegdriftete. Nicht wie beim Einschlafen. Eher so wie an dem Sonntag, als sie die schamanische Reise gemacht hatte. Jetzt rasselte Hans und pfiff eine Melodie, was Fay noch weiter in die Ruhe trug. Hans machte ihr den Bauch frei und begann, diesen mit Massageöl einzureiben. Seine Bewegungen waren kräftig und zügig. Im ersten Moment erschrak sie kurz, als sie Hans' Hände auf ihrem Bauch spürte. Ja, sie war dünnhäutig. Sie verstand in diesem Moment, was Hans ihr erklärt hatte.

»Spürst du das?«, fragte er, und Fay schrie laut auf. Der Schmerz, den sie in diesem Moment empfand, kam völlig überraschend. Hans' Finger drückten in ihren Bauch. Mittig unterhalb der Rippen, aber auch unterhalb ihres Magens. Was zum Teufel war das? Hans nahm die Hand zurück. Fay schnappte nach Luft.

»Das ist eine Blockade, Fay. Kristalline Energie, die sich in deinem Körper gebildet hat. Die Stelle, die ich gerade gedrückt habe, ist der Angstpunkt. Dort sammeln sich alle Formen der Angst. Deine Wut und deine Zweifel, dein Neid und dein Hass, alles das hast du gerade körperlich gespürt.« Hans' Finger drücken jetzt seitlich in ihren Körper.

»Auaaa«, rief Fay laut.

»An diesen Stellen sind auch noch Verdichtungen, die heraus gehören, um deine Energiebahnen frei und sauber zu machen«, kommentierte Hans.

Fay standen die Tränen in den Augen. War sie tatsächlich so ein Wrack? Voll mit kristallinen Verdichtungen, die sie in ihrer Lebensenergie blockierten? Wie hatte das passieren können? Hans hatte von Wut, Zweifel, Neid und Hass gesprochen. Aber sie war doch nie wütend, na ja, bis auf das eine Mal vor ein paar Tagen. Zweifel waren erst in den letzten Tagen aufgekommen. Seit diesem Freitag, den 13., vor einer Woche. Neid? Hass? Kannte sie diese Gefühle überhaupt? Fay hatte keine Zeit, um lange darüber nachzudenken. Hans massierte schnell und mit geübten Händen über ihren Bauch. Es tat höllisch weh.

»Nimm deine Zunge vom Gaumen, und atme in deinen Bauch, Fay«, wies Hans sie an. »Tief und gleichmäßig in deinen Bauch atmen. Dahin, wo deine Mitte ist.«

Verzweifelt versuchte Fay, seinen Anweisungen nachzukommen. Sie holte tief Luft und spürte zwischen ihrem Magen und ihrem Bauchnabel einen Widerstand. Es fühlte sich an, als hätte sie einen Golfball verschluckt, der jetzt in ihr festhing.

»Noch mal tief einatmen«, hörte sie Hans sagen, und sie holte wiederum tief Luft. Gleichzeitig strich Hans genau über diesen Widerstand in ihrem Bauch. Fay hatte das Gefühl, als würde der Ball in diesem Moment explodieren. Sie spürte förmlich, wie er zersplitterte. »Sehr gut«, sagte Hans zufrieden, »jetzt können wir die Splitter hinunter zu deiner Mitte führen. Den Rest erledigt dein Körper von allein.«

Hans wandte sich jetzt den beiden schmerzhaften Stellen an ihrer Seite zu. Fay spürte, wie er ihr ein Tuch über den Bauch legte. Sie konnte jetzt erstaunlicherweise tief in ihren Bauch, in ihre Mitte hinunter, atmen.

Hans arbeitete zügig weiter. Fay hatte den Eindruck, als würde er etwas aus ihr heraussaugen. Erst verspürte sie ein intensives Ziehen und dann eine angenehme Wärme und Erleichterung an derselben Stelle. Immer wieder hörte Fay auch die Rassel über ihrem Körper. Und mehrmals pfiff Hans unterschiedliche Melodien.

Raum und Zeit waren für Fay schon lange in den Hintergrund getreten. Irgendwann nahm sie wahr, dass Hans ihre Bluse wieder nach unten gezogen hatte. Er stand jetzt an ihrem Kopf, und seine Hände lagen sanft auf ihren Wangen. Das Tuch lag noch immer über ihren Augen.

Mit sanfter Stimme sprach Hans: «Fay, ich werde jetzt zwei Punkte unterhalb deiner Ohren drücken. Das wird sehr schmerzhaft sein. An dieser Stelle sind ganz viele Gedanken und Erinnerungen abgespeichert. Altlasten. Dinge, die du jetzt nicht mehr brauchst. Gedankenschrott, der dich jeden Tag viel Energie kostet. Wenn ich jetzt hier drücke, atme bitte wieder tief in deine Mitte. Der Weg ist jetzt frei. Wir werden gemeinsam einen Ton erzeugen. Mit der Stimme, die aus deiner Mitte kommt. Nimm wieder deine Zunge vom Gaumen, atme tief in deine Mitte - und los geht's.«

Eine erneute Welle des Schmerzes durchflutete Fay. Sie wollte schreien. Im selben Moment begann Hans mit tiefer Stimme, einen einzigen Ton zu intonieren. Anstatt dass sie schrie, kam aus ihrer Mitte ein glockenheller, lauter Klang. Die beiden Stimmen zusammen ergaben einen Klangraum, der Fay faszinierte. Der Schmerz war noch immer da, jedoch getragen von ihrer eigenen Stimme. Es war ein faszinierendes Gefühl. Bilder kamen hoch. Sie zogen an Fay vorbei, wie die Häuser der Stadt, wenn sie mit dem Bus fuhr. Ihre Mutter. Ihr Vater. Bilder aus ihrer Kindheit. Die Schaukel hinterm Haus. Der Sandkasten. Pfötchen. Herr Friesen. Ihre Affären. Ein Krankenhaus und sie darin als Kind.

Der Schmerz ließ nach, der Ton verklang.

»Noch einmal, Fay, noch einmal tief einatmen«, sagte Hans. Fay holte tief Luft, und beim Ausatmen entstand wieder dieser Ton, glockenhell und voller Kraft. Die Bilderflut setzte sofort wieder ein, doch der Schmerz war nur noch schwach vorhanden. Dafür wurde Fay nun von Emotionen und weiteren Bildern überrascht. Wieder sah sie sich als Kind in diesem Krankenhaus. Keuchhusten, sie erinnerte sich. Trauer, Angst, Schmerz, Einsamkeit. Fay begann, hemmungslos zu weinen. Sie konnte es weder verhindern noch stoppen. Hans ließ die beiden Punkte los, strich ihr kurz ganz sanft über die Wangen und begann, mit seiner Rassel wieder ihren Körper entlangzufahren. Fay wurde von ihrem Weinkrampf regelrecht durchgeschüttelt. Es dauerte eine Weile, bis sie sich wieder beruhigte. Hans hatte inzwischen eine Decke über sie ausgebreitet. Als sie sich wieder gefangen hatte, fühlte sie sich so frei und glücklich wie schon lange nicht mehr. Es war schwer zu beschreiben. Sie fühlte sich leicht und absolut klar.

Hans nahm das Tuch von ihren Augen, und sie blickte in sein lächelndes, sanftes Gesicht. Der Raum, in dem sie waren, erschien Fay in diesem Moment viel heller und größer, als sie ihn in Erinnerung hatte. Sie fühlte sich wie in einem Tempel, einem heiligen Raum. Wie lange hatte sie hier gelegen? Ihr kam es vor wie eine Ewigkeit.

»Es ist jetzt sieben Uhr, Fay«, sagte Hans in diesem Moment. »Was hältst du davon, wenn ich uns eine Kleinigkeit zu essen mache, bevor wir weiterarbeiten.«

Erst sieben? Fay konnte es kaum glauben. »Ja gerne, eine Kleinigkeit zu essen wäre wunderbar. Kann ich dir helfen?«

»Nein danke, Fay, ich mach das schon. Leg du dich einfach hin, und lass das Erlebte noch ein wenig nachwirken.« Mit diesen Worten ging er aus dem Raum und ließ Fay mit ihrem neuen Körpergefühl zurück.

Fay legte sich auf ihre Decke, schloss ihre Augen und genoss sich selbst. Tiefe Ruhe und Zufriedenheit breiteten sich in ihr aus. Das Pulsieren in ihrer Mitte war jetzt wirklich kraftvoll und präsent. Fay legte ihre Hand auf die Stelle vier Fingerbreit unter ihrem Bauchnabel.

In der Höhle

Skulan war gerade aus dem Blickfeld der drei Freunde verschwunden, als Kurt zu sprechen begann: »Ich kann spüren, dass Fay sich gerade an das Erlebnis im Krankenhaus erinnert. Zwar nur ganz kurz, aber es ist ein erstes Aufflammen dieses Erlebnisses.« Gleichzeitig bemerkten alle drei ein Stimmchen, das sich von den anderen aus der Höhle abhob. Es war auf eine besondere Art und Weise heller, fast wie Glockenklang. Dieses Stimmchen wirkte auf die drei Freunde wie ein Sog. Sie gaben nach und wurden in die Höhle gezogen.

Einen Augenblick später fanden sie sich in einer kleinen Grotte wieder. Die Wände der Höhle waren dunkelgrau, moosig und nass. Kleine Rinnsale zogen ihre Spuren über die Wände. Es war kühl und unangenehm feucht. Ein seltsames Dämmerlicht herrschte hier, ähnlich wie im Sumpf bei Edward. Ganz hinten, in einer Ecke der kleinen Grotte, erkannten sie ein Glimmen, ein kleines, eiförmiges Leuchten. Das glockenhelle Stimmchen stammte von diesem Wesen. Es war ein verzweifeltes Jammern und Klagen.

Lana fühlte den Schmerz und die Trauer tief in sich widerhallen. Edith sprang auf ihre Schulter und flüsterte in ihr Ohr: »Lana, du bist ein Teil von dieser Essenz, darum kannst du mitfühlen. Du kannst ihr aber nur helfen, wenn du in deiner eigenen Essenz der Ruhe bleibst.«

Sofort besann sich Lana wieder auf ihre Kraft. Die Trauer und der Schmerz glitten von ihr ab, und Ruhe breitete sich in ihr aus. Kurt war inzwischen zu diesem Leuchten hingekrabbelt. Lana und Edith folgten ihm. Ganz sanft und vorsichtig legte Lana ihre Hand auf den kleinen Körper, der sich im Winkel der Grotte zusammengekauert hatte. »Hallo. Ich bin Lana.«

Der kleine Körper zuckte zusammen, und der Kopf drehte sich in Richtung der drei Freunde. Sie schauten in ein verweintes, ängstliches Gesichtchen. »Tut ihr mir weh?«, fragte es sie voller Angst.

»Nein, wir werden dir nicht wehtun, versprochen«, antwortete Kurt sanft.

Lana ergänzte: »Wir möchten dir helfen, wieder ganz zu werden.«

Das Kind drehte sich um und fragte erstaunt: »Und wie soll das gehen?«

Die drei Freunde setzten sich auf den Boden der Grotte und erzählten der Seelenessenz von Fay und wer sie waren. Sie erzählten ihr ihre ganze Geschichte. Angefangen von der Begegnung mit Funny auf der Wiese über MaPa bis zu dem Moment, in dem sie jetzt gerade hier saßen. Sie erzählten ihr auch die Geschichte von Fay in der Menschenwelt. Als sie geendet hatten, waren die Angst und die Verzweiflung ein wenig aus dem Gesichtchen gewichen. »Ich verstehe. Ich bin also wieder hier in der Anderswelt, weil Fay sich an mich erinnert und mich braucht. Seit ihr begonnen habt zu erzählen, spüre ich die Verbindung zu euch und auch zu Fay.« Die drei Freunde waren erstaunt über die Klarheit, mit der dieses kleine Kind reagierte.

»Mein Name ist Sarah.« Und Sarah begann, ihnen ihre Geschichte zu erzählen. »Fay war damals etwa vier Jahre alt. Ihre Verbindung zum Ursprung, zu MaPa, war schon verwirbelt. Sie wurde krank. Zuerst war sie zu Hause bei ihren Eltern. Aber es wurde immer schlimmer, und sie musste in ein Krankenhaus. Fay schwebte damals in einer Zwischenwelt. In der Menschenwelt nennt man das eine Nahtoderfahrung. Aus der Menschenwelt konnte sie nur Bruchteile wahrnehmen. Oft waren das Ärzte und Krankenschwestern, die sie mit Nadeln piksten. Die sie ständig störten und ihr wehtaten. Sie mochte diese Leute nicht. Und ihre Eltern waren fast nie da. So zumindest erlebte es Fay. Vor allem nachts war sie immer alleine. Ihre Eltern durften über Nacht nicht bei ihr bleiben. Sie hatte große Angst. Überall piepste und blinkte es. Sie hatte Nadeln mit Schläuchen in ihrem Körper. Wenn sie weinte, kam meistens niemand. Fay verstand nicht, was da passierte, sie war noch zu klein. In ihrer Wahrnehmung taten ihr die Leute in den weißen Kleidern ständig weh. Sie glaubte, ihre Eltern hätten sie verlassen, hätten aufgehört, sie zu lieben. Fays Vertrauen in ihre Eltern war verletzt. Durch die Ärzte und die Krankenschwestern war auch ihr Vertrauen in andere Menschen stark geschwächt. Ich bin damals gegangen, es war zu viel für die kleine Fay. Damit ihr Urvertrauen weiterhin bestehen konnte, nahm ich all diese Angst und den Schmerz der Einsamkeit auf mich und kam hierher in die Anderswelt. Die Zeit bei MaPa hat mir sehr gutgetan, aber nun kommen all diese Erinnerungen wieder hoch. Ich fühle mich im Moment sehr verletzlich. Und müde. Ich habe schon so lange nicht mehr geschlafen.«

Lana nahm Sarah liebevoll in ihre Arme und wiegte sie. Sarah schmiegte sich an Lana und sagte dankbar: »Das fühlt sich richtig gut an.«

»Ja, das finde ich auch«, antwortete Lana lächelnd. Und was meinst du, Sarah, wie gut sich das anfühlt, wenn wir erst wieder bei Fay sind. Verschmolzen mit unserer Vitalseele. Fay ist dabei, sich selbst zu entdecken. Ihr wahres Selbst, das in ihrer Mitte sitzt. Sie ist dabei, ihre Seele zu heilen. Du und ich, wir sind ein Teil von ihr. Bist du bereit, gemeinsam mit mir zurück zu Fay zu kommen?«

»Wenn du bei mir bleibst, komme ich mit«, antwortete Sarah schläfrig in Lanas Armen. Kurz darauf war Sarah endgültig eingeschlafen.

»Wohin sollen wir jetzt gehen?«, fragte Lana leise.

»Lass uns zurück auf die Lichtung gehen. Da wird Fay auch bald wieder auftauchen«, meinte Kurt. »Ich kann es spüren. Bald werde ich mich auf dieser Lichtung verpuppen.« Bei diesen Worten lächelte Kurt sein breitestes Raupenlächeln.

Großmutter Gaia

Hans hatte für sie beide einen Salat zubereitet und frischen Tee gekocht. Sie unterhielten sich über das, was gerade passiert war. Fay begann, immer besser zu verstehen, wie die Welten und das Universum verwoben waren. Hans erklärte ihr noch einmal die Funktion des Energiekörpers und wie die Energie von den Fußsohlen über die Waden, die Nieren und dann an der Wirbelsäule emporsteigt. Wie sie über den Kopf und den Brustbereich in die Mitte fließt und von dort aus dann in den Energiekörper strömt. Sie sprachen noch mal darüber, wie wichtig ein sauberer, stabiler Energiekörper für das Leben ist. Wie dieser von der Erde mit Lebensenergie versorgt wird. Fay erzählte ihm von ihren Erlebnissen während der Behandlung, von den Bildern und den Erinnerungen. Auch von dem Schmerz und von der Trauer, die sie empfunden hatte. Hans zeigte Fay eine Energieübung, die sie ab sofort jeden Tag machen sollte. Jetzt, da sie nicht mehr blockiert war, konnte sie diese Übung praktizieren. Wenn sie noch Blockaden im Körper hätte, würde sie diese mit der zusätzlichen Energie nur füttern.

Als sie fertig gegessen hatten, räumte Hans das Geschirr in die Küche. Fay richtete sich mit ihrer Decke einen Platz am Boden ein, wie es Hans ihr aufgetragen hatte. Als er zurückkam, war sie unglaublich entspannt und fühlte sich pudelwohl. Hans ging an seinen Platz und lächelte ihr aufmunternd zu. Sie vertraute diesem Mann, wie sie seit Jahren keinem Menschen mehr vertraut hatte.

»Bist du bereit für eine Reise in die Anderswelt, Fay?«, fragte Hans.

Sie nickte ihm zu. »Ja, das bin ich.«

»Dann definieren wir jetzt die Absicht deiner heutigen Reise, Fay. Wir wissen, dass du einen Verbündeten hast, eine Raupe namens Kurt. Wir wissen auch, dass deine Lebensfreude zu dir zurückgekommen ist. Jetzt werden wir uns deinen Seelengarten anschauen. Dein Seelengarten ist ein Spiegel deiner Seele selbst. Du kannst in ihm alles so verändern, wie es für dich passend ist. Oft ist der Seelengarten verwachsen und ungepflegt. Wie auch das Leben vieler Menschen. Sie haben Schränke mit unerledigten Dingen, Keller voll mit Sachen, von denen sie meinen, dass sie sie irgendwann vielleicht noch einmal brauchen könnten.«

Fay dachte an ihre Schublade mit den Briefen. Sie dachte auch an all die Tüten, die voller Dinge waren, die sie irgendwann gekauft und von denen sie bis jetzt nahezu nichts benutzt hatte.

»Je mehr der Mensch in seinem Seelengarten aufräumt, desto eher bringt er auch Ordnung in sein Leben. Er kann dann alte Erlebnisse aufarbeiten und Frieden mit der Vergangenheit schließen. Die Energie, die in diesen alten Erinnerungen gebunden ist, wird dann wieder für ihn frei, um im Jetzt genutzt werden. Deine Absicht ist also ›Ich möchte heute in meinen Seelengarten reisen, um alles zu erfahren, was jetzt für mich wichtig ist‹. Hast du das alles verstanden, Fay?«, fragte Hans nach seiner Erklärung.

Fay hatte mit ihrem Herzen verstanden, worum es ging. »Ja, ich habe dich verstanden. Ich freue mich auf die Reise.«

»Dann steh noch mal kurz auf«, bat Hans.

Sie stand auf, und Hans stellte sich seitlich neben sie. Eine Hand von ihm lag in ihrem Nacken, die zweite an ihrer Stirn. »Fay, lass dich jetzt einfach sinken, wenn du den Impuls dazu spürst. Ich fange dich auf. Dein Körper weiß genau, wie er für die kommende Reise liegen möchte. Du kannst mir vertrauen, ich werde dich auffangen. Du wirst dir nicht wehtun.«

Hans stand ganz nahe bei Fay. Sie empfand das als sehr angenehm. Er gab ihr Sicherheit, Vertrauen. Sie wusste, dass sie sich fallenlassen konnte. Hans sprach in einer Sprache, die Fay nicht verstand. Dennoch wusste sie, dass es ein Gebet war. Von einem Moment auf den anderen gaben Fays Beine nach. Sie fühlte sich wie ein Fluss, wie fließendes Wasser. Sie floss, ihr Körper floss zu Boden. Sie war bei Bewusstsein, und sie nahm wahr, wie Hans sie hielt. Mit einer fließenden Bewegung ließ er sie zu Boden gleiten. Ihr Körper kam seitlich zum Liegen, wie in der Embryohaltung. Fay hatte das Bedürfnis, sich noch ein wenig fester einzurollen, und zog noch ein bisschen mehr die Beine an.

»Geh jetzt zu deinem Startplatz, Fay, und formuliere die Absicht deiner Reise«, wies Hans sie an.

Fay hatte die Augen geschlossen. Die Haltung ihres Körpers vermittelte ihr ein Gefühl der Sicherheit. Klar und deutlich hatte sie die Absicht ihrer heutigen Reise in ihren Gedanken: Ich möchte heute in meinen Seelengarten reisen, um alles zu erfahren, was jetzt für mich wichtig ist.

Hans begann, die Trommel zu schlagen, mit demselben schnellen Rhythmus wie schon beim letzten Mal. Fay stellte sich ihren Startplatz vor. Den Walnussbaum hinter dem Haus ihrer Kindheit. Einen Augenblick später umarmte Fay den Baum und verschmolz mit ihm.

Als sie den Baum losließ und sich umdrehte, stand sie auf der Lichtung in der Anderswelt. Sie schaute sich nach der gelben Blume und nach Kurt um.

»Hallo, Fay, hier bin ich«, hörte sie seine Stimme von einem Strauch neben ihr. Sie schaute genauer hin und entdeckte Kurt an einer großen Brennnessel unter einem Haselnussstrauch. Überrascht schaute Fay auf Kurt. Er war zur Hälfte in einen Kokon eingewickelt und grinste sie an. »Ja, Fay, du bist so eifrig dabei, deine Transformation flutscht nur so dahin, und meine Zeit mit dir wird bald vorbei sein. Du hast die momentane Wandlung in deinem Leben beinahe abgeschlossen. Dann darf auch ich mich wandeln. Wir werden gemeinsam in unserer ganzen Schönheit erstrahlen!«

Fay war verwirrt. »Wie meinst du das, Kurt, deine Zeit bei mir ist bald vorbei? Wir haben uns doch gerade erst kennengelernt!«

»Ja, kann sein, dass wir uns gerade erst kennengelernt haben. Dennoch habe ich meine jetzige Arbeit in deinem Leben beinahe abgeschlossen. Du bist dabei, dich selbst zu finden. Dazu waren einige Änderungen in deinem Leben nötig, wie zum Beispiel die Kündigung bei Babylon. Dabei habe ich dir geholfen. Jetzt kommt eine Zeit, in der du deine Erinnerungen einsammeln wirst, um sie für dich zu ordnen und aus ihnen zu lernen. Dabei wird dir Edith helfen. Ich habe dich ja schon von ihr gegrüßt. Darf ich vorstellen: Edith, das Eichhörnchen.«

Bei diesen Worten sprang ein kleiner, rotbrauner Fellblitz vom Baum herunter. »Hallo, Fay, ich freue mich, dich kennenzulernen.« Edith streckte eines ihrer kleinen Pfötchen in Fays Richtung.

Fay schmunzelte, es war tatsächlich ein Eichhörnchen. Sie konnte nicht mit Sicherheit sagen, ob es dasselbe wie im Park war. Aber offensichtlich war es ihr wohlgesonnen.

Noch bevor Fay zu Wort kam, sprach Edith schon weiter: »Klar bin ich dasselbe Eichhörnchen wie das, welches du im Park gesehen hast. Immerhin ist dort auf der Lichtung ein Tor in diese Welt. Die Lichtung ist in dem Park so geschützt, dass normalerweise kein Mensch von dort hierher kommt, außer wir Andersweltwesen erlauben es. Auf der Lichtung leben sehr viele Naturwesen. Sie nutzen diesen Platz als Rückzugsort vor den Menschen. Daher hat sich dort eine Pforte in die Anderswelt gebildet. Es war wichtig, dass du diesen Ort und diesen Zugang gefunden hast. Es hat dein Vertrauen in die Anderswelt gestärkt.«

»Hallo, Edith, du bist also auch eine Verbündete von mir. Ich freue mich, dich kennenzulernen.«, sagte Fay.

»Ich mich auch, Fay. Ich freue mich darauf, dir zu helfen.«

»Wo fangen wir an?«, fragte Fay ganz direkt.

Edith schmunzelte. »Du wolltest in deinen Seelengarten, und ich werde dich begleiten. Aber noch haben wir ein wenig Zeit hier auf der Lichtung. Schau mal, da kommt ein alter Freund von dir.« Fay schaute über die Lichtung und traute ihren Augen nicht: Pfötchen lief über die Wiese auf sie zu. Erstaunen erfüllte Fay. Kurt hatte ihr zwar erzählt, dass er mit Pfötchen Kontakt in ihrer Welt hatte, aber wie kam Pfötchen jetzt hierher? Pfötchen wurde immer größer, je näher er kam. Als er direkt vor ihr stand, war er wesentlich größer, als sie ihn aus ihrer alltäglichen Welt kannte. Pfötchen war ein schwarzer Panther. Ihn hier Pfötchen zu nennen wäre sicherlich unpassend. Er war hier eindeutig Sir Samtpfote. Er umschmeichelte Fay so, wie er es auch zu Hause machte, nur, dass er ihr hier bis zur Hüfte reichte. Dabei schnurrte er in einer tiefen Stimmlage. Fay war fasziniert von dieser riesigen schwarzen Katze.

»Hallo, Fay, es ist wunderschön, dass wir uns jetzt hier begegnen«, schnurrte er. »Ich bin dein Totem, so etwas wie ein tierischer Schutzengel. Vor sieben Jahren bin ich zu dir gekommen, um in deiner Zeit der Einsamkeit bei dir zu sein. Ich war auch schon davor für dich da, aber da war es noch nicht so wichtig gewesen, dass ich mich auch in deinem Leben manifestierte. Und jetzt ist es an der Zeit, dass du alle meine Facetten kennenlernst. Auch diese hier in der Anderswelt.«

Fay musste schmunzeln. Sie freute sich ebenfalls sehr, Pfötchen, nein, Sir Samtpfote hier in der Anderswelt zu begegnen. Erinnerungen an die vielen Abende mit dem Kater in ihrer Wohnung zogen an ihr vorbei. Ja, er hatte oft mit ihr die Einsamkeit ertragen. Oft war er der Einzige gewesen, der für sie da gewesen war. Dankbarkeit für dieses wunderbare Tier erfüllte Fay.

Da sprach Sir Samtpfote weiter. »Ich wollte dir schon lange sagen, dass ich das Futter, welches du kaufst, nicht so gerne mag. Da sind viel zu viele Konservierungsmittel drin. Mir wäre es lieber, wenn du mich mit Rohfleisch füttern würdest. Es gibt gute Literatur darüber, wie du mich richtig füttern kannst.«

Jetzt musste Fay aus vollem Herzen lachen. »Sir Samtpfote, ich werde mich darum kümmern, dass du ab sofort nur noch das Futter bekommst, welches du auch wirklich magst«, versicherte sie ihm theatralisch.

»Danke dir, Fay, ich bin dir sehr verbunden«, alberte Sir Samtpfote zurück und deutete eine Verbeugung an. »Jetzt kommt ihr beiden, Fay und Edith, es wird Zeit. Ich trage euch auf meinem Rücken in Fays Garten. Sie wird dort schon erwartet.«

Fay prustete los »Ja klar, Sir Samtpfote, meinst du nicht, dass du dich ein wenig überschätzt? Ich meine, du bist zwar hier um einiges größer als in der Menschenwelt, aber ich glaube kaum, dass du mich tragen kannst!«

Pfötchen schaute Fay amüsiert an. »Du hast hier in der Anderswelt noch viel zu lernen. Versuch es doch einfach mal.«

Fay kicherte, während sie sich vorsichtig auf Sir Samtpfotes Rücken setzte. Augenblicklich schrumpfte sie auf die Größe eine Barbiepuppe zusammen. Sie saß jetzt auf dem Rücken des Panthers, und Edith hüpfte zu ihr. Edith und Fay waren beinahe gleich groß.

»Das ist … wirklich … verblüffend«, rief Fay erstaunt aus.

Sir Samtpfote grinste und antwortete: »Halte dich an meinem Fell fest, wir werden schnell reisen.«

Kaum hatte er das ausgesprochen, fiel er schon in einen schnellen Lauf. In Windeseile sprintete er durch die Landschaft. Nachdem sie die Lichtung verlassen hatten, zogen Wiesen und Felder an ihnen vorbei. Ein kleiner Wald folgte, und bald darauf kamen sie in ein Gebiet mit Hügeln und sanften Tälern. Immer weiter lief der Panther mit seinen beiden Reitern. Die Landschaft änderte sich. Die Gegend erinnerte Fay an Bilder der Prärielandschaften Nordamerikas, durchzogen von tiefen Tälern und Canyons. Türkisblaue Flüsse und Bäche durchzogen das Land. Fay glaubte, in der Ferne Tipis zu sehen. Sir Samtpfote wechselte die Richtung. Nun lief er in Richtung eines Wasserfalles, um den in der ansonsten eher kargen Landschaft ein Wäldchen gewachsen war. Die große Katze streifte sicher durch den kleinen Wald. Am Wasserfall angekommen hielt er einen kurzen Moment inne und setzte dann zu einem Sprung an. Mit einem Satz war er durch den Wasserschleier hindurch und landete dahinter sicher auf festem Boden. Achtsam ging er in eine kleine Höhle hinein, an deren gegenüberliegender Wand ein Licht zu sehen war. Ein magisches Leuchten, ein Glitzern wie von 1000 Sternen, schien es Fay.

Auf dem Rücken von Sir Samtpfote erblickte Fay zum ersten Mal ihren Seelengarten. Sie schaute auf ein kleines herzförmiges Tal, in dem sich ein glasklarer Bach über glatte Felsen schlängelte und sich in einen kleinen Teich ergoss. Dieser Teich war umsäumt von einem Schilfgürtel. Libellen schwebten über dem Wasser, Vogelgezwitscher lag in der Luft. Eingerahmt war das Tal von einer hohen Bergkette, deren Hänge von satten Wäldern bedeckt waren. Auf den Gipfeln lag noch Schnee. Das ganze Tal war erfüllt von einer Atmosphäre des Friedens und leuchtete in einem magischen Licht. Fay schloss die Augen und atmete tief ein, tief in ihre Mitte. Ein würziger, erdiger Duft füllte ihre Lungen. Dann öffnete sie ihre Augen wieder und erstarrte. Vor ihr lag nun ein Tal, das grau und leblos erschien. Die Bäume waren allesamt krank und der Bach zu ihren Füßen eine braune, stinkende Brühe. Keine einzige Libelle war über dem Teich zu sehen. Fay war erschüttert. Was geschah hier?

»Fay«, sagte Edith sanft, »so sieht es hier im Moment aus. Das, was du zuerst gesehen hast, ist der natürliche Zustand deines Gartens. Das, was du jetzt siehst, ist der Garten deiner vergessenen Seele. Schau da drüben. Siehst du die Lichtung auf der anderen Seite, dort, wo der Wald beginnt?«

Fay schaute in die Richtung, die Edith ihr zeigte. »Ja, ich sehe sie. Da steht eine kleine Hütte. Meinst du diese Lichtung?«

»Ja, genau diese Lichtung. Was fällt dir auf, wenn du sie betrachtest?«, fragte Edith.

Fay schaute angestrengt zur Lichtung hinüber. »Sie scheint irgendwie grüner als der Rest des Tals zu sein«, sagte Fay hoffnungsvoll.

»Genau so ist es Fay. Das sind die ersten Anzeichen dafür, dass du begonnen hast, dich zu erinnern. Wenn du dich erinnerst, dann räumst du auch hier auf. Du säuberst deinen Garten. Das kannst du in deinem Menschenleben machen oder hier. Beides wirkt.«

Fay dachte nach. »Du meinst, wenn ich hier anfange, den Garten aufzuräumen, dann wird sich das auch auf mein Leben in der alltäglichen Welt auswirken und umgekehrt?«

»Ja, genau so ist es«, bekräftigte Edith. »Sammle hier den Müll deiner Erinnerungen zusammen. Verabschiede dich davon. Pflanze neue Bäume und Sträucher der Träume und Hoffnungen. Ich helfe dir dabei.«

»Ich bringe euch jetzt erst mal hinüber zu der Hütte«, sagte Sir Samtpfote. »Schaut, da wartet jemand auf uns.«

Fay und Edith schauten zur Hütte auf der Lichtung. Tatsächlich, da stand jemand vor der Tür und schaute in ihre Richtung. Mit wenigen kräftigen Sprüngen war der Panther bei der Lichtung. Fay wollte von ihm runterrutschen. Doch alleine durch den Gedanken, von Sir Samtpfotes Rücken zu steigen, wurde sie wieder groß. Sie wunderte sich inzwischen über nichts mehr in dieser Welt. Vor der Hütte stand eine ältere Frau. Als Fay näherkam, glaubte sie, Hermine, ihre Nachbarin, zu erkennen. Im nächsten Moment war dieser Eindruck wieder verschwunden.

Die Frau lächelte Fay an. »Hallo, mein Kind, es ist so schön, dich wiederzusehen! Du erinnerst dich wohl kaum noch an mich, es ist so lange her. Ich bin Gaia, das Urvertrauen und die Quelle des Lebens. Früher warst du oft hier bei mir in deinem Seelengarten. Damals konnte ich in deinem ganzen Tal mein Licht erstrahlen lassen. Hier, am Rande des Waldes, neben der Hütte, hattest du eine Schaukel stehen. Du liebtest es zu schaukeln. Dein Tal war voller Leben. Tiere und Pflanzen lebten hier in Hülle und Fülle. Doch dann hast du uns vergessen. Du hast deinen Seelengarten, das Tal hier und mich vergessen. Da habe ich mich in der Hütte schlafen gelegt, um auf diesen Moment zu warten. Aber jetzt bist du zurückgekommen.« Mit diesen Worten nahm die alte Frau Fay in den Arm. Noch während sie sprach, war Fay von tiefer Liebe zu dieser alten Frau erfüllt worden. Als diese sie nun in den Arm nahm, hatte Fay das Gefühl, ihr Herz und ihre Mitte würden zu einer einzigen großen Kugel aus Licht verschmelzen. Diese Lichtkugel pulsierte in ihrem ganzen Körper. Wellen des Glücks und des absoluten Vertrauens durchströmten Fay. Lange standen sie beide so da. Wortlos in dieser Umarmung. Wie ein Baby an der Brust seiner Mutter, so muss sich das anfühlen, dachte Fay. Beschützt, genährt, in Sicherheit. Liebevoll in den Armen der Mutter geborgen. Tiefes Verständnis für viele Geschehnisse in ihrer Vergangenheit offenbarte sich ihr in diesem Moment. Sie verstand die Zusammenhänge in ihrem Leben. Sie verstand, wie sie mit ihren Eltern verwoben war. Sie erkannte, was der nächste wichtige Schritt für sie sein würde. Vieles mehr erschien plötzlich glasklar zu sein. Als Fay sich aus der Umarmung löste, war sie von tiefer Dankbarkeit erfüllt.

Die alte Frau lächelte Fay an und sagte: »Ich sehe, du verstehst, dass es um dich geht. Um deine Seele, dein Selbst und dein Menschenleben. Was du säst, das wirst du ernten. Pflege deinen Garten mit Freude und Liebe, und du wirst eine reiche Ernte haben, Fay.« Liebevoll strich die alte Frau Fay eine Haarsträhne aus dem Gesicht. »Du bist stark, mein Mädchen. Du wirst deinen Weg gehen. Ich bin immer für dich da. Denke immer daran, dass die Welten miteinander verwoben sind. Du hast hier in der Anderswelt einen Garten. Du hast aber auch in dir einen Garten. Manche nennen den Körper auch den Tempel der Seele. Ob Tempel oder Garten, beides sollte gepflegt werden. Und soviel ich weiß, hast du auch dort, wo du in der Menschenwelt lebst, einen Garten. Pflege sie alle drei, und es wird dir gut gehen. Schau, mein Mädchen, es hat schon begonnen zu wirken. Nur die paar Momente, in denen du jetzt hier bist.«

Die alte Frau breitete die Arme aus und beschrieb damit einen Kreis um sie beide. Fay blickte sich um. Tatsächlich, die helle, grüne Fläche war jetzt größer als noch vorhin. Als Fay sich umdrehte und in die Richtung des Teichs schaute, konnte sie erkennen, dass ein frischer grüner Streifen dorthin führte. Vor ihren Füßen wuchs eine kleine, gelbe Blume. Sie leuchtete in einem magischen Licht. Der Teich selbst war noch immer graubraun verschlammt, und Fay sah viel Arbeit auf sich zukommen. Doch sie empfand Freude bei der Idee, diesen Garten hier aufzuräumen.

»Jaaaaa, komm, wir gehen hinunter zum Teich und matschen dort im Dreck herum! Das ist fast wie im Sandkasten spielen!«, hörte Fay plötzlich eine Kinderstimme laut in sich rufen.

»Ähm, Fay, das ist Funny, deine Lebensfreude, die du da hörst«, erklärte Edith schnell.

»Du hast sie auch gehört?« Fay schaute das Eichhörnchen erstaunt an.

»Klar hat sie mich gehört, wir sind ja in der Anderswelt«, kicherte Funny.

»Kann sie dich auch sehen?«, fragte Fay.

»Nö, aber sie sieht ja dich, und ich bin ein Teil von dir. Aber noch nicht ganz integriert. Edith kennt mich von früher, also bevor ich zu dir zurückgekommen bin. Sie hat mich in deinen Gedanken erkannt. Du weißt doch schon, dass deine Verbündeten deine Gedanken hören können. Also, ich bin Funny, deine Lebensfreude. Gestern im Park beim Schaukeln bin ich zu dir zurückgekommen. Dann hast du im Sand gespielt, und das hat mir Spaß gemacht. Können wir heute da unten am Teich im Matsch spielen? Biiittteeee!« Funny war wie üblich kaum zu bremsen. Fay war überfordert. Das war jetzt doch ein wenig viel.

»Funny«, sagte Gaia liebevoll. »Kleine Funny, du weißt, dass Fay jetzt 28 Jahre alt ist. Sie kann nicht mehr wie eine Achtjährige im Sand spielen. Darüber haben wir doch gesprochen, als du noch hier bei uns in der Anderswelt warst. Aber sie kann ihren Garten bearbeiten. Fay wird da sehr viel in der Erde graben. Sie kann mit Steinen spielen und viele andere Dinge tun, die dir sicher Spaß machen werden, Funny. Für heute hat Fay hier im Garten genug erlebt. Es ist jetzt Zeit für euch zurückzukehren.« Gaia wandte sich Fay zu. »Hans wird jeden Moment den Rückholruf für dich trommeln, Fay.«

Kaum waren Gaias Worte verklungen, spürt Fay Sir Samtpfote an ihrem Bein. »Komm Fay, setz dich wieder auf meinen Rücken. Ich bringe dich zurück auf die Lichtung zu deinem Baum.«

Fay spürte, wie sie augenblicklich kleiner wurde. Sie saß auf dem Rücken des Panthers und Edith sprang wie zuvor neben sie.

»Ich freue mich, wenn wir uns wiedersehen, Fay«, sagte Gaia zum Abschied.

Fay, klein, wie sie war, schaute der alten Frau noch einmal in das faltige, sanfte Gesicht. »Danke, Gaia, danke für alles. Wir werden uns wiedersehen, ich verspreche es!«

Sir Samtpfote verneigte sich vor Gaia, und schon war er unterwegs, zurück auf die Lichtung.

»Edith, das war doch jetzt MaPa«, hörte Fay Funnys Stimmchen in sich flüstern.

Noch bevor Edith antworten konnte, fragte Fay irritiert: »Wer ist Ma..?« Bevor sie die Frage ausgesprochen hatte, erfasste sie wieder eine Flut von Bildern …

Sie war ein kleines Kind, das im Wohnzimmer spielte. Sie wollte ihre Eltern rufen, aber sie konnte sich nicht entscheiden, welchen von beiden sie lieber bei sich hätte. Also rief sie MaPa. MaPa, ein Gefühl der Sicherheit und der Geborgenheit …

»Ja, MaPa ist das große Geheimnis. Du hast deine Eltern so gerufen, wenn du beide, deine Mutter und deinen Vater, bei dir haben wolltest. MaPa ist alles in einem. Es ist Mutter, Vater, Kind. Es ist der Ausdruck der Heiligen Dreifaltigkeit. Alles, was ist, kommt aus MaPa, dem großen Geheimnis. Alles, was ist, geht am Ende seines Lebens zurück zu MaPa. Es ist die Schöpferkraft, die Quelle allen Lebens«, erzählte Edith.

»Ja, aber war jetzt diese Gaia auch MaPa?«, wollte Funny wissen.

Edith putzte sich ihre kleinen Ohren mit den Pfoten und antwortete: »Funny, es war MaPa, MaPa ist immer und überall. Heute hat es sich in Gestalt der alten Frau gezeigt. So konnte Fay Vertrauen fassen. Es war ein Gesicht, welches Fay bekannt vorkam. MaPa kann jede Gestalt, aber auch jedes Gefühl annehmen, um seine Kinder zu erreichen.«

Die Rückreise zur Lichtung ging viel schneller als die Reise in den Garten. Zumindest schien es Fay so. Auf der Lichtung angekommen stieg Fay von Sir Samtpfotes Rücken und war augenblicklich wieder groß. Sie war noch ganz verzaubert von den Erlebnissen in ihrem Garten.

»Na, wie hat dir die Audienz bei MaPa gefallen?«, fragte Kurt grinsend.

»Du weißt davon?«

»Aber klar doch, es macht keinen Unterschied, wo ich gerade bin, ich bin dein Verbündeter, und so erlebe ich alles, was auch du erlebst«, schmunzelte Kurt. »Du wirst dich noch an uns gewöhnen, Fay«, ergänzte er, während er fleißig an seinem Kokon weiterspann.

»Na, jedenfalls hat Fay jetzt einiges zu tun mit ihren Gärten«, schnurrte Sir Samtpfote.

»Ja genau, darauf freue ich mich schon. Mit beiden Händen in der Erde graben. Das ist fast wie im Sand spielen, hat MaPa gesagt«, hörten die Freunde Funnys Stimmchen jubeln.

Fay hört Hans' Rückrufsignal. Lächelnd ging sie zu ihrem Walnussbaum und lehnte sich an. Welch eine fantastische Welt das doch ist, waren ihre letzten Gedanken in der Anderswelt, bevor sie daraus wieder verschwand.

Fay atmete auf Hans' Anweisung tief in ihre Mitte und öffnete ihre Augen. Sie blickte in das Gesicht von Hans. Ein wissendes, sanftes Lächeln schaute ihr aus diesem Gesicht entgegen.

»Hattest du eine gute Reise?«, fragte Hans.

Fay nickte mit dem Kopf, »Ja, die hatte ich.«

Sarah erwacht in ihrer Kraft

Kaum war Fay von der Lichtung verschwunden, erschien Lana. Sarah schlief noch immer in ihren Arm gekuschelt. Die beiden hatten die ganze Zeit bei Kurt auf der Lichtung unter dem Haselstrauch gesessen und sahen mittlerweile ganz durchscheinend aus.

Sir Samtpfote schnupperte an der schlafenden Sarah. »Sie schläft sich gesund. Bald wird sie kräftig genug sein, um zu Fay zurückzukehren. Du machst das sehr gut, Lana. Mit deiner Ruhe wird Sarah schnell wieder ganz bei Kräften sein.«

Lana lächelte. »Ja, ich kann spüren, wie ihre Zuversicht und ihr Vertrauen in das Leben wachsen. So, wie auch bei Fay. Schau, ich beginne schon, mich aufzulösen, hier in der Anderswelt. So, wie Funny, bevor sie zu Fay zurückgegangen ist.«

»Du hast recht«, bestätigte Kurt. »Ihr beiden seid schon sehr durchscheinend. Auch ich bin bald mit meinem Kokon fertig. Mir fehlt nur noch ein kleines Stück über meinem Kopf. Dann kann ich mich ausruhen und auf die endgültige Verwandlung von Fay warten. Diese letzten Schritte wird sie mit eurer Hilfe gehen. Ich werde sie dann wieder unterstützen, wenn sie ihre Lebensaufgabe gefunden hat. Das ist der Moment, an dem ich mich entfalten werde. Und auch sie wird dann in ihrer ganzen Schönheit erstrahlen.« Zufrieden lächelte Kurt bei diesen Worten.

Sarah begann, sich in Lanas Armen zu regen, und öffnete schließlich noch ganz verschlafen die Augen. »Hallo«, flüsterte sie noch halb im Traum. Sie streckte sich durch, gähnte und murmelte dabei: »Ich hatte einen so schönen Traum, von MaPa, von Fay und einer großen, schwarzen Katze.«

Die Freunde auf der Lichtung lächelten sich an. Jetzt war Sarah wach. Mit großen Augen schaute sie Sir Samtpfote an. »Du bist die große schwarze Katze!«, rief sie erstaunt aus. »Ich habe gar nicht geträumt!« Sie stand von Lanas Schoß auf, ging zum Panther und setzte sich neben ihn. An sein weiches und warmes Fell angekuschelt schaute sie sich um. »Sogar von dieser Lichtung habe ich geträumt.« Sarah schwieg einen Moment. »Wenn ich das aber alles nicht geträumt habe, ist es ja wirklich passiert. Was habe ich da erlebt? Ich fühlte mich in dem Traum so stark mit Fay verbunden, als wäre ich schon bei ihr. Meine gesamte Essenz hat sich in diesem Traum entfaltet. Ich war in meiner vollen Kraft des Vertrauens. Das kann ich jetzt immer noch spüren.« Sarah bekräftigte ihre Erzählung mit einem Kopfnicken. »So ist es, ich bin ausgeschlafen und erfüllt von meiner Essenz des Vertrauens.«

»Das liegt daran, dass Fay hier bei uns war, Sarah. Sie beginnt, eine Reisende zwischen den Welten zu werden. Damit kann sie die Anderswelt immer mehr erfahren, und wir können uns ihr immer mehr offenbaren. Je näher die Menschen uns sind, desto intensiver können wir uns mit ihnen verbinden. Heute hatte Fay durch MaPa die Gelegenheit, sich an dich und Lana zu erinnern. Sie spürte eure Essenz in sich wirken. Durch MaPa, das sich ihr als Gaia zeigte. Darum hast auch du dich Fay so sehr verbunden gefühlt«, erklärte Sir Samtpfote.

Edith ergänzte: »Fay wird nun beginnen, mit meiner Hilfe ihr Leben aufzuräumen. MaPa hat Fay viele Bilder aus ihrem Leben gezeigt. Fay hat verstanden, dass es wichtig ist, ihre Vergangenheit zu ordnen. Dadurch wird sie immer mehr zur Ruhe kommen. Sie wird nach und nach wieder Vertrauen in und zu sich selbst finden. Dann könnt ihr zurück. Bald darauf wird das auch für Edward möglich sein.«

Die vier Freunde waren sich sicher, dass es so geschehen würde.

Hausaufgaben

Hans reichte Fay ein Glas Wasser. Dankbar nahm Fay es an und leerte es in einem Zug. Hans lächelte.

»Wenn du so weit bist, erzähl mir so viel von deiner Reise, wie du möchtest.«

Fay überlegte einen Moment, wo sie beginnen sollte. Dann erzählte sie Hans von MaPa, von Edith, von Kurt, der sich verpuppte, und von Funny, die im Sand spielen wollte. Sie erzählte ihm von ihrem Garten, von der vielen Arbeit, die sie noch vor sich hat. Und von dem Gefühl der Ruhe, des Vertrauens und der Geborgenheit, das sie auf der Reise in ihrem Garten so intensiv wahrgenommen hat.

Hans hörte ihr aufmerksam zu. Als Fay ihre Erzählung beendet hatte, nickte er. »Wie du schon weißt, Fay, werde ich deine Reise nicht interpretieren. Das kannst nur du. Es sind deine Bilder und deine Informationen. Aber ich gebe dir ein paar Hausaufgaben, bis wir uns wiedersehen. Diese Aufgaben werden dir dabei helfen, deine Gärten aufzuräumen. Die inneren wie auch die äußeren. Beginne, deine Kindheit zu rekapitulieren, so, wie ich es dir erklärt habe. Du hast jetzt Zeit, das zu tun. Das Osterwochenende eignet sich hervorragend dafür. Mach täglich zweimal die Energieübung, die ich dir gezeigt habe. Überlege dir, wie du den Garten hinter deiner Wohnung gestalten möchtest, und fange so bald wie möglich damit an, ihn zu pflegen. Räum deine Wohnung auf. Alle Schubladen mit liegen gebliebenen Dingen. Alle Ecken, in denen Sachen stehen, die du nicht mehr brauchst. Und zu guter Letzt: Nimm mit Funny Kontakt auf. Sie wird dir helfen, deine Gärten neu zu gestalten. Sie ist eine Stimme in dir. Du kannst sie wahrnehmen, wenn du ganz bei dir bist und auf deinen Bauch hörst.«

»Das ist ganz schön viel auf einmal, Hans«, sagte Fay. »Bis wann soll ich das alles erledigt haben?«

»Es geht nicht darum, bis wann du damit fertig bist. Es geht darum, damit anzufangen. Wenn du erst einmal angefangen hast, wird sich alles andere ergeben. Nach und nach wirst du wissen, was der jeweils nächste Schritt ist. Wir sehen uns in einer Woche wieder, Fay. Ich werde die Osterfeiertage nicht hier sein. Das Café hat für eine Woche geschlossen. Nächsten Freitag schauen wir, wie weit du mit deinen Hausaufgaben gekommen bist. Dann gehen wir gemeinsam den nächsten Schritt.«

Fay stand auf. Sie war noch ganz erfüllt von den Eindrücken ihrer Reise. Während sie ihre Decke zusammenlegte, dachte sie über Hans' Worte nach. Es geht darum, zu beginnen. Aber wo? Fay schob den Gedanken sofort wieder beiseite. Sie vertraute darauf, dass es ihr im richtigen Moment klar werden würde.

Entschlossen schaute sie Hans in die Augen. »Ich werde anfangen, jetzt gleich. Versprochen. Wenn wir uns nächsten Freitag wiedersehen, werde ich dir viel zu erzählen haben.

»Fay, eines sollst du noch wissen. Die nächsten Tage könnten für dich sehr anstrengend werden. Du arbeitest zurzeit sehr intensiv an dir selbst. Dabei kann es vorkommen, dass sich die Dinge beschleunigen. Du hast schon erlebt, wie du von Erinnerungen und Emotionen überschwemmt wurdest. Das kann sich noch verstärken. Das wird auch Heilkrise genannt. Es ist wichtig zu wissen, dass diese Heilkrise dazugehört. Sie ist ein Teil des Gesundens. Manchen Schmerz, der in deinen Erinnerungen gespeichert ist, wirst du noch mal durchleben, um ihn zu verstehen. Du wirst diese Erinnerungen als das verstehen, was sie sind: Botschaften deiner Seele auf dem Weg zu dir selbst.«

Was für eine Krise?, dachte Fay sich, während sie hinausging. Mir ist es schon ewig nicht mehr so gut gegangen. An der Tür drehte sie sich noch einmal um. »Danke für alles, Hans. Bis nächsten Freitag.«

»Gerne, ich wünsche dir viel Kraft für die nächsten Tage.« Wohlwollend schaute Hans ihr nach, als Fay in der bereits dunklen Nacht die Straße hinunterging.

Als sie ihre Wohnungstür aufschloss, wehte ihr ein kühler Luftzug entgegen. Fay erinnerte sich, die Balkontüre nur angelehnt zu haben. Als sie ins Wohnzimmer kam und das Licht einschaltete, erblickte sie Pfötchen auf dem Sofa. Er hatte die Balkontür weiter aufgeschoben und war offensichtlich zufrieden auf dem Sofa eingeschlummert. Verschlafen reckte er sich. »Miau«, begrüßte er Fay verträumt.

Lächelnd ging Fay zu ihrem Kater. »Schön, dass du mich gefunden hast, Pfötchen. Ich freue mich, dass wir uns jetzt in der Anderswelt unterhalten können. Gleich morgen werde ich mir die Bücher kaufen, aus denen ich erfahre, was du am besten zu fressen bekommst.« Bei diesen Worten strich sie dem Tier sanft über den Kopf. Schnurrend schmiegte der Kater seinen Kopf in Fays Handfläche. Fay spürte die innige Verbundenheit zu Pfötchen. Ihr war, als hörte sie seine Stimme aus der Anderswelt. »Ich freue mich auf das gute Futter, Fay.«

Sie schloss ihre Balkontür und merkte, dass sie doch schon ziemlich müde war. Zeit, schlafen zu gehen. »Gute Nacht, mein Anderswelt-Freund«, sagte sie lächelnd zu Pfötchen. Sie löschte das Licht und ging ins Schlafzimmer. Dabei dachte sie kurz an die Schublade. Die Schublade der unerledigten Dinge. Dann stieß sie mit einem Fuß an eine der Tüten neben dem Kleiderschrank. Eine der Tüten mit den Dingen, die sie vielleicht irgendwann brauchen könnte. Sie zog sich aus und legte sich in ihr Bett. Eingekuschelt in ihre flauschige Bettdecke entschlummerte Fay bald in einen Traum von wunderschönen Gärten.

Als Fay am nächsten Tag aufwachte, war es grau, und es regnete. Sie hatte keine Lust aufzustehen. Fay drehte sich zur anderen Seite und kuschelte sich in ihre Decke. Sie hörte Pfötchen miauen. Seufzend schlug sie die Decke zurück. Beim Aufstehen fröstelte es sie. Es war kühl in der Wohnung. Missmutig schlurfte Fay in ihrem Bademantel in die Küche und setzte Kaffee auf. Ursprünglich wollte sie heute im Garten arbeiten, doch bei diesem Wetter würde daraus wohl nichts werden. Pfötchen forderte miauend sein Frühstück.

»Ja, mein Panther, ich mach dir ja schon was zu fressen.« Als sie Pfötchen das Dosenfutter hinstellte, schaute er zu ihr hoch und miaute vorwurfsvoll. »Ja, ich weiß, ich hab dir ein anderes Futter versprochen. Das muss ich aber erst besorgen. Bis dahin musst du schon mit dem zufrieden sein, was ich noch habe.« Lustlos begann Pfötchen zu fressen.

Der Kaffee brauchte noch ein paar Minuten. Fay ging zurück ins Schlafzimmer, um sich anzuziehen. Dabei fiel ihr Blick abermals auf die Tüten mit all den vielen, eigentlich nicht benötigten Dingen. Pfötchen kam in ihr Zimmer, sprang mit einem Satz auf die Kommode und begann wieder zu miauen. Dabei schnupperte er an der obersten Schublade. Fay wusste genau, was darin war. All die Briefe von ihrer Mutter und der eine von ihrem Vater. Es war die Schublade der unerledigten Sachen. Ein Teil ihrer Hausaufgabe. Die wollte sie jetzt aber noch nicht angehen. Sie wollte die schöneren Teile der Hausaufgabe zuerst erledigen. Einen schönen Garten anlegen zum Beispiel. Sie hatte sich gestern beim Einschlafen schon überlegt, wo sie die Blumen, wo die Kräuter und wo die Erdbeeren pflanzen würde. Jetzt regnete es, und ihr ganzer schöner Plan war dahin.

Der Kaffee war fertig. Fay nahm sich einen Müsliriegel und ihren Kaffee mit ins Wohnzimmer. Aus reiner Gewohnheit schaltete sie den Fernseher ein. Samstagvormittagsprogramm. Der Besuch im Café fiel heute ja aus, da Hans für eine Woche weggefahren war. Im Fernsehen konnte sie wählen zwischen einer Schießerei, einer Verfolgungsjagd, einer Doku über hungernde Kinder, einer Talkshow und einer Nachrichtensendung. Alternativ dazu gab es noch mehrere laute und quietschbunte Zeichentricksendungen für Kinder. Sie konnte zwar über 100 Kanäle empfangen, doch im Großen und Ganzen spielte sich auf jedem Sender, den sie wählte, dasselbe ab. Nur Müll, dachte sich Fay und schaltete den Fernseher wieder ab.

Pfötchen kam ins Wohnzimmer. Er ging zur Balkontür und schaute hinaus. »Na du, dir macht der Regen nichts aus?«, fragte Fay und stand auf, um ihm die Tür zu öffnen. Mit einem Satz war Pfötchen draußen und auch schon um die Ecke verschwunden, kaum dass Fay die Türe wieder geschlossen hatte.

Fay langweilte sich. Noch konnte sie sich nicht dazu durchringen, die Briefe zu holen. Genau, dachte sie, ich werde bei Hermine Tee trinken gehen! Das habe ich schon lange versprochen. Heute ist genau der richtige Tag dafür. Eine heiße Tasse Tee bei der alten Dame würde ihre Laune sicher heben. Fay stellte die Kaffeetasse in die Küche und machte sich auf den Weg zu ihrer Nachbarin.

Als Hermine die Tür aufmachte, sah Fay hinter ihr einen großen Koffer stehen. »Hallo, Hermine, ich wollte Sie fragen, ob Sie heute Zeit haben für unsere gemeinsame Tasse Tee«, sagte Fay hoffnungsvoll.

»Oh, das tut mir jetzt aber leid, Fay«, antwortete Hermine. »Ich werde gleich von einem Taxi abgeholt. Ich fahre über die Osterfeiertage zu meiner Tochter. Sie hat mich eingeladen, ein paar Tage zu ihr und ihrer Familie nach Wien zu kommen.«

Hermine musste Fay die Enttäuschung ansehen. »Aber meine liebe Fay, aufgeschoben ist doch nicht aufgehoben. Wir holen das nach, sobald ich wieder zurück bin. In einer Woche.«

»Ja, Hermine, gerne. Dann eben nächste Woche.« Fay konnte ihre Enttäuschung nicht ganz verbergen.

»Kindchen, was tun Sie denn an den Feiertagen? Werden Sie auch wegfahren? Vielleicht zu Ihren Eltern?«, fragte Hermine, um Fay auf andere Gedanken zu bringen.

»Nein, ich werde wohl nicht wegfahren. Ich weiß nicht, wo mein Vater lebt, und auch meine Mutter habe ich seit sieben Jahren nicht mehr besucht«, antwortete Fay kleinlaut.

»Oh, das ist schade, Fay. Ich habe mich immer sehr bemüht, zu meiner Tochter ein gutes Verhältnis zu haben. Das war nicht immer einfach, wissen Sie. Sie ist ein kleiner Starrkopf, war sie schon immer, meine Sylvia. Wir hatten auch so unsere Kämpfe in der Vergangenheit.« Bei diesen Worten lächelte Hermine. »Aber wissen Sie, Fay, es ist für das Leben sehr wichtig, sich mit allen Menschen offen und ehrlich auszusprechen. Es gibt sicher eine Begründung dafür, dass Sie Ihre Mutter schon so lange nicht mehr gesehen haben. Denken Sie einmal darüber nach, ob es vielleicht an der Zeit ist, darüber zu reden. Dann können alte Wunden heilen. Es kann sein, dass Sie dabei einen Schatz finden. Einen sehr wertvollen Schatz.« Wissend betrachtete Hermine Fay.

Fay wich aus. »Na dann, ich wünsche Ihnen schöne Tage bei Ihrer Tochter, Hermine. Wir sehen uns dann ein andermal zum Tee.« Mit diesen Worten drehte sich Fay um und ging zurück in ihre Wohnung.

»Es lohnt sich, mit der eigenen Vergangenheit Frieden zu schließen, mein Kind«, hörte Fay Hermine noch sagen, bevor sie ihre Wohnungstür schloss.

Missmutig ging Fay zurück in ihr Wohnzimmer und ließ sich auf das Sofa fallen. Na super, dachte sie, ich bin arbeitslos, hab jede Menge Zeit zur Verfügung, und alle Menschen, die ich kenne, sind für ein paar Tage weg. Fay fühlte sich im Moment genau so, wie schon in den letzten sieben Jahren. Ausgenommen die letzte Woche, da war alles anders gewesen. Warum bin ich jetzt plötzlich wieder so übellaunig?, fragte sich Fay. Wo waren die gute Laune und die Lebensfreude hin, die sie bis gestern Abend noch so intensiv gespürt hatte? Frieden mit der Vergangenheit schließen, das hatte Hermine ihr nachgerufen.

Fay wusste, was zu tun war. Die Briefe ihrer Mutter zu lesen wäre ein erster Schritt. Aber das war für irgendwann geplant. Heute wollte sie im Garten anfangen. Jetzt regnete es, und das hinderte sie daran, rauszugehen. Dieses blöde Wetter ist schuld daran, dass ich schlechte Laune habe, schmollte Fay vor sich hin.

»Wieso denn das Wetter?«, hörte Fay die Stimme von Edith.

»Na, weil es regnet«, maulte Fay laut vor sich hin.

»Und jetzt? Was kann der Regen für deine Laune?«, fragte Edith, die bei dieser Frage leise gluckste. »Hast du etwa keinen Regenmantel?«

»Nein, hab ich nicht. Und selbst wenn ich einen hätte, würde es mir keinen Spaß machen, im Regen im Garten zu arbeiten«, schnauzte Fay schlecht gelaunt zurück.

»Hör mal, Fay, das Regenwetter ist der momentane Umstand, den du für deinen Zustand verantwortlich machst. Das ist ganz typisch für euch Menschen. Ihr macht euer Glück von den Dingen außerhalb von euch abhängig. Ihr glaubt, wenn ihr alles so hättet, wie ihr wollt, dann wäret ihr glücklich. Das Gegenteil ist meistens der Fall. Dein Zustand ist die schlechte Laune. Was könntest du tun, um diese zu ändern?«

»Mich beschäftigen, mit irgendwas«, blaffte Fay.

»Gute Idee! Womit willst du dich beschäftigen?«, fragte Edith.

»Keine Ahnung, Fernsehen vielleicht«, antwortete Fay lustlos.

»Wie wäre es, wenn du dich um die Tüten in deinem Schlafzimmer kümmern würdest?« erinnerte Edith sie an eine ihrer Hausaufgaben. Fays Gesicht erhellte sich. Genau, die Tüten waren ja auch noch da! Es mussten ja nicht unbedingt die Briefe sein, wenn sie aufräumen wollte. Das war eine Idee. Fay hatte keine Ahnung mehr, was da alles drin war.

»Das finde ich gut, Fay! Als Eichhörnchen mag ich es sowieso gerne, in Sachen zu kramen«, ermutigte Edith sie.

Fay war auf dem Weg ins Schlafzimmer, als sich Funny meldete. »Hey Fay, aber aufgeschoben ist nicht aufgehoben. Ich will im Garten graben. Versprochen?«

»Ich fange im Garten an, sobald das Wetter besser ist. Versprochen ...«, antwortete Fay.

»Okay, dann lass uns anfangen, deine Schätze auszupacken, das macht auch Spaß«, kicherte Funny fröhlich.

Fay spürte, wie ein wenig ihrer Lebensfreude wieder zurückkam. Egal, ob es regnete, sie ging jetzt Schätze finden. Wie war das noch mal mit dem Umstand und dem Zustand?, grübelte Fay, als sie begann, die Tüten zu sortieren.

Es waren viele. Vier Tüten aus der Drogerie, drei aus dem Ein-Euro-Laden. Zwei weitere mit Kleidung und zwei mit Kram aus der großen Esoterik-Buchhandlung in der Stadt. Fay begann mit den Tüten aus der Drogerie. Sie hatte jetzt sieben verschiedene Badesalze. Bei zweien davon konnte sie sich erinnern, diese gekauft zu haben. Nagellack hatte sie gefunden, in zwei Farben. Blau und Rot. Wollte sie wirklich einmal Nagellack auftragen? Sie schüttelte die Flaschen und öffnete sie. Die Nagellacke waren zäh. Ups, die mussten schon wirklich alt sein. Fünf Flaschen Haarshampoo?! Warum fand sie dann nur keines, wenn sie eines brauchte?

Ab zu den Sachen, die ins Badezimmer gehören. So ging es auch mit den Sachen aus den anderen Tüten weiter. Zu guter Letzt hatte Fay in der Küche neue Tassen aus dem Ein-Euro-Laden. Im Wohnzimmer gab es einen neuen Kerzenständer mit Kerzen in Regenbogenfarben. Beides aus der Esoterik-Buchhandlung. Engel-, Elfen- und Zwergenfiguren gleich in mehrfacher Ausführung. Nicht zu vergessen die drei neuen CDs mit Meditationen und entspannenden Klängen. Es war tatsächlich auch eine CD mit schamanischen Reisen dabei. Das Badezimmer war jetzt überausgestattet. Im Schlafzimmer hatte Fay zwei Garnituren neue Bettwäsche. Für Pfötchen waren neue Schüsseln in den Tüten gewesen. Außerdem ein Buch über natürliche Katzenfütterung. Von dem sie ebenfalls vergessen hatte, dass sie es gekauft hatte. Für die leeren Blumentöpfe, die sie beim Aufräumen gefunden hatte, würde sie gleich am Dienstag Kräuter kaufen. Und Blumen für den Garten. Jetzt war es kurz nach Mittag, und samstags hatten die Geschäfte am Stadtrand nur bis mittags geöffnet. In der Küche stand jetzt ein großer Müllsack voller aussortierter Sachen.

»Siehst du Fay«, hörte sie Ediths Stimme, »jetzt hast du etwas von der Genauigkeit und Perfektion, die du draußen in deinem Beruf ausgelebt hast, endlich auch in dein Leben hier getragen. Du beginnst, Ordnung zu schaffen. Wie fühlt sich das an?«

»Es fühlt sich gut an, Edith, richtig gut. Ich fühle mich erleichtert und frei«, seufzte Fay glücklich.

»Tja, das war die Aufwärmrunde, du weißt, worum es wirklich geht«, sagte Edith sanft. Beide schwiegen.

»Ja, ich weiß, worum es geht«, versicherte Fay. »Es geht um mich und mein Leben. Ich verstehe, dass ich jetzt die Gelegenheit habe, mein Leben zu ändern. Dazu soll ich mit meiner Vergangenheit Frieden schließen. Ich soll die Briefe meiner Mutter lesen.« Bei den letzten Worten verzog Fay ihr Gesicht.

»Das könntest du machen, wenn du magst«, hörte sie Edith sagen.

Erst trinke ich meinen Kaffee aus, ich mag nämlich nicht, dachte Fay störrisch. Der Gedanke an die Briefe verstimmte sie wieder ein wenig. Verdammte Briefe. Aber warum ärgerten sie diese Briefe so?

»Weil du dich immer noch über deine Mutter ärgerst. Darum. Ist doch ganz einfach. Erinnere dich«, flüsterte Edith Fay zu.

Widerwillig erinnerte sich Fay. Es war ihre Mutter gewesen, die aus dem Bauernhaus hatte wegziehen wollen. Ihr Vater war damals Bäckermeister im Dorf gewesen. Jede Nacht hatte er in der Bäckerei gearbeitet. Auch Sonntagnacht. Einzig die Samstagnacht hatte er freigehabt. Wenn er in den frühen Morgenstunden nach Hause gekommen war, war er schlafen gegangen. Meist war er erst nachmittags wieder aufgestanden.

Fay erinnerte sich an die vielen schönen Nachmittagsstunden im Garten hinterm Haus. Diese Erinnerung zauberte Fay ein Lächeln auf ihr Gesicht. Doch ihr Lächeln erlosch beinahe sofort wieder. Sie erinnerte sich an die vielen endlosen Diskussionen ihrer Eltern. Sie hatte die beiden hören können, wenn sie am Abend im Bett gelegen hatte. Ihre Mutter hatte eine neue Wohnung gewollt. Eine von den modernen, wie sie nahe der Stadt gebaut wurden. Mit Zentralheizung, Lift und einem Geschirrspüler. Ihr Vater hatte bleiben wollen. Er liebte seine Arbeit in der Dorfbäckerei. Er liebte den Wald und die Wiesen hinterm Haus. Er hatte Freude daran, Holz für den nächsten Winter zu hacken. Er fühlte sich in dem alten Haus daheim. Irgendwann hatte Fays Mutter ein Stellenangebot von einer Großbäckerei gefunden. Da müsste Vater nicht mehr in der Nachtschicht arbeiten. Er wäre ganz normal von morgens um acht bis abends um sechs in der Fabrik. Am Wochenende hätte er frei, und eine Betriebswohnung nahe der Firma wurde auch angeboten. Das war der Abend, an dem Vater nachgab und in einen Umzug einwilligte ... Das alles ging Fay durch den Kopf.

»Siehst du«, meinte Edith, »du gibst nach wie vor deiner Mutter die Schuld.«

Das stimmt, dachte Fay.

»Erinnerst du dich an die Osterkarte von deiner Mutter?«, wollte Edith wissen.

»Ja«, antwortete Fay, »sie hat mich darum gebeten, ihr zu verzeihen. Aber da ist so vieles, was ich nicht verstehe. So viele Erinnerungen, die schmerzen.« Fay spürte Tränen aufsteigen.

»Lies die Briefe, Fay«, sagte Edith ernst.

Fay hatte diesen Kloß im Hals. Sie wischte sich mit den Händen die Tränen weg. »Also gut, ich lese die Briefe.« Jetzt.

Sie nahm ihren Kaffee, ging ins Schlafzimmer und öffnete langsam die Schublade. Ihr Herz klopfte bis zum Hals. Fay erinnerte sich an ihre Mitte. Sie erinnerte sich auch an die Energieübung, die sie noch nicht gemacht hatte. Fay hielt inne und ging in die Mitte des Raums. Fußsohlen klopfen, Waden reißen und klopfen, Nieren anregen. An den Haaren ziehen, oben am Scheitel. Jetzt mit Kraft die Energie in den Körper ziehen. Oben auf der Höhe des Herzens. Runter schieben in die Mitte, Luft anhalten und öffnen. Fay blieb noch einen Moment mit geschlossenen Augen stehen und spürte in sich hinein. Ja, jetzt spürte sie den Puls wieder unterhalb ihres Bauchnabels. Sie öffnete ihre Augen.

Das Zimmer hatte sich verändert. Auch das Licht. Es schien heller zu sein im Zimmer. Fay schaute zur Schublade. Ruhig ging sie hin und nahm ohne zu zittern die Briefe ihrer Mutter heraus. Mit ihrem Kaffee in der einen und den Briefen in der anderen Hand ging sie ins Wohnzimmer. Einen Moment überlegte Fay, ob sie den Fernseher einschalten sollte, schob diesen Gedanken jedoch sofort wieder beiseite. Stattdessen öffnete Fay die Balkontür. Es regnete immer noch. Zwar nur noch leicht, aber stetig. Wie ein sanftes Rauschen im Hintergrund. Wasser, so hatte Hans ihr erklärt, ist ein Element der Reinigung. Es reinigt vor allem die Emotionen. Es verbindet auch mit den Ahnen der Blutlinie. Ideal, um sie bei ihrem Vorhaben zu unterstützen. Was kann es Besseres geben als einen solchen Frühjahrsregen, um ihre Vergangenheit reinzuwaschen? Fay merkte, wie sie sich selbst Mut zusprach.

»Ich sehe, du hast es verstanden, Fay. Der Umstand ist niemals für den Zustand verantwortlich. Jetzt kannst du dem Regen etwas abgewinnen. Du hast erkannt, dass er dir bei dem, was du tust, hilft. Wir hören und sehen uns später wieder. Ich wünsche dir jetzt eine gute Reise in deine Vergangenheit, Fay.« Mit diesen Worten verabschiedete sich Edith.

Fay begann mit dem Brief, der zuoberst lag. Es waren viele Briefe. Manche waren kurze Glückwünsche zum Geburtstag. Andere waren seitenlang. Fay las sie alle. Bei den Worten ihrer Mutter spielte sich in Fay ein ganzes Konzert an Gefühlen ab.

Ihre Mutter erinnerte sich ebenso. Sie erzählte von der Zeit im Bauernhaus und auch von der Zeit der Scheidung. Wie es ihr damals gegangen war. Sie war 28, als sie in die Wohnung gezogen waren. Als Fay geboren wurde, war ihre Mutter gerade einmal 19 Jahre alt gewesen. In ihren Briefen schilderte Fays Mutter, was geschehen war, aus ihrer Sicht. Sie hatte sich in den letzten sieben Jahren offensichtlich beinahe dieselben Fragen gestellt wie Fay sich selbst seit einer Woche.

Irgendwann zwischen zwei Briefen holte sich Fay aus der Küche Kekse und kochte frischen Kaffee. Als sie mit den Briefen fertig war, war es früher Abend. Fay blickte auf, noch ganz erfüllt von den Zeilen, die sie gelesen hatte. Ich möchte sie sehen. Ich möchte meine Mutter sehen, so bald wie möglich, entschloss sich Fay. Ihre Mutter war laut einem ihrer Briefe noch einmal umgezogen. Sie wohnte jetzt wieder auf dem Land, in einem Haus am Waldrand. Die neue Telefonnummer war auch in einem der Briefe vermerkt. Fay versuchte, sich zu erinnern, wann sie das letzte Mal mit ihrer Mutter gesprochen hatte. Es war sicher länger als ein Jahr her.

Fay stand vom Sofa auf und streckte sich. Es hatte aufgehört zu regnen, und am Horizont war der Sonnenuntergang zu sehen. Vogelgezwitscher drang durch die offene Tür ins Wohnzimmer. Wo war eigentlich Pfötchen? Fay ging hinaus in ihren kleinen Garten. Sie wollte Pfötchen rufen.

»Guten Abend, Fräulein Heylrich«, hörte sie Hugo, ihren Nachbarn, sagen.

Sie schaute in das freundlich lächelnde Gesicht des älteren Herrn. »Guten Abend Herr Hu.. ähm ...«, antwortete Fay. Verdammt, wie war noch mal der Nachname?

»Hugo ist schon gut. Ist mir sogar lieber, sonst fühle ich mich so alt.« Bei diesen Worten zwinkerte er Fay verschmitzt zu.

Erst jetzt entdeckte Fay Pfötchen. Er lag zusammengerollt auf einem gemütlichen Korbstuhl in Hugos Garten. Erstaunt blickte sie zu ihrem Kater und dann auf Hugo.

»Ja, er ist tagsüber oft bei mir, wenn ich da bin«, schmunzelte Hugo. »Wir sind gute Freunde, Ihr Pfötchen und ich. Ich füttere ihn nicht, ich weiß, dass Sie ihn gut versorgen. Er leistet mir Gesellschaft, und ich streichle ihn gerne, wenn er auf meinem Schoß sitzt.« Hugo blickte Pfötchen versonnen an und sprach weiter: »Wenn Sie einmal jemanden brauchen, der ihn für ein paar Tage versorgt, nehme ich ihn gerne.«

»Ja, gerne«, antwortete Fay verblüfft. Daran hatte sie gar nicht gedacht. Sie brauchte jemanden für Pfötchen, wenn sie ihre Mutter besuchen wollte.

»Und schon ist jemand da«, hörte Fay Edith kichern. »Das Leben ist doch wunderbar, Fay.«

»Ich überlege gerade, an diesem Wochenende meine Mutter auf dem Land zu besuchen, Hugo«, plapperte Fay los – oder war es Funny? »Wäre es unverschämt, wenn ich Ihr Angebot schon ab morgen annehmen würde?«

Hugo schaute sie verwundert an. »Warum sollte es unverschämt sein, wir freuen uns.« Bei diesen Worten streichelte Hugo Pfötchen über den Kopf. Pfötchen miaute wie zur Bestätigung. Nach einem ausgiebigen Gähnen schaute Pfötchen Fay an und sprang vom Korbstuhl. Er lief leichtfüßig zu Fay hinüber und umschmeichelte ihre Beine. »Na dann, genießen Sie den Abend mit ihrem Kater. Geben Sie mir einfach Bescheid, wenn Sie fahren. Ich freue mich, Ihnen helfen zu können«, sagte Hugo.

»Danke, ich bringe Ihnen auch genügend Futter für Pfötchen, bevor ich fahre.«

Fay und ihr Kater gingen zurück in die Wohnung. In der Küche richtete Fay ihm sein Futter. Das Buch über die natürliche Nahrung für Katzen lag auf der Arbeitsfläche. Das werde ich lesen, wenn ich mit dem Zug zu meiner Mutter fahre, dachte Fay. Jetzt muss ich sie erst mal anrufen. Wer weiß, ob sie dieses Wochenende überhaupt Zeit hat.

Fay holte sich den Brief mit der neuen Telefonnummer aus dem Wohnzimmer und ging zu ihrem Telefon. Sie wählte die Nummer. Tief in den Bauch atmen. Fay legte die freie Hand auf ihre Mitte. Sie hörte das Freizeichen. Einmal, zweimal, dreimal, schon wollte sie wieder auflegen, da hörte sie die Stimme ihrer Mutter: »Ja, hallo?«

Fay brachte kein Wort heraus. »Hallo? Wer ist da?«, fragte ihre Mutter noch mal.

Fay räusperte sich. »Hallo, Mama«, flüsterte sie in den Hörer, »ich bin´s, Fay.«

Schweigen.

Dann: »Fay! Das gibt's doch nicht! Ach, ich freue mich so, dass du dich meldest! Wie geht es dir?« Es klang ehrlich. Ihre Mutter freute sich wirklich, Fay zu hören. Das konnte sie spüren. Es war ein gutes Gefühl. Wärme, die sich vom Herzen aus in ihrem Körper ausbreitete.

»Hallo, Mama«, sagte Fay noch mal. »Hast du am Wochenende schon etwas vor?«

»Nein, warum, Fay? Ich bin zu Hause« war die Antwort.

»Ich möchte dich besuchen kommen, Mama. Hast du Zeit für mich?«, fragte Fay, schon etwas sicherer in ihrer Stimme.

»Fay, natürlich habe ich Zeit für dich. Darauf warte ich schon so lange. Hätte ich etwas vor, würde ich alles absagen, um dich zu sehen.« Jetzt konnte Fay Tränen in der Stimme ihrer Mutter hören. Auch sie selbst musste schlucken. Sie hatte einen Frosch im Hals.

»Gut, dann komme ich morgen. Ich muss mir noch eine Zugverbindung raussuchen«, erklärte Fay. »Wie komme ich dann vom Bahnhof zu dir?«, fragte Fay.

»Ich hole dich mit dem Auto ab. Ich habe letztes Jahr den Führerschein gemacht, als ich wieder aufs Land gezogen bin«, erzählte ihre Mutter. »Ruf noch mal an, wenn du weißt, wann dein Zug hier ankommt!«

Fay war verblüfft. Den Führerschein? Es war einer der Gründe gewesen, in die Nähe der Stadt zu ziehen, dass ihre Mutter damals den Führerschein nicht machen wollte.

»Gut, Mama, ich melde mich bei dir, sobald ich weiß, wann mein Zug fährt.« Verwundert über ihre eigene Ruhe bei dem Gespräch, legte Fay den Hörer auf. Freude durchströmte sie. Fay war von dem sicheren Gefühl erfüllt, das Richtige zu tun. Sie ging ins Schlafzimmer und begann, ihren Koffer zu packen.

Schneller als gedacht

Inzwischen hatte Fay die Anderswelt so weit in ihr Leben integriert, dass Lana, Sarah, Edith und Kurt quasi eine Liveschaltung zu ihr hatten. Eins zu eins erlebten sie Fays Stimmungen und Handlungen mit. Lana erfreute sich daran, wie sich Funny in Fays Leben zu entfalten begann. Sarah freute sich darüber, dass Fay Herrn Hugo so weit vertraute, dass sie bereit war, Pfötchen bei ihm zu lassen. Noch viel mehr freuten sich aber alle beide darüber, dass Fay beschlossen hatte, ihre Mutter zu besuchen.

»Das ist die beste Entscheidung von allen«, sagte Kurt. »Das wird vieles beschleunigen.« Mit diesen Worten webte Kurt die letzten Fäden seines Kokons. »Lebt wohl, meine Freunde. Wir werden uns wiedersehen. In einem anderen Leben. Da werde ich der schönste Schmetterling von allen sein.« Obwohl von Kurt nichts mehr zu sehen war, waren sich die drei anderen sicher, dass bei diesen Worten ein breites, zufriedenes Raupenlächeln auf seinem Gesicht lag.

Sarah schaute Edith an und fragte: »Was sollen wir jetzt tun? Können wir Fay noch irgendwie helfen?«

»Ich weiß es nicht, Sarah«, antwortete Edith.

Lana meinte: »Fay ist schon sehr weit gekommen in ihren Erinnerungen. Vielleicht schafft sie den Rest ja ohne uns?!« Die drei hörten einen Vogelruf und schauten in die Ferne.

»Das ist Skulan!«, rief Lana erfreut aus.

Kurz darauf landete der alte Freund bei ihnen auf der Lichtung. »Ich hätte nicht gedacht, dass wir uns so schnell wiedersehen, Lana. Wie ich sehe, habt ihr Zuwachs bekommen.«

»Hallo, ich bin Sarah«, stellte Sarah sich Skulan vor. »Wer du bist, weiß ich schon, das haben mir Lana, Edith und Kurt schon erzählt.«

Skulan lächelte. »Na, ich hoffe, die drei haben dir nur Gutes über mich berichtet …« Sarah nickte eifrig.

Ganz entgegen ihrer Art unterbrach Lana die beiden. Normalerweise war sie sehr geduldig. »Warum bist du so schnell zurückgekommen, Skulan?«, fragte sie interessiert.

»Ja, Skulan, da muss es etwas Wichtiges geben. Sonst wärst du nicht schon wieder zurück, das hatte beim letzten Mal eher nach einem längeren Abschied geklungen. Erzähl es uns, bitte!«, drängte Edith.

Skulan begann zu sprechen: »Mein Menschenverbündeter Hans schickt mich zu euch. Er hat eine Bitte. Ihr könnt ihm helfen. Bald ist die Zeit reif, da wird er sich auf die Reise zu Edward machen, um ihn Fay zurückzubringen. Die Hausaufgaben, die er ihr gegeben hat, sind die ersten Schritte auf diesem Weg. Hans bittet euch, noch mal in die Sümpfe zu reisen. Noch bevor er sich dahin auf den Weg macht. Ihr könnt Edward auf den Moment vorbereiten, an dem Hans ihn holen kommt. Ihr beiden werdet sehr bald zu Fay zurückgehen. Wenn ihr im Sumpf seid, kann Edward das miterleben. Da Fay bereit ist und ihr es euch wünscht, wird es geschehen. Es wird Edward die noch fehlende Sicherheit geben, dass die Zeit gekommen ist, ebenfalls zurückzukehren.«

»Wie können wir Edward vorbereiten?«, fragte Sarah.

»Erzählt ihm alles, was passiert ist, seit ihr das letzte Mal bei ihm gewesen seid. Es ist wichtig, dass er dich, Sarah, kennenlernt. Du bist die Essenz, auf die er wartet. Vertrauen in andere Menschen ist es, was ihm bisher gefehlt hat. Dann lasst Edward erzählen, was er sich wünscht. Wie er geholt werden möchte. Wenn ich dabei bin, kann ich das alles anschließend meinem Menschenverbündeten Hans erzählen. Er weiß dann, wie er sich vorbereiten kann. Ich werde mit euch gehen«, ergänzte Skulan seine Ausführungen. Die drei waren einverstanden.

»Kurt ist verpuppt und wird hier auf der Lichtung am Haselnussstrauch bleiben.« Skulan beugte seinen Kopf den Freunden entgegen, und alle drei nahmen auf seinem gefiederten Rücken Platz. »Haltet euch gut fest, wir starten.«

Die Reise

Fay hatte noch am Abend ihre Koffer gepackt. Sie war für alle Fälle gerüstet. Für Regenwetter wie auch für Sonnenschein. Sogar ein Kleid hatte sie eingepackt. Wer weiß, vielleicht ergab sich ja eine Gelegenheit, es zu tragen. Danach hatte sie am Bahnhof angerufen und sich die Zugverbindungen für den nächsten Tag geben lassen. Sie hatte eine Verbindung um neun vormittags mit einmal umsteigen. Etwa halb zwei würde sie dann bei ihrer Mutter im Dorf sein.

Obwohl das Dorf, in dem ihre Mutter jetzt lebte, nur 120 km entfernt war, war es mit den öffentlichen Verkehrsmitteln wie eine kleine Weltreise. Es gab keine Direktverbindung, darum hatte sie einen Aufenthalt von gut einer Stunde in einem Ort, der Wulfenberg hieß.

Später hatte sie Hugo noch das restliche Futter für Pfötchen gebracht. Sie vereinbarten, dass Fay sich einen Tag bevor sie zurückkommen würde telefonisch melden würde. Fay ging früh zu Bett. Pfötchen schlief eingerollt zu ihren Füßen.

Am nächsten Morgen stand Fay am Bahnhof und wartete auf den Zug. Sie war viel zu früh da und hatte sich noch Zeitschriften gekauft. Die neuesten Ausgaben des *GEO*-Magazins und von *National Geographic.* Am Bahnhof herrschte reges Treiben. Menschen kamen und gingen. Abschiede und freudige Begrüßungen wechselten sich ab.

Fay beobachtete gerne Menschen. Sie dachte sich dann immer etwas zu den einzelnen Leuten aus. In ihrer Fantasie erlebten die Menschen Liebesgeschichten, Lebensdramen,

Abenteuer in fremden Ländern und vieles mehr. Auch heute beobachtete Fay die Menschen. Allerdings spann sie heute keine Fantasiegeschichten zusammen. Sie war in Gedanken bei ihrer Mutter. Wie würde es wohl sein, sie wiederzusehen? Fay hatte sich kein festes Rückreisedatum gesetzt. Sie wollte, dass es ihr freistand, dann zu gehen, wenn ihr danach war. Am Schalter hatte sie sich erkundigt. Es fuhren jeden Tag zwei Züge aus dem Dorf zurück in die Stadt. Einer am Vormittag und einer gegen Abend.

Fays Zug fuhr nun in den Bahnhof ein. Sie nahm ihren Koffer und stieg ein. Es gab einen Waggon mit einzelnen Abteilen für jeweils sechs Personen. Fay fand ein freies und setzte sich hinein. Sie wollte alleine bleiben, wenn es irgendwie möglich war. Sie hievte den Koffer hoch in die Ablage und machte es sich am Fenster bequem. Der Zug fuhr mit einem Ruck an. Als sie sich schon aus dem Bahnhof hinausbewegten, ging die Abteiltür auf, und eine junge Frau schaute herein. »Entschuldigung, ist hier noch frei?«

»Ja«, sagte Fay knapp. Warum musste jetzt noch jemand kommen?, dachte sie sich.

»Ich danke Ihnen«, antwortete die junge Frau höflich. Sie schob die Tür des Abteils ganz auf und kam herein. Drei Kinder im Schlepptau. Das Jüngste vielleicht drei oder vier Jahre alt, das Älteste etwa acht. Fay seufzte leise und schaute aus dem Fenster. Na toll, dann bin ich jetzt die nächsten zwei Stunden mit diesen drei Kindern in einem Abteil. Das kann ja lustig werden, grummelte Fay in Gedanken.

Die junge Frau setzte das jüngste Kind Fay gegenüber auf den anderen Fenstersitz. Sofort zog sich das Kind, ein kleiner Junge, hoch und schaute aus dem Fenster. Dabei patschte er mit seinen Händchen gegen die Scheibe. Die beiden anderen machten es sich auf den Plätzen am Gang gemütlich. Die Älteste hatte die Kopfhörer eines iPods im Ohr. Die Mittlere kramte ein Buch aus ihrem Rucksack. Die Mutter hatte jetzt ebenfalls einen Rucksack geöffnet und holte den

Proviant heraus. Als Nächstes kamen Bilderbücher und Malfarben zum Vorschein.

Fay konnte nichts dagegen tun, sie begann, die vier zu beobachten. Alle vier wirkten sehr entspannt und zufrieden. Die Kinder waren höflich, und keines von ihnen quengelte. Fay kam mit der jungen Frau ins Gespräch. Sie war nur ein Jahr älter als Fay. Ihre älteste Tochter hatte sie mit zwanzig bekommen. Der Vater der Kleinen hatte sich in dem Moment aus dem Staub gemacht, als er von der Schwangerschaft erfahren hatte. Dann hatte sie den Vater der anderen beiden Kinder kennengelernt. Sie hatten geheiratet und lebten jetzt gemeinsam in der Stadt. Ihr Mann war Arzt am städtischen Krankenhaus. Die junge Frau machte mit ihren Kindern einen Osterausflug aufs Land zu den Großeltern. Sie erzählte Fay, dass vor allem ihre Mutter sie sehr unterstützt hatte, als sie damals mit ihrer ersten Tochter schwanger gewesen war.

»Der wichtigste Mensch im Leben ist eine gute Mutter. Sie ist immer für ihre Kinder da.« Bei diesen Worten lächelte die junge Frau Fay an. Fay schaute nachdenklich auf die kleine Familie. Alle wirkten wirklich zufrieden. Sie strahlten eine besondere Schönheit aus.

»War Ihre Mutter immer für Sie da?«, fragte Fay ganz unvermittelt.

Lachend antwortete sie: »Ja, auch wenn ich es oft nicht sehen konnte. Ich fühlte mich manchmal bevormundet oder kritisiert und hatte oft den Eindruck, dass sie über mein Leben bestimmen wollte. Ich bin mit 17 von zu Hause weggegangen. Im Streit mit meiner Mutter. Sie wollte mit mir über meine Zukunft reden. Über die Schule und solche Dinge. Ich hatte dazu keine Lust. Ich zog zu meinem Freund, dem Vater meiner großen Tochter. Das waren ein paar stürmische Jahre bis zu meiner Schwangerschaft. Als er dann weg war, war meine Mutter für mich da. Ich konnte sofort wieder bei ihr wohnen. Sie nahm mich auf, als wäre nie etwas zwischen uns gewesen. Viele Gespräche folgten. Über uns beide und das Leben mit einem Kind. Es war gut, dass ich gegangen bin, und es war ebenso gut, dass ich wiedergekommen bin.«

»Mama, die nächste Station ist unsere«, meldete sich in diesem Moment die mittlere Tochter.

»Super aufgepasst, meine Große, wie lange haben wir noch Zeit?«, fragte die junge Frau.

»Noch etwa sieben Minuten. Dann sind wir da«, antwortete das Mädchen.

Die junge Frau stand auf. Fröhlich wies sie ihre Kinder an: »Dann hopp hopp, kommt in die Gänge. Zusammenpacken, und auf geht's zu Oma.« Die beiden Großen standen auf und packten ihre Sachen in die Rucksäcke. Dann halfen sie ihrer Mutter, den restlichen Proviant und die Spielsachen einzusammeln. Der Kleine hüpfte ausgelassen auf seinem Sitz und jubelte »Oma, wir gehen zu Oma«.

Fay empfand diese Szene als sehr harmonisch und schön. Jetzt freute sie sich sogar darüber, dass die junge Frau in ihr Abteil gekommen war. Und sie freute sich noch mehr auf das Wiedersehen mit ihrer Mutter.

Am Bahnhof in Wulfenberg war nichts los. Was kann man von einem Ort mit diesem Namen auch anderes erwarten, dachte Fay. Ich habe etwas mehr als eine Stunde Zeit, überlegte sie. Sie schlenderte über den kleinen Bahnhof und ging am Haupttor hinaus. Gegenüber war ein kleiner Park, und ein Eisverkäufer stand dort mit seinem Wagen. Fay holte sich ein Eis und setzte sich auf eine der Bänke mit Blick zum Bahnhof. Aus ihrer Handtasche holte sie das *Geo*-Magazin. Das Hauptthema der Ausgabe waren Berichte aus verschiedenen Indianerreservaten in Nordamerika.

Sie blätterte in der Ausgabe, als ihr ein Bild besonders ins Auge fiel. Wie die Zeile unter dem Bild besagte, war es im Reservat der Crow in Montana aufgenommen worden. Auf dem Foto waren neben zwei offensichtlichen Natives auch zwei ältere, europäische Herren abgelichtet. Einer davon kam ihr sehr bekannt vor. Es war Hugo, ihr Nachbar! Sie konnte es nicht fassen. Als sie die Bildunterschrift las, standen dort vier Namen: Brandon Flying Eagle Wood, Chief Ron Two Eyes Fire, Hugo Wiesmut und Walter Heylrich. Walter Heylrich! Fay fiel beinahe ihr Eis aus der Hand. Das war ihr Vater auf dem Bild! Eindeutig! Sie konnte es nicht fassen. Was zur Hölle tat ihr Vater bei den Crow-Indianern in Montana? Fay blätterte hektisch weiter. Am Ende des Artikels waren das Datum der Aufnahmen und der Autor des Artikels angegeben: *Aufgenommen am 21.9.2011 von Marcel Wiesmut.* Das musste dann wohl Hugos Sohn sein. Das war vor einem halben Jahr. Ja klar, da hatte Hugo seinen Sohn in Amerika besucht. Aber er kannte ihren Vater und hatte kein Wort gesagt. Wusste er, wer sie war?

Fay ging zurück an den Bahnsteig, und kurz darauf kam ihr Zug. Sie wunderte sich nicht mehr über das, was ihr passierte. Verblüffend war es dennoch. Sie hatte jetzt also die Gelegenheit, sich mit ihrer Mutter auszusprechen, und wenn sie wieder zurückkam, konnte sie mit Hugo über seine Begegnung mit ihrem Vater reden. Nach so langer Zeit würde sie wieder etwas von ihrem Vater erfahren. Wie war er nach Nordamerika gekommen? Fay spürte Neugierde in sich aufkommen. 13 Jahre war es jetzt her, dass ihr Vater weggegangen war. Wohin, hatte ihr nie jemand gesagt. Nordamerika also. Ob ihre Mutter das wusste? Sie schob diese Gedanken beiseite und schlug erneut den Artikel auf. Unter dem Foto mit Hugo und ihrem Vater stand ein Absatz über den Bäcker im Reservat. Er war vor sieben Jahren dort angekommen, auf der Suche nach sich und dem Sinn im Leben. Er wollte an den Sonnentänzen teilnehmen, von denen er gehört hatte. Die Natives ließen ihn tanzen. Er war jedes Jahr wiedergekommen und hatte dort Freunde gefunden. Er hatte begonnen, auch zu anderen Gelegenheiten bei seinen Freunden vorbeizuschauen. Er hatte die Armut und die Schönheit der Menschen im Reservat erlebt. Nach seinem vierten Sonnentanz hatte er beschlossen zu bleiben. Er eröffnete eine Bäckerei und begann, gutes Schwarzbrot zu backen. Heute, sieben Jahre später, hatte er drei indianische Lehrlinge und versorgte Crow Agency, den Hauptort des Reservats, täglich mit frischem Brot. Alles, was am Abend übrig blieb, wurde in der Armenküche verschenkt.

Fay war fasziniert von dem, was sie las. Ihr Vater – Sonnentänzer? Unglaublich! Dass er wieder eine Bäckerei hatte, das konnte sich Fay sofort vorstellen. Es interessierte sie brennend, wie ihr Vater zum Sonnentänzer geworden war.

Den Rest der Fahrt schwelgte Fay in Fantasien darüber, wie ihr Vater Sonnentänzer geworden war. Darüber, wie sie ihn in Nordamerika besuchte. Darüber, wie sie, Fay, ein glückliches Leben mit einem liebevollen Mann und ihren gemeinsamen Kindern führte. Wobei, das mit den Kindern und dem Mann, das war nur eine ganz kurze Fantasie. Da war ihr wohl noch die junge Frau von vorhin in ihren Tagtraum geschlüpft.

Fay schaute aus dem Fenster. Der Zug fuhr gerade durch einen Bahnhof, und Fay las das Ortsschild. Dem Fahrplan entnahm sie, dass sie noch drei Stationen vor sich hatte. Fay packte ihre Sachen zusammen und holte den Koffer aus der Ablage. Sie war nervös. Wie sah ihre Mutter wohl mittlerweile aus?

Als der Zug in dem kleinen Bahnhof hielt, stieg Fay mit klopfendem Herzen aus. Ein paar Meter weiter auf dem Bahnsteig stand ihre Mutter und schaute in die andere Richtung. Jetzt drehte sie den Kopf und erkannte Fay sofort. Freude ließ ihr Gesicht strahlen. Fay spürte Tränen in ihre Augen steigen. Es war, als kämpften zwei wilde Tiere in ihrem Herz. Eines hieß Wut und Angst, das andere hieß Freude und Liebe. Dieser Kampf dauerte nur einen Moment und schien doch eine Ewigkeit zu währen. Dann hörte sie Funnys Stimme: »Du entscheidest, welches von den beiden wilden Tieren siegt, Fay.« In diesem Moment entschied sich Fay für die Freude. Sie ging auf ihre Mutter zu und fiel in ihre offenen Arme. Dann kamen die Tränen. Es waren Tränen der Erlösung für Fay. Ihre Mutter hielt sie fest in den Armen und strich ihr sanft über den Kopf. »Ist schon gut, Fay, meine Kleine, lass uns nach Hause gehen.«

Fay schniefte und wischte sich mit dem Handrücken die Nase. Wie schon ihr Leben lang. Taschentücher hatte sie noch nie gemocht. Sie nahm ihren Koffer, und gemeinsam gingen sie durch den Bahnhof hinaus auf den Parkplatz.

Ihre Mutter hatte einen kleinen, schicken Gebrauchtwagen. Fay stieg ein, und ihre Mutter startete den Wagen. »Es wird dir gefallen bei mir, Fay«, sagte sie lächelnd. »Ich freue mich so, dass du da bist.«

Schweigend fuhren sie etwa 15 Minuten über die Landstraße und durch einen kleinen Wald, bis sie an einem Haus ankamen, das direkt am Waldrand stand und wahrhaftig die Beschreibung »Hexenhäuschen« verdiente. Vor dem Haus war ein großer Garten mit einem Walnussbaum. Überall waren Blumenbeete und Beerenhecken. Es gab ein Vogelbad und eine Feuerstelle mit Baumstümpfen als Sitzgelegenheiten. Das Haus selbst war mit Efeu umwachsen. Dazwischen waren rote und violette Fensterläden zu sehen, während die Haustür in einem knalligen Orange strahlte. Fay war verzaubert von diesem Garten und dem Häuschen.

»Komm rein, ich zeig dir, wie es innen aussieht.«

Fay kam aus dem Staunen nicht mehr heraus. Das Haus war ein einziges Kunstwerk, jeder Raum eine Welt für sich. Aus bunten Fliesen, Lehmputz, ursprünglichen Holzwänden, Farbe und vor allem viel Kreativität.

»Wer hat das alles gemacht?«, fragte Fay beeindruckt.

»Das habe alles ich gemacht.«

»Wie bitte, du allein?«, rief Fay erstaunt aus.

»Nein, nicht ganz allein, natürlich«, antwortete ihre Mutter lächelnd. »Ich habe viele fleißige Helfer gehabt, die die grobe Arbeit erledigt haben. Die Wände und die Mosaike habe ich aber dann selbst gestaltet. Auch die Bilder an den Wänden sind von mir. Ich habe dieses Haus schon ein Jahr bevor ich hier eingezogen bin gekauft. Dann habe ich angefangen zu renovieren. Als du damals gegangen bist, ist meine Depression noch schlimmer geworden. Ich fühlte mich endgültig wertlos. Daraufhin schickte mich meine Chefin zu einer Psychotherapeutin, die auch ganzheitlich arbeitete. Diese Therapeutin war es auch, die mir empfahl, eine Entziehungskur zu machen. Sie stellte mir ein Attest aus, das es mir ermöglichte, einen Entzug von den Medikamenten und dem Alkohol auf Krankenkassenkosten zu machen. Ich war einverstanden. Es war mit Abstand eine der besten Entscheidungen meines Lebens. Vorgesehen war ein halbes Jahr. Daraus wurden dann zwei Jahre. Ich brauchte diese zwei Jahre, um herauszufinden, was in meinem Leben schiefgegangen war. Ich begann, zu verstehen, wie ich es ändern konnte. Die Therapiestation, auf die ich kam, war ganzheitlich ausgerichtet. Wir lernten wieder zu entspannen. Mit Yoga und Meditation. Wir hatten Tanz- und Gestalttherapie. Malen und Werken mit unterschiedlichsten Materialien und noch vieles mehr. Ich fing an, mit Lehm zu arbeiten. Erst Skulpturen und auch Tongefäße. Später entdeckte ich die Möglichkeit, ganze Räume mit Lehm zu gestalten. Meine Chefin hatte mir in der Zwischenzeit gekündigt. Das konnte ich verstehen. Noch während meiner Zeit in der Klinik überlegte ich mir, wie ich danach wieder Geld verdienen könnte. Eines Tages las ich ihn einer Zeitung von einer freien Stelle als Gärtnergehilfin. Irgendetwas daran reizte mich. Körperlich war ich gut in Form, darauf hatte ich in den zwei Jahren zuvor Wert gelegt. Ich bekam die Stelle in der Gärtnerei. Acht Stunden jeden Tag, erst mal hinten im Lager bei den Topfpflanzen.«

Fay war ganz gebannt von den Erzählungen ihrer Mutter. Ohne sie auch nur einmal zu unterbrechen, hörte sie ihr weiter zu.

»Obwohl die Arbeit in der Gärtnerei mühsam war, machte sie mir viel Spaß. Der Familienbetrieb hatte ein gutes Klima, und ich lernte dort viel über Pflanzen und deren Kultivierung im Garten. Ich begann, meine Arbeit zu lieben. Da aus den acht Stunden bald mehr wurden, bekam ich in der Gärtnerei jeden Tag drei Mahlzeiten. Da ich sonst sehr bescheiden lebte, konnte ich einiges von meinem monatlichen Gehalt sparen. Von meiner Chefin lernte ich darüber hinaus viel über Heilkräuter und deren Verarbeitung. Die Gärtnerei hatte auch allerlei Tees, Gewürze, Salben, Öle und anderes im Sortiment. Hausgemacht selbstverständlich. Drei Jahre habe ich in dieser Gärtnerei gearbeitet. Dann eröffnete mir die Chefin eines Tages, dass sie schließen würden, da die Gärtnerei zu klein war, um auf dem Markt weiterhin zu bestehen. Sie hatte ein Angebot von einem großen holländischen Blumenhändler bekommen, der in der Gegend einen geeigneten Standort für seine Auslieferung suchte. Sie hatte den Kaufvertrag schon unterschrieben. Im ersten Moment brach für mich wieder einmal eine Welt zusammen. In den folgenden zwei Wochen wurde die Gärtnerei ausgeräumt. In dieser Zeit fand ich dieses Haus und kaufte es von meinen Ersparnissen. Später erfuhr ich, dass in den wenigen Häusern der Nachbarschaft vorwiegend Künstler lebten, die gerade dabei waren, eine Kooperative in der Region zu gründen. Ich nahm mit ihnen Kontakt auf, und es entwickelten sich gute Freundschaften daraus. Jetzt koche ich in meiner Freizeit das Obst und das Gemüse der Leute ein. Diese gehen mir dafür überall zur Hand, wo ich Hilfe brauche. Halbtags arbeite ich noch als Lehrerin für Werken in der Dorfschule. Tja, das war, was ich in den letzten Jahren erlebt habe. Sozusagen im Schnelldurchlauf für dich. Aber jetzt genug von mir, Fay, wie geht es dir? Was machst du? Bist du noch bei dieser Werbeagentur?« Inzwischen waren sie in der Küche angekommen. Fays Mutter hatte Kaffee aufgesetzt. Fay setzte sich auf die Eckbank, legte die Füße hoch und rutschte nach hinten, um sich anlehnen zu können. Oh, wie sie das in ihrer Küche vermisste. Da gab es keine Eckbank. Während ihre Mutter einen Kuchen aus dem Kühlschrank holte, begann Fay zu erzählen, wie es ihr in den letzten Jahren ergangen war.

Dem Kuchen und Kaffee folgten irgendwann leckere Spaghetti mit selbst gemachter Tomatensoße. Dazu tranken sie Holunder- und Brombeersaft, alles aus eigener Ernte und Herstellung.

Die beiden Frauen unterhielten sich bis spät in die Nacht. Sie lachten gemeinsam, sie weinten gemeinsam. Sie schauten sich Fotos aus der Zeit an, als sie noch zu dritt waren, und der Zeit danach. Sie tauschten Erinnerungen aus. Es war ein offenes, ehrliches Gespräch. Fay konnte vieles verstehen, was ihre Mutter erzählte. Fays Mutter sah jetzt erst, in welcher Not ihre Tochter sich immer wieder befunden hatte. Die Geschichte im Krankenhaus. Die Zeit, in der beide, Mutter und Vater, getrunken hatten. Dann die Scheidung und das Verschwinden ihres Vaters. Über all das und noch viel mehr redeten die beiden, bis sie beinahe auf dem Wohnzimmerboden vor dem Kachelofen einschliefen. Die beiden Frauen standen auf. Glücklich schauten sie sich an.

»Du bist so wunderschön, Fay«, sagte ihre Mutter.

Fay glaubte es ihr und nahm sie in den Arm. »Du auch Mama, du bist auch eine wunderschöne Frau.«

Fays Mutter zeigte ihr das Gästezimmer. Es war ein hübsches Zimmer mit einem Bett, das richtig kuschelig aussah.

»Gute Nacht, Mama«, sagte Fay erschöpft.

»Und Zähneputzen?«, fragte ihre Mutter gespielt streng.

»Morgen, Mama, versprochen, morgen putze ich mir die Zähne«, kicherte Fay. Sie gab ihrer Mutter einen Kuss auf die Wange und schob sie zärtlich, aber bestimmt aus dem Zimmer. Dann, als sie im Bett lag, atmete sie tief in ihren Bauch und flüsterte glücklich: »Danke, MaPa, wer auch immer du bist. Und euch danke ich auch, meine Helfer, wo auch immer ihr seid.« Mit dem Gefühl, zu Hause zu sein, schlief Fay ein.

Als sie am nächsten Morgen aufwachte, schien die Sonne in Fays Zimmer. Sie streckte sich und fühlte sich ausgeruht wie schon lange nicht mehr. Kaffeeduft lag in der Luft. Gut gelaunt stand Fay auf und ging hinaus in die Küche. Sie fand ihre Mutter beim Frühstück. »Guten Morgen, mein Schatz«, begrüßte sie Fay. »Möchtest du auch Kaffee?«

»Gerne, Mama.« Fays Herz hüpfte vor Freude beim Klang dieses Wortes.

Die nächsten Tage verbrachten die beiden Frauen damit, sich neu kennenzulernen. Am Dienstag fuhren sie an den Ort, wo das Bauernhaus aus Fays Kindheit gestanden hatte. Das Haus gab es nicht mehr, und auch die Obstbaumwiese war verschwunden. Stattdessen stand Fay vor einer Reihenhaussiedlung. Fünf identische Häuser auf jeder Seite, in der Mitte eine betonierte Zufahrt. Am Ende der Zufahrt war ein kleines Stück grüne Wiese, kreisrund, mit ihrem Walnussbaum in der Mitte. Das Einzige, was aus ihrer Kindheit hier noch übrig geblieben war. Fay ging zu ihrem Baum und umarmte ihn. Sie schloss die Augen und verabschiedete sich. Von diesem Baum und von ihrer Kindheit, zumindest von dem Teil ihrer Kindheit, den sie gemeinsam mit ihrer Mutter aufgearbeitet hatte.

Am Mittwoch kochten sie gemeinsam aus den ersten Frühlingskräutern Suppe, machten einen Salat und einen

Brotaufstrich. Frisches Brot buken sie selbst. Ihre Mutter hatte das alles in den letzten Jahren von ihren freakigen Freunden, den Künstlern und ihrer Chefin in der Gärtnerei gelernt. Fay war beeindruckt davon, wie ihre Mutter sich verändert hatte. Sie war jetzt eine selbstbewusste, zufriedene Frau, die ihre Stärken und Schwächen kannte, diese nicht verleugnete und jeden Tag aufs Neue ihr Leben feierte.

Viel zu schnell waren die Tage vorbei, und der Donnerstag kam. Fay wollte auf alle Fälle ihren Termin bei Hans einhalten. Am Freitag, also morgen Abend, sollte sie wieder zu ihm kommen. Fay hatte ihrer Mutter von Hans erzählt. Sie hatte ihr auch von den Erlebnissen in der Anderswelt berichtet, und ihre Mutter hatte sie darin bekräftigt, weiter auf diesem Weg zu bleiben. Fay rief ihren Nachbarn Hugo an, um ihm zu sagen, dass sie morgen zurückkommen würde. Bei dieser Gelegenheit fiel Fay der Zeitungsbericht wieder ein.

Nachdenklich ging sie zu ihrer Mutter. »Mama, weißt du etwas von Papa?«, fragte sie ihre Mutter.

»Nein, Liebes, ich habe schon seit über zehn Jahren nichts mehr von ihm gehört. Das Letzte, was ich von ihm weiß, ist, dass er nach Amerika ausgewandert ist. Seither hab ich nie wieder von ihm gehört. Es wäre für ihn wohl auch schwer, mich zu finden. Ich bin seit damals dreimal umgezogen«, antwortete sie.

Fay überlegte kurz, ob sie ihrer Mutter das Bild zeigen sollte. Dann entschied sie sich dagegen. Es sollte im Moment noch ihr Geheimnis bleiben. Irgendwann würde sie es ihrer Mutter erzählen.

Der Donnerstagabend war ein lauer Frühlingsabend. Beinahe schon eine Frühsommernacht, dachte Fay. Sie und ihre Mutter saßen draußen auf zwei dicken Decken an der Feuerstelle. Die herumstehenden Holzstämme verwendeten sie als Lehnen. Vor ihnen brannte ein Feuer mit ruhigen

Flammen. Über ihnen leuchteten die Sterne am Himmel. So viel mehr Sterne als in der Stadt, dachte Fay, und atmete tief ein. Sie legte ihren Kopf in den Schoß ihrer Mutter und schaute verträumt in die Flammen. Ihre Mutter begann, ihr ganz sanft den Kopf zu streicheln. Keine von beiden sagte etwas. Dieser Moment brauchte keine Worte. Fay versank in einem Meer aus Ruhe und Vertrauen. Ihre Mutter, die Sterne, das Feuer: Alles um sie herum löste dieses Gefühl in ihr aus.

Das war der Augenblick, in dem Lana und Sarah aus der Anderswelt verschwanden.

Der edle Ritter

Kurz zuvor waren die Freunde am Rande des Sumpfes gelandet. Lana erkannte Edward sofort wieder. Er saß noch immer an derselben Stelle. Doch etwas hatte sich verändert. Sein Leuchten war heller, er selbst größer geworden, schien es Lana. Kaum dass die vier am Rande des Sumpfes gelandet waren, hatte sich Edward erhoben. Er schaute über den Sumpf hinweg zu den Gefährten herüber.

»Hallo, Edward, schön dich zu sehen«, begrüßte Lana ihn.

»Du bist wirklich wiedergekommen, das hätte ich nicht gedacht«, antwortete Edward erstaunt. »Wo sind die Raupe und die kleine Funny?«

Lana erzählte Edward alles, was seit ihrem letzten Besuch geschehen war. »Das hier sind nun Edith, das Eichhörnchen, und Sarah, die Essenz des Vertrauens in andere Menschen«, schloss Lana ihren Bericht ab.

Edward war während der Erzählung zwar nähergekommen, doch es trennten ihn immer noch einige Meter von den Freunden. Aufmerksam hatte er Lanas Worten gelauscht.

»Du bist also das Vertrauen in andere Menschen«, sagte Edward zu Sarah. »Du hast mir immer gefehlt, als ich noch bei Fay war. Am Ende vertraute sie niemandem mehr, nicht einmal sich selbst.«

»Es tut mir leid, Edward, aber ich musste mich damals zurückziehen, damit das Urvertrauen unverletzt blieb«, sagte Sarah ernst.

Edward nickte nachdenklich mit dem Kopf. »Und wo ist Fay selbst?«, fragte er erwartungsvoll.

»Sie hat begonnen, bei meinem Menschenverbündeten Hans das Reisen in die Anderswelt zu lernen«, erzählte

Skulan. »Doch es wird noch dauern, bis sie so sicher ist, dass sie dich alleine finden könnte. Daher wird Hans demnächst eine Reise für Fay machen, um dich ihr zurückzubringen. Ich bin in seinem Auftrag hier. Er möchte wissen, was du brauchst, um zu Fay zurückzukommen.«

»Darüber muss ich erst noch nachdenken«, antwortete Edward. Er wich wieder ein kleines Stück zurück.

Lana konnte in dem Leuchten einen schönen, jungen Mann erkennen. Noch ein Jugendlicher und doch schon mit den Gesichtszügen eines Mannes. Sein schön geschnittenes Gesicht war traurig und nachdenklich. Lana konnte sehen, dass der junge Mann mit sich selbst rang.

»Wenn ich zu ihr zurückkomme, ist sie dann überhaupt in der Lage, mich zu leben? Ich bin ein Ritter, ein Krieger. Fays Krieger. Meine Kraft ist, ihren Traum wiederzuerwecken. Das ist aber nur ein Teil. Der größere Teil ist, dass ich auch die Kraft habe, diesen Traum in ihrer Welt zu manifestieren. Das kann ich aber nur, wenn sie ihren eigenen Krieger entfaltet und kultiviert. Dann wird sie ihre Lebensaufgabe erfüllen können. Ist sie dazu wirklich bereit?«

Edith wog ihr Köpfchen hin und her. »Ich bin dabei, gemeinsam mit Fay ihre Erinnerungen zu sortieren. Sie macht Fortschritte auf ihrem Weg. Ich bin mir sicher, dass sie bald dazu bereit sein wird, ihrem Krieger zu begegnen. Es ist nicht nur der Krieger, der noch in ihr schlummert. Sie wird auch noch ihren inneren Künstler und die Frau in sich entfalten. Später entdeckt sie vielleicht noch die Heilerin in sich. Das wird sich noch zeigen.«

»Edward«, warf Skulan ein, »sie wird bereit dazu sein, wenn mein Menschenverbündeter hierher kommt. Aber bist *du* bereit, zu Fay zurückzugehen?«

Edward schaute zu den Freunden ans Ufer. »Ich würde gerne zu ihr zurückgehen. Aber ich komme hier aus diesem Sumpf alleine nicht heraus. Außerdem möchte ich sauber und gestärkt zu Fay zurück. Jetzt sehe ich ja aus wie ein armer Bettler. Fay hat immer von einem Ritter auf einem Pferd geträumt. Da kann ich als ihr innerer Krieger nicht in diesem Aufzug erscheinen.« Edward grinste schief. Zum ersten Mal sahen die Freunde die Trauer in Edwards Gesicht verfliegen.

»Ich werde Hans deine Bitte überbringen, Edward«, versicherte Skulan.

»Lana, schau mal!«, rief Sarah, »wir beide werden ganz durchsichtig! Außerdem spüre ich so ein Ziehen. Schon seit einer ganzen Zeit, es wird immer stärker.«

Lana nickte Sarah zu. »Ja, ich habe es auch bemerkt. Fay ruft uns. Sie ist jetzt bereit, sodass wir zu ihr zurückgehen können.«

»Ja, das ist richtig«, erwiderte Edith. »Fay ist bei ihrer Mutter. Sie ist sehr fleißig bei ihrer Aufgabe, mit der Vergangenheit Frieden zu schließen. Jetzt liegt Fay im Schoß ihrer Mutter, geborgen und sicher. Sie ist vollkommen bei sich, in ihrer Mitte. Der perfekte Moment für euch zwei.« Dabei lächelte Edith die beiden aufmunternd an.

»Wir bleiben in Kontakt, Edith und Skulan. Ich danke euch für alles!«, hörten sie Lana noch rufen, bevor sie gemeinsam mit Sarah aus der Anderswelt verschwand.

Edward schaute erstaunt. Er hatte so etwas noch nie gesehen. Skulan bemerkte seine Verwirrung. Edith und Skulan erklärten Edward, was gerade vorgegangen war. Edward verstand.

»Ich denke, es ist wirklich Zeit, zurück zu Fay zu gehen. Die beiden haben mir gerade gezeigt, dass Fay eine sehr mutige, starke Frau ist. Sie ist tatsächlich bereit, ihr Leben in die Hand zu nehmen. Skulan, sag deinem Menschen, ich bin bereit, wenn er mich holen kommt.« Sicher und mit fester Stimme entschied sich Edward für diese Möglichkeit. Bevor Skulan Edith zurück auf Fays Lichtung brachte, ließen die beiden sich von Edward noch einmal genau erklären, was er brauchte, um zu Fay zurückzukehren.

Heimkehr

Als die beiden Frauen im Garten zu frieren begannen, entschieden sie sich, ins Bett zu gehen. Sie standen auf, legten die Decken zusammen und gingen gemeinsam hinein. Fay umarmte ihre Mutter lange und schweigend. Es brauchte im Moment keine Worte, alles war gesagt. Sie spürte, wie ihre beiden Herzen im Gleichklang schlugen. Fay war glücklich.

Als sie am nächsten Tag erwachte, blieb sie noch einen Moment im Bett und erinnerte sich an ihren Traum …

Fay hatte geträumt, dass sie auf ihrer Lichtung war. Dort sah sie Edith, das Eichhörnchen, und einen großen Raubvogel, den sie nicht kannte. Die beiden schienen sie nicht zu bemerken. Fay schaute sich auf der Lichtung um. An einem Haselnussstrauch unter der großen Walnuss sah sie etwas leuchten. Sie ging näher heran und erkannte eine Schmetterlingspuppe. Sie begriff sofort, dass das Kurt, die kleine, graue Raupe war. Fay lächelte. Was bedeutete das für sie? Sie würde Hans fragen, nahm sich Fay in ihrem Traum vor. Dann wechselte das Bild. Fay war in ihrem inneren Garten. Sie stand wieder oben am Eingang. Der Garten war schon viel grüner, viel fruchtbarer als bei ihrem letzten Besuch. Der kleine Bach plätscherte vor sich hin. Noch war er ein wenig getrübt, aber längst nicht mehr die stinkende Brühe wie beim letzten Mal. Fay ließ den Blick über das Tal unter sich schweifen. Aus dem Kamin der Hütte stieg Rauch auf. Ob Gaia in ihrer Hütte war? Plötzlich hörte Fay fröhliches Kinderlachen. Sie sah drei Kinder aus dem Wald hinter dem Haus laufen. Sie schienen gemeinsam zu spielen. Fay lächelte. Ihre Mitte begann zu pulsieren. Freude breitete sich in ihr aus. Wer waren diese Kinder in ihrem Garten? Neugierig ging Fay den schmalen Weg hinunter ins Tal. Je näher sie kam, desto mehr hatte sie das Gefühl, diese Kinder zu kennen. Als sich Fay auf halbem Weg befand, bemerkten die Kinder sie. Interessant, dachte Fay, die Tiere auf der Lichtung haben mich nicht gesehen. Oder wollten sie mich nicht sehen? Die Kinder hielten in ihrem Spiel inne. Sie begannen, zu tuscheln und dabei in Fays Richtung zu schauen. Fay zögerte für einen kurzen Moment.

Da sprang das mittlere der Kinder auf sie zu. »Fay, Fay, endlich bist du da!«, rief ihr eine glockenhelle Stimme entgegen. Es war Funny, erkannte Fay, als sie die Stimme hörte. Das Mädchen fiel ihr lachend um den Hals. Fay war von Dankbarkeit und Liebe erfüllt. Sie fühlte sich unendlich beschenkt. »Ich bin so froh, wieder bei dir zu sein, Fay«, flüsterte Funny und verschmolz mit Fay. Jede einzelne Zelle ihres Seins war in diesem Moment pure Lebensfreude.

Inzwischen waren die anderen beiden Kinder ebenfalls herangekommen. Verwundert erkannte Fay sich selbst. Klein und groß. Beide Kinder sahen aus wie sie in einem bestimmten Alter.

»Wer seid ihr?«, fragte Fay.

Lana nahm Sarah auf den Arm. »Ich bin Lana, deine Essenz der Ruhe, des Wachstums und der Entspannung. Und das ist Sarah. Sie ist eine Essenz deines Urvertrauens. Das Vertrauen in andere Menschen.«

Da wurde die Tür der Hütte geöffnet, und Gaias Stimme ertönte. »Kinder, kommt essen!«

Fay ging gemeinsam mit den beiden Mädchen den Rest des Weges hinunter zur Hütte. Als sie in die Hütte eintraten, hieß Gaia sie alle drei herzlich willkommen. »Nehmt Platz, und lasst es euch schmecken. Schön, dass du uns besuchen kommst, Fay.« …

Bis dahin konnte Fay sich gut an ihren Traum erinnern. Sie wusste noch, dass sie sich unterhalten hatten. Doch sie hatte keine Ahnung mehr, worüber genau sie mit Gaia, Lana und Sarah gesprochen hatte.

Jetzt lag Fay im Gästezimmer ihrer Mutter im Bett und hatte volles Vertrauen in das, was da gerade passierte. Sie war aufgewacht und spürte Ruhe und Kraft in sich. Klarheit und Vertrauen. Sie konnte frei und tief in ihre Mitte atmen. Fay genoss es, in diesem Bett zu liegen, ihrem Traum nachzusinnen und einfach zu sein. Besser als jedes Salzbad, dachte sie. Hundertmal besser als jede Meditations-CD. Sie würde gerne bleiben. Aber genauso gerne wollte sie wieder gehen. Sie freute sich auf ihre Wohnung und ihren Kater. Fay hatte so viele Ideen, was sie in ihrem Garten pflanzen konnte. Sie wollte in ihrer Wohnung die Wände neu streichen. Vielleicht würde auch ihre Mutter zu Besuch kommen, und sie würden gemeinsam eine Lehmwand oder zwei gestalten. Fay freute sich auf die Zeit, die vor ihr lag. Lächelnd stand sie auf.

Das Frühstück mit ihrer Mutter genoss Fay sehr. Die beiden versprachen sich, in Kontakt zu bleiben. Es war ehrlich gemeint. Von beiden.

Ihre Mutter fuhr sie wieder zum Bahnhof. Es war ein herzlicher, ein freudiger Abschied und genauso ein Teil des Wiedersehens wie die Tage, die gerade hinter ihnen lagen. Teil eines Neuanfangs.

Fay weinte erst, als sie im Zug saß. Sie weinte vor Glück und Rührung. Oh Gott, dachte sie. Ich entwickle mich noch zu einer richtigen Heulsuse. Sie musste über sich selbst lachen. Naja, gab sie in Gedanken zu, es tat gut, zu heulen, die Emotionen einfach fließen zu lassen. Den Rest der Fahrt träumte Fay vor sich hin. Ehe sie sich versah, war sie zurück in ihrer Stadt und wartete auf den Bus. Der Lärm der

Autos, die an ihr vorbeifuhren, tat ihr weh. Es stank, stellte Fay fest. So intensiv hatte sie die Abgase der vielen Autos noch nie gerochen.

Die Leute um sie herum waren alle in sich gekehrt und reagierten abweisend. Fay überlegte, ob sie auch so war – und musste es sich eingestehen. Ein junger Mann kam die Straße entlang. Er blieb an der Bushaltestelle stehen und wartete. Fay betrachtete ihn. Irgendwie sah er anders aus als die anderen, dachte sie. In dem Moment schaute er in ihre Richtung und lächelte sie an. Seine strahlenden Augen berührten Fay. Wenn sie gedacht hatte, es gäbe nichts mehr, was sie noch verwirren konnte, dann hatte sie sich getäuscht. Das wurde Fay in diesem Moment klar. Diese Augen und dieses Lächeln eben hatten sie verwirrt. Als der Bus kam, stiegen sie beide ein. Er setzte sich hinter Fay. Das machte sie nervös. Sie hatte das Gefühl, von ihm beobachtet zu werden.

Zu ihrer Verwunderung stieg er an derselben Bushaltestelle aus wie sie. Er lächelte ihr nochmals freundlich zu und sagte im Vorbeigehen kurz »Hallo«. »Hallo«, erwiderte Fay, und schon war er an ihr vorbei. Sie stand da und schaute ihm nach. Warum verwirrte dieser junge Mann sie dermaßen? Was sie aber noch mehr verwunderte, war die Tatsache, dass er in ihre Richtung ging. Sie fuhr den Griff ihres Koffers aus und machte sich auf den Weg. Tatsächlich. Er bog in die Straße ein, an deren Ende die Wohnanlage war. Am Goldbrunnen. Fay blieb ein Stück hinter ihm. Ihr war klar, dass er die Rollen ihres Koffers hören musste. Er schwenkte zur Seite. Auf Höhe ihres Blocks.

Fay fühlte sich wie ein Detektiv. Sie war aufgeregt, warum auch immer. Wohin ging dieser junge Mann? Sie bog um die Ecke zu ihrem Block, und da stand er an der offenen Tür. Ihren Kater Pfötchen auf dem Arm, der schnurrend mit ihm schmuste. Jetzt war Fay fassungslos. Wer ist das? Doch sie dachte diese Frage nicht nur, sondern stellte sie laut. Der junge Mann lachte und antwortete: »Das ist die Katze der

Dame, die neben meinem Vater wohnt. Sie ist verreist und sollte heute wiederkommen. Mein Vater hat die Katze in der Zwischenzeit versorgt.« Er lächelte Fay freundlich an.

Fay schaute sichtlich verwirrt drein. Sie räusperte sich. »Ich wollte eigentlich wissen, wer Sie sind. Den Kater kenne ich. Es ist meiner. Ich bin die Nachbarin.«

»Oh, entschuldigen Sie«, antwortete der junge Mann verblüfft. »Mein Vater hatte Sie etwas anders beschrieben. Ich wäre nicht auf die Idee gekommen, dass Sie Fräulein Heylrich sind.«

Jetzt musste Fay grinsen. Gemeinsam hatten sie und ihre Mutter deren Freunde in der Gegend besucht. Darunter war auch die Besitzerin eines Secondhandshops für Kleidung gewesen. Bei dieser hatte sie sich mit flippigen Klamotten aus Indien und Nepal eingedeckt. Alles knallbunte Sachen. Zudem hatten ihr die Tage auf dem Land und die Ruhe gutgetan. Rosige Wangen und eine zarte Bräune ließen sie gesund aussehen. Fay schaute so aus, wie es ihr ging. Mehr als gut.

Der junge Mann gewann als Erster wieder die Fassung: »Wie unhöflich von mir … Ich bin Marcel Wiesmut. Hallo, Fräulein Heylrich. Ich freue mich, Sie kennenzulernen. Ich glaube, wir haben uns einiges zu erzählen.« Bei diesen Worten lächelte er wissend.

»Hallo, Herr Wiesmut«, antwortete Fay. »Jetzt möchte ich erst einmal nach Hause kommen.« Sie war freundlich, aber bestimmt.

»Natürlich, wir sehen uns in den nächsten Tagen sicher noch. Ich bleibe für ungefähr einen Monat hier. Kommen Sie, ich helfe Ihnen. Geben Sie mir den Koffer, dann können Sie Ihren Kater begrüßen.« Lächelnd griff der junge Mann nach dem Koffer und brachte ihn zu Fays Wohnung.

»Herzlich willkommen zurück. Ich werde meinem Vater ausrichten, dass Sie wieder da sind.« Mit diesen Worten drehte er sich um und ging zur Nebentür.

»Ich danke Ihnen, Herr Wiesmut. Wir sehen uns«, antwortete Fay.

Er öffnete die Tür, und beim Hineingehen drehte er den Kopf noch einmal zu Fay. Er lächelte ihr zu – und war weg. Fays Herz klopfte. Der Fotograf aus dem Bericht! Der Mann, der ihren Vater in Nordamerika kennengelernt hatte. Sie konnte es nicht fassen.

Fay betrat ihre Wohnung. Für einen Augenblick fühlte sie sich als Fremde in ihrem eigenen Heim. Dann miaute zu ihren Füßen Pfötchen – und sie war zu Hause.

Fay räumte ihren Koffer aus und fand dabei im Schlafzimmer das Buch über die natürliche Ernährung von Katzen. Sie hatte es vergessen. Schlechtes Gewissen? Nein. Ja. Ein bisschen. Definitiv ja. Sie hatte ein schlechtes Gewissen. Fay nahm das Buch mit ins Wohnzimmer und legte es dort auf den Tisch. Dort lagen die Bücher, die sie als nächste lesen würde.

Die Uhr zeigte jetzt kurz nach fünf. Es war Zeit, die Sachen zusammenzupacken und zu Hans zu gehen. Fay holte ihre Decke. Das Tagebuch? Sie hatte nichts geschrieben. Sie konnte nur erzählen, was sie von ihren Hausaufgaben erledigt hatte. Also konnte sie das Buch auch hier lassen. Pfötchen kam auf sie zu. »Hey mein Panther«, sagte Fay mit schlechtem Gewissen in ihrer Stimme. »Ich habe nachher Zeit für dich, versprochen. Ich bin bald wieder da. Ich mache dir die Balkontür wieder auf. Dann kannst du kommen und gehen, wie du magst. Du hast ja offensichtlich Freunde hier in der Gegend«, schmunzelte Fay.

Fay hatte sich umgezogen. Es war wieder ein lauer Frühlingsabend Ende April. Ein leichtes, knöchellanges Kleid in leuchtendem Magenta. Dazu hatte sie eine lange Strickjacke an, die ihre Figur umschmeichelte. Leichtfüßig und voller Vorfreude auf den Abend machte sich Fay auf den Weg zu Hans. Sie ging in flottem Tempo, und irgendwann fiel sie in eine Art Pferdegalopp, in dem sie als Kind oft über die

Wiese gelaufen war. Am liebsten hätte Fay laut gejauchzt. Doch die wenigen Leute auf der Straße schauten sie jetzt schon verwundert an. Fay musste kichern. Sie machte ein ernstes Gesicht, so ernst, dass es schon wieder komisch war. Sie wusste es und musste über sich selbst lachen. Fay war ausgelassen. Manch Unwissender hätte es als kindisch bezeichnet. Als unangemessen für eine Frau in ihrem Alter. Fay kümmerte das nicht. Sie fühlte sich gut dabei. Wie es anderen ging und was die von ihr wollten, darum hatte sie sich lange genug gekümmert. Das würde sie auch wieder tun. Wenn sie wusste, wie sie das tun konnte, ohne sich selbst dabei zu verleugnen.

Fay bog um die Ecke. Da war es, ihr Café. Fays Herz machte einen Freudensprung. Funny lebt in mir, es ist so klasse! Danke, Funny, für deine Kraft, dachte sie. Sie drückte die Tür zum Café auf und ging hinein. Das besondere Licht, der Zauber des großen hellen Raums nahmen sie sofort gefangen. Fay lächelte. Wie immer. Aber ein Immer, das ihr guttat und keiner Routine entsprach.

»Hallo, Fay«, hörte sie Hans' Stimme.

»Hallo, Hans!« Fay strahlte ihn an.

»Wie geht es dir?«, fragte Hans schmunzelnd.

Fay musste lachen. »Siehst du das nicht?! Es geht mir ausgezeichnet!«

»Ich vermute, du warst fleißig«, antwortete Hans.

»Ja, das war ich.« Fay nickte selbstsicher mit ihrem Kopf.

Hans schaute sie prüfend an. »Das ist gut, dann können wir heute weiter arbeiten.«

»Darauf freue ich mich«, sagte Fay voller Erwartung.

»Geh schon mal nach hinten. Ich mach uns noch einen Tee, und dann komme ich zu dir«, forderte Hans sie auf. »Möchtest du auch noch etwas zu essen, Fay?«, rief er ihr nach.

Fay bemerkte in dem Moment, dass sie tatsächlich Hunger hatte. »Ja, gerne.«

»Dann dauert es noch einen Moment länger, mach es dir inzwischen gemütlich.«

Es war das erste Mal, dass sie alleine in diesem Zimmer war. Respektvoll schaute sie sich um. Das Zimmer hatte auch jetzt eine ganz besondere Ausstrahlung. Wie in einem Tempel. Fay fiel kein anderer Vergleich ein. Irgendetwas Heiliges war hier beinahe greifbar für sie. Hans' Trommel lag auf seinem Platz. Fay schaute sie sich genau an. Auf der Trommel war das Bild eines großen Vogels. Das hatte sie schon einmal gesehen. Doch jetzt kam ihr der Vogel bekannt vor. War das etwa der Vogel aus ihrem Traum?

»Das ist einer meiner Verbündeten, ein Wanderfalke«, hörte Fay Hans hinter sich sagen.

Verlegen drehte sie sich um. »Entschuldige, ich wollte nicht herumschnüffeln.« Fay schaute zu Boden.

Hans lachte herzlich. »Es ist schon gut, wenn du dich hier umschaust. Solange du meine Sachen nicht anfasst«, sagte Hans jetzt sehr ernst und bestimmt.

Fay hatte nicht daran gedacht, auch nur einen der Gegenstände, die Hans gehörten, anzufassen. Diese Sachen hatten für sie dieselbe Heiligkeit wie der Raum selbst.

»Ich werde ohne deine Erlaubnis hier drinnen nichts anfassen«, versicherte Fay ihm mit fester Stimme. Dabei schaute sie Hans offen in die Augen.

»Gut«, sagte Hans zufrieden. »Setz dich hin, der Tee ist schon da. Die Baguettes hole ich uns noch schnell.«

Mit diesen Worten ging Hans wieder aus dem Raum, und Fay setzte sich. Sie schenkte sich beiden Tee ein. Hans kam mit den warmen, duftenden Baguettes zurück und setzte sich zu ihr.

Er lächelte Fay aufmunternd zu. »Guten Appetit wünsch ich dir. Jetzt erzähl mir von deiner Woche. Was hast du alles angestellt?« Bei dieser Frage zwinkerte Hans ihr zu.

Und Fay sprudelte los. Mit der Kraft von Funny. Voller Begeisterung erzählte sie von der Zeit bei ihrer Mutter. Sie erzählte von den Schätzen in den Tüten und Schubladen. Sie erzählte ihm auch von dem Foto ihres Vaters. Von ihrem Traum und von dem jungen Mann, der sich als der Sohn ihres Nachbarn entpuppt hatte. Sie sprühte vor Freude bei ihrer Erzählung. Hans hörte ihr aufmerksam zu. Er lachte mit ihr und nickte bei den ernsten Passagen. Er kommentierte nichts von dem, was sie erzählte. Es war ihre Geschichte. Es war Fays Erzählung, der er einfach aufmerksam lauschte.

Als Fay geendet hatte, stand Hans auf. »Ich mache uns beiden noch einen frischen Tee.« Mit diesen Worten nahm er das leere Geschirr und ging aus dem Raum. Als er zurückkam, hatte er in einer Hand die Teekanne, in der anderen hatte er ein Ei. Fay schaute ihn verwundert an. Ein Ei? Er hatte wahrscheinlich noch Hunger. Klar, ein hart gekochtes Ei. Ostern war ja gerade vorbei. Da hatte jeder noch hart gekochte Eier daheim.

Hans schenkte beiden Tee ein und setzte sich Fay gegenüber. Er schaute das Ei in seiner Hand nachdenklich an. »Ich hab etwas für dich, Fay. Eine neue Hausaufgabe.«

Noch eine Hausaufgabe? Sie musste sich doch erst mal um die Gärten kümmern. Da hatte sie ja noch nicht mal angefangen.

Hans sprach weiter. »Du hast mir von Funny und der Verschmelzung erzählt. Auch von den anderen beiden Mädchen. Ich vermute, es gibt da vielleicht noch mehr von dir. Noch eine Essenz oder einen Teil deiner Seele, der zurück möchte. Damit diese Essenz oder der Teil wieder zu dir zurückkommt, ist es wichtig, dass du auf deine Seele achtest. Ihren Gesang hörst. Auf deinen Bauch, deine Mitte, vertraust. Deine Seele ist ein zartes Wesen. Gleichzeitig ist sie unglaublich stark. Wie dieses Ei. Stell dir vor, Fay, dieses Ei ist deine Seele. Deine Aufgabe für die nächsten drei Tage ist es, dieses Ei zu hüten.«

»Ich soll ein Osterei hüten?«, fragte Fay amüsiert.

»Nein, Fay, das ist kein Osterei. Das ist ein rohes Ei.« Mit diesen Worten legte Hans Fay das Ei in ihre Hände. Das Ei pulsierte. Fay war verwirrt. War sie jetzt eine Henne? Wie sollte sie das Ei hüten? Ungläubig schaute sie Hans an.

»Sei dir im Klaren darüber, dass dieses Ei ein Fetisch, ein Stellvertreter für deine Seele, ist«, erklärte Hans. »Trage es so oft wie möglich bei dir. In deinen Händen, an deinem Herzen. Sei kreativ. Stell dir vor, du hast wortwörtlich deine Seele in Händen.«

Fay betrachtete das Ei in ihrer Hand. Ihre Seele. Es fühlte sich glatt an. Warm. Interessant.

»Was tu ich, wenn es kaputtgeht?«, fragte Fay.

»Ich gebe dir noch zwei weitere Eier mit. Wenn eines kaputtgeht, dann begrabe es in deinem Garten. Dann nimmst du ein neues Ei«, erklärte Hans.

»Und was tue ich damit, wenn ich in meinem Garten arbeite? Das wollte ich nämlich«, meinte Fay.

»Dann überleg dir eine Möglichkeit, wie du das Ei mit in den Garten nehmen kannst.«

»Und in der Nacht?«, wollte Fay wissen.

»Für die Nacht baust du deinem Ei ein Nest und stellst es auf dein Nachttischchen.«

Hans erklärte Fay, dass dieses Ei mit ihr in Resonanz ging. »In Südamerika wird oft mit Eiern eine Reinigung bei Klienten vorgenommen. Auch Diagnosen werden dort mit Hühnereiern erstellt. Wenn ein Ei mit der Absicht der Heilung getragen wird, so kann es diese Heilung unterstützen. Es nimmt alte, krank machende Informationen aus dem Energiefeld des Menschen auf und gibt eigene, gesunde Information ab. Ein Hühnerei ist eine große Zelle, einer menschlichen Zelle ähnlicher als viele glauben. Du kannst deinen Körper mit dem Ei abstreichen. Es wird dir guttun. Es kann sein, dass du irgendwann das Gefühl bekommst, dass dein Ei voll ist. Es fühlt sich unter Umständen schwer an. Dann kannst du es auch beerdigen und dir ein Neues nehmen. Beerdige deine Eier immer mit Dankbarkeit und Respekt.«

Fay betrachtete ihr Ei. Sie ließ es sanft von einer Hand in die andere rollen. Es fühlte sich gut an. Ihre Seele fühlte sich gut an. Bei diesem Gedanken lächelte Fay.

»So, wir sehen uns am Montagabend wieder, Fay. Ich freue mich schon auf deine nächste Geschichte. Die sicher mit einem Ei zu tun hat. Oder mehreren«, schmunzelte Hans.

Fay nahm das Ei. Komisch, in dem Moment, als Hans »mehrere« gesagt hatte, wollte Fay das Ei beschützen. Das wird spannend, dachte sie. Wie lege ich jetzt meine Decke zusammen?, überlegte Fay. Ich hab nur eine Hand frei. Soll ich das Ei in meine Handtasche stecken? Nein, da geht es kaputt, da sind die Schlüssel drin und das Portemonnaie und wer weiß, was sonst noch alles. Sie behielt das Ei in ihrer Hand und mühte sich mit einer Hand ab, ihre Decke zusammenzulegen und sie sich unter den Arm zu klemmen. Hans beobachtete sie schmunzelnd, aber wortlos. Als sie die Decke unter dem Arm hatte, bemerkte sie, dass ihre Tasche noch auf dem Sessel stand. Vorsichtig und umständlich schlüpfte Fay in den Schultergurt ihrer Tasche. Mit beinahe akrobatischen Verrenkungen ihres Oberkörpers schaffte sie es, sich die Tasche umzuhängen. »Fertig«, sagte sie und blies sich eine Haarsträhne aus dem Gesicht.

Als sie an der Theke vorbeiliefen, bat Hans Fay, kurz zu warten. Er ging hinter die Theke. Aus einem Fach an der hinteren Wand holte er ein Blatt Papier. Er faltete es und steckte es in ein Kuvert. Dann holt er noch zwei Eier aus einem weiteren Regal und packte diese in eine Eierschachtel. Lächelnd kam er zu Fay zurück.

»Da drin ist eine Liste von Dingen, die du dir besorgen kannst. Wenn du magst, werden wir mit Ulrich, Gabriella und Sascha für fünf Tage in die Berge fahren. Wir fahren am Mittwochmorgen und kommen am Sonntagabend wieder zurück.« Mit diesen Worten übergab Hans Fay den Umschlag.

»Aha …« Fay schaute auf das Kuvert in ihrer Hand. »Und was tun wir fünf Tage lang in den Bergen?« Sie schaute Hans fragend an.

Während er die Eierschachtel vorsichtig in Fays Tasche steckte, antwortete er: »Darüber reden wir, wenn du am Montag zu mir kommst.« Mit diesen Worten und einer freundlichen Geste begleitete Hans Fay zur Tür. »Gute Nacht, Fay. Du wirst immer mehr der Schmetterling, der du bist.«

»Danke, Hans«, erwiderte Fay. »Du hilfst mir dabei, ein Schmetterling zu sein. Gute Nacht.«

Hans nickte ihr zu. Fay spürte Freude in sich. Sie ging auf Hans zu und umarmte ihn vorsichtig. Sie wusste nicht, ob er das mochte. Aber ihr war im Moment einfach danach. Es war der erste beinahe fremde Mensch, den sie seit vier Jahren umarmte. Und es war wundervoll! Hans erwiderte Fays Umarmung. Eine bedingungslose Liebe durchströmte Fay. Da war kein Begehren, keine Erwartung. Es war einfach nur Liebe, die sie in diesem Moment gab und auch empfing. Einen Moment später löste sich Hans aus Fays Umarmung. Er schaute ihr tief in die Augen und strich ihr sanft über den Kopf.

»Gute Nacht, kleine Freundin.«

»Gute Nacht, mein großer Freund.«

Mit diesen Worten verabschiedeten sich die beiden endgültig an diesem Abend. Hans ging zurück in sein Haus, und Fay machte sich auf den Weg. Umständlich packte Fay das Kuvert in ihre Tasche. Sie hatte einen Freund. Einen großen, alten Freund und Lehrer. Dieser Gedanke gefiel Fay ausgesprochen gut.

Als Fay zu Hause ankam, war es schon nach elf. Es war ruhig in ihrer Straße. Sie musste die Decke ablegen, als sie ihren Schlüssel in der Tasche suchte. Sie schloss die Haustür auf und hielt sie mit einem Fuß offen. So, jetzt hatte sie den Schlüssel in der einen Hand und das Ei in der anderen. Die Decke lag auf dem Boden. Drei Hände wären jetzt echt cool, dachte sich Fay und schnitt eine Grimasse. Fay entschloss sich, die Decke liegenzulassen und erst die Wohnungstür aufzusperren. Sie öffnete die Tür und warf den Schlüssel wieder in ihre Tasche. Dann ging sie zurück und holte die Decke.

In ihrer Wohnung war es still. Pfötchen war nirgends zu sehen. Aber er hatte ja offensichtlich auch Freunde, freute sich Fay für ihren Kater. Dem ging es sicher gut bei ihrem Nachbarn. Sie kochte sich einen Tee, ging dann mit dem Kuvert von Hans ins Wohnzimmer, kuschelte sich auf das Sofa und öffnete den Umschlag. Ihr Ei hatte sie in ihrem Schoß liegen.

Je mehr sie las, desto ungläubiger wurde sie. Fay hatte anhand der Liste keine Ahnung, was Hans mit ihnen vorhatte. Er wollte, dass sie folgende Dinge besorgte:

- eine Abdeckplane, mindestens zwei mal drei Meter groß
- einen Schlafsack und eine Isomatte
- eine Dose Tabak und Räucherwerk deiner Wahl
- Wanderschuhe und dem Wetter entsprechende Kleidung
- gelben, roten, blauen, grünen und weißen Baumwollstoff
- einen Knäuel rote Wolle
- eine große Kerze, die drei Tage am Stück brennen kann
- einen Bademantel und Badeschuhe
- Badekleidung oder ein Wickeltuch
- mehrere Handtücher, große und kleine
- Verbandsachen, einen starken Strick, Taschentücher, Taschenmesser und eine Taschenlampe

Was hatte er vor? Fay ließ die Liste sinken und begann, zu überlegen, was von den Dingen auf der Liste sie besaß. So gut wie nichts, stellte sie fest. Sie musste also beinahe alles noch besorgen. Vorausgesetzt, sie wollte überhaupt mit in die Berge. Klar wollte sie! Keine Frage! Ab in die Wildnis! Wie damals als Kind, als sie im Wald unterwegs gewesen war. Als Abenteurer, Ritter und Rächer. Fay gefiel der Gedanke immer besser, mit Hans und den anderen in die Berge zu fahren. Sie hatte keine Ahnung, was sie dort erwartete. Früher hätte ihr allein der Gedanke daran schon Angst gemacht. Jetzt war sie neugierig auf das, was da kommen würde.

Fay erinnerte sich an ihr Ei. Behutsam nahm sie es in die Hand. Hans hatte gesagt, dass sie ein Nest bauen sollte. Fay stand auf und ging in die Küche. Im Schrank hatte sie einen kleinen Brotkorb. So einen geflochtenen aus Zweigen. Mit dem Korb ging sie in ihr Schlafzimmer. In ihrem Kleiderschrank fand sie ein Seidentuch in einem leuchtenden, warmen Orangegelb. Fay legte das Tuch zusammen und in den Korb. Dann platzierte sie vorsichtig ihr Ei darauf. Irgendwie sieht das Ei in dem Korb verloren aus, dachte Fay. Sie schaute sich in ihrem Zimmer um. Ihr Blick fiel auf die kleine Engelfigur am Fenster. Den Engel hatte sie gefunden, als sie die Tüten ausgepackt hatte. Ein Schutzengel für mein Seelen-Ei. Fay holte den Engel von der Fensterbank und setzte ihn zu ihrem Ei in den Korb. Sie nahm alles noch einmal heraus. Dann legte sie das Tuch so zusammen, dass sie ihr Ei auch zudecken konnte. Sie stellte den Engel neben den Korb und war zufrieden.

Fay ging schlafen. Sie träumte von einem Ei, das sich auf eine große Reise begab, eine Reise in ganz verschiedene Länder und Welten.

Letzte Vorbereitungen

Skulan und Edith waren wieder auf der Lichtung. Sir Samtpfote war auch da.

Der Panther schmunzelte. »Nicht schlecht, die Sache mit dem Ei. Das wird meine Fay ordentlich fordern.«

Skulan nickte mit dem Kopf. »Ja, es ist eine gute Übung. Mein Menschenverbündeter gibt seinen Schülern gerne diese Hausaufgabe. Sie bringt ihnen ihre Seele auf ganz praktische Art und Weise nahe. Sie lernen dabei viel über die Zerbrechlichkeit, aber auch über die Stärke ihre Seele. Es wird spannend sein, Fay dabei zu erleben, wie sie mit ihrem Ei, ihrer Seele, umgeht. Das Problem mit dem Nest am Nachttisch hat sie schon einmal gut gelöst. Mal sehen, wie sie es morgen schafft, in ihrem Garten zu arbeiten. Wo wird sie dann ihr Ei aufbewahren?«

Sir Samtpfote schnurrte vor sich hin. Er lag gemütlich im Gras.

»Hey Freunde, habt ihr schon bemerkt, dass es jeden Moment so weit sein kann?«, hörten die drei ein Stimmchen aus den Haselnusssträuchern.

Alle drei schauten erstaunt zu den Sträuchern hinüber. Die Sonne schien durch die Zweige und Blätter hindurch. Die kleine Schmetterlingspuppe hing immer noch an einem Blatt. Doch darin bewegte sich etwas. Sie konnten es sehen, die Puppe war im Licht der Sonne beinahe durchsichtig. Darin rührte sich der zukünftige Schmetterling.

Die große schwarze Katze lächelte. »Ja, es kann jeden Moment so weit sein, da hast du recht. Fay hat sich sehr gewandelt. Auf ihre Kleidung bezogen ist sie schon beinahe ein Schmetterling. So bunt und luftig leicht, wie sie sich jetzt kleidet. Auch ihr Gemüt ist um vieles leichter geworden. Warten wir ab, wann sie sich ganz entfaltet.«

Das Stimmchen meldete sich wieder: »Ich bin jedenfalls bereit, wenn sie es ist. Ich kann spüren, dass meine Zeit hier drinnen so gut wie vorbei ist. Fay hat bei ihrer Mutter viel Ruhe gehabt. Sie ist in ihrem Vertrauen gestärkt worden und hat große Teile ihrer Vergangenheit reflektiert. Bald ist der Moment da, an dem sie aus der Asche ihres alten Lebens aufsteigen wird. Wie ein Phönix wird sie sich in ihrer ganzen Schönheit entfalten. Dann kann auch ich endlich meine Flügel ausbreiten und ihr meine Kraft schenken.«

Inzwischen war Edith neugierig näher an den Haselnussstrauch gekommen. »Wer wirst du sein, wenn du aus dieser Puppe schlüpfst?«, fragte sie wissbegierig.

»Ich werde Diana sein«, antwortete die Stimme aus der Puppe. »Ich bringe Fay die Kraft der Kriegerin, der Jägerin und der Schönheit. Sie wird die Kraft erkennen, die in einer Blume, in einem Wort, in einem Sonnenaufgang verborgen ist. Ich werde sie lehren, die Schönheit in den kleinen Dingen zu sehen und daraus Kraft für ihr Leben zu schöpfen. Ich werde mit ihr gemeinsam ihre alten Glaubenssätze verwandeln. Gemeinsam werden wir den Mut haben, zu neuen Ufern aufzubrechen. Zusammen werden wir die Welt und ihre unglaubliche Vielfalt erforschen. Sie wird sich entfalten wie eine Blume, die in der Frühlingssonne erblüht. Ich freue mich auf unsere Geburt.«

Skulan unterbrach Dianas Schwärmerei: »Im Moment hat Fay noch einiges zu tun, bevor die Wandlung geschehen kann. Ich habe meinem Menschenverbündeten die Nachricht von Edward überbracht. Er wird dafür sorgen, dass alles bereit ist, was Edward sich für seine Rückkehr zu Fay gewünscht hat. Die Übung mit dem Ei ist schon eine dieser Vorbereitungen. Wenn Fay das nächste Mal zu ihm kommt, wird er für sie reisen. Sie weiß das noch nicht. Im Moment ist sie zu sehr damit beschäftigt, Funny, Lana und Sarah zu integrieren. Das macht sie schon ganz gut. Sie wird in den nächsten Tagen noch viel lernen.«

»Wenn wir alle zu Fay stehen und ihr helfen, wird sie das sicher mit Bravour meistern«, stimmte Sir Samtpfote zu. »Ich werde mich darum kümmern, dass ihr Vertrauen in die Menschen gestärkt wird. Der Sohn ihres Nachbarn wird mir dabei helfen.«

Die vier Freunde schmiedeten gemeinsam Pläne, wie sie Fay am besten helfen und unterstützen konnten, ihren eigenen Weg zu finden.

Der Garten und Fays Nachbarn

Als Fay an diesem Samstag erwachte, galt ihr erster Gedanke ihrem Ei. Schnell setzte sie sich in ihrem Bett auf und blickte zu ihrem Nest. Da lag es. Warm eingepackt in ihrem Seidentuch, behütet von dem kleinen Schutzengel. Lächelnd griff Fay nach dem Ei. Es fühlte sich kühl an. Schnell nahm sie es unter der Bettdecke an ihren Körper. Das Ei vibrierte. Fay konnte es genau spüren. Sie lächelte und begann, mit ihrem Ei zu sprechen. Sie erzählte ihm alles, was ihr durch den Kopf ging. Dabei fühlte sie sich gut. Egal, wie unsinnig diese Situation zu sein schien. Niemand sah, wie sie in ihrem Bett einem Ei von ihren Gedanken erzählte.

Eine Weile später hörte Fay Pfötchen miauen. Offenbar hatte er sich erinnert, dass er bei ihr zu Hause war. Sie schaute auf ihren Wecker. Halb zehn, Zeit aufzustehen, dachte Fay. Wenn sie heute noch mit ihrem Garten beginnen wollte, musste sie in die Gänge kommen. Die Gärtnerei hier im Viertel schloss, wie alle anderen Geschäfte am Samstag, schon mittags. Sie musste sich also sputen, wenn sie Pflanzen für ihren Garten kaufen wollte.

Fay warf mit der rechten Hand ihre Decke zurück. In der linken hatte sie ihr Ei. Sie stand auf und ging zu ihrem Kleiderschrank. Was passte heute zu ihrem Vorhaben? Sie entschied sich für eine alte, ausgeleierte Jogginghose und ein grünes T-Shirt. Um sich anzuziehen, musste sie das Ei noch einmal in sein Nest legen. Als Fay das grüne T-Shirt aus dem Schrank nahm, fiel ihr Blick auf die Sportkleidung, die sie sich einmal gekauft hatte. Damals hatte sie sich überlegt, in ein Fitnessstudio zu gehen. Einerseits, um ihren Körper zu trainieren, andererseits, um vielleicht auch andere Menschen kennenzulernen.

Sie war nie hingegangen.

Da war auch ein Sport-BH, den sie sich zu dieser Zeit gekauft hatte. Fay nahm ihn heraus und grinste. Der BH war breit geschnitten. Ohne Bügel oder Spitzen. Ein schlichter, einfarbiger BH mit breiten, festen Gummizügen. Das war die Idee! Sie konnte das Ei in den BH stecken, dann hatte sie beide Hände frei. Außerdem läge das Ei dann direkt an ihrem Herzen. Mit einer fröhlichen Melodie auf den Lippen holte Fay den BH aus dem Kleiderschrank. Sie zog ihn an und verstaute vorsichtig ihr Ei. Es passte perfekt zwischen ihre Brüste. Das Ei mit seiner glatten Oberfläche fühlte sich im ersten Moment kühl an. Doch nur einen Augenblick. Fay prüfte, ob das Ei sicher war. Sie hüpfte auf und ab. Sie bückte sich, als würde sie etwas vom Boden aufnehmen. Das Ei blieb in ihrem BH. Zufrieden mit ihrer Lösung zog sich Fay fertig an.

Sie schlenderte in die Küche. Pfötchen erwartete sie schon. »Ja, mein Lieber, du bekommst dein Futter. Jetzt gleich, noch bevor ich mir meinen Kaffee koche.« Fay holte die letzte Dose Katzenfutter aus dem Schrank und öffnete sie. Das Futter roch nicht gut, und Fay erinnerte sich an ihr Versprechen. Pfötchen schnupperte wenig begeistert an seiner Schüssel. Nach eingehender Prüfung begann er zu fressen. Fay setzte Kaffee auf und nahm das Buch über Barfen* für Katzen in die Hand. Sie überflog die Einleitung. Außer Schweinefleisch konnte jede Art von rohem Fleisch gefüttert werden. Gleich heute würde sie sich darum kümmern. Auf dem Weg in die Gärtnerei gab es einen Fleischerladen. Geflügel war am leichtesten für die Katze zu verdauen. Fay beschloss, beim Fleischer Putenfleisch für Pfötchen zu besorgen.

---

* Von B.A.R.F. = biologisches artgerechtes rohes Futter

Als der Kaffee fertig war, schenkte Fay sich eine Tasse ein und ging gut gelaunt ins Wohnzimmer. Es war ein schöner, sonniger Tag. Die Balkontür war offen, und Fay ging hinaus in den Garten. Die kleine, gelbe Blume leuchtete auf der Wiese. Sie war immer noch da. Fay lächelte. Sie ließ ihren Blick über den kleinen Flecken Erde wandern und dachte noch einmal drüber nach, welche Pflanzen sich hier wohlfühlen konnten. Sie schielte hinüber zum Garten von Hermine. Dort blühte es in den prächtigsten Farben. Fay war fasziniert von der Vielfalt an Pflanzen dort. Wie es schien, war Frau Wagner noch bei ihrer Tochter. Jedenfalls regte sich nichts im Garten ihrer Nachbarin. Auch direkt neben ihr war alles ruhig. Im Garten von Hugo gab es weniger Pflanzen als im Garten von Hermine. Aber auch da sah Fay liebevoll angelegte Beete. Zarte, grüne Spitzen schauten aus der Erde heraus. *Radieschen* konnte Fay auf einem der kleinen Schilder lesen, die in der Erde steckten. *Blattsalat* und *Petersilie* konnte sie auch noch entziffern. Da hab ich ja schon mal ein paar Anhaltspunkte, was hier so gedeiht, dachte sie sich. Mit einem tiefen Atemzug drehte sich Fay um und ging zurück in ihre Wohnung.

Pfötchen war inzwischen fertig mit seinem Futter. Er saß auf dem Sofa und putzte sich hingebungsvoll. Fay ging in die Küche und nahm sich Zettel und Stift. Sie machte sich eine Liste der Dinge, die sie kaufen wollte. Vor allem Blumen, Kräuter und Putenfleisch. Sie wollte sich in der Gärtnerei beraten lassen. Radieschen mochte sie gerne, Petersilie war auch gut, und Erdbeeren … Erdbeeren wollte sie unbedingt für ihren Garten. Das wollte sie schon, seitdem sie hier wohnte.

Als Fay ihre Liste fertig hatte, schnappte sie sich den größten Korb, den sie fand, und machte sich auf den Weg in die Gärtnerei.

Als Fay zwei Stunden später zurückkam, war sie schwer beladen mit Pflanzensetzlingen. In der Gärtnerei hatte sie sich einen zweiten Korb gekauft. Der eine, den sie mitgenommen hatte, reichte bei Weitem nicht aus für ihre Einkäufe. Fay stellt ihre Schätze in der Küche ab. Sie hatte Petersilie und Schnittlauch, Liebstöckel und Thymian sowie Basilikum im Topf mitgebracht. Letzteres sollte sie erst nach den Eisheiligen, Mitte Mai, im Garten auspflanzen, hatte ihr der Gärtner erklärt. Fay stellte das Basilikum an ihr Fenster in der Küche. Das waren die Pflanzen für ihr Kräuterbeet. Dann waren da jede Menge Erdbeersetzlinge. 13 Stück. Die sollten alle in ein Beet gepflanzt werden. Das waren ideale Bodendecker. Dazwischen konnte sie Bohnen setzen. Die Erdbeeren hielten den Boden kühl und feucht, das mögen die Bohnen, die hoch hinaufranken. Sie würde sich noch Bohnenstangen organisieren müssen. Haselnuss oder Weidenstecken eigneten sich gut, hatte ihr der Gärtner gesagt. Fay wusste schon, wo sie diese Stecken schneiden konnte. Weiter draußen gab es einen Fluss, dort wuchsen Weiden. Das wusste Fay von ihrem Ausflug zu ihrer Mutter. Der Zug war durch die Wiesen und Weiden hier am Stadtrand gefahren. Dabei hatte sie den Fluss gesehen. Tomaten hatte sie ebenfalls mitgebracht. Die sollte sie besser in Töpfen ziehen und unter ein Dach stellen, war der Tipp des Gärtners gewesen. Wenn Tomaten zu viel Wasser bekommen, beginnen sie zu faulen. Für die Salate in ihrem Korb wollte sie ein weiteres Beet anlegen. Die Blumen hatte sie nach Farben ausgewählt. Da hatte sie jetzt Lavendel und Kamille, eine Rose in Tiefrot und eine zweite in Zartrosa. Für die Rosen hatte sie einen speziellen Dünger gekauft. Kapuzinerkresse, Goldmelisse und ein Karton mit Wildblumensamen waren auch dabei.

Fay betrachtete glücklich die Fülle an Pflanzen. Das alles wird in meinem Garten wachsen, dachte sie sich und war erfüllt von Freude und Tatendrang. Beschwingt schnappte sie sich eine leere Schachtel und begann, die Erdbeersetzlinge hineinzupacken. Mit denen würde sie anfangen. Sie hob die Schachtel hoch und ging in die Richtung ihres Gartens. Pfötchen lag auf dem Sofa und schlief. Fay hatte die Balkontür nur angelehnt, bevor sie gegangen war. Jetzt versuchte sie, mit ihrem Ellenbogen die Tür zu öffnen. Gerade, als sie es schaffte und die Tür sich ein wenig weiter öffnete, hörte sie ein leises Knacken. Gefolgt von einer warmen Feuchtigkeit zwischen ihren Brüsten.

Fay erstarrte. Ihr Ei! Sie hatte ihr Ei vergessen! Beinahe fiel ihr die Schachtel mit den Setzlingen aus den Händen. Sie stellte die Schachtel ab und rannte ins Badezimmer. Flüssiges Ei verteilte sich über ihren Bauch. Fay zog ihr T-Shirt aus. Der BH hatte einen feuchten Fleck. Vorsichtig griff Fay zwischen ihre Brüste. Das Ei war noch da, es war gesprungen. Aus dem Riss quollen Eiweiß und Eigelb hervor. Sie nahm das Ei in ihre Hände und überlegte, wo sie es jetzt hinlegen konnte. In das Nest auf dem Nachttischchen … Fay ging langsam in ihr Schlafzimmer, das tropfende Ei in ihren Händen. Fay war betroffen. Tränen stiegen in ihr auf. Ihr war zum Heulen. Wie konnte ihr das passieren? Das Ei, ihre Seele, war zerbrochen. Nur ein Moment der Unachtsamkeit hatte ausgereicht. Sie war mit dem Ellenbogen abgerutscht, und in dem Moment hatte sie mit der Kante der Schachtel das Ei zerdrückt.

Fay war verblüfft über die Gefühle, die in ihr hochkamen. Sie war zutiefst traurig, verwirrt und verunsichert. War sie wirklich so unvorsichtig? So nachlässig mit ihrer Seele? Fay legte das zerbrochene Ei in das kleine Nest. Sie hüllte es in das Seidentuch. Vergraben sollte ich es, wenn es kaputtgeht, hatte Hans gesagt.

Fay ging zurück ins Badezimmer, zog sich aus und stellte sich unter die Dusche. Danach ging es ihr ein bisschen besser. Sie hatte sich an viele Erlebnisse erinnert, bei denen sie ihre Seele wirklich vernachlässigt hatte. Situationen, in denen sie gegen ihre Seele gehandelt hatte. Fay dachte an die vielen Jahre, in denen sie sich mehr um andere als um sich selbst gekümmert hatte. Sie verstand die Botschaft ihres Eies. Dieses erste Ei wollte ihr zeigen, wie leicht es war, das eigene Seelenwohl zu vergessen. Ein Moment der Unachtsamkeit konnte genügen, um der Seele eine Wunde zuzufügen. Fay hatte die Lektion verstanden. Sie trocknete sich ab, zog sich frische Kleidung an und nahm liebevoll das Körbchen mitsamt dem Tuch und ihrem Ei. Sie ging hinaus in den Garten und grub mit bloßen Händen ein Loch. Als sie fertig war, nahm sie das Ei samt dem Tuch aus dem Korb und legte es andächtig in das Loch in der Erde. Sie kniete neben dem Loch, und Dankbarkeit erfasste sie. Pfötchen war aufgewacht und kam zu ihr in den Garten. Er setzte sich neben sie. Gemeinsam betrachteten die beiden das kaputte Ei im Loch. »Na, Pfötchen, da hab ich wohl noch einiges zu lernen in diesem Leben«, seufzte Fay.

»Miau«, antwortete Pfötchen und schaute ihr in die Augen.

Fay begann, das Loch mit Erde zu bedecken. Sie begrub ihr Ei und summte dabei eine Melodie. Ihr Herz wurde wieder leichter. Es war, als würde sie ihre eigene Unsicherheit begraben. Sie versprach ihrem Ei, besser auf sich und ihre Seele zu achten.

Als sie fertig war, ging sie in die Küche und holte einen Kapuzinerkresse-Setzling. Sie drückte die junge Pflanze in die noch lockere Erde an der Stelle, wo ihr Ei beerdigt war. Dann holte sie sich ein neues Ei aus der Packung von Hans. Dieses Ei fühlte sich kühl an. Auch noch ein bisschen fremd. Fay bemerkte, wie innig sie mit dem ersten Ei verbunden gewesen war. Sie schaute das neue Ei an. Es war braun und hatte mehrere dunkle Sprenkel auf der Schale. Es war ganz anders beschaffen als ihr erstes Ei. Spannend, dachte sich Fay, ich dachte immer, alle Eier sind bis auf ihre Größe mehr oder weniger gleich. Auch dieses Ei begann schon nach kurzer Zeit, in Fays Händen zu pulsieren. Als Fay das Pulsieren wahrnahm, lächelte sie. Auf ein Neues, motivierte sie sich in Gedanken selbst. Sie ging zurück in ihr Wohnzimmer und schob die Schachtel mit den Erdbeersetzlingen mit ihrem Fuß auf die Terrasse hinaus. Ihr Ei hielt sie in der Hand. Dann ging sie in die Küche und brachte die anderen Pflanzen einzeln in ihren Garten. Als sie damit fertig war, stand sie da und überlegte, wie sie jetzt am besten vorgehen sollte.

»Sieht aus, als bräuchten Sie eine Schaufel«, hörte Fay hinter sich. Sie wirbelte herum. Im Nachbargarten stand der Sohn von Hugo und lächelte sie freundlich an.

»Ja, die werde ich brauchen«, antwortete Fay verlegen. Sie besaß keine! In all ihrem Eifer hatte sie völlig vergessen, dass sie selbst kein Gartenwerkzeug hatte.

Marcel schaute immer noch lächelnd auf das Ei in Fays Hand. »Sie frühstücken jetzt erst? Oder ist das ein Snack für zwischendurch?«

»Nein«, lachte sie, »ich esse das Ei nicht, ich hüte es.« Kaum hatte sie das ausgesprochen, fühlte Fay, wie sie rot wurde. Na super, dachte sie, das klingt jetzt sehr logisch. Ich hüte das Ei …

»Ah ja, Sie hüten das Ei.« Marcel nickte ernsthaft mit dem Kopf, konnte aber seine Belustigung nicht ganz verbergen.

Verdammt, ich stehe jetzt da, als hätte ich einen völligen Knall. Fay war die Situation äußerst peinlich. Sie erinnerte sich an die vielen Situationen, in denen sie sich so gefühlt hatte. Es war, als würde sie alle diese Erlebnisse in einem Moment noch einmal durchleben. Am liebsten wäre sie weggelaufen. So, wie sie es immer gemacht hatte.

»Fay, ich bin bei dir«, hörte sie Lana in diesem Moment sagen. »Bleib ganz ruhig.«

»Ja, Fay, ich bin auch bei dir«, sagte Sarah, »vertrau auf die Menschen in deinem Leben und auf dich selbst.«

Dann sagte Funny lebhaft und mutig. »Erzähl ihm einfach, was du da tust.«

Wie zur Bekräftigung streifte Pfötchen erst um ihre Beine und dann um die von Marcel. Aufmunternd miaute er Fay zu, setzte sich neben Marcel und schaute sie mit seinen bernsteinfarbenen Augen an.

Fay schluckte und begann zu sprechen: »Also, das ist so …« Und sie erklärte Marcel, was es mit dem Ei auf sich hatte. Währenddessen kam Hugo dazu. Still und interessiert lauschte er Fays Bericht. Als sie mit klopfendem Herzen geendet hatte, war es still im Garten. Für einen Moment schwiegen alle drei. Dann schaute Marcel sie ernst an. »Du hast einen sehr guten Lehrer in deinem Freund Hans«, sagte er. Er war wie selbstverständlich zum Du übergegangen. Fay gefiel das. »Ich habe auf meinen Reisen in Nordamerika vieles von dem gelernt, was du erzählt hast. Ich finde es wunderbar, dass es auch hier in Europa Menschen gibt, die sich an diese Arbeit der Schamanen erinnern. Dein Hans ist wohl einer von diesen Menschen. Er versteht es, andere Menschen an der Hand zu nehmen und sie ein Stück weit auf dem Weg zu ihrer Seele zu begleiten. Ich freue mich sehr für dich, Fay, dass du so einen Menschen gefunden hast. Ich bin dafür sehr weit in dieser Welt herumgereist.«

»Ja«, sagte Fay, »das weiß ich. Du hast auf deinen Reisen meinen Vater kennengelernt.«

Marcel schaute Fay verblüfft an. »Das weißt du schon?! Du hast also den Brief gelesen?«

»Welchen Brief?« Im selben Augenblick erinnerte sich Fay an den Brief ihres Vaters. Den hatte sie noch nicht geöffnet. Sie hatte sich noch darüber gewundert, wie der Brief an ihre Tür gekommen war. Keine Briefmarke, erinnerte sie sich. Den Brief hatte Hugo in ihre Tür gesteckt, wurde Fay in diesem Moment klar.

Sie schüttelte den Kopf. »Nein, ich habe den Brief noch nicht gelesen. Ich habe deinen Artikel über die Crow Nation im *Geo* gelesen. Da habe ich das Bild von dir gesehen.«

»Das Bild mit deinem und meinem Vater neben den beiden Crow-Ältesten«, ergänzte Marcel lächelnd. Fay nickte ihm zu.

Hugo räusperte sich. »So, Kinder, ich hol uns dann mal einen Kuchen aus der Küche. Mag einer von euch eine Tasse Tee?«

»Gerne«, antworten beide wie aus einem Mund.

»Weißt du was, Fay, du hütest dein Ei, und ich helfe dir im Garten«, strahlte Marcel sie an und war schon unterwegs zu dem winzigen Holzschuppen am hinteren Ende des Gartens. Er kam mit einer Gartenhacke und einer Schaufel wieder zu ihr zurück. »Sag mir, wo ich für dich graben soll. Du pflanzt deine Schätze dann selbst ein. Das geht auch mit einer Hand.«

Hugo war zurück mit Tee und Kuchen. »Oho, mein Sohn will mit den Händen arbeiten«, bemerkte er leicht sarkastisch.

Marcel schaute Fay an und verzog theatralisch das Gesicht. Fay kicherte. Er gefiel ihr. Marcel gefiel ihr richtig gut. Sie spürte ein Flattern in ihrer Mitte. Angenehm, aber neu. Sie atmete tief durch. Das Flattern wurde zu einem Summen und zu einer Melodie. Fay hörte Sarah und Funny gemeinsam ihren Namen singen.

»Weißt du Fay, mein Sohn ist ein Schreiberling und Fotograf. Er hat feine Hände, ohne Schwielen. Es wird ihm sicher guttun, deinen Garten umzugraben.« Mit einem Lachen in den Augen blinzelte Hugo Fay zu. »Ich lasse euch den Tee und den Kuchen hier stehen. Heute Nachmittag habe ich Skattreffen. Mit meinen alten Studienfreunden. Ich wünsche dem jungen Volk viel Erfolg beim Projekt Garten.« Schmunzelnd und mit einer leichten Verbeugung in ihre Richtung verabschiedete sich Hugo.

»Also, wo zuerst?«, fragte Marcel Fay auffordernd.

»Ähm, die Erdbeeren, die kommen dahin.« Fay zeigte auf einen Bereich gleich rechts von ihr.

»Gut, dann setz du dich mal hin, hüte dein Ei, trink deinen Tee, und lass mich graben. Die Erde hier muss erst einmal aufgelockert werden. Es ist alles viel zu verwurzelt«, meinte Marcel.

»Aber, ich könnte ...«, wollte Fay anfangen zu erklären, als Marcel sie unterbrach.

»Fay, ich möchte dir gerne von deinem Vater erzählen. Auch, wie wir herausgefunden haben, dass mein Vater neben dir wohnt. Das war in der Zeit, als mein Vater mich in Nordamerika besucht hat. Eine solche Begegnung ist kein Zufall.« Jetzt setzte Fay sich hin. Ihr Herz klopfte, und das Ei in ihrer Hand pulsierte.

Marcel kam an den Tisch. Mit einem freundlichen, aber ernsten Gesicht schenkte er beiden Tee ein, während er weitersprach: »Dein Vater hat mich gebeten, dir von ihm zu erzählen. Er denkt oft an dich und wünscht sich, dich wiederzusehen. Aber er fürchtet sich auch ein bisschen vor dieser Begegnung. Er weiß, dass er in seinem Leben vieles getan hat, was ihn und andere verletzt hat. Auch dich. Er hat für sich Frieden geschlossen mit seiner Vergangenheit. Das wünscht er sich auch für dich. Als ich im Reservat mit meinen Recherchen angefangen habe, stieß ich auf diesen seltsamen Bäcker, der dort lebte. Seine Geschichte interessierte mich. Also bat ich ihn um ein Interview. Er freute sich sehr, jemanden zu treffen, mit dem er sich auf Deutsch unterhalten konnte. So ergab es sich, dass wir uns anfreundeten. Als mein Vater zu Besuch kam, nahm ich ihn zu einem meiner Besuche bei deinem Vater mit. Die beiden sprachen über ihr Leben. Irgendwann fanden sie heraus, dass mein Vater womöglich dein Nachbar ist. Durch den Brief wollten wir das herausfinden. Da, wo er jetzt ist, lebt er sehr bescheiden. Er hat nicht die Möglichkeit, sich ein Flugticket zu leisten. Er lebt im Reservat und hat genauso viel zum Leben wie die Natives selbst. Er hat meinen Vater gebeten, dir den Brief zu geben. Mein Vater wollte dir den Brief so schnell wie möglich zukommen lassen. Darum hat er den Umschlag einfach in die Tür gesteckt. Ich denke, es ist an der Zeit, den Brief zu lesen.« Wohlwollend schaute Marcel Fay einen Moment lang an. Dann drehte er sich um, nahm die Schaufel und begann zu graben.

Fay saß noch immer am Tisch. Das Ei in ihrer Hand war heiß. Es fühlte sich an, als würde es innerlich kochen. Zufall? Fay war sich inzwischen sicher, dass es keine Zufälle gab. Nach dem, was ihr in den letzten Wochen alles passiert war, waren Zufälle ausgeschlossen. Bei diesem Gedanken musste Fay lächeln.

»Weißt du, Fay«, schnaufte Marcel beim Schaufeln, »mir macht das hier gerade richtig Freude. Ich spüre meinen Körper, und das tut gut. Alles, was du mit Freude und Liebe machst, geht dir leicht von der Hand. Das habe ich bei meinen Freunden überall auf der Welt gelernt. Wenn du die Liebe und die Freude beim Tun verlierst, dann hast du dich verlaufen. Hier hab ich gerade eben sehr viel Freude, darum wird das ein wunderschöner Garten.« Er lächelte Fay an und schaufelte weiter.

Es waren keine Zufälle. Die Menschen, die sie ihn letzter Zeit kennenlernte, redeten alle von ein und demselben. Sie redeten von der Liebe und der Freude am Leben. Sie redeten davon, Frieden mit der Vergangenheit zu schließen. Von altem Wissen um die Seele und von deren Kraft. Fay erinnerte sich an die Erklärungen über Resonanzen: Was du aussendest, kommt zu dir zurück. Fay hatte begonnen, ihr Leben zu ändern. Damit hatte sie ihre Frequenz geändert. Jetzt endlich verstand sie, was ihr da erklärt worden war. Sie sah all die Zusammenhänge, beginnend mit jenem Freitag dem 13., den sie zu ihrem Glückstag erkoren hatte.

Das Ei in ihrer Hand wurde noch heißer. Sie stand auf und ging in ihre Wohnung. Im Schlafzimmer nahm sie den Brief ihres Vaters und ging wieder hinaus in den Garten. Marcel hatte bald den ersten Meter umgegraben. Fay setzte sich wieder an den Tisch und schenkte sich Tee nach. Sie legte das Ei in ihren Schoß und nahm den Brief aus dem Umschlag. Freudige Erwartung erfüllte Fay. Sie nahm ihr Ei wieder in die Hand und drückte es sanft an ihr Herz. Es waren viele Seiten. Vorne und hinten beschrieben. 13 Seiten. Genauso viele Jahre hatte sie ihren Vater nicht mehr gesehen, dachte Fay und begann zu lesen.

Beinahe alle Fragen, die Fay ihrem Vater stellen würde, wenn er jetzt gerade vor ihr stünde, waren auf diesen Blättern beantwortet. Alle ihre Fragen zu ihrer Kindheit. Zu der Zeit, in der sie ihn nur am Wochenende gesehen hatte. Warum er ausgewandert war, und ob er sie denn ganz vergessen hatte. Über alle diese Gedanken schrieb ihr Vater an sie.

Fay war so in die Zeilen vertieft, dass sie nicht registrierte, wie Marcel an den Tisch kam. Ihm war heiß, die Sonne brannte vom Himmel. Er schaute Fay an. Sie ist so eine schöne Frau und weiß es nicht, und das macht sie noch schöner, dachte er. Marcel trank einen Schluck Tee. Lächelnd zog er sein verschwitztes T-Shirt aus und machte sich wieder an die Arbeit. Von alledem hatte Fay nichts bemerkt.

Als Fay mit dem Lesen fertig war, schaute sie auf. Marcel hatte bereits die Hälfte der einen Seite umgegraben. Er arbeitete mit nacktem Oberkörper. Fay betrachtete den jungen Mann. Schweißperlen glitzerten auf seiner Haut. Seine Haare waren verschwitzt und standen wirr von seinem Kopf ab. Er war schlank und sehnig gebaut. Kein Muskelprotz. Fay fühlte wieder dieses Flattern in ihrer Mitte. Sie lächelte und fühlte sich unglaublich wohl. Der Brief ihres Vaters hatte ihr vieles erklärt. Irgendwann, dachte sie, werde ich ihn besuchen. Vielleicht geht Mama ja mit, überlegte sie. Immer noch verträumt stand Fay auf und ging hinüber zu ihren Erdbeersetzlingen.

Marcel hielt in seiner Arbeit inne und zeigte mit einer ausladenden Geste über das umgegrabene Stück Land. »Sind sie zufrieden, Mylady?«, fragte er lachend.

Belustigt gab Fay zu Antwort: »Aber ja, mein edler Ritter, ihr bestellt das Feld gar wunderbar.« Beide lachten aus vollem Herzen.

»Du kannst anfangen, die Erdbeeren zu setzen, Fay. Mit den Steinen, die ich aus der Erde geholt habe, kannst du dann die Bereiche eingrenzen, in denen du die Bohnen setzen willst. Dann findest du sie später zwischen den Erdbeeren leichter wieder.«

Fay trug ein Erdbeerpflänzchen nach dem anderen hinüber zu ihrem Beet. Vorsichtig bedeckte sie jedes einzelne mit Erde. Das ging gut, auch mit nur einer Hand. Mit den Steinen legte Fay kleine Spiralen, in deren Mitte sie jeweils eine Bohnenpflanze in die Erde drückte. Neben dem Erdbeerfeld ließ Fay ein wenig Platz. Mit den Steinen legte sie einen Kreis und unterteilte ihn in gleich große Viertel. Sie holte ihre Kräuter vom Tisch. Ein Viertel für den Schnittlauch, eines für die Petersilie, eines für den Thymian. Das Letzte blieb noch leer, das war für das Basilikum. Aber erst nach den Eisheiligen. Anschließend pflanzte Fay den Lavendel und um diesen herum die Kamille ein.

Inzwischen war Marcel mit dieser Seite des Gartens fertig. Er stützte sich auf seine Schaufel. »Ich hab Hunger«, sagte er und schaute Fay lächelnd an. »Lass uns eine Pause machen und etwas kochen.«

»Ich hab aber gar nichts zu Hause, um zu kochen, außer Würstchen.« Fay schaute zu Marcel hoch.

»Das macht nichts, wir haben genug in der Küche«, erwiderte er. Er reichte ihr die Hand, und sie stand auf. »Gehen wir hinüber, um zu kochen, mein Vater hat sicher nichts dagegen. Vor allem nicht, wenn wir für ihn mitkochen. Es ist jetzt halb fünf.« Mit einem Blick auf den fertigen Teil des Gartens sagte Marcel: »Ich schlage vor, den Rest machen wir morgen. Wir stellen die Behälter mit den Blumen einfach bis morgen hier auf die Wiese und gießen noch alles. Dann kochen wir etwas und machen für heute Feierabend.«

Fay schaute zufrieden auf ihre neuen Beete. Sie wischte sich ihre Hand an der Hose ab. Ihr Ei war warm und schwer. Fast schon zu schwer, dachte Fay. Sie wog das Ei in ihrer Hand.

»Ich möchte es noch vergraben.« Fay schaute Marcel an.

Er lächelte und nickte wissend mit dem Kopf. »Mach das, ich hol inzwischen die Blumen.«

Fay ging hinüber zum Lavendel. Da, neben dem Lavendel und der Kamille ,war ein guter Platz für ihr zweites Ei. Fay fühlte sich diesmal völlig anders. Sie war dankbar und erfüllt von Liebe zu diesem Ei. Nein, sie war erfüllt von Liebe zu sich selbst. Marcel hatte die Blumen alle auf die Wiese gestellt. Fay ging hinüber und holte die rote Rose. Die setze ich auf mein Ei, eine rote Rose der Liebe, dachte sie.

Als Fay fertig war, ging sie duschen. Erst danach holte sie sich ihr drittes Ei. Mit dem Ei in ihrer Hand ging sie hinüber zu ihren Nachbarn. Hugo war noch nicht von seinem Skatnachmittag zurück. Marcel hatte bereits begonnen, Gemüse klein zu schneiden. »Magst du Gemüseeintopf mit Curry?«, fragte er Fay.

»Ja, ich denke schon«, Fay nickte ihm lächelnd zu.

»Dann lass uns kochen«, ermunterte Marcel sie und reichte ihr ein Messer. Auf der Arbeitsfläche war schon ein zweites Schneidebrett für Fay vorbereitet. Fay schaute auf das Ei in ihrer Hand.

Schmunzelnd deutete Marcel mit dem Kopf nach rechts. Da stand ein kleines Körbchen mit einem roten Stofftuch darin. »Für dein Ei, so kann es uns beim Kochen zuschauen.«

Fay grinste. Sie legte ihr Ei vorsichtig in das Körbchen und nahm das Messer. Gemeinsam begannen sie, das Gemüse zu schneiden.

Sie unterhielten sich über dies und das. Small Talk eben. Keiner von beiden hatte im Moment das Verlangen, über Fays Vater oder ihre Hausaufgabe mit dem Ei zu reden. Als Hugo nach Hause kam, waren sie gerade mit dem Kochen fertig. Er war gut gelaunt und hungrig. Alle hatte er beim Skat in die Tasche gesteckt, erzählte er den beiden voller Begeisterung. Marcel hatte den Tisch gedeckt und eine Flasche Wein bereitgestellt. Einen edlen Portwein. Fays Lieblingssorte.

»Ich hoffe, du magst den Wein. Er ist süß und schwer. Es ist mein Lieblingswein und der einzige Alkohol, den ich manchmal trinke«, erklärte Marcel nun.

»Ja, ja, ein Feinschmecker eben, mein Junge«, warf Hugo liebevoll ein. »Er weiß, was gut ist, glauben Sie mir, Fay.«

Marcel schenkte ihnen Wein ein und holte den Eintopf aus der Küche. Das Essen war vorzüglich, und Fay genoss jeden Bissen. Es wurde ein fröhlicher Abend. Die beiden Männer erzählten von ihren Abenteuern, und Fay hörte ihnen glücklich zu. Immer wieder traf sich ihr Blick mit dem von Marcel. Fay begriff, dass sie auf dem besten Weg war, sich zu verlieben. Für einen Moment machte ihr diese Erkenntnis Angst. Sie spürte, wie ihre Mitte sich zu verschieben begann. Schnell legte sie ihre Hand auf die Stelle unter ihrem Bauchnabel. Sie atmete tief hinunter in ihren Bauch, in ihre Mitte. Die Angst verging. Fay entspannte sich wieder. »Es ist alles gut, so, wie es ist, Fay. Du wirst sehen«, hörte sie Sarahs Stimme.

Fay genoss den Abend. Ihr Ei fühlte sich gut in ihrer Hand an. Es war warm und vibrierte. Weit nach Mitternacht verabschiedete sie sich von den anderen. Als Fay sich auf den Weg in ihre Wohnung machte, hörte sie Marcels Stimme:

»Danke, Fay, dass du mich dir helfen lässt. Mein Vater hat recht. Ich bin fast immer im Büro oder auf Reportage. Ich schreibe, und ich fotografiere. Für die schwere Arbeit habe ich Personal. Die körperliche Arbeit in deinem Garten tut mir richtig gut. Es macht mir Spaß, und ich freue mich darauf, morgen weiterzumachen.« Mit diesen Worten gab er Fay das Körbchen mit dem roten Tuch.

Fay war überwältigt, dieser Mann bedankte sich bei ihr dafür, dass er für sie arbeiten durfte? Dafür, dass er sie bekochte? Fay konnte es nicht fassen. So hatte noch nie jemand mit ihr geredet.

»Ich danke dir, Marcel, du hast mir sehr geholfen heute. Ich finde es klasse von dir, was du heute für mich getan hast. Damit ich ein Ei ausbrüten konnte.« Fay grinste Marcel schief an und nahm das Körbchen entgegen.

Er grinste ebenfalls. »Na, dann brüte mal schön weiter an deinem Ei, ich bin gespannt, was dabei herauskommt«, gab er zurück. »Gute Nacht, Fay, schlaf gut, und träum etwas Schönes.« Marcel hauchte Fay einen zarten Kuss auf ihre Wange und ging in die Wohnung seines Vaters.

Fay blieb noch einen Moment stehen. Sie war wie verzaubert. Er hatte ihr einen Kuss auf die Wange gegeben. Ganz zart. Sie lächelte vor sich hin, und ihr Herz machte einen Freudensprung.

Fay ging in ihre Wohnung zurück. Pfötchen sprang vom Sofa und begrüßte sie mit einem Miauen. Ups, du hast ja noch gar nichts zu fressen bekommen, fiel Fay ein. Rasch ging sie in die Küche und holte das Putenfleisch aus dem Kühlschrank. Sie richtete es in Pfötchens Schüssel an und stellte es ihm hin. Pfötchen saß davor und schaute von der Schüssel zu Fay und zurück. Dann schnupperte er an seinem Futter und begann zu schnurren. Noch einmal strich er wie zum Dank um Fays Beine und begann dann, genussvoll zu fressen.

Fay nahm das Körbchen mit ihrem Ei und ging ins Schlafzimmer. Im großen Spiegel betrachtete sie sich in

Unterwäsche. Es gefiel ihr, was sie da sah. Zufrieden ging Fay schlafen. Sie träumte von einem edlen Ritter auf einem weißen Pferd. Der Ritter hatte eine Rüstung mit Helm. Sie konnte sein Gesicht nicht erkennen.

Wenn Schmetterlinge fliegen

Als Fay aufwachte, galt ihr erster Gedanke dem Ei auf ihrem Nachttisch. Sie setzte sich auf und nahm es vorsichtig aus dem Körbchen. Als sie das kühle Ei in ihren Händen spürte, lächelte sie verträumt. Ich halte meine Seele in Händen, ich bin der Schöpfer meines Lebens, dachte sie. Fay konnte immer noch nicht ganz glauben, wie sich ihr Leben in den letzten Wochen verändert hatte. Aber eines wusste sie genau. Es gefiel ihr, dieses neue Leben. Das Summen in ihrem Kopf war schon lange verschwunden. Es war jetzt eine Melodie. Ein inneres Lied, das sie hörte. Genau genommen spürte sie es. Fröhlich stand Fay auf und begann, diese Melodie zu trällern.

Sie ging in die Küche. Es war neun Uhr. Sonntag. Morgen Abend würde sie sich wieder mit Hans treffen. Ob sie diesmal eine Reise machten? Fay war neugierig. Sie wollte in ihren Garten. Nachsehen, was sich dort seit ihrem Traum verändert hatte. Vor allem, da sie ja gestern mit ihrem »echten« Garten hinter der Wohnung angefangen hatte. Alles war miteinander verwoben, hatte sie gelernt. Also musste sich in ihrem inneren Garten auch etwas verändert haben. Eine freudige Erwartung erfasste Fay, während sie den Kaffee aufsetzte. Wo war Pfötchen überhaupt? Sie ging ins Wohnzimmer. Pfötchen lag auf dem Sofa und schlief. Fay lächelte und ging zur Balkontür. Sie schaute hinaus in ihren Garten uns sah: Schmetterlinge! Vier wunderschöne Exemplare! Sie flatterten um ihre jungen Pflanzen herum. Fays Herz pochte vor Freude. »Pfötchen, schau! So viele Schmetterlinge in unserem Garten!«, rief sie entzückt aus.

»Miaumau«, antwortete Pfötchen, gähnte und streckte sich. Dann sprang er vom Sofa, schmeichelte um Fays Beine und miaute abermals. Er setzte sich neben Fay und schaute hinaus in den Garten. Eine Weile standen die beiden so am Fenster und beobachteten den Flug der Schmetterlinge.

Fay hörte eine Stimme, ein helles Lachen. Abermals machte ihr Herz einen Freudensprung. Marcel. Ihre Nachbarn waren also auch schon wach. Fay ging in ihre Küche und holte sich eine Tasse Kaffee. Mutig öffnete sie ihre Balkontür und trat in den Garten hinaus. Auf dem Grundstück neben ihrem Garten saßen Marcel, Hugo und Hermine an einem reich gedeckten Frühstückstisch.

Hermine schaute in ihre Richtung. »Guten Morgen, Fay, schön Sie wiederzusehen. Kommen Sie, und setzen Sie sich doch zu uns. Wir frühstücken gerade. Hugo, Marcel, das ist für euch doch in Ordnung, oder?«, fragte Hermine in Richtung der beiden Männer.

Marcel stand auf und drehte sich zu Fay um. Mit einem strahlenden Lächeln sagte er: »Herzlich gerne, setz dich, Fay.« Mit einer freundlichen Geste lud er Fay ein, sich auf den freien Stuhl an ihrem Tisch zu setzen.

»Ja, meine Liebe, es war gestern ein so netter Abend mit Ihnen, setzen Sie sich zu uns«, fügte Hugo hinzu.

Gerne nahm Fay diese Einladung an und setzte sich zu ihren Nachbarn. Hermine erzählte gerade von der Zeit bei ihrer Tochter und den Enkelkindern.

Der Vormittag verging mit einem schönen Frühstück und herzerwärmenden Geschichten. Fay fühlte sich geborgen im Kreis dieser Menschen und wusste, dass sie anfangen konnte, ihnen wirklich zu vertrauen.

Gegen Mittag sprach Marcel Fay an. »Wie wäre es, sollen wir deinen Garten heute noch fertig machen?«

Fay lächelte entspannt. »Ja, das ist eine gute Idee. Lass uns im Garten arbeiten.«

Die beiden standen auf. Hugo und Hermine waren so in ihr Gespräch über frühere Zeiten vertieft, dass sie es kaum wahrnahmen, wie die beiden aufstanden. Fay und Marcel gingen hinüber in Fays Garten.

»Die Brennnesseln müssen unbedingt stehen bleiben. Sie sind wichtig für die Schmetterlinge«, erklärte Fay.

»Okay, das lässt sich machen. Wie würde es dir gefallen, wenn wir für die Blumen kleine Beete machen. Wir könnten sie über die Wiese symmetrisch verteilen. Vielleicht auch in unterschiedlichen Formen?«, überlegte Marcel laut.

»Das klingt gut«, antwortete Fay. »Am besten, ich lege mit den restlichen Steinen die Formen vor, und du gräbst sie dann aus.«

»So machen wir es, also fang mal mit den Steinen an«, forderte Marcel Fay auf.

Am frühen Abend waren sie mit ihrer Arbeit fertig. Jetzt hatte Fay in der Mitte ihrer Wiese einen Kreis aus Steinen. In diesem Kreis wiederum stand jetzt in dessen Mitte die zweite Rose. Direkt um den Stamm hatte Fay ebenfalls mit Steinen ein Herz gelegt. Bei den Schätzen, die sie in ihren Tüten beim Aufräumen gefunden hatte, war auch eine Elfenfigur dabei gewesen. Ungefähr 30 cm groß, mit schillernden Flügeln und einem Schmetterling auf ihrer Hand. Diese Elfe stand jetzt unter der Rose im Garten. Nah an deren Stamm im Herz aus Steinen. An der Seite, die an Hugos Grundstück grenzte, waren zwei Quadrate und zwei Dreiecke angelegt. Da hatten sie die restlichen Blumen gepflanzt. Die Brennnesseln hatten sie ein wenig zurückgeschnitten. Alle beide waren mit Freude bei der Arbeit. Fay genoss jeden Moment, den sie in der Erde grub, ihr Ei stets sorgsam in ihrer Hand geborgen. Sie spürte bei diesem Ei vor allem Ruhe und Vertrauen. Es war, als wäre sie eins mit allem, was sie umgab. Sie fühlte sich mit allem intensiv verbunden: mit der Erde, in der sie grub, den Blumen, die sie pflanzte, Marcel, mit dem sie zusammenarbeitete. Beim gemeinsamen Tun erzählte Marcel Fay von seiner Arbeit. Er konnte gut erzählen. Fay konnte sich seine Geschichten bildhaft vorstellen.

Marcel hatte amerikanische Frühgeschichte studiert. Seine Doktorarbeit war eine Abhandlung über die Hopi und Navajo im Süden Nordamerikas gewesen. Seither war er vorwiegend in Nordamerika beruflich unterwegs. Wie gerne würde sie selbst solche Abenteuer erleben! Fay spürte eine Sehnsucht in sich. Sie konnte dieses Gefühl jedoch nicht genau definieren. Sie lauschte den Worten Marcels und ließ sich in den Bildern, die die Geschichten hervorbrachten, treiben.

»Was ist dein nächstes Projekt?«, fragte Fay irgendwann.

»Zurzeit fotografiere ich die Stämme der Plains Indianer«, erzählte Marcel. »Lakota, Crow, Cheyenne, Kiowa und andere. Das nächste größere Projekt ist ein Bildband über die Riten und Bräuche bei den Crow. Ich werde ein ganzes Jahr dort leben. So kann ich die Zusammenhänge der unterschiedlichen Zeremonien erforschen - und vielleicht sogar verstehen. In drei Wochen fliege ich zurück.« Bei diesen Worten hielt Marcel in seiner Arbeit inne und schaute zu Fay. Ihre Augen begegneten sich. Sah Fay da Trauer in den Augen von Marcel? Schon war der Augenblick vorbei. Sie spürte jedenfalls einen Anflug von Traurigkeit. In drei Wochen schon. Fay war verblüfft über dieses Gefühl. Schweigend arbeiteten die beiden weiter.

»Hey, Fay, drei Wochen sind drei Wochen. Genieß die Zeit, die du mit ihm hast. Vermissen kannst du ihn später auch noch«, hörte sie Funnys Stimme fröhlich schnattern.

Super, antwortete sie ein wenig sarkastisch in Gedanken, ich *will* ihn aber gar nicht vermissen. Fay spürte, dass sie ihn vermissen würde. Sie hatte sich verliebt, definitiv. Zweifel stiegen in ihr hoch. Was sollte das? Wieso verliebte sie sich in einen Mann, der in drei Wochen wieder fort sein würde? Er würde sie vergessen, ganz sicher.

»Immer mit der Ruhe«, hörte Fay Sarahs Stimme. »Vertraue darauf, dass diese Erfahrung jetzt wichtig ist für dich. Sie wird dich stärken«

Wie denn? Indem ich mich wieder entliebe?, maulte Fay missmutig.

»Vertraue!«, klang es dreistimmig in Fay.

Fays Stimmung war getrübt. Wortlos begannen die beiden aufzuräumen. Fay goss noch die Pflanzen in den neuen Beeten. Gerade als sie fertig waren, erklang Hermines Stimme aus dem Garten nebenan. »Kinder, wir haben gekocht, kommt ihr essen? Und wascht euch die Hände vorher, duschen könnt ihr später.«

Fay und Marcel mussten beide grinsen. »Als ob sie unsere Mama ist«, bemerkte Marcel erheitert. Fay gefiel diese Vertrautheit. Ihre Laune besserte sich. Sie hatte ja auch noch Hans, Hermine und Hugo, wenn Marcel wieder weg war. Die Zeiten ohne Freunde waren vorbei. Sie würde sicher noch mehr Menschen kennenlernen. Die drei aus der Gruppe bei Hans würde sie in ein paar Tagen auch wiedersehen. Ich werde also weiter Menschen um mich haben, sprach sie sich selbst Mut zu.

Es wurde ein gemütlicher Abend. So, wie der Sonntag bei einem gemütlichen Frühstück begonnen hatte, so endete er bei diesem gemütlichen Abendessen. Heute verabschiedeten sie sich früher voneinander. Fay war zurückhaltend. Marcel spürte das sofort und blieb auf Abstand. Er lächelte sie freundlich an und wünschte ihr eine gute Nacht. Kein Kuss auf die Wange an diesem Abend. Einerseits war Fay enttäuscht. Andererseits war sie froh. Das macht es vielleicht ein bisschen einfacher, sich zu entlieben, dachte Fay.

In der Küche füllte Fay Pfötchens Futter in seine Schüssel. Wo war Pfötchen überhaupt? Sie hatte ihn seit dem Frühstück nicht mehr gesehen. Oder lag es daran, dass ihre Aufmerksamkeit den ganzen Tag bei Marcel und dem Garten gewesen war? Jedenfalls hatte sie die Balkontür offen gelassen. Wenn er hungrig war, konnte er hereinkommen. Nach dem Duschen ging Fay schnurstracks ins Bett. Sie merkte erst jetzt die Anstrengung der beiden letzten Tage. Auch für sie war die körperliche Arbeit ungewohnt. Ihr Ei legte sie in das Körbchen auf ihrem Nachttisch. In das Körbchen von Marcel.

Fay träumte von ihrem Garten …

Es war Nacht. Sie sah Edith und Pfötchen in ihrem Garten. Da hinten, neben den Brennnesseln, stand ein Haselnussstrauch. Fay wunderte sich, denn den Strauch gab es in ihrem Garten nicht. Sie ging zu diesem Haselnussstrauch hinüber. Unter einem Blatt konnte sie ein sanftes Leuchten erkennen. Edith und Pfötchen bemerkten sie nicht, oder sie ignorierten sie. Fay hatte den Eindruck, die beiden unterhielten sich. Sie konnte jedoch nicht hören, worüber. Als sie bei dem Haselnussstrauch ankam, schaute Fay unter das Blatt. Sie erkannte eine Schmetterlingspuppe. Es sah beinahe aus wie eine Rüstung. Eine silbrige, leuchtende Rüstung. Fay kniete sich in die feuchte, kühle Wiese und betrachtete die Puppe genauer. Das Leuchten wurde kräftiger, und Fay erkannte das Leben in diesem Kokon. Sie konnte den Körper des zukünftigen Schmetterlings sehen, der sich in seiner schützenden Hülle bewegte. Das Leuchten ermöglichte Fay, den beinahe fertigen Schmetterling genau zu betrachten. Als das Leuchten noch heller wurde, zog es Fay mit ihrem ganzen Wesen in diesen Kokon hinein. Plötzlich war sie selbst der Schmetterling und spürte den Kokon um sich herum. Im ersten Moment fühlte sich Fay unglaublich geschützt und geborgen in dieser Rüstung. Doch sehr schnell empfand sie sie als Begrenzung, als wäre der Kokon zu klein für sie. »Es ist Zeit, Fay«, hörte sie eine

Stimme. »Ich bin Diana, die Kriegerin und die Schönheit in dir. Meine Kraft ist auch die Weiblichkeit, die Fruchtbarkeit. Spürst du mich? Ich möchte geboren werden, mich entfalten. Mit meinen Flügeln schlagen, die Welt erkunden.« Fay spürte das Pulsieren in ihrer Mitte. In der Mitte ihres Schmetterlingsbauches. Sie musste lachen. Schmetterlinge hatten also auch eine Mitte und einen Herzschlag. Dianas Stimme hatte Fay erreicht. Sie hatte keine Ahnung, was die Kriegerin in ihr war, aber sie würde es herausfinden, dessen war sie sich sicher. Der Rest ihres Traumes verschwamm in Blumen und Schmetterlingen. In Bildern von großen Sandkästen und Prärieindianern …

An all das erinnerte sich Fay, als sie am Montag aufwachte. Zeit, sich zu entfalten, dachte sie sich. Nur wie? Ihre Kriegerin? Wie war das gemeint? Weiblichkeit und Fruchtbarkeit? Soll sie jetzt Kinder bekommen? Fay schüttelte den Kopf. Sie dachte an Marcel. Ja, mit ihm wären Kinder sicher nett. Aber er fährt in zwei Wochen wieder. Und überhaupt, der kann die tollsten Frauen der Welt für sich haben. Bei dem Job und so, wie er aussieht. Was soll sie sich da groß Hoffnungen machen?! Sie ist eine dumme Gans gewesen, ihn überhaupt so nahe an sich heranzulassen. Missgelaunt stand Fay auf. Sie schlurfte in die Küche, um Kaffee zu kochen. Als sie dabei am Spiegel im Flur vorbeikam, sah sie ein missmutiges, zerknittertes Gesicht. Wie viele neue Falten habe ich?, ging ihr für einen Moment durch den Kopf. Pfötchen kam aus dem Wohnzimmer gesaust und begrüßte sie stürmisch. »Ist schon gut, mein Großer, ich mache dir ja schon etwas zu fressen.« Fay ging zum Kühlschrank und stellte fest, dass sie nichts mehr hatte. Na super. Sie warf die Kühlschranktür zu und wendete sich zerknirscht Pfötchen zu. »Tut mir leid, Pfötchen, ich habe nichts mehr.« Ich könnte Hugo fragen, ob er noch etwas übrig hat, überlegte

Fay. Aber dann könnte ich Marcel treffen. Sie zögerte einen Moment. Doch dann machte sie sich trotzig auf den Weg. Pfötchen hatte Hunger, und ein Zusammentreffen würde sie schon aushalten.

Tapfer ging sie hinüber zur Nachbarwohnung. Dort angekommen drückte sie die Klingel. Dong, Dong, Dong, hörte sie in drei verschiedenen Tonlagen.

»Ich komme«, rief Hugo von drinnen. Fay atmete erleichtert auf. Hugo würde ihr die Tür öffnen. Einen Augenblick später stand sie vor dem alten, freundlichen Nachbar. »Hallo, Fay, schön, dass Sie vorbeikommen, aber Marcel ist nicht da. Er trifft sich mit seinem Verleger wegen seines Bildbandes über die Crow und ist erst Donnerstag zurück. Das hat er Ihnen doch erzählt, oder?«

»Ähm«, stammelte Fay, »nein, hat er nicht, aber ich will gar nicht zu Marcel. Ich möchte fragen, ob Sie vielleicht noch etwas Katzenfutter übrig haben. Mir ist es ausgegangen, und ich komme erst später dazu, einkaufen zu gehen.«

»Ja, ich denke schon, ich schau gleich einmal nach, warten Sie einen Moment. Oder kommen Sie rein, wenn Sie möchten«, sagte Hugo. Fay entschied sich zu warten. Kurz darauf kam Hugo strahlend mit einer Dose Katzenfutter in seiner Hand zurück. »Da. Ich habe es doch gewusst. Bitteschön, Fay. Pfötchen soll es sich schmecken lassen.«

»Danke, Hugo, ich werde es ihm sagen«, erwiderte Fay lächelnd.

»Ich sehe, Sie tragen immer noch Ihr Ei, das finde ich spannend.« Hugo schaute auf Fays Hand, in der ihr Ei lag.

»Ja, ich finde es auch spannend. Bis heute Abend noch, dann treffe ich Hans wieder.« Sie nahm das Ei an ihr Herz. Es pulsierte in ihrem Herzrhythmus.

»Dann wünsche ich Ihnen einen interessanten letzten Tag mit Ihrem Ei.« Hugo nickte ihr aufmunternd zu.

»Ich wünsche Ihnen auch einen schönen Tag, Hugo.« Er ging in seine Wohnung und schloss die Tür.

Zurück in ihrer Küche gab Fay Pfötchen sein Futter. Er schnupperte an der Schüssel und schaute sie vorwurfsvoll an. Fay verstand ihn sofort. »Ja, ich werde heute noch einkaufen, versprochen«, versicherte sie ihrem Kater immer noch schlecht gelaunt. Mit einem beleidigten Miauen begann Pfötchen zu fressen. Er hatte Hunger.

Fay nahm sich einen Kaffee, ging ins Wohnzimmer und schaute hinaus in ihren Garten. Keine Schmetterlinge. Fay atmete tief durch. Es fiel ihr schwer. Sie schaute das Ei in ihrer Hand an, und wie aus heiterem Himmel überfielen sie Zweifel. Realistisch gesehen war sie dabei, ihren Verstand zu verlieren. Zumindest würde das wohl beinahe jeder Psychiater so sehen. Mit den Stimmen, die sie hörte. Und den Träumen. Zudem hatte sie sich auch noch verliebt. Was die ganze Situation noch erschwerte. Fay fühlte sich hilflos. Wie war das mit den Krafttieren? Wo waren sie denn jetzt? Sie trank einen Schluck Kaffee und schlenderte über die kleine Wiese zur Rose mit der Elfe. Zu Füßen der Elfe, im Herz, lagen drei Haselnüsse. Wo kamen die bitte her? Fay schaute sich um. Es gab hier keine Haselsträucher.

Edith?, dachte sie.

»Ja, Fay«, hörte sie das Stimmchen ihres Eichhörnchens.

Warst du das?, fragte sie.

»Nun, in gewisser Weise schon. Ich habe dafür gesorgt, dass die Nüsse dahin kommen«, antwortete Edith. »Ihr Menschen verstrickt euch so schnell in Zweifel. Immerzu versucht ihr, alles logisch zu erklären und zu erforschen. Dabei fragt ihr andere um Rat, die Ärzte, eure Freunde und Verwandten. Da bekommt ihr unzählige Vorstellungen und Meinungen zu hören. Aber ihr vergesst dabei, eure eigene Stimme zu hören, eurer eigenen Wahrnehmung zu vertrauen. Dann verstrickt ihr euch in Zweifel. Ich habe die Nüsse unter die Rose gelegt, damit du an deinen Traum glaubst.«

Fay nahm die drei Nüsse und ging mit ihnen zu der Stelle, an der sie in ihrem Traum den Strauch gesehen hatte. Sie legte ihr Ei auf die Erde. Dann begann sie, mit beiden Händen ein Loch zu graben. Als sie fertig war, legte sie die drei Haselnüsse hinein, gab Erde darüber und klopfte diese fest. Lächelnd wischte sie sich die Hände an ihrer Hose ab. »Danke für den Traum«, flüsterte Fay, bevor sie aufstand und wieder in ihre Wohnung ging.

Sie schaute sich um. Alles Mögliche stand da herum. Unzählige Teelichthalter in unterschiedlichen Größen, Formen und Farben. Allerlei Fantasiefiguren. Trolle, Feen, Zwerge, Engel. Sogar einen Pegasus und ein weißes Einhorn hatte sie. Fay empfand in diesem Moment die Regale in ihrem Wohnzimmer als völlig überfüllt.

Pfötchen war mit dem Fressen fertig. Elegant trabte er durchs Wohnzimmer. Im Garten legte er sich zwischen den Lavendel und die Kamille. Gute Idee, befand Fay, und ihre Stimmung hob sich. Sie legte ihr Ei in das Körbchen zurück und begann, die Regale auszuräumen. Die größeren Figuren nahm Fay mit hinaus in den Garten. Ebenso einige der Teelichthalter. An der Hauswand lagen noch die restlichen Steine aus ihrem Garten. Fay begann, Beet für Beet mit den Figuren, den Steinen und den Teelichthaltern zu dekorieren.

Wie im Flug verging der Vormittag. Es war zwei Uhr, als Fay mit ihrer Arbeit fertig war. Zufrieden betrachtete sie ihr Werk. Beide Werke. Ihr Wohnzimmer war jetzt um einiges heller und auch leichter. Ihr Garten war jetzt richtig schön lebendig. Fay gefiel die Komposition der Figuren, Lichter und Pflanzen, die sie erblickte. Sie freute sich auf den Abend, wenn sie die ganzen Kerzen anzünden und sich in ihren Garten setzen würde. Ach ja, die Teelichter musste sie erst noch kaufen. Und auch Katzenfutter für Pfötchen. Fay ging es besser. Sie holte sich ihre Tasche und zusätzlich einen Rucksack und machte sich auf den Weg zum Einkaufen.

Als sie zurückgekommen war, packte sie aus. Putenfleisch für Pfötchen, genug für drei Tage. Teelichter. Frisches Brot, Käse, Milch, Joghurt und viele andere Leckereien. Die Zeit bei ihrer Mutter und ihren Nachbarn hatte ihre Lust auf frische, gesunde Lebensmittel geweckt.

Inzwischen war es halb fünf. Um sechs war sie verabredet. Fay erstarrte. Ihr Ei! Sie hatte ihr Ei vergessen! Fay eilte ins Wohnzimmer. Da, auf dem Tisch stand das Körbchen. Erleichtert atmete sie auf. Sie nahm das Ei in ihre Hand. Es war kühl. Und irgendwie fühlte es sich fremd an. Fay war verwirrt. Wieso fühlte sich das Ei fremd an? Sie nahm das Ei mit in die Küche. Nachdem sie ihre Einkäufe verstaut hatte, ging Fay mit den Teelichtern in ihren Garten. Sie bestückte alle Gläschen und Behälter mit den kleinen Kerzen. Das wird wunderschön, war sie sich sicher. Das Ei fühlte sich immer noch fremd an. Fay legte es zurück in den Korb.

Sie holte ihre Decke und entschied sich, ihren Rucksack mitzunehmen. Wer weiß, welche Hausaufgabe sie diesmal bekam. Fay erinnerte sich an die Liste. Sie hatte nichts davon organisiert. Fay hatte sich aber auch noch nicht entschieden, ob sie überhaupt mit in die Berge wollte. Überhaupt konnte sie die Sachen auch noch morgen kaufen. Aufbruch war erst am Mittwoch, hatte Hans gesagt. Bis Sonntag. Dann würde sie Marcel eine ganze Woche lang nicht sehen. Einerseits fühlte Fay einen kleinen Stich in ihrem Herzen bei diesem Gedanken. Andererseits war sie auch erleichtert. Das würde ihr dabei helfen, Abstand zu gewinnen. Helfen beim Entlieben.

Fay stand an der Tür. Das Ei! Fay seufzte. Sie ging zurück in die Küche und holte das Ei. Als sie es in die Hand nahm, fühlte sie sich traurig. Fay wusste nicht, warum sie traurig war, sie war es einfach. Mit einem weiteren tiefen Seufzer ging sie zur Wohnungstür hinaus.

Keine Reise

Fay kam zu früh. Sie war den geraden Weg zu Hans gelaufen. Es waren noch einige Leute im Café. An einem Tisch mit zwei gemütlichen Stühlen sah Fay Gabriella. Sie war überrascht. Seit der ersten gemeinsamen Reise hatte sie keinen der anderen noch einmal gesehen.

Gabriella schaute auf und lachte sie freundlich an. »Hallo, Fay. Schön, dich zu sehen«, rief sie.

»Hallo, Gabriella«, sagte Fay und winkte ihr zu.

»Hallo, Fay! Schön, dass du schon da bist«, hörte sie Hans hinter sich von der Theke sagen.

Fay drehte sich um und lächelte. »Hallo, Hans, ich wollte auf keinen Fall zu spät kommen.«

»Na dann. Ich mache hier im Café noch alles fertig, und du kannst mit Gabriella schon nach hinten gehen. Der Raum ist offen. Tee bringe ich für uns alle mit.« Hans nickte Fay bei diesen Worten aufmunternd zu.

Gabriella war bereits aufgestanden und zu ihnen an die Theke gekommen. Sie lächelte Fay freundlich an. »Ich freue mich wirklich, dich zu sehen, Fay. Du siehst super aus! Richtig erholt und gesund.«

Fay war etwas überfordert. Sie spürte, dass Gabriella sich ehrlich freute. Das war für Fay fast zu viel. Gabriella war für sie eine fremde Person. Einen kurzen Moment erfasste Fay Angst. Die alte Angst vor Menschen. Wo war ihre Mitte? Sie atmete tief in ihre Mitte, spürte mit ihrer freien Hand nach. Es ging nur schwer.

Gabriella schien zu bemerken, dass sie Fay nervös machte. Sie ging einen Schritt zurück und blickte zu Hans. »Ich geh dann schon nach hinten und bereite alles vor«, sagte sie zu ihm. »Bis gleich, Fay.« Sie nickte ihr freundlich zu und ging in Richtung des Raums.

»Ähm, ja, dann geh ich auch nach hinten«, stotterte Fay.

»Du kannst dir inzwischen deinen Platz einrichten.« Hans schmunzelte breit. »Ich komme dann nach. Sobald ich hier fertig bin.«

Fay folgte Gabriella. Beim Überschreiten der Schwelle spürte sie auch dieses Mal sofort den Unterschied. Etwas hatte sich verändert. Oder hatte sich ihre Wahrnehmung verändert? Gabriella war damit beschäftigt, Räucherwerk in einer Schale herzurichten. Fay entschied sich für den Platz neben Hans. Da, wo sie schon beim letzten Mal gelegen hatte. Sie legte vorsichtig ihr Ei auf den Boden und stellte den Rucksack daneben. Dann holte sie ihre Decke heraus und breitete sie aus. Nachdem sie sich auf die Decke gesetzt hatte, nahm Fay ihr Ei wieder in die Hand. Aufmerksam beobachtete sie Gabriella, die mit einer Feder anmutig und doch zügig den Rauch über den Platz und einige Gegenstände, die Hans vorbereitet hatte, fächerte, dann aufstand und in einem Kreis den Raum abging. Dabei sang sie mit einer wunderschönen Stimme. Fay war fasziniert. Gabriella hatte sich auch ganz schön gewandelt, dachte sich Fay. So sicher, wie sie das hier machte. Was hat sie wohl alles gelernt, seitdem wir uns das erste Mal begegnet waren?

Jetzt kam Gabriella zielsicher auf Fay zu. »Steh bitte noch mal auf, damit ich dich abräuchern kann«, sagte sie freundlich. Fay stand auf. »Breite deine Arme aus, dann kann ich auch unter den Achseln räuchern.« Fay tat wie ihr geheißen. Es war ein anderes Räucherwerk als das, was Hans verwendet hatte. Es roch ein bisschen wie Weihrauch. Den Geruch kannte Fay aus der Kirche. Dennoch anders, besser als Weihrauch auf alle Fälle. Sie schnupperte dem Duft nach. »Das ist weißer Copal«, sagte Gabriella. »Wird auch südamerikanischer Weihrauch genannt. Er reinigt sehr stark und wird vor allem vor wichtigen Zeremonien verwendet.« Bei diesen Worten schaute Gabrielle Fay ernst an. Inzwischen war sie mit dem Räuchern fertig. Fay setzte sich wieder auf ihre Decke. Gabriella ging zu einem Platz ihr gegenüber und nahm eine große runde Trommel aus einer Hülle. Es war nicht Hans' Trommel, das sah Fay sofort. Zärtlich strich Gabriella mit einer Hand über die Trommel. Fay sah, dass sie leise mit der Trommel redete.

Hans kam mit einer großen Kanne Tee und drei Tassen in den Raum. Alles zusammen stellte er auf dem Tisch ab. Dann drehte er sich um und lächelte den beiden Frauen zu. »Gabriella wird heute für uns trommeln.« Fay schaute Hans erstaunt an, und Hans sprach weiter. »Kannst du dich erinnern, wie wir über die verlorenen und vergessenen Seelenessenzen gesprochen haben, Fay?« Er schaute sie fragend an.

»Ja, ich erinnere mich. Du hast mir erklärt, dass meine Lebensfreude zu mir zurückgekehrt ist. Dass du aber vermutest, es gäbe noch mehr Essenzen, die zu mir zurück möchten.«

»Genau, und das werden wir heute nachprüfen. Ich denke, heute ist ein guter Tag für diese Arbeit. Du bist fleißig gewesen mit deinen Hausaufgaben. Du hast nun ausreichend Vertrauen in den schamanischen Weg, sodass wir eine Seelenrückholung machen können. Vorausgesetzt, du möchtest das.«

»Kann ich das wirklich schon?«, fragte Fay unsicher. »Was muss ich da tun?«

»Du sollst einfach nur entspannen. Gabriella wird trommeln, und ich reise in die Anderswelt. Dort werde ich nachschauen, ob ich eine Seelenessenz finde, die zu dir zurückmöchte. Wenn ich eine Essenz finde, werde ich sie zurückbringen. Anschließend werde ich dir erzählen, was ich erlebt habe. Wenn ich eine Essenz finde, werde ich dir auch sagen, welche Kraft sie hat. Dann kannst du dich entscheiden, ob du diese Kraft, die zu dir gehört, jetzt zurückmöchtest oder nicht.«

»Und wenn ich sie nicht zurückwill?«, wollte Fay wissen.

»Nun, das wäre schade. Dann kann ich die Essenz in einen Stein blasen und dir diesen Stein mitgeben. Die Essenz wird sich dann in dir entfalten, wenn du so weit bist«, antwortete Hans ernst. »Wenn du zu lange wartest, kann es aber auch sein, dass die Essenz wieder geht. Es wird dann noch mal schwieriger sein, sie ein zweites Mal zu finden.«

Fay schwieg und schaute ihr Ei an. Es fühlte sich immer noch irgendwie fremd an. Vielleicht, weil noch etwas fehlt, überlegte Fay. Sie spürte, dass es ihr Leben unwiederbringlich verändern würde, wenn sie heute Abend zustimmte. Die letzten Wochen hatten ihr sehr viel Freude und Schönheit zurück in ihr Leben gebracht. Sie wusste, dass es ihre Entscheidung war. Nach allem, was sie gelernt hatte, konnte sie niemanden mehr für ihr Leben verantwortlich machen. Sie war der Schöpfer ihres Lebens. Fay spürte das schon vertraute Pulsieren in ihrem Bauch, vier Fingerbreit unter dem Bauchnabel.

Fay schaute Hans in die Augen. »Also gut, fangen wir an. Wo kann ich mein Ei hinlegen?«

Hans lächelte sie zuversichtlich an. »Behalte es in deiner Hand, in deiner rechten. An dein linkes Handgelenk werde ich dir ein Tuch binden. An diesem Tuch erkenne ich deine Seelenessenz in der Anderswelt. Wir werden uns nebeneinander auf deine Decke legen. Dabei berühren wir uns an den Schultern, an den Hüften und an den Knöcheln. Ich werde während der Reise deine Hand halten. Du solltest dich während der Zeit, in der ich für dich reise, nur entspannen. Auch wenn die Versuchung groß ist: Bleib hier in diesem Raum. Erlaube mir, dass ich in der Anderswelt für dich reisen darf. Öffne dich für das, was kommt. Das ist deine Absicht für diesen Abend.« Hans band das Tuch um ihr Handgelenk.

»Bist du bereit?«, fragte Hans.

»Ja, bin ich«, lächelte Fay mutig.

Die beiden legten sich auf Fays Decke. Hans gab Gabriella ein Zeichen, und sie begann zu trommeln. Es war derselbe schnelle Rhythmus, den Hans beim letzten Mal auf seiner Trommel gespielt hatte. Fay schloss die Augen und richtete ihre Aufmerksamkeit darauf, Hans die Erlaubnis für die Reise zu geben. Nichts passierte. Fay hörte Hans neben sich atmen.

Wie lange das wohl dauert? Was wird er finden, wenn er überhaupt was findet? Wird er auch Edith oder Diana treffen? Vielleicht Pfötchen. Skulan wird sicher dabei sein, das ist ja sein Wanderfalke. Wo findet er solche Essenzen überhaupt? Und wie findet er sie? Wie lange liege ich jetzt schon hier? Eine Frage nach der anderen geisterte durch Fays Kopf, während Hans für sie reiste und Gabriella trommelte. Nur sie, Fay, hatte nichts zu tun. Ihr war langweilig, den Abend hatte sie sich anders vorgestellt. Eigentlich wollte sie selbst reisen. Fast war Fay ein wenig enttäuscht. In dem Moment regte sich Hans neben ihr. Er atmete tief in seinen Bauch. Einmal, zweimal, dreimal. Dann ließ er ihre Hand los und setzte sich auf. Fay lächelte ihn unsicher an. Langsam setzte auch sie sich auf. Das Ei in ihrer rechten Hand fühlte sich schwer an. Schwerer als zuvor.

Hans nahm sich seine Teetasse und trank einen großen Schluck. Dann schaute er Fay in die Augen und begann zu sprechen. »Als ich in der Anderswelt ankam, erwartete mich mein Wanderfalke. Er ist mein Verbündeter für diese Arbeit der Seelenrückholung. Wir sind immer verbunden, daher wusste er von meiner Absicht, heute für dich zu reisen. Mein Wanderfalke teilte mir mit, dass wir einen Seelenteil von dir, der jetzt bereit war zurückzukommen, im Sumpf der vergessenen Träume und Visionen finden würden. Ich kannte diesen Sumpf von früheren Reisen. Mein Verbündeter gab mir genaue Anweisungen, wie wir deinen verlorenen Teil finden und zurückbringen konnten. Zuerst mussten wir den Gefährten deines Seelenteils finden. Als er noch bei dir war, hatte er einen Begleiter, ein Reittier. Wir machten uns auf den Weg zu den Weiden der Huftiere in der Anderswelt und baten darum, dass sich uns der Begleiter deines Seelenteils zeige. Wir mussten nur einen kurzen Augenblick warten, bis er sich offenbarte. Gemeinsam erzählten wir ihm, was unsere Aufgabe war. Wir erzählten ihm von dir und dem fehlenden Seelenteil. Der Begleiter war sofort bereit, mit uns zu kommen. Er war ein Verbündeter und daher sehr froh, dass er jetzt seine Aufgabe wieder erfüllen konnte. Gemeinsam reisten wir jetzt zum Sumpf. Am Rande des Sumpfes angekommen baten wir darum, dass sich der Seelenteil zeigte, der zu dir gehört. Einen Moment später sahen wir ihn wenige Meter vor uns im Sumpf leuchten. Ich bat darum, dass er sich uns ganz zeigte. Ein junger Mann gab sich zu erkennen. Er hatte das Tuch an seiner linken Hand, und ich fragte ihn, wer er war. Sein Name sei Ritter Edward, gab er mir zur Antwort. Er lächelte mich an und sagte: ›Ich sehe, Reisender, du hast mir Fylgir zurückgebracht.‹ Er schaute zu seinem Reittier hinüber. Ich erzählte ihm von dir und warum ich hier war. Edward war bereit mitzukommen. Ich fragte ihn, welche Kraft, welche Medizin, er zurückbringe. ›Ich bin die Kraft des Lebenstraumes. Ich bin aber auch ein Krieger. Ein edler Ritter, Beschützer der Armen und Bedürftigen. Dadurch bringe ich Harmonie ins Leben. Ich schaffe das Gleichgewicht zwischen Nehmen und Geben. Durch mich wird Fay wieder lernen, im Gleichgewicht zu sein. Sie wird lernen, zu geben, ohne dabei selbst schwächer zu werden. Aber noch viel wichtiger ist, dass sie lernen wird, anzunehmen, wenn ihr gegeben wird.‹ Obwohl Edward bereit war, zu dir zurückzukommen, mussten Fylgir und ich zusammen helfen, um ihn aus dem Sumpf zu holen. Die Zweifel und die Kraft der Enttäuschung, beides Facetten der Angst, hielten ihn fest. Gemeinsam schafften wir es jedoch, ihn aus dem Sumpf zu befreien. Als er bei uns an Land stand, sah er ziemlich verdreckt, erschöpft und zerschunden aus. Wir entschlossen uns, ihn zu meinem Heiltempel in der Anderswelt zu bringen. Das ist ein Ort, an dem meine Verbündeten mithelfen, Essenzen und Seelenteile zu reinigen, bevor ich sie ihrem Menschen zurückbringe. So kommt nur die reine Kraft zurück. Als Edward fertig war, stand ein strahlender, kraftvoller, junger Mann vor mir. Edel gekleidet und voller Tatendrang. Ihn und seinen Begleiter habe ich jetzt hier bei mir. Wenn du bereit bist, Fay, dann sind sie es auch.« Mit diesen Worten schaute Hans Fay ernst an.

Fay war noch ganz gefangen von der Erzählung und konnte keine Antwort geben. Sir Edward … Sie erinnerte sich. Der Ritter aus ihrer Kindheit. Wie viele Stunden hatte sie mit ihm gespielt? Sie wusste es nicht mehr. Fay lächelte versonnen. Erst war sie selbst Ritter Edward gewesen. Dann durfte sie sich nur noch als Prinzessin oder Fee verkleiden. Mädchenkram eben. Da war Ritter Edward in ihre Träume gekommen. Er war immer genauso alt wie sie gewesen. Sie beide hatten die unglaublichsten Abenteuer erlebt. Und jetzt fand Hans Edward in einem Sumpf der vergessenen Träume? Fay war überwältigt. Hans konnte von Edward nichts gewusst haben. Sie hatte nie mit irgendjemandem über ihn gesprochen. Edward hatte gesagt, er sei ein Krieger. Er bringe die Harmonie in ihr Leben.

»Puh, das ist ganz schön viel auf einmal«, sagte Fay jetzt zu Hans.

Er lächelte Fay verständnisvoll an. »Ja, so ist das, wenn ein Mensch sich auf den Weg der Heilung begibt. Es ist deine Entscheidung, Fay. Ich kann dir Edward jetzt gleich zurückgeben, oder ich puste ihn dir in diesen Kristall hier. Du kannst dann den Kristall mitnehmen und, wenn du dazu bereit bist, Edward einladen, aus dem Kristall zu dir zu kommen. So oder so wird es einige Tage brauchen, bis ihr euch ganz verbunden habt. Eine sehr gute Gelegenheit dazu wäre das kommende Wochenende in den Bergen. Wir werden dort vier Tage lang intensiv arbeiten. Jeder von euch zu seinen eigenen Themen. Hast du dich schon entschieden, ob du mitkommen möchtest, Fay?«

Noch so eine Frage. Fays Herz pulsierte. Ihre Mitte allerdings auch. Beides ausgesprochen kräftig. »Ja, ich komme mit, und ja, ich möchte, dass du mir Edward gleich zurückgibst«, antwortete Fay bestimmt. Was soll's … Jetzt oder nie, dachte sich Fay. Sie hatte ja Zeit, genügend Zeit, solange sie keine neue Arbeit hatte. Fay erinnerte sich dunkel, dass sie noch keine einzige Bewerbung geschrieben hatte. Ja, genau genommen hatte sie sich nicht einmal eine Zeitung gekauft. Egal, sie hatte ihre Ersparnisse. Bewerbungen konnte sie nach dem Wochenende auch noch schreiben. Vielleicht würde sie ja dann wissen, was sie tun wollte. Edward, ihr Lebenstraum. Fay schmunzelte. Wer, wenn nicht er, sollte wissen, welche Arbeit sie mit Freude und Liebe machen könnte?! Solange die Ersparnisse reichten, konnte sie sich Zeit lassen.

Hans stand auf und stellte sich hinter Fay. »Ich werde dir die Essenz erst in dein Scheitelchakra pusten und dann in dein Herz. Anschließend werde ich beide Stellen mit meiner Rassel versiegeln. Schließe einfach die Augen, und heiße deinen Seelenteil willkommen zurück bei dir.«

Fay schloss voller Erwartung ihre Augen. Sie wartete gespannt, was passieren würde. Sie hörte und spürte Hans oben an ihrem Kopf kräftig pusten. Dann hörte und spürte sie es an ihrem Herzen. Je dreimal pustete Hans auf den Scheitel und in ihr Herz. Sie konnte warme Luft spüren. Dann begann er, zu rasseln und zu pfeifen. Jetzt konnte sie ein leichtes Kribbeln wahrnehmen, wie ein ganz sanfter Schauer, der sich erst über ihren Kopf ergoss und dann weiter in Richtung Herz floss. Auf Höhe ihres Herzens spürte sie diesen Schauer auch. Dort breitete er sich kreisförmig aus. Hans beendete das Pfeifen und Rasseln. Fay öffnete ihre Augen und schaute Hans an. Aufmunternd lächelte er ihr zu. »Geht es dir gut, Fay?«

»Ja, ich denke schon«, antwortete Fay und nickte leicht mit ihrem Kopf. »Da war ganz kurz ein Kribbeln, während du gerasselt hast. Jetzt ist es weg.« Fragend schaute sie Hans an.

»Das kann gut sein, dieses Kribbeln war der Seelenteil, den ich dir zurückgebracht habe. Es wird jetzt, wie ich schon gesagt habe, noch eine Zeit dauern, bis Edward sich ganz in dir entfaltet. Lass ihm die Zeit, die er braucht. Während der Tage in den Bergen wirst du die Gelegenheit haben, ihn wieder näher kennenzulernen.«

»Ah ja, die Tage in den Bergen. Was tun wir da eigentlich?«, fragte Fay.

»Ich habe da eine Hütte auf einer Waldlichtung. Recht abgelegen«, meinte Hans. »Sandra, die manchmal hier aushilft, wird schon oben sein. Sie wird in den Tagen, in denen wir dort sind, für uns kochen. Du, Gabriella, Ulrich und Sascha werdet in der Natur sehr tiefe Erfahrungen mit euch selbst machen. Das wird euch wieder ein Stück näher zu euch und eurer Lebensaufgabe führen. Die Sachen auf der Liste braucht ihr für die Rituale, die wir durchführen werden.«

»Und was sind das für Rituale?«, wollte Fay wissen.

»Eine Schwitzhütte und eine Visionssuche.« Bei diesen Worten schaute Hans Fay prüfend an.

Fay blieb der Mund offen stehen. »Was?«, fragte sie entsetzt. »Ich soll in eine Schwitzhütte gehen und dann auch noch eine Visionssuche machen?« Fay lachte ungläubig. »Hans, es mag ja sein, dass ich die letzten Wochen sehr fleißig war, aber das ist mir doch eine Nummer zu heftig.« Fay spürte beim bloßen Gedanken daran Panik in sich aufsteigen. Unzählige Geschichten, die sie gelesen hatte, zogen durch ihren Kopf. Qualen in der Hitze der Schwitzhütte. Das Gefühl zu sterben, das viele Teilnehmer beschrieben hatten. Wie auch bei der Visionssuche oder Visionsfindung. Tagelang ohne Nahrung oder Wasser in der Natur sitzen. Alleine auf sich gestellt.

Eine Mischung aus Panik, Ungläubigkeit und Freude überflutete sie. Halt, warum Freude? Worauf sollte sie sich denn dabei freuen können?

»Fay, es ist ganz allein deine Entscheidung. Du kannst mitkommen oder es bleiben lassen. Du bist schon sehr weit auf deinem Weg gekommen. Überlege es dir gut.« Hans lächelte Fay ermutigend zu. »Wir fahren am Mittwoch um zehn Uhr morgens hier weg. Wenn du da bist, bist du dabei. Wenn nicht, ist es auch gut.«

Fay schaute betroffen zu Boden. Sie wusste, dass Hans nichts mehr zu dem Thema sagen würde. »Ja, ist gut.«

»Fein, dann können wir für heute Abend ja Schluss machen.« Hans stand auf und begann, seine Sachen aufzuräumen. Fay und Gabriella taten es ihm gleich.

Als Fay fertig war, stand sie auf und ging zu Hans. »Ich möchte dir noch Danke sagen. Dafür, dass du mit mir arbeitest. Ich weiß das sehr zu schätzen. Ich habe wohl noch viel zu lernen.«

Hans blinzelte ihr verschmitzt zu. »Wir haben alle viel zu lernen, und wir haben die Zeit, die wir dafür brauchen. Die Frage ist immer: Wie nutze ich die Zeit, die ich habe? Wenn du dich noch nicht bereit fühlst für das Wochenende in den Bergen, dann wird es eine andere Gelegenheit für dich geben. Irgendwann.«

Gabriella war inzwischen zu ihnen gekommen. Sie umarmte Hans herzlich und schaute Fay freundlich an. »Danke, dass ich für dich trommeln durfte, Fay.«

Überrascht schaute Fay Gabriella an. »Ich danke dir, Gabriella, du hast das richtig gut gemacht.« Einem Impuls folgend umarmte sie Gabriella. Ein wenig unbeholfen, aber herzlich. Nur einen kurzen Augenblick lang, doch lange genug, dass Fay dabei warm ums Herz werden konnte.

Hans lächelte.

»Wir sehen uns«, sagte Gabriella und verabschiedete sich von den beiden. Unglaublich … Fay schüttelte den Kopf. Das war jetzt das zweite Mal, dass jemand etwas für sie tat und sich danach dafür bedankte, dass er helfen durfte. Warum? Sie sprach ihre Überlegung laut aus.

»Wir alle sind Schüler. Jeder von uns«, antwortete Hans. »Wenn Gabriella für dich trommeln darf, dann wird sie auch für sich selbst sicherer. Sie tut es gerne. Sie arbeitet auch gerne mit ihrer Stimme. So kann sie lernen. Es ist ein ausgewogenes Geben und Nehmen.«

Fay verstand, zumindest den Teil mit Gabriella. »Aber was kannst du von mir lernen, Hans?«

Hans lachte gutmütig. »Ach, Fay, so vieles. Wenn ich so wie mit dir arbeite, dann lerne ich immer auch etwas über mich. Ich reise, ich begleite, ich arbeite. Und dadurch lerne ich.«

»Hört das irgendwann auf?«, fragte Fay, obwohl sie die Antwort schon kannte.

Hans schaute sie ernst an und schüttelte seinen Kopf. »Nein, Fay, es hört nie auf. Deine Seele will lernen und sich entfalten, solange du hier auf der Erde als inkarnierter Mensch lebst. Zumindest sehe ich das für mich so.« Mit diesen Worten nahm Hans das Teegeschirr in die Hand und machte sich auf den Weg nach draußen. Fay folgte ihm.

Die Hütte

Auf der Lichtung in Fays innerem Garten war eine ganze Schar von Andersweltwesen versammelt. Edith, Skulan, Fylgir, Sir Samtpfote und Diana – letztere hing noch immer in ihrem Kokon an dem Haselnussstrauch – hießen Sir Edward willkommen. Funny, Lana und Sarah, alle in ihrer durchscheinenden Gestalt, begrüßten ihn ebenso freudig.

»Welch eine nette Runde«, begann Edward zu sprechen. »Und wo ist Fay?« Prüfend schaute er sich auf der Lichtung um.

»Herzlich willkommen in Fays Garten, Edward«, schnurrte Sir Samtpfote.

»Danke, aber wo ist Fay?«, fragte Edward fordernd.

Lana ging auf Edward zu und legte ihm eine Hand auf die Schulter. »Immer mit der Ruhe, Edward. Du bist jetzt in Fays Garten. Du bist aus diesem Sumpf befreit und siehst richtig gut aus. Fay wird sich freuen, dich zu sehen, da bin ich mir sicher.«

Misstrauisch schaute Edward Lana und die anderen an. »Und wo ist sie dann?«

»Du weißt selbst, dass dich Hans, mein Menschenverbündeter, gerade erst zurückgebracht hat«, erwiderte Skulan. »Jetzt wird es wichtig sein, wie Fay dich in ihr Leben integriert. Und wie du dich entfaltest. Ihr könnt bald ganz verschmelzen. An diesem Wochenende hat Hans sie eingeladen, mit in die Berge zu kommen. Dort gibt es einen besonderen Ort. Einen Kraftort. Seit vielen Jahren arbeitet Hans dort. Er hat dort eine Schwitzhütte stehen, eine Wohnhütte, eine große Feuerstelle und ein Tipi. Durch die vielen Jahre, die er dort schon mit der Anderswelt arbeitet, hat sich ein ganz besonderes Energiefeld gebildet. Unterstützt wird das zusätzlich von den Naturgeistern, die dort leben. Hans ehrt diese Wesen und bringt ihnen immer Geschenke mit. Da oben kann sehr viel passieren, und die Schleier zwischen den Welten sind sehr dünn.«

»Und da geht sie hin? Da kann ich sie treffen?«, fragte Edward hoffnungsvoll.

»Na, das will ich doch hoffen, dass sie dahin geht!«, rief Diana aus ihrem Kokon empört. »Ich will hier endlich raus. Mir zerknittern meine Flügel, und es ist viel zu eng hier drin.«

Alle auf der Lichtung, ausgenommen Edward, mussten über die Bestimmtheit in der feinen Stimme Dianas lachen. Es war ein freundliches, liebevolles Lachen.

»Ich kann dich verstehen, du bist schon lange genug da drin«, stimmte Edith zu.

»Edward, du wolltest, dass ich zurückkomme, bevor du ebenfalls dazu bereit wärest«, ergänzte Sarah. »Nun, ich bin zurückgekommen, obwohl ich noch viel jünger bin als du. Ich vertraue Fay. Ich helfe ihr, dass auch sie wieder vertrauen kann. Dazu braucht sie aber dich!«

»Genau, und ich brauche dich auch!«, rief Funny übermütig. »Ich brauche dich, um wieder Ritter spielen zu können. Weil Fay jetzt groß ist. Sie sollte sich ein Pferd kaufen und eine Rüstung, und dann könnten wir beide uns voll ausleben.«

Diesmal lachten alle auf der Wiese aus vollem Herzen. Fylgir kam zu Edward. Er rieb seinen Kopf an Edwards Schulter. Mit einem liebevollen Schnaufer sagte er: »Gib ihr eine Chance. Es hat sich viel geändert. Fay ist keine 16 mehr. Sie braucht dich. Und sei mal ehrlich: Hier ist es hundertmal besser als im Sumpf.«

Edward musste zugeben, dass es an diesem Ort wirklich schöner war. Er seufzte. »Also gut, dann warte ich eben. Das ist ohnehin schon egal, denn etwas anderes habe ich im

Sumpf auch nicht gemacht. Hier habe ich wenigstens euch als Gesellschaft.«

»Yippie, darf ich auf Fylgir reiten?«, bettelte Funny mit einem engelsgleichen Gesichtsausdruck.

Skulan schaute ernst in die Runde. »Fay wird sich ganz alleine entscheiden müssen. Ihr könnt nur hier im Garten darauf warten, dass sie kommt. Ihr drei, Lana, Funny und Sarah, seid zwar schon mit Fay verschmolzen, doch noch nicht zur Gänze integriert. Ob Fay sich endgültig dazu entschließt, euch alle wieder in ihrem Leben zu haben, entscheidet sich an diesem langen Wochenende in den Bergen.«

Allen auf der Lichtung war klar, dass Skulan recht hatte.

Widerstände

Als Fay nach Hause kam, war es erst halb zehn. Nachdem sie Pfötchen die Schüsseln gefüllt hatte, ging sie hinaus in ihren Garten und entzündete ein Teelicht nach dem anderen. Bald schimmerte der ganze Garten in einem magischen Licht. Die Kerzenflammen tanzten in ihren Gläsern und warfen sich bewegende Schatten auf die Wiese. Es war eine wahrlich zauberhafte Stimmung. Fay lächelte vor sich hin und setzte sich in ihren alten Klappstuhl. Pfötchen kam zu ihr in den Garten und setzte sich neben sie. Fay hielt ihr Ei in der linken Hand. Es war warm. Fremd fühlte es sich jetzt auch nicht mehr an, aber schwer, zu schwer, befand Fay.

Sie stand auf und ging hinüber zu den Brennnesseln. Zwischen den Brennnesseln und den Haselnüssen, die sie erst am Morgen eingepflanzt hatte, war der richtige Platz für ihr drittes Ei. Mit bloßen Händen grub sie ein Loch und legte das Ei vorsichtig hinein. Wie schon zuvor empfand Fay auch diesmal eine tiefe Dankbarkeit für das Ei. Sie fühlte sich leicht, beschwingt und ein wenig mutig. Spannend, dachte Fay, was so ein Ei mit einem macht. Sie schob Erde über das Ei und legte einen Stein obenauf. Dann holte sie eines der Teelichter und stellte es auf den Stein. Sie blieb noch einen Moment sitzen und summte eine Melodie, während sie der tanzenden Kerzenflamme zuschaute.

Einem Impuls nachgebend stand Fay auf, ging in ihre Wohnung und holte das Buch mit den leeren Seiten und einen Stift. Bisher hatte sie erst einmal in das Buch geschrieben. Heute war ein guter Abend, um weiterzuschreiben, die Geschichte ihres Lebens weiter auszuführen.

Sie schrieb alles auf, was sie erlebt hatte, seit sie das letzte Mal unter Tränen ihre Kindheit reflektiert hatte. Diesmal flossen keine Tränen. Fay erlebte beim Schreiben viele Geschehnisse der letzten Wochen noch einmal. Sie erinnerte sich an Details, die sie in der jeweiligen Situation nicht beachtet hatte. Vieles weckte in ihr das Gefühl zu verstehen, was vor sich ging. Das Schreiben brachte ihr Antworten auf Fragen, von denen sie gar nicht gewusst hatte, dass sie sie hatte. Es waren viele Seiten, die sie an diesem Abend schrieb. Es war ja auch viel geschehen in den letzten Wochen.

Als Fay den Stift aus der Hand legte, war es zwei Uhr morgens. Sie fühlte sich gut. Müde, aber gut. Voller Zufriedenheit und Zuversicht, auf dem richtigen Weg zu sein.

Fay war froh, dass sie sich doch noch entschieden hatte, mit in die Berge zu fahren, auch wenn sie der Gedanke an die Visionssuche nervös machte. Sie würde es überleben, beides, die Schwitzhütte und die Visionssuche. Außerdem konnte sie die ganze Sache ja auch abbrechen. Dann half sie eben Sandra in der Küche. Mit diesen Gedanken im Kopf räumte Fay ihre Sachen zusammen. Die Teelichter im Garten waren schon lange erloschen. Der Garten lag jetzt im Dunkeln, nur beleuchtet von den Sternen und dem sanften Licht des Mondes. Fay schaute hoch zum Mond. Es wird Neumond sein, wenn wir in den Bergen sind, überlegte sie.

Fay ließ die Balkontüre für Pfötchen offen, er war schon wieder unterwegs. Sie ging ins Bad. Zähne putzen, waschen, schlafen gehen.

Als Fay in ihrem Bett lag, war sie für einen Moment irritiert. Irgendetwas fehlte. Ihr Blick fiel auf das Körbchen, das auf ihrem Nachtkästchen stand. Genau, ich habe kein Ei mehr im Nest liegen. Fay war verblüfft, wie sehr ihr das Ei fehlte. Gerade das letzte Ei war eine Herausforderung gewesen, und sie hatte gedacht, dass sie froh sein würde, wenn sie es endlich los wäre. Dass dem nun nicht ganz so war, erstaunte Fay. Verblüffend, was so eine Übung auslösen konnte.

Fay kuschelte sich in ihre Decke und stellte sich vor, wie sie mit ihrem Ei, mit ihrer Seele, verschmolz. In ihrer Vorstellung löste sie sich als Fay auf. Als reines Licht schwebte sie durch den Raum. Dann stellte sie sich vor, wie von allen Seiten kleine Lichtpunkte auf sie zukamen, die alle zu ihr gehörten. Im nächsten Moment verschmolzen alle diese Lichtpunkte zu einer einzigen großen Lichtkugel, die im Rhythmus ihres Herzens pulsierte. Dieses Pulsieren konnte Fay körperlich wahrnehmen. Klar, es war ja ihr Herzschlag, dachte sie. Sie wusste aber gleichzeitig, dass es viel mehr war: die Schwingung ihrer Seele, der Rhythmus ihres Lebens. Geborgen in diesem Gefühl schlief Fay ein.

Als Fay am nächsten Morgen aufwachte, zeigte ihr Wecker bereits halb zwölf Uhr an. Welch ein Luxus, bis mittags schlafen zu können, dachte sie und stand gemächlich auf. Sie streckte sich und bemerkte zum wiederholten Mal, dass kein einziges Gelenk knackte. Sie schlenderte in die Küche, um Kaffee zu kochen. Da lag auch noch die Liste der Dinge, die sie sich für das Wochenende in den Bergen besorgen sollte. Sie nahm die Liste in die Hand. Nun ergaben die Sachen, die darauf standen, auch Sinn. Klar, das waren alles Dinge, die sie für die Schwitzhütte und für die Visionssuche brauchte. Fay spürte Angst in sich aufsteigen. Sie konnte spüren, wie ihre Mitte, das schon vertraute Pulsieren, sich immer weiter nach oben verschob. Ihr Magen begann, sich zu verkrampfen, und ihr Herz flatterte unregelmäßig. Was sollte das? Fay wunderte sich über sich selbst. Wieso kam jetzt dieses alte Gefühl von Panik hoch? Sie war sich doch gestern noch so sicher, dass dieses Wochenende in den Bergen gut für sie sei. Was passierte hier? Gedankenverloren schenkte sich Fay Kaffee ein. Die Liste hatte sie immer noch in der Hand. Pfötchen kam um die Ecke und verlangte nach seinem Futter. Mit einer fahrigen Bewegung legte Fay den Zettel zur Seite und kippte dabei die Kaffeetasse um. Der frische Kaffee ergoss sich über das Blatt Papier und über ihren Pyjama. Aua, das war heiß – verdammt, ärgerte sich Fay. Mit zwei Fingern hielt sie die Hose mit dem heißen Kaffeefleck von ihrer Haut fern und ging ins Schlafzimmer, um sich umzuziehen.

Als sie zurückkam, saß Pfötchen vor ihr und schaute sie fragend an. »Ja, du bekommst dein Futter schon.« Leicht genervt öffnete Fay den Kühlschrank und bereitete Pfötchen sein Fleisch zu. Sie stellte es ihm auf den Küchenboden, und zufrieden begann Pfötchen zu fressen. Fay wischte den verschütteten Kaffee auf. Die Liste war komplett durchnässt. Mit der Hand unter dem tropfenden Papier ging sie damit hinaus in den Garten, um es in der Sonne trocknen zu lassen. Es gab keine Sonne, der Himmel war bedeckt. Egal, es trocknet auch hier an der Luft, dachte sich Fay mit einem Achselzucken. Sie legte das Blatt auf den Tisch und beschwerte es mit einer kleinen Elfenfigur, die dort stand. Dann ging sie zurück in die Küche und holte sich einen neuen Kaffee.

Ihre Gedanken wanderten wieder zu den kommenden Tagen. Was sollte sie tun? Immer noch konnte sie die Angst in sich spüren. Sie wollte die ganzen Sachen nicht kaufen gehen. Etwas in ihr wehrte sich vehement dagegen. Sie konnte dieses Etwas nicht einordnen, außer dass es ihr eben Angst machte. Was war mit ihr passiert? Sie hatte doch alles gehabt. Einen guten Job, ihr Auskommen, diese Wohnung hier, Pfötchen. Sie war doch zufrieden gewesen. Alles hatte seine Ordnung und den gewohnten Lauf gehabt. Das hatte doch alles prima funktioniert. Was war passiert?

Fay lief mit ihrem Kaffee in der Hand nervös in ihrer Wohnung hin und her. Was sollte sie tun? In ihrem Bauch pulsierte es. Aber nicht in ihrer Mitte, weiter oben, kurz unter ihrem Magen. Die Angst trieb sie durch die Räume wie ein Tier auf der Flucht. Wut mischte sich unter die Angst. Fay stiegen Tränen in die Augen. Woher kamen diese Widerstände in ihr? Ja, ihr Leben war bequem gewesen. Bis vor Kurzem hatte es aus Arbeit, Wohnung, Fernsehen und Tiefkühlkost bestanden. Jetzt hatte sie stattdessen imaginäre Freunde in einer Anderswelt, die ihr komische Fragen stellten, mit ihr ungefragt redeten, aber nie da waren, wenn sie sie brauchte. So, wie jetzt. Dafür verwandelten sie ihr ganzes Leben in ein Chaos. Dann Hans. Hans, der ihr Hausaufgaben erteilte, sie rohe Eier hüten ließ. Fay schüttelte verächtlich den Kopf. Und ich bin echt so bescheuert und mache das auch noch. Und als Krönung hatte sie sich auch noch in einen Mann verliebt, den es bald wieder ans andere Ende der Welt ziehen würde

Sie war inzwischen wieder in ihrem Garten angekommen. Missmutig streifte sie zwischen ihren neuen Pflanzen umher. Nicht einmal der Garten konnte ihre Stimmung heben. Mit dem Fuß kickte sie einen Stein vor sich her. Sie würde nicht fahren. Fay beschloss hierzubleiben. Bestimmt ging sie in ihre Wohnung, stellte die Stereoanlage und den Fernseher an. Ich kann ja einfach wieder zu meinem alten Leben zurückkehren, dachte sie. Gleich morgen werde ich mir eine Zeitung besorgen und die Stellenanzeigen durchsehen. Dann werde ich wieder Ordnung und Ruhe in mein Leben bringen. Sie setzte sich auf ihr Sofa und schaute in den Fernseher. Eine Talkshow. Scheidung und die Folgen. Streit, Wut, Emotionen kamen bei den Kontrahenten hoch. Bei Fay passierte nichts. Es ging ihr auch nicht besser, jetzt, nachdem sie sich entschieden hatte, hierzubleiben. Im Gegenteil, sie fühlte sich leer, erschöpft und traurig.

Pfötchen kam um die Ecke und sprang zu ihr auf das Sofa. »Miau.«

»Na, du, dich habe ich wenigstens real hier in dieser Welt«, sagte Fay traurig und nahm ihn sanft in den Arm. Sie kuschelte ihr Gesicht in sein weiches Fell. Pfötchen begann zu schnurren. »Was soll ich nur mit meinem Leben machen, Katerchen?«, fragte Fay.

In diesem Augenblick läutete das Telefon. Fay schreckte hoch. Wer konnte das sein? Eigentlich nur ihre Mutter, niemand sonst hatte ihre Nummer. Das Personalbüro von Babylon hatte sie auch, ja, aber die würden es wohl kaum sein. Sie stand auf, ging hinüber zum Telefon und nahm ab. »Hallo?«

»Hallo, Fay«, hörte sie Hans' Stimme am anderen Ende der Leitung.

»Hallo, Hans«, antwortete Fay verblüfft. Woher hatte er die Nummer?

»Ich habe deine Nummer aus der Stammkundendatei. Weißt du noch? Die hast du ausgefüllt, als du das erste Mal ein Buch mit nach Hause genommen hast.«

Fay erinnerte sich. »Ah ja, alles klar, ich erinnere mich. Warum rufst du denn an?«

»Hast du die Sachen für das Wochenende schon gekauft?«, fragte Hans.

»Nein, ich bin noch nicht dazu gekommen«, erwiderte Fay erstaunt. Warum wollte er das wissen, und warum rief er ausgerechnet jetzt an?

»Ich fahre jetzt gleich in die Stadt, und du hast mir erzählt, dass du kein Auto hast. Ich habe mir gedacht, du magst vielleicht bei mir mitfahren. Es sind ja doch einige Sachen, die du da zu tragen hast«, meinte Hans.

In Fays Kopf wirbelten die Gedanken nur so durcheinander. Was sollte sie jetzt tun? Gerade eben hatte sie sich entschieden hierzubleiben, und jetzt rief Hans an. Fay war hin- und hergerissen. Wenn sie mitfuhr, konnte sie mit Hans über ihren Entschluss reden. Es ihm erklären. Ein Ausflug in die Stadt war ja auch etwas Nettes. Was hatte sie denn schon anderes vor?

»Fay?«, hörte sie Hans' fragende Stimme.

»Äh ja, ich komme mit, gerne«, sagte Fay schnell.

»Gut, dann hole ich dich in fünf Minuten bei dir zu Hause ab. Ich freu mich! Bis gleich.« Mit diesen Worten verabschiedete sich Hans.

»Bis gleich«, sagte Fay.

Angezogen war sie schon, also nur noch Geld und Schlüssel in die Tasche, und sie war fertig. Fay zog ihre Schuhe an. Im Hinausgehen hatte sie einen kurzen Gedanken an die Liste. Nein, ich brauche die Liste nicht, ich bleibe ja hier. Und für den Fall, dass sie sich doch noch anders entscheiden würde, hatte sie ja Hans dabei, der sicher auswendig wissen würde, was sie alles kaufen musste.

Fay schloss die Tür hinter sich und ging hinaus zur Einfahrt. So konnte sie gleich einsteigen, wenn Hans kam. Sie musste nur kurz warten. Hans fuhr einen Van. Platz für sechs Personen und noch ein großer Kofferraum. Mit diesem Auto wird die Gruppe morgen wohl auch in die Berge fahren, dachte Fay. Hans blieb stehen, und Fay stieg ein.

»Hallo, Hans«, sagte sie ein wenig schüchtern. Hatte sie ein schlechtes Gewissen?

Fay war irritiert. Hans machte sie nervös.

»Hallo, Fay, geht es dir gut?«

»Nein, es geht mir beschissen«, antwortete Fay und war sich nicht sicher, ob das wirklich sie war, die da sprach.

Aufmerksam schaute Hans sie an. »Das ist gut, wenn es dir beschissen geht. Das bedeutet, es passiert etwas mit dir.« Bei diesen Worten lächelte Hans sie an.

»Wie bitte?«, fragte Fay ungläubig. »Es ist gut, wenn es mir beschissen geht? Wieso das?«

»Erzähl mir doch, warum es dir beschissen geht«, forderte Hans sie auf, anstatt ihr eine richtige Antwort zu geben.

Fay erzählte ihm während der Fahrt in die Stadt von ihrem Zustand heute Morgen. Von der Angst, den Zweifeln und ihrem Entschluss, nicht mit in die Berge zu fahren. Hans hörte ihr aufmerksam zu.

»Fay, erinnerst du dich an unser Gespräch über die Voladores? Über die Energiewesen, die sich von deiner Angst und all ihren Facetten nähren?«

»Ja, ich erinnere mich«, antwortete Fay.

»Kann es sein, dass diese Wesen heute Vormittag bei dir sehr aktiv gewirkt haben? Überleg dir genau, wie es dir ergangen ist. Was steht ihnen gegenüber? Was steht der Angst gegenüber?«, fragte Hans sie eindringlich.

»Die Liebe steht der Angst gegenüber, das weiß ich ja«, gab Fay genervt zurück.

»Und was steht deiner Trauer, der Wut und den Zweifeln gegenüber?«, wollte Hans von ihr wissen.

Fay überlegte. Logisch, der Trauer steht die Lebensfreude gegenüber. Der Wut die Ruhe und dem Zweifel das Vertrauen. Die drei Essenzen, die von selbst zu ihr zurückgekommen waren. »Freude, Ruhe und Vertrauen«, sagte Fay leise.

Hans hörte es dennoch. »Genau, Fay. Gibt dir das nicht zu denken?« Ja, es gab ihr zu denken. Sogar so viel, dass beide den Rest der Fahrt bis in die Stadt schwiegen.

»Wir sind ein wenig zu früh«, sagte Hans zu Fay, nachdem er einen Parkplatz gefunden hatte. »Das Sportgeschäft, in das ich gehen möchte, öffnet erst um zwei wieder. Hast du vielleicht Hunger?«

»Ein wenig, ich habe heute lange geschlafen. Appetit habe ich nicht wirklich«, antwortete Fay.

»Lass uns eine Kleinigkeit essen gehen, wir haben noch eine halbe Stunde Zeit, bis der Laden öffnet. Hier um die Ecke gibt es ein nettes Café.« Mit diesen Worten hängte sich Hans bei Fay ein, tätschelte ihre Hand, und gemeinsam machten sie sich auf den Weg.

Das Café war wirklich nett. Es gab eine gute Auswahl an frischen Salaten, die Spezialität des Hauses. Fay und Hans bestellten.

Hans schaute Fay aufmunternd an. »Hast du noch mehr Fragen, Fay?«

Fay hatte viele Fragen. Hunderte wahrscheinlich, aber sie bekam keine einzige davon im Moment wirklich zu fassen.

»Warum soll ich mit in die Berge kommen? Was bringt mir diese Quälerei in der Schwitzhütte und das Herumsitzen im Wald?«, fragte sie ihn schließlich.

»Es ist eine Quälerei, wenn du es als solche empfindest. Das Herumsitzen bekommt seinen Sinn auch nur durch dich. Es ist immer und überall deine Entscheidung, welche Kraft du nährst. Der schamanische Weg ist ein Weg, der dich manchmal auch auf ungewöhnliche Art und Weise fordert. Eine Schwitzhütte oder eine Visionssuche sind nichts Alltägliches. Für die meisten Menschen ist es unvorstellbar, so etwas zu tun. Dabei ist es ein sehr effektiver Weg, zu sich selbst und zur Essenz des Lebens an sich zu kommen. In der Schwitzhütte hast du die Möglichkeit zu sterben, Fay. Es ist ein uraltes Ritual der Neugeburt. Du kannst alles verabschieden, was dich auf deinem Weg behindert. Die Hitze, die Erde, auf der du sitzt, der Dampf, die Gebete - alles ist darauf ausgerichtet, dein altes Leben zu transformieren, damit Platz geschaffen wird für das Neue, was kommt. Die Visionssuche kann dir deine wahre innere Kraft und Größe zeigen. Sie kann dir offenbaren, was dein Lebensweg ist. Sie kann dich in unmittelbare Verbindung mit der Schöpferkraft und all ihren Wesen bringen. Eine Visionssuche kann dir die Tür für ein tiefes Verständnis vom Leben und dir selbst öffnen.«

Inzwischen waren die Salate gekommen. Während sie schweigend aßen, dachte Fay nach. All das, was Hans mir hier erzählt, weiß ich theoretisch. Aber bin ich wirklich bereit, es auch praktisch zu erfahren? Fay betrachtete Hans. Dieser lächelte sie zuversichtlich an.

»Hans, kann ich jederzeit abbrechen, wenn ich mich überfordert fühle?«, fragte sie hoffnungsvoll.

»Sicher, ich bin da, und ich werde auch an deinem Platz im Wald vorbeischauen. Wenn du genug hast, kannst du abbrechen. Du bist immer und jederzeit frei zu entscheiden, was du tun willst«, versicherte Hans ihr.

»Also gut, dann gehen wir einkaufen.« Bei diesen Worten lächelte Fay immer noch etwas verunsichert. Tat sie wirklich das Richtige? Das flaue Gefühl im Bauch war jedenfalls weg. Das konnte aber auch an dem Salat liegen, den sie gerade gegessen hatte.

Nach dem Zahlen standen sie beide auf und gingen gemeinsam die Sachen für das Wochenende kaufen. Hans beriet Fay bei den Schlafsäcken und Isomatten, die Plane holten sie im Baumarkt. Fay war froh, dass Hans sie mitgenommen hatte. Das wäre wirklich eine Schlepperei gewesen.

Als Hans Fay am späten Nachmittag wieder zurück zu ihrer Wohnung brachte, begann es zu regnen. »Fahren wir bei dem Wetter auch in die Berge?«, wollte Fay wissen.

»Wir fahren bei jedem Wetter, Fay. Das Wetter tut der Absicht keinen Abbruch. Jedes Wetter hat seine Qualität und seinen Reiz. Es ist immer schön«, schmunzelte Hans und zwinkerte ihr zu. »Wir fahren morgen um zehn ab. Ich komme dich hier holen, dann musst du nicht alles bis zum Café tragen.« Hans half Fay, die Sachen in die Wohnung zu bringen, und verabschiedete sich von ihr.

»Danke, Hans, für alles … Und bis morgen.« Fay bemerkte, dass ihre Stimmung wesentlich besser war. Die Angst war weg. Fay holte ihren Rucksack und begann, die Sachen für das Wochenende zusammenzupacken. Als sie fertig war, zeigte die Uhr halb sieben abends. Ich muss Hugo noch fragen, ob er Pfötchen noch einmal für ein paar Tage nimmt, fiel Fay ein.

Sie ging hinüber zu ihrem Nachbarn. Hugo erklärte sich freudig bereit, Pfötchen wieder zu versorgen, während sie unterwegs war. Nachdem Fay für Pfötchen noch eine

Schüssel mit Futter in die Küche gestellt hatte, brachte sie den Rest des Futters zu Hugo hinüber. »Danke, Hugo, ich bin sehr froh, dass ich Ihnen Pfötchen anvertrauen kann.«

»Nichts zu danken, meine Liebe, ich mache das gerne. Du weißt ja, wir sind Freunde, dein Kater und ich.« Lächelnd nahm Hugo das Futter entgegen. »Ich sehe, du hast auf Rohfleischfütterung umgestellt. Das finde ich gut, dann muss ich keine Dosen mehr für Pfötchen kaufen.«

»Oh, genau, ich gebe Ihnen noch Geld, falls Sie noch mehr Fleisch für ihn kaufen müssen.« Fay wollte schon zurück in ihre Wohnung gehen, als Hugo sie zurückrief.

»Halt, Mädchen, das kannst du mir auch hinterher geben, dann wissen wir, wie viel es wirklich war.« Er lächelte ihr zu.

»Okay, dann machen wir das, wenn ich zurück bin.« Fay bedankte sich noch einmal bei Hugo und ging wieder in ihre Wohnung.

Sie erinnerte sich an das Buch über Schwitzhütten, das sie aus Hans' Café vor einiger Zeit mitgenommen hatte. Mit dem Buch und einer Tasse Tee machte sie es sich auf ihrem Sofa bequem. Irgendwann kam Pfötchen ins Wohnzimmer. In einer Ecke standen die fertig gepackten Sachen für die Tage in den Bergen. Pfötchen ging hin, schnupperte interessiert daran und miaute mehrfach. Dann kam er zurück zum Sofa, sprang hinauf und rollte sich zufrieden schnurrend neben Fay zusammen. Lächelnd begann Fay, ihren Kater zu streicheln.

Gegen elf Uhr war sie mit dem Buch fertig. Theoretisch wusste sie jetzt alles über Schwitzhütten. Fay ging ins Bad und anschließend direkt ins Bett.

Nach einer traumlosen Nacht wachte sie auf, bevor der Wecker läutete. Ganz ruhig lag sie in ihrem Bett. Es regnete, sie konnte durch das offene Fenster die Tropfen hören, die auf den Boden fielen. Fay seufzte. Okay, dann regnete es eben.

Hans würde schon wissen, was zu tun ist, und sie dementsprechend anweisen.

»Also gut, auf ins Abenteuer«, sprach sich Fay selbst Mut zu, stellte den Wecker ab und stand auf. Es war kurz vor neun Uhr. Sie ging in die Küche und setzte Kaffee auf. Anschließend ging sie ins Bad und zog sich an. Unkomplizierte, bequeme Kleidung hatte Hans gesagt. Sachen, die dreckig werden durften. Also hatte sie sich für eine alte Jogginghose und einen leichten, verwaschenen Pulli entschieden. Neu gekauft hatte sie sich gute Wanderschuhe, einen Schlafsack mit Isomatte und die Plane. Tabak, Räucherwerk und Stoff hatte sie auch in der Stadt besorgt. Ebenso wie die Kerzen, Verbandszeug, die Taschenlampe und die Wolle. Den Rest hatte sie zu Hause gehabt. Alles war fein säuberlich gepackt. Handtücher in ausreichender Menge, eine warme Jacke und eine dicke Hose samt Strumpfhose. Sie wusste ja nicht, wie hoch in die Berge sie gehen würden. Hugo hatte ihr einen großen Tramper-Rucksack für die Tage geliehen. So brachte sie alles auf einmal unter und konnte es auch relativ bequem tragen. Obwohl, allzu weit musste sie die Sachen jetzt gar nicht tragen, Hans würde sie abholen kommen. Eine freudige Erwartung machte sich in ihr breit. Es bleibt spannend, dachte sie und grinste dabei. Pfötchen hatte sich schon aus dem Staub gemacht, jedenfalls war er nirgends zu sehen. Fay vertraute darauf, dass ihr Kater gut versorgt war.

Kurz vor zehn Uhr nahm sie ihre Sachen und machte sich auf den Weg hinaus auf die Straße, wo Hans sie schon gestern abgeholt hatte. Wenige Minuten später bog Hans' Van in die Straße ein. Die anderen drei saßen schon im Wagen. Hans stieg aus und öffnete den Kofferraum. Fays Rucksack hatte noch genau Platz zwischen den Sachen der anderen. Das Auto hatte drei Sitzreihen mit je zwei Plätzen. Gabriella saß vorne auf dem Beifahrersitz, Sascha und Ulrich in der

Mitte und sie ganz hinten. Es war ihr recht, alleine hinten zu sitzen. So konnte sie den Gesprächen der anderen lauschen, ohne selbst allzu sehr bemerkt zu werden.

»Fay, ich finde es toll, das du doch noch mit uns mitkommst, ich habe es mir wirklich gewünscht!«, rief Gabriella ihr freundlich zu.

»Ja, das ist klasse«, befand Ulrich. »Ist ja keine einfache Entscheidung. Ich hatte auch so meine Zweifel. Dann ging ich ins Gebet und erinnerte mich an Jesus in der Wüste, als er fastete und dabei Botschaften von Gott empfing. Die Visionssuche hat auch eine christliche Tradition, das hat für mich den Ausschlag gegeben, mit euch zu kommen. Das und mein Pater im Konvent, der mich dazu ermutigt hat.«

Sascha drehte sich zu Fay um und lächelte ihr zu. »Glaub mir Fay, ich mach mir fast ins Höschen.« Dabei kicherte er in sehr hoher Stimmlage. »Aber ich bin mir sicher, nach diesen Tagen in den Bergen werde ich ein anderer Mensch sein.« Wie um sich selbst zu bestätigen, nickte er ernsthaft mit dem Kopf.

Den Rest der Fahrt erzählten sie abwechselnd von den Erlebnissen, die sie in den letzten Wochen gehabt hatten. Dabei erfuhr Fay, dass jeder von ihnen individuell von Hans begleitet worden war. Jeder hatte andere Dinge gelernt und andere Hausaufgaben von ihm bekommen. Fay fand diese Tatsache sehr interessant.

Hans lenkte konzentriert den Wagen erst aus der Stadt hinaus, später über eine Landstraße durch kleine Dörfer. Nach etwa zwei Stunden Fahrt waren die Berge zu sehen. Eine weitere Stunde später kamen sie an der Hütte an.

Die Hütte stand am Ende einer Forststraße auf einer Lichtung. Die letzte Viertelstunde der Fahrt waren sie an keinem anderen Gebäude mehr vorbeigekommen. Noch bevor Fay Zeit hatte, sich die Gegend genauer anzusehen, ging die Tür der Hütte auf, und Sandra kam strahlend heraus. »Wie ausgemacht«, rief sie, »das Essen ist gerade fertig! Nehmt einfach eure Sachen mit, stellt sie im Gang ab, und kommt erst mal essen.«

Die fünf taten, wie ihnen gesagt. Einer nach dem anderen betrat die Hütte, stellte seine Sachen ab und ging in den großen, gemütlichen Wohnraum. Sie setzten sich an den gedeckten Tisch, und Sandra brachte nacheinander mehrere Töpfe und Schüsseln herein. Es gab Reis und Gemüse mit verschiedenen Salaten. Fay musste zugeben, dass das Essen ausgezeichnet war. Kochen konnte Sandra, so viel stand fest. Fay beneidete Sandra ein wenig. Sie selbst konnte nicht kochen, obwohl sie gerne gut aß.

Nach dem Essen wies Hans sie an. »Tragt eure Sachen in den oberen Stock hinauf. Da gibt es mehrere Schlafzimmer. Eines ist für euch Jungs und eines für euch Mädels. Als Bettwäsche verwendet bitte eure Schlafsäcke. Wolldecken sind ebenfalls oben, falls ihr welche braucht. Dusche und WC sind auf dem Gang, die müsst ihr euch teilen. Das wird aber kein Problem sein, denke ich.« Dabei lächelte er sie zuversichtlich an. »Wenn ihr eure Sachen ausgepackt habt, kommt ihr wieder runter, und wir machen einen ersten Rundgang über das Gelände.«

Die vier trugen ihre Sachen nach oben. Fay und Gabriella entschieden sich für das Zimmer mit dem Blick ins Tal. Die Aussicht war spektakulär. Fay schaute über tiefe Wälder und Täler. Rundherum waren Berggipfel in Wolken gehüllt. Es hatte inzwischen aufgehört zu regnen. Dennoch hingen die Wolken noch über den Gipfeln.

»Bist du auch nervös, Fay?«, fragte Gabriella. Verwundert schaute Fay sie an. Sie hätte nicht gedacht, dass Gabriella nervös war.

»Ja«, gab sie ehrlich zu. »Noch gestern wollte ich nicht mitfahren. Nach einem Gespräch mit Hans habe ich mich dann entschlossen, es doch zu tun.«

Gabriella lächelte sie an. »Mir ging es am Montag so, an dem Tag, als ich abends für dich getrommelt habe. Da haben mich die Zweifel überfallen. Ich war schon kurz nach Mittag bei Hans im Café, und als nachmittags keine Leute da waren, haben wir uns lange unterhalten. Das hat mich dann bewogen, doch mitzufahren.«

Die beiden Frauen schauten sich gegenseitig an. Jede erkannte sich in der anderen wieder.

»Komm, lass uns hinuntergehen. Ich habe gerade die Tür vom Zimmer der Jungs gehört. Die sind schon auf dem Weg.« Mit diesen Worten drehte sich Gabriella um und ging zur Tür. Fay folgte ihr. Schweigend gingen sie hinunter.

Die Haustür stand offen, und die Männer waren bereits draußen vor der Hütte. Sie kamen zu der kleinen Gruppe, und Hans begann zu sprechen. »Wir werden jetzt gemeinsam das Gelände ablaufen, das zu dieser Hütte gehört und in dem ihr euch die nächsten Tage bewegen werdet. Anschließend bereiten wir alles für die Schwitzhütte vor. Wir werden heute Abend gemeinsam eine Zeremonie machen, damit ihr hier an diesem Platz gut ankommt. Mit dieser Zeremonie kündigen wir uns auch in der Anderswelt an. So können die Tage in der Natur für euch Tage der Kraft und der Vision werden.« Hans schaute die vier jungen Menschen aufmunternd an. »Also, los geht´s.« Mit diesen Worten drehte er sich nach rechts.

Auf dieser Seite der Hütte war eine ebene Fläche. Links war Wald, und Fay konnte auch einen relativ steilen Hang erkennen. Auf der Fläche rechts neben dem Haus stand ein Tipi. Auf dem Boden davor war ein großer Kreis aus Steinen, der in vier Viertel unterteilt war. »Ein Medizinrad«, erklärte Hans, »darin werden wir an einem anderen Wochenende arbeiten.« Hinter dem Tipi, ein Stück entfernt unter einer großen Lärche, erblickte Fay die Schwitzhütte. Da stand dieses Holzgerüst, wie sie es auf den Bildern in dem Buch gesehen hatte. In einiger Entfernung davon erkannte Fay die Feuerstelle. Auf einer Seite lagen viele große Steine und jede Menge Brennholz. Noch weiter hinten ging die Lichtung in einen Wald über. Fay hörte Wasser plätschern. Als sie an den Waldrand kamen, konnte Fay einen kleinen Bach erkennen, der sich dort entlangschlängelte. Am Ufer des kleinen Baches wuchs saftiges Moos. Überall lagen bemooste Steine und Zweige herum. Der Wald war einerseits lichtdurchflutet, trotz des bewölkten Wetters, andererseits schien er dicht und geheimnisvoll.

Fay war fasziniert von diesem Wald, von der Lichtung und überhaupt von der ganzen Stimmung hier an diesem Ort. Hans ging mit ihnen ein ziemlich großes Gelände im Wald ab. Überall war Leben. Vögel zwitscherten, Eichhörnchen sprangen herum. Im Gehölz raschelte und knackte es. Die Luft war würzig und satt. Alleine dieser Spaziergang war es wert, dass sie mitgekommen war. Fay fühlte sich glücklich und erfüllt. Sie spürte eine Kraft ihren Körper durchströmen, die sich so lebendig anfühlte, wie sie es noch nie erlebt hatte. Diese Umgebung war ein Fest für alle Sinne. Fay spürte ihre Mitte pulsieren. Kraftvoll, gleichmäßig und ruhig.

Als die kleine Gruppe zurück zur Hütte kam, war es vier Uhr nachmittags. Sie waren gut zwei Stunden unterwegs gewesen. In dieser Zeit hatte ihnen Hans viele Fragen zur Schwitzhütte und zu den Tagen in der Natur beantwortet.

»So, ihr Lieben, dann beginnen wir gemeinsam, alles für die Schwitzhütte vorzubereiten. Wenn ihr noch Fragen habt, dann fragt mich jetzt. Ich möchte, dass ihr für die Zeit bis zur eigentlichen Zeremonie eure Arbeit schweigend macht.« Alle vier waren noch so erfüllt von der Natur, die sie gerade hautnah erfahren hatten, dass sie keine Fragen hatten. »Gut, dann fangen wir Männer mit dem Feuer an, ihr Frauen geht zu Sandra, sie weiß Bescheid und wird euch die Decken für die Hütte geben.« Damit war für den Moment alles gesagt.

Hans ging mit Ulrich in Richtung der Feuerstelle. Sascha, Gabriella und Fay gingen zu Sandra. Fay musste schmunzeln, als sich Sascha den Frauen anschloss. Aber klar, er war lieber eine Frau. Was er wohl bei Hans gelernt hatte? Fay würde ihn brennend gerne fragen, aber Hans hatte gesagt, sie sollten schweigend arbeiten.

Sie fanden Sandra in der Hütte. Als sie in die Küche kamen, drehte sie sich um. »Ihr kommt sicher wegen der Decken für die Schwitzhütte. Kommt mit, ich zeige sie euch. Bringt sie schon raus an den Platz, ich komme dann nach und helfe euch beim Eindecken der Hütte.« Während sie redete, war sie schon unterwegs durch die Hintertür der Küche hinaus.

Hinten am Haus war ein Schuppen angebaut. Sandra öffnete die Tür und holte jede Menge Decken, Eimer, Schaufeln, Heugabeln, vier Hirschgeweihe und mehrere Tassen heraus. »Das muss alles runter an den Schwitzhüttenplatz«, sagte Sandra freundlich, drehte sich um und ging zurück in die Küche. Die drei trugen die Decken und die anderen Sachen hinunter zur Schwitzhütte. In der Zwischenzeit hatten Ulrich und Hans die Feuerstelle sauber gemacht und in dem Loch in der Mitte der Schwitzhütte die alten Steine ausgeräumt. In der Feuerstelle waren mehrere Lagen Holz aufgelegt. Hans forderte die vier auf, jeweils sieben Steine aufzulegen. Sie sollten sich für jeden Stein einen Wunsch überlegen, für die Tage, die sie in der Natur sein würden.

Fay überlegte, was sie sich wünschen könnte. Was wollte sie loswerden? Ihre Angst! Sie nahm einen großen, schwarzen Stein in beide Hände. Er war so schwer, dass sie ihn fast nicht heben konnte. Das ist genau der richtige Stein für meine Angst, schoss es Fay durch den Kopf. Mit aller Kraft hob sie den Stein auf und ging hinüber zu Hans, der vor dem aufgeschichteten Holz stand. Als sie vor ihm stand, legte er achtungsvoll ein wenig Tabak auf den Stein und sprach: »Ich danke dir, Großvater Stein, für deine Medizin, die du uns heute schenkst.« Dann bedeutete er Fay, den Stein zu den anderen auf das Holzbett zu legen.

Alle anderen Steine wurden auf dieselbe Art und Weise behandelt. Fays Steine wurden noch mit der Bitte um Kraft, Ruhe, Freude und Zufriedenheit belegt. Bei den anderen beiden wollte sie ihre Schüchternheit und ihre Zweifel abgeben.

Sandra war inzwischen dazugekommen und half Hans an der Feuerstelle. Sie legte jeweils Holz an den Rändern nach, sodass ein Karo entstand, in dem die Steine lagen. Abschließend legte Hans vier Steine auf den Haufen und Sandra noch einmal drei. Oben wurde der inzwischen sicher einen Meter hohe Stapel mit Holzscheiten zugedeckt.

»Kommt jetzt bitte an die Feuerstelle. Stellt euch jeder an einer Seite hin.« Hans nahm etwas in die Hand und zündete es an. Dann gab er jedem von ihnen so ein brennendes Ding. Fay schaute es genauer an. Es war ein Eierkarton, gefüllt mit Sägespänen und Wachs. Er forderte sie auf, alle zusammen das Feuer für die Schwitzhütte zu entzünden. Die vier knieten sich hin und suchten jeder für sich die beste Stelle, um ihren Karton zu platzieren.

Hans sprach: »Heiliges Feuer, ich lade dich ein. Sei heute bei uns, und begleite unsere Zeremonie. Verbrenne, was überflüssig ist, entzünde, was lodern soll. Nähre uns, heile uns, lehre uns, zu sterben und wiedergeboren zu werden. Erhitze unsere Großväter und Großmütter Steine. Ich danke dir für deine Medizin, für deine Kraft.« Innerhalb kürzester Zeit loderte ein hohes Feuer um die Steine.

»Lasst uns die Hütte eindecken«, sagte Sandra. Gemeinsam deckten sie die Schwitzhütte mit den Decken ab. Lage um Lage legten sie über das Holzgerüst. An der Seite zur Feuerstelle blieb eine Öffnung frei. Die Tür. Sandra zog ihre Schuhe aus und schlüpfte in die Hütte, um zu kontrollieren, ob sie dunkel war. »Habt ihr gut gemacht, stockdunkel hier drin!«, drang ihre Stimme gedämpft durch die Decken aus der Schwitzhütte.

Die beiden Männer hatten inzwischen einen großen Eimer mit Wasser an das Feuer gestellt. Zwei kleinere Eimer mit Wasser standen neben der Hütte. In einem davon waren die Tassen. Das Feuer war inzwischen gut zur Hälfte niedergebrannt. Fay fiel auf, dass sie während der ganzen Zeit fast nichts gedacht hatte. Sie war ganz im Tun versunken gewesen. Es ging ihr gut. Fay schaute in das brennende Feuer und fühlte sich sehr wohl. Keinerlei Widerstände meldeten sich in ihr. Es war richtig, dass sie hier war.

In den Bergen

Als das Feuer beinahe heruntergebrannt war, schickte Hans die vier in die Hütte, um sich umzuziehen. Besser gesagt, um sich auszuziehen. Die vier gingen schweigend zur Hütte. Es war inzwischen früher Abend. Die Wolken hatten sich ein wenig aufgelockert, und vereinzelt kamen Sonnenstrahlen durch. Es war halb acht am Abend. Fay merkte, dass sie jetzt doch unruhig wurde. Es war eine Mischung aus Neugierde, Vorfreude und ein bisschen Angst. Besser gesagt Respekt. Wortlos zogen sich die beiden Frauen in ihrem Zimmer um. Fay hatte einen Bademantel dabei. Sie entschied sich, die Unterwäsche anzulassen.

Als sie wieder auf den Platz kamen, war Hans bereits in der Hütte. Sandra hatte eine Muschel mit glühenden Kohlen in der Hand. Jetzt legte sie Räucherwerk auf und nahm eine Feder in die andere Hand. »Kommt her, und lasst euch abräuchern, bevor ihr zurückkehrt in Mutter Erdes Schoß.«

»Wenn ihr jetzt da hineingeht, so geht auf allen vieren. Ihr krabbelt in den Bauch der Mutter zurück. Bleibt am Rand der Hütte und sucht euch euren Platz,« erklärte Hans.

Als Erste ging Gabriella, anschließend Ulrich, dann Sascha. Fay kroch als Letzte in die Hütte. Sie setzte sich links ein Stück von der Türe entfernt auf den Boden. Vor ihren Füßen war das Loch. Einige glühende Steine lagen schon in der Mitte. Hans rief Sandra etwas zu, und diese brachte weitere Steine in die Hütte. Mit geübtem Griff nahm ihr Hans die Heugabel jeweils ab und legte die Steine in das Loch in der Mitte. Er streute ein würziges Räucherwerk darüber und berührte jeden einzelnen mit seiner Hand. Die Hand führte er jeweils an sein Herz und dann noch einmal an die glühenden Steine. Die Hütte füllte sich mit dem Duft des Räucherwerks. Fay atmete tief ein und spürte, wie sich Ruhe in ihr ausbreitete. Es wurden immer mehr Steine, die in das Loch vor Fays Füßen gelegt wurden. Sie zählte mit, insgesamt 14 Stück. Die Hitze war jetzt schon zu spüren. Sie fühlte sich gut und war verblüffend ruhig. Jetzt reichte Sandra einen Eimer mit Wasser und Hans' Trommel herein. Sie schloss die Tür, und es wurde schlagartig dunkel. Einzig das Leuchten der Steine gab der Höhle, in der sie jetzt saßen, einen magischen Schimmer. Ein warmes, orangefarbenes Leuchten ging von den glühenden Steinen aus.

»Ich freue mich, euch heute hier in Mutter Erdes Schoß begrüßen zu dürfen«, begann Hans zu sprechen. »Wir haben uns heute hier zusammengefunden, um gemeinsam zu sterben und neu geboren zu werden. Gebt euch der Hitze, der Zeremonie hin, lasst euch von mir leiten. Seid offen für alles, was kommt, fühlt euch von Mutter Erde beschützt und getragen.« Kaum hatte er geendet, goss er mehrmals Wasser über die heißen Steine, begann, die Trommel zu schlagen und zu pfeifen.

Fay fühlte sich augenblicklich in eine andere Welt versetzt. Der heiße Dampf umhüllte sie rundherum. Sie spürte, wie die Hitze ihre Poren öffnete. Die Trommel, die Stimme und das Pfeifen öffneten einen magischen Raum. Fay hatte das Gefühl, in einer Kathedrale zu sitzen. Der Raum um sie herum fühlte sich riesig an. Gleichzeitig empfand sie eine unendliche Geborgenheit in dieser dunklen Höhle. Obwohl die Hitze immer größer wurde, fühlte sich Fay unglaublich gut.

Hans leitete sie in den einzelnen Runden an, in ihren Bauch zu atmen. Die erste Runde war eine Schweigerunde, nur Hans sprach ein Gebet. Die zweite Runde stand für die kommenden Tage und Nächte. Es war die Runde, in der sie, Sascha, Ulrich und Gabriella reihum ihre Gebete sprechen konnten. Nach dieser Runde bekam jeder eine Tasse

Wasser zu trinken. In der dritten Runde forderte er sie auf, aus ihrer Mitte heraus einen Ton zu singen. Nur einen Ton, tief aus der eigenen Mitte heraus. Fay atmete die Hitze ein, und dann erklang eine Stimme, so kraftvoll und klar, dass Fay sie kaum als ihre eigene Stimme erkannte. Eine Melodie entstand, und Fay sang ihr Seelenlied. Alle fünf in der Hütte tönten gemeinsam. Es klang, als würden unzählige Stimmen in der Hütte gemeinsam tönen. Fay war fasziniert von diesem Klangteppich. In der vierten Runde forderte Hans sie alle auf zu danken. Danken für alles, was sie Gutes im Leben erfahren hatten. Bis zum Ende der Zeremonie blieb Fay aufrecht sitzen. Sie kostete jede Minute in diesem heiligen Raum aus.

Als Fay aus der Schwitzhütte herauskam, waren zwei Stunden vergangen. Sandra empfing sie draußen herzlich. Fay legte sich, wie es Hans empfohlen hatte, in die kühle Wiese. Sie atmete tief und gleichmäßig in ihre Mitte. Ihr Körper glühte. Ein Feuer brannte jetzt in ihr, das sie wärmte. Aus ihrer Mitte heraus. Sie hatte ihrer Seele eine Stimme gegeben. Sie kannte jetzt das Lied, sie hatte es gesungen. Fay wurde von einem Schauer des Glücks erfasst. Sie öffnete die Augen und blickte in einen wolkenlosen Nachthimmel. Millionen von Sternen blitzten und blinkten von diesem Himmel herab. Fay war fasziniert von diesem unglaublichen Anblick. Sie hatte das Gefühl, am ganzen Körper zu vibrieren, und wäre am liebsten einfach hier liegen geblieben.

Nach einer Weile begann Fay zu frösteln. Sie setzte sich auf und schaute sich um. Alle anderen waren ebenso verzaubert wie sie. Niemand hatte Lust zu sprechen. Sandra ging zu jedem Einzelnen hin. Als sie zu Fay kam, lächelte sie. »Ich gehe jetzt hinauf und mache die Suppe für euch warm. Wenn du so weit bist, komm nach. Du kannst duschen, wenn du magst. Wir treffen uns ungefähr in einer halben Stunde zum Essen.« Fay lächelte zurück und nickte. Jetzt bemerkte sie auch, dass sie tatsächlich Hunger hatte. Ziemlichen Hunger sogar. Fay atmete noch einmal tief durch, stand auf, nahm ihr durchgeschwitztes Handtuch und ging zum Haus. In ihrem Zimmer angekommen legte sie sich aufs Bett. Noch immer kribbelte und vibrierte ihr ganzer Körper. Duschen? So sauber wie jetzt hatte sie sich noch nie gefühlt! Was sollte sie da noch duschen gehen. Fay entschied sich, ohne zu duschen in die Kleider zu schlüpfen. Als sie fertig angezogen war, kam Gabriella in den Raum. Die beiden Frauen lächelten sich wortlos an. Fay schien es, als würde Gabriella in einem ganz besonderen Licht leuchten. Sie erschien ihr noch schöner, als sie ohnehin schon war. Gleichzeitig strahlte sie eine Liebe und eine Ruhe aus, die Fay in ihrem Herzen tief berührten. Fay war glücklich, mit hierher gefahren zu sein. Sie ging hinunter in den Wohnraum. Hans, Ulrich und Sascha waren schon da. Alle drei ruhten in sich. Immer noch hatte niemand von ihnen das Bedürfnis zu sprechen. Fay setzte sich zu den dreien, und kurz darauf kam auch Gabriella dazu. Sandra brachte einen großen Topf mit heißer, dampfender Gemüsesuppe. Sie setzte sich zu der kleinen Gruppe an den Tisch, und gemeinsam aßen sie zu Abend.

Als sie mit der Suppe fertig waren, spürte Fay Müdigkeit in sich aufsteigen. Ungeniert gähnte sie genüsslich. Hans lächelte sie an. »Müde?«

Fay nickte. Sie war müde, eine angenehme, wohlige Müdigkeit breitete sich in ihr aus. »Gut, ihr Lieben«, sagte Hans. »Für heute habt ihr genug gearbeitet. Geht jetzt schlafen. Achtet auf eure Träume, sie sind wichtige Botschaften eurer Seele. Wir sehen uns morgen um acht Uhr zum Frühstück. Ich wünsche euch allen eine gute Nacht und kraftvolle Träume.« Mit diesen Worten stand Hans auf. Sandra folgte sogleich, und gemeinsam begannen sie, den Tisch abzuräumen. Fay und Gabriella erhoben sich. Ebenso

Ulrich und Sascha. Dürfen wir jetzt eigentlich wieder sprechen?, fragte sich Fay in Gedanken. Da keiner der anderen redete, ließ auch sie es sein. Schweigend gingen sie nach oben. In ihrem Zimmer zog sie sich aus und schlüpfte in ihren Schlafsack. Sie kuschelte sich in diese ungewohnte Hülle und war bald darauf eingeschlafen.

Fay träumte …

Sie war ein kleines Mädchen. Sie konnte das Alter nicht genau bestimmen. Auf alle Fälle war sie in ihrem Traum noch ein Kind, keine Jugendliche. Sie sah sich selbst in einem Raum, einer riesigen Bibliothek. Es war ein runder Raum, dessen Decke aus einer Glaskuppel bestand, durch die Licht hereinfiel. Sie selbst saß auf einem dicken, weichen Teppich am Boden in der Mitte des Raums. Vor sich hatte sie ein sehr großes, schweres Buch liegen, in dem sie blätterte. Fay versuchte zu erkennen, was das für ein Buch war in ihrem Traum. Ihre Absicht zog sie näher hin zu diesem Kind. Jetzt konnte sie die Seiten des Buches sehen. Auf diesen Seiten war etwas gekritzelt. Fay ging noch ein bisschen näher heran und erkannte Bilder, die sie als Kind selbst gezeichnet hatte. Sie erinnerte sich daran, wie sie als Kind stundenlang Bilder in ein Heft gemalt und ganze Geschichten illustriert hatte. Da war ein Bild von ihrem Sir Edward, ein Bild von einem Eichhörnchen, eines von einer großen, schwarzen Katze. Das Kind in ihrem Traum blätterte Seite um Seite um. Fay erkannte die Bilder alle wieder. Wo waren diese Bücher hingekommen? Fay konnte sich nicht erinnern. Sie wusste, dass sie als Kind viele solche Bücher selbst gebastelt hatte, aber nicht mehr, wo diese geblieben waren.

Der Rest des Traumes verschwamm in Bildern und Texten aus den unzähligen Büchern, die Fay in ihrem Leben schon gelesen hatte …

Als sie am nächsten Morgen aufwachte, war nur eine Frage aus dem Traum noch sehr präsent: Wo sind meine selbst gemachten Bilderbücher? Sie musste ihre Mutter danach fragen. Das würde sie tun, sobald sie wieder zu Hause war, nahm sich Fay vor.

Gabriella war schon wach und dabei, sich anzuziehen. Sie lächelte Fay aufmunternd zu. »Es ist Viertel vor acht«, sagte sie, ohne dass Fay gefragt hatte. Fay schälte sich aus ihrem Schlafsack und stand auf. Sie fühlte sich erholt und gut ausgeruht. Ein Blick aus dem Fenster offenbarte ihr einen strahlend schönen Tag. Der Himmel war tiefblau, die Sonne schien, und als sie das Fenster öffnete, hörte sie unzählige Vögel zwitschern. Als sie zum Frühstück hinunterging, waren die anderen schon da und unterhielten sich lebhaft über den Abend zuvor. Jeder von ihnen hatte in der Schwitzhütte tief greifende Erfahrungen gemacht. Sie tauschten sich während des Frühstücks darüber aus.

So unterschiedlich, wie sie als Menschen waren, so unterschiedlich waren auch die Erfahrungen, die sie gemacht hatten. Fay war fasziniert. Ihre eigene Erzählung war diesmal auch länger und ausführlicher als an ihrem ersten gemeinsamen Abend. Aufmerksam hörten ihr die anderen fünf zu, während sie ihre Erlebnisse wiedergab. Fay spürte, während sie redete, tiefes Vertrauen zu diesen Menschen. Fast war es, als würde sie die anderen fünf schon eine Ewigkeit kennen. Als alles erzählt war, räumten sie gemeinsam den Tisch ab und gingen hinaus vor die Hütte.

»Ihr habt jetzt bis Mittag Zeit, einen Platz zu finden, an dem ihr die kommenden Tage verbringen möchtet. Diesen Platz könnt ihr nur mit eurem Herzen finden. Lasst euch von eurem Gefühl führen. Es ist ein Ziehen aus eurer Mitte heraus, das jeden von euch an seinen ganz speziellen Platz führen wird. Denkt daran, alles ist verwoben, der Platz wartet schon auf euch. Genau genommen ruft euch der Platz. Wenn ihr offen dafür seid, werdet ihr diesen Ruf hören. Seid klar in eurer Absicht. Wendet alles an, was ihr bisher gelernt habt, dann wird sich der Platz zeigen. Nehmt ein Stück Stoff mit, um euren Platz zu markieren. Nehmt auch von eurem Räucherwerk mit, um den Platz zu begrüßen. Kündigt euch an eurem Platz an. Setzt euch hin, spürt euch hinein, lasst den Platz auf euch wirken. Erzählt ihm, was ihr vorhabt. Wenn ihr fertig seid, kommt zurück. Geht jetzt, jeder für sich allein.«

Fay ging hinauf in ihr Zimmer, nahm die Stoffe aus der Tasche und riss einen Streifen von dem roten Baumwollstoff ab. Dann steckte sie sich den Beutel mit dem Räucherwerk und ein Feuerzeug in die Hosentasche. Sie schnappte sich noch eine Windjacke und machte sich wieder auf den Weg hinaus. Vor der Hütte blieb sie für einen Moment stehen. Die drei anderen waren schon da und machten die Energieübung, die auch sie von Hans gelernt hatte. Fay lächelte. Das haben wir also alle gelernt, dachte sie sich. Sie zog ihre Schuhe aus, um die Übung zu machen. Das Gras unter ihren Füßen fühlte sich weich und samtig an.

Als sie die Übung beendet hatte, schien es Fay, dass die ganze Umgebung in ein zauberhaftes Licht getaucht war. Die Luft war erfüllt von Flimmern und Summen. Überall war Leben. Sie hörte die Vögel zwitschern, die Insekten summen. Sie hörte das Wasser in dem kleinen Bach über die Steine plätschern. Sie roch die Bäume, und die würzige Luft füllte ihre Lungen. Fay fühlte sich lebendig, frei, stark und voller Vertrauen.

Mit der linken Hand auf ihrer Mitte und dem Stoffstreifen in ihrer rechten Hand machte sie sich auf den Weg. Ihre Absicht war klar: Wo war der Platz, an dem sie ihre Vision empfangen würde? Ihre Schritte führten sie in den Wald hinein. Fay versuchte, ihren Kopf frei zu halten und sich nur auf ihre Mitte zu konzentrieren. Als sie die ersten paar Schritte in den Wald hinein gemacht hatte, fiel ein Tannenzapfen direkt vor ihre Füßen. Erstaunt blickte

Fay hoch in die Bäume. Über ihr in den Zweigen saß ein Eichhörnchen und schaute sie direkt an. Es zuckte mit seinem Schwanz, nickte mit dem Köpfchen in Fays Richtung und hüpfte zum nächsten Baum. Fay beobachtete das Treiben des kleinen Tierchens. Sie hatte den Wunsch, ihm zu folgen, und gab diesem Impuls nach. Das Eichhörnchen hüpfte von Baum zu Baum. Immer wieder machte es halt und schaute zu Fay, als ob es sich versichern wollte, dass sie ihm folgte. Ob das Edith ist?, fragte sich Fay. Bei diesem Gedanken musste sie schmunzeln.

Plötzlich sprang das Eichhörnchen von dem Baum, auf dem es gerade noch gewesen war, hinunter auf den Boden. Fay konnte es nicht mehr sehen. Vor ihr war ein Dickicht aus Büschen und Zweigen. Dichtes Unterholz bedeckte den Boden. Fay überlegte noch, wie sie jetzt weiterkommen sollte, als das Eichhörnchen neben ihr auftauchte. Es setzte sich auf die Hinterpfoten und nickte ihr auffordernd zu. Schon war es wieder unter den Büschen verschwunden. Fay ging an der Stelle, an der es verschwunden war, in die Hocke. Da war ein kleiner Tunnel! Schmal und eng und wenn man aufrecht stand, nicht zu sehen. Fay legte sich auf den Boden und schob sich langsam durch diesen engen Gang zwischen den dichten Pflanzen. Es war ihr egal, dass sie sich dabei von oben bis unten dreckig machte. Sie wollte wissen, was da auf der anderen Seite war.

Als Fay sich durch den engen Tunnel gekämpft hatte, stand sie auf und war augenblicklich verzaubert von dem, was sie sah. Sie stand auf einer kleinen Lichtung. Die Talseite war offen, und sie sah endlose Bergketten sich aneinanderreihen. Weit unten im Tal konnte sie einzelne Häuser erblicken. Gegenüber, auf der anderen Seite der kleinen Lichtung, plätscherte der Bach fröhlich vor sich hin. Fay ging hinüber. An der Kante der Lichtung ergoss er sich über die Felsen ins Tal hinunter. Fay begab sich an den Rand der Lichtung und schaute in die Tiefe. Feiner Sprühregen erfrischte ihr erhitztes Gesicht. Es war die Gischt, die der Bach bei seinem freien Fall über die Felsen erzeugte. Fay war fasziniert von diesem Platz. Es ist perfekt, dachte sie sich. Ihre Mitte pulsierte kräftig und regelmäßig. Fay war sich sicher, ihren Platz gefunden zu haben.

Am Waldrand der Lichtung lag ein großer Stein, ein Findling. Eine riesige Tanne überspannte diesen Stein mit ihren ausladenden Zweigen. Am Fuß der Tanne hinter dem Stein war es trocken. Ein Platz, gerade groß genug, um dort zu liegen. Zwischen den Wurzeln fand Fay einen Stein in Form eines Herzens. Sie nahm ihn in die Hand und war von Dankbarkeit erfüllt. Sie wusste, dass dieser Stein ein Geschenk war. Die hintere Seite des Felsbrockens war mit saftig grünem Moos bewachsen. Mit ihrer Hand strich Fay ganz zart über das Moos. Es fühlte sich unendlich weich und samtig an. Der Stein war oben beinahe flach. Mehrere kleine Kuhlen hatten sich dort gebildet. Fay streichelte den Stein. Er war kühl, und doch spürte sie seine innere Wärme. Sie lächelte. Mit den Fingerspitzen fuhr sie die Strukturen des kühlen Steins nach. Er fühlte sich gut an. Alt, kraftvoll, weise. Was hatte Hans gestern in der Schwitzhütte gesagt? »Die Steine sind unsere Großväter und Großmütter, sie können uns vieles im Leben lehren, wenn wir bereit sind, ihnen zuzuhören. Sie sind so alt wie die Welt selbst. Alles, was jemals geschehen ist, ist in ihnen gespeichert.«

Fay nahm das Räucherwerk, das sie mitgenommen hatte, heraus. Wüstensalbei, der brennt auch ohne Kohle, hatte Hans ihr erklärt, als sie in der Stadt einkaufen waren.

Fay streute einen Teil des Räucherwerkes in eine der Kuhlen im Stein. Dann zündete sie es an. Der Wüstensalbei war so trocken, dass er sofort brannte. Fay pustete ihn wieder aus, und die Blätter glühten kräftig vor sich hin. Der Rauch umhüllte Fay. Es war ein würziger, herber Duft. Fay atmete tief ein und begann zu sprechen: »Hallo, Lichtung, hallo, Stein, ich bin Fay.« Und jetzt? Fay wurde unsicher.

Was sollte sie jetzt sagen? Die Worte, die Hans sprach, wenn er seine Zeremonien eröffnete, waren ihr noch nicht geläufig.

»Vertrau auf dich und das, was du bist. Sag einfach das, was du denkst«, hörte Fay die Stimme von Sarah sagen. Fays Herz machte einen Freudensprung.

»Sarah, du bist da?«, fragte Fay laut.

Sarah lachte. »Aber sicher, ich bin immer da.«

»Und die anderen?«, fragte Fay.

»Auch die anderen sind immer da, alle«, erwiderte Sarah.

»Wo wart ihr dann die letzten Tage?«, wollte Fay wissen.

»Fay«, meldete sich Edith zu Wort. »Es gibt Zeiten, in denen musst du ganz für dich alleine, mit deinem freien Willen, Entscheidungen treffen. Das sind Zeiten, in denen wir uns bewusst zurückhalten. Wir sind Begleiter. Die Entscheidungen triffst du. Du hast dich entschieden, die Tage in der Natur zu verbringen. Deine Visionssuche zu machen. Damit hast du uns erlaubt, dich weiter auf deinem Weg zu begleiten. Übrigens, du hattest recht mit deinem Gedanken. Ich bin das Eichhörnchen, welches dich zu diesem Platz geführt hat.«

»Danke, Edith, der Platz ist wunderschön.« Fay spürte dieses *Wunderschön* mit jeder Faser ihres Seins. Sie setzte sich auf ihre Windjacke, lehnte sich an den Stein, auf dem noch ein Rest des Wüstensalbeis rauchte, und schaute über das Tal hinaus. Es war ihr Platz. Eine gefühlte kleine Ewigkeit später stand Fay wieder auf. Sie nahm den roten Stoffstreifen und hängte ihn an einer der großen Tannen auf. Hoch genug, um ihn auch von außen zu sehen. Sie verabschiedete sich von ihrem Stein, dem Bach und der Lichtung. Dann krabbelte sie durch den kleinen Tunnel wieder nach draußen. Der Wald um sie war nach wie vor zauberhaft. In ein sanftes Licht gehüllt. Dennoch hatte sie das Gefühl, die Welten gewechselt zu haben. Nachdem sie sich orientiert hatte, machte sie sich auf den Weg zurück zur Hütte. Genau genommen war der Weg dahin recht kurz. Der an sich lichte Bergwald machte es leicht, sich zurechtzufinden. Keine fünf Minuten später war Fay bei der Hütte angekommen.

Hans und Sandra bauten gerade ein neues Feuer bei der Schwitzhütte auf. »Du kommst gerade recht, Fay, du kannst deine fünf Steine auflegen. Und noch fünf weitere neben die Feuerstelle aufschichten.«

Fay war überrascht. Noch eine Schwitzhütte? Bevor sie lange darüber nachdenken konnte, sprach Hans weiter. »Du kannst aber auch erst deine Stoffe, die Wolle und den Tabak holen, du brauchst beides nachher hier unten.« Bei diesen Worten lächelte er Fay aufmunternd zu. Fay entschied sich, zuerst die Sachen aus dem Zimmer zu holen. Als sie zurückkam, war Gabriella auch wieder da. Sascha kam gerade fröhlich hüpfend aus dem Wald. Nur Ulrich fehlte noch. Während die drei ihre Steine auf das Holzbett legten, kam auch er zurück. Er wirkte sehr ruhig und ernst. Als Ulrich seine Steine ebenfalls aufgelegt hatte, deckte Hans den Stapel oben zu. Er kam lächelnd auf die kleine Gruppe zu.

»Bevor ihr heute in die Schwitzhütte geht, werdet ihr noch Tabakbeutel knüpfen. 144. Jeder von euch. Dafür habt ihr die Stoffe mitgebracht. Holt eure Sachen, und dann zeigt euch Gabriella, wie diese Beutel gemacht werden. Wenn ihr fertig seid, legt sie auf den Altar vor der Schwitzhütte und kommt hinauf. Fay, du kannst schon anfangen, deine Stoffe in Streifen und dann in kleinere Stücke zu teilen.« Dabei sah er sie auffordernd an. Fay schaute irritiert. Und wie? Sie hatte keine Schere dabei. Auch kein Taschenmesser. Ihr fiel ein, dass ein Taschenmesser sehr wohl auf der Liste gestanden hatte. Sie hatte es vergessen! Kurz überfiel sie ein altes Gefühl von Scham. Im nächsten Moment hatte sie den ersten Stoff in den Händen und biss mit ihren Zähnen die Fäden durch. Dann riss sie mit Kraft daran. Na geht doch, dachte sie sich und machte weiter. Als die anderen zurückkamen, hatte Fay ihren ersten Stoff bereits in Streifen gerissen. Alle hatten ein Messer dabei. Gabriella zusätzlich eine Schere. Sie legte sie in die Mitte der Gruppe. »Die kleinen Stücke sind dann leichter zu schneiden als zu reißen. Ich kenne diese Arbeit schon«, erklärte Gabriella den anderen. Sie begann, ihre eigenen Stoffe in Streifen zu reißen. »Beim Knüpfen der Beutel ist es wichtig, in sich zu gehen. Worum bitte ich? Was bin ich bereit zu geben? Wir alle werden die nächsten Tage an unseren Plätzen in der Natur verbringen. Wir können also die Wesen, die hier leben, bitten, uns bei unserem Vorhaben zu unterstützen. Wir können unsere ganz persönlichen Bitten und Wünsche vorbringen. Wir können aber auch für andere Menschen beten, wenn wir die Beutel knüpfen. Es ist uns überlassen, wie wir mit dem großen Geheimnis und seiner Schöpfung in Kontakt treten.« Als Gabriella fertig gesprochen hatte, begann sie, die ersten Streifen in kleine Quadrate zu schneiden. Dann nahm sie eine winzige Menge Tabak und legte sie in die Mitte des Stoffstückes. Mit einer geschickten Bewegung drehte sie es oben zusammen. Sie nahm den Anfang ihres Wollfadens und knüpfte den kleinen Beutel daran. Mit einem zweiten Beutel ging sie gleich vor. Dabei band sie eine Schlaufe mit dem fortlaufenden Wollfaden. »Es wird alles an einen Faden geknüpft, wie der rote Faden in deinem Leben.« Mehrmals musste sie den anderen zeigen, wie es funktionierte. Als sie alle den Dreh heraus hatten, wurde es ruhig auf der Wiese hinter der Hütte. Jeder versank für sich in der Arbeit, die er tat.

Fay betete für sich. Darum, ihre Lebensaufgabe zu erkennen. Zu erfahren, wer sie war und warum sie hier war. Sie wollte wissen, was sie mit ihrem Leben anfangen sollte. Sie bat die Wesen des Waldes und der Berge, die hier lebten, sie zu führen. Ihr wohlgesonnen zu sein in den kommenden Tagen. Später betete sie für ihre Mutter, für ihren Vater.

Sogar für die Leute bei Babylon. Es war später Nachmittag, als Fay mit ihren Tabakbeuteln fertig war. Gabriella war schon weg, Sascha rauchte eine Zigarette. Ihr war noch nie aufgefallen, dass er rauchte. Ulrich war noch vertieft in seine Arbeit. Fay stand auf und legte ihre fertige Kette auf den Altar. Eine lag schon da, wohl die von Gabriella. Es war eine bunte Ansammlung von Stoffbeuteln. Es sah hübsch aus, dachte Fay und machte sich auf den Weg zur Hütte. Wie spät es jetzt wohl war? Fay hatte ihr Zeitgefühl inzwischen völlig verloren. Vom Sonnenstand her müsste es Nachmittag sein.

Als sie oben ankam, sah sie Gabriella mit ihrer Plane und dem Schlafsack hantieren. Hans stand daneben und gab ihr Anweisungen.

»Hallo, Fay«, begrüßte sie Hans. »Du kannst deine Sachen auch schon holen. Dann zeige ich dir, wie du deine Bedroll machst. Da ist alles drin, was du für die Tage in der Natur brauchst.«

Fay holte die Plane, den Schlafsack und alles andere, wovon sie dachte, dass sie es brauchte. Das Räucherwerk steckte sie auch dazu. Und den Rest vom Tabak. Die warme Jacke, Wollsocken, Unterwäsche zum Wechseln, Taschentücher und eine lange Unterhose für die Nacht. Taschenlampe, Pflaster, Feuerzeug. Noch was? Nach kurzem Überlegen beschloss Fay, dass es wohl sonst nichts gab, was sie noch brauchte. Sie hörte, wie sich im Nebenzimmer die beiden Jungs unterhielten.

Sie ging hinunter vor die Hütte. Hans zeigte Fay, wie sie die Plane auslegen sollte. In die Mitte der Plane legte Fay erst die Isomatte und darauf den Schlafsack. Alle anderen Dinge, die sie mitnehmen wollte, legte sie in den Schlafsack hinein. Gabriella brachte Fay die Schere. »Vielleicht kannst du sie brauchen«, meinte sie. Sie klappten zuerst die beiden Außenseiten der Plane über den Schlafsack. Dann zeigte Hans Fay, wie sie die Plane unten umklappen sollte, damit diese fixiert war, wenn sie schlief. Anschließend rollten sie gemeinsam die Plane ein. Das Bündel wurde mit Stricken zusammengeschnürt und fest verknüpft. Das ist also eine Bedroll, dachte sich Fay. Interessant, so ein kleines Bündel,und alles drin, was ich für die nächsten Tage brauche. Inzwischen waren Ulrich und Sascha auch dazugekommen und hatten ihre Planen ausgebreitet. Bald standen vier fertig geschnürte Bündel auf der Wiese vor der Hütte.

»Sandra hat für euch noch mal eine Suppe gekocht. Wir zünden jetzt gemeinsam das Feuer für die Schwitzhütte an, danach gehen wir essen. Nehmt eure Bündel mit hinunter, ihr geht anschließend direkt aus der Schwitzhütte an eure Plätze«, wies Hans die kleine Gruppe an.

Sandra blieb am Feuer, als es brannte. Sie war wieder die Feuerfrau. Die Suppe stand bereits auf dem Tisch in der Hütte. Hans gab ihnen noch verschiedene Informationen für die folgenden Tage. Wann er und Sandra das erste Mal vorbeikamen. Was alles passieren konnte. Ängste, die hochkommen könnten. Die Dunkelheit, die fremden Geräusche, die ungewohnte Umgebung. Sie sollten hinter diese Ängste blicken, erklärte Hans und noch vieles mehr.

Als Sandra sie zur Schwitzhütte holte, fühlte sich Fay gut vorbereitet. Sie hatte Vertrauen zu Hans. Auch zu Sandra. Fay war voller freudiger Erwartung.

Ihr Handtuch vom Vortag hatte sie vor der Hütte über die Lehne der Holzbank gelegt. Alle gemeinsam zogen sie sich unten am Schwitzhüttenplatz um. Fay legte ihre Kleidung fein säuberlich gefaltet zu ihrer Bedroll und wickelte sich in ihr Handtuch. Diesmal hatte sie sich ganz ausgezogen. Sie konnte nach der Schwitzhütte die Unterwäsche nicht mehr wechseln. Die musste also trocken bleiben. Sandra wies sie an, sich ihre Tabakketten um den Hals zu legen. Wie am Abend zuvor räucherte Sandra sie alle ab, und sie krochen in die Schwitzhütte. In der Hütte forderte Hans sie auf, ihre Tabakbeutel über sich in das Gestänge der Schwitzhütte zu hängen. Sandra brachte alle 20 Steine in die Hütte. Die Tür wurde geschlossen, und Hans begann, zu beten und zu trommeln. Er betete zu den Naturwesen, zu den Verbündeten, und er betete für die Gruppe in der Hütte. Menschen, die die nächsten Tage in der Natur verbringen würden. Er goss viel Wasser auf, es war heiß in der Hütte. Fay schien es weit heißer als am Tag zuvor. Dann ging die Tür auf, die Runde war vorbei. Einen Augenblick später war die Tür schon wieder zu. Hans forderte sie auf, reihum ihre Gebete zu sprechen. Er selbst begann, zu rasseln und zu pfeifen. Als alle mit ihren Gebeten geendet hatten, rief Hans Sandra zu, die Türe zu öffnen. Fay war überrascht, als auf der Rückseite der Schwitzhütte die Decken geöffnet wurden. Hans bat sie, jetzt nach der zweiten Runde die Hütte zu verlassen. Sie sollten sich alle anziehen und bereit für den Aufbruch machen. Dabei sollten sie auch heute wieder schweigen. Fay schlüpfte durch die Öffnung hinaus, atmete tief die schon kühle Luft des frühen Abends in ihre Lungen. Ein sanfter Lufthauch umspielte ihr Gesicht. Flink trocknete sie sich ab und zog ihre Kleider an. Bald waren alle vier wieder angezogen und bereit zu gehen.

Es stellte sich heraus, dass Gabriella und Sascha ihren Platz in Richtung des Berghanges hinter der Hütte hatten. Ulrichs und Fays Plätze waren im Wald Richtung Tal.

»Dann begleite ich Gabriella und Sascha«, sagte Hans zu den vieren. »Sandra geht mit euch beiden. Zuvor gehen wir noch gemeinsam ins Tipi.«

Als sie im Tipi ankamen, stand gegenüber der Tür ein kleiner Tisch. Auf dem Tisch standen eine Räucherschale und vier Kerzen in unterschiedlichen Farben. Hans bat jeden von ihnen, eine Kerze anzuzünden und dann einen persönlichen Gegenstand zur selben Kerze zu legen. Fay griff in ihre Hosentasche und holte den Herzstein hervor, den sie auf ihrer Lichtung unter der Tanne gefunden hatte. Sie zündete ihre Kerze an und legte den Stein davor. Gemeinsam traten alle sechs wieder aus dem Tipi heraus. Mit herzlichen Umarmungen und Mut machenden Worten verabschiedeten sie sich voneinander. Hans ging mit Gabriella und Sascha in Richtung Berghang. Fay, Ulrich und Sandra gingen in die andere Richtung auf den lichten Bergwald zu.

Fay war aufgeregt. Noch war sie von der Suppe satt, und Durst hatte sie auch keinen. Aber wie würde sie sich morgen oder übermorgen fühlen? Fay wurde jetzt doch ein wenig nervös. Hatte sie sich auch alles gemerkt, was Hans ihnen erklärt hatte? Wie war das noch mal mit dem Kreis, in den sie sich legen sollten? Hatte sie wirklich alles dabei? Fay war in Gedanken. Fast wäre sie in Sandra, die stehen geblieben war, hineingelaufen. Sie waren an Ulrichs Platz angekommen. Fay schaute sich um und sah in ziemlicher Entfernung zwischen den Blättern ein rotes Tuch flattern. Das musste ihres sein, dachte sie. Ulrichs Platz lag mitten im Wald. Ein riesiger Felsen, der halb in die Erde eingesunken war, lag an dieser Stelle. Er sah aus wie eine überdimensionale Pfeilspitze, die sich in den Boden gebohrt hatte. Auf dem Felsen wuchsen Büsche und Moos. Durch seine Schräglage entstand unter dem Felsen eine trockene Fläche. Außen herum standen mehrere Bäume im Kreis. Ein schöner Platz, dachte Fay. Sandra erklärte Ulrich noch mal, wie er seinen Platz für die Tage einrichten sollte, und dann verabschiedeten sich beide von ihm.

Fay ging nun voraus. Zielsicher lief sie auf das rote Tuch zu. Als sie bei der Stelle ankamen, zeigte sie Sandra den winzigen Tunnel unter den Büschen. Erst kroch Fay hindurch. Sandra folgte ihr auf die andere Seite. Beide Frauen standen nun in der kleinen Lichtung auf dem Felsvorsprung.

Sandra war begeistert. »Wow, ist das schön!«, rief sie ergriffen aus. »Wie hast du dieses Plätzchen denn gefunden? Ich bin schon öfter hier gewesen, aber den Platz kannte ich nicht. Du bist echt ein Glückskind, Fay!« Sie strahlte Fay an.

Fay strahlte zurück. »Ich habe mich führen lassen … Ein Eichhörnchen hat mich hierher gebracht.« Sandra schaute sie wissend an. Auch ihr gab sie noch einmal Anweisungen, was zu tun war. Dann verabschiedete sie sich herzlich von Fay und krabbelte durch den kleinen Tunnel wieder zurück in den Wald. Kurze Zeit hörte Fay noch einzelne trockene Zweige knacken, auf die Sandra beim Laufen trat. Dann war es still um sie herum. Die Vögel sangen noch, die Insekten summten. Die Abenddämmerung kündigte sich an. Fay legte ihre Bedroll unter die große Tanne an die trockene Stelle. Dann begann sie, am Rand der Lichtung Zweige und Tannenzapfen einzusammeln. Mit diesen Materialien legte sie einen Kreis um die Tanne und den Stein herum. Das war der Bereich, in dem sie sich die nächsten Tage aufhalten würde. Groß genug, um in jede Richtung drei Schritte zu gehen.

Während sie diesen Kreis errichtete, bat sie die Wesen der Natur, die Schöpferkräfte, ihre Ahnen, Verbündeten und ihren Schutzengel, sie die nächsten Tage zu begleiten. Fay sprach laut, und sie sprach die Worte, die ihr gerade in den Sinn kamen. Anfangs noch zaghaft wurde sie immer sicherer in ihrem Tun. Als sie mit dem Kreis fertig war, öffnete sie ihre Bedroll und holte das Räucherwerk heraus. Sie legte es auf den Stein und entzündete den Wüstensalbei. Sofort verbreitete sich wieder der herbe, aromatische Duft. Sie richtete die Bedroll so, wie es Hans ihnen gezeigt hatte, und setzte sich hin. Sie hörte den Bach links neben sich, der Stein befand sich ein wenig rechts von ihr. Sie konnte an ihm vorbei ins Tal schauen. Die Abendsonne tauchte die Gipfel der Berge in ein goldenes Leuchten. Fay war fasziniert von diesem Licht. Die Abenddämmerung war nun endgültig hereingebrochen, die Vogelstimmen verstummten, und auch die Insektengeräusche wurden weniger. Langsam senkte sich Dunkelheit über den Platz.

Die Bäume und auch die Konturen der Berge veränderten sich in der hereinbrechenden Dunkelheit. Fay meinte immer wieder aus den Augenwinkeln, sich bewegende Schatten zu sehen. Doch immer, wenn sie hinschaute, war da nichts. Die Stimmung der beginnenden Nacht war für Fay ungewohnt. Auf diese Art hatte sie bisher noch nie den Beginn einer Nacht erlebt. Die Geräusche des Tages waren nun endgültig verstummt. Der Klangteppich, der sich nun über die Landschaft ausbreitete, war neu und fremd für Fay. Die Tiere der Nacht streiften durch den Wald. Die Rufe der Nachtvögel erklangen. Fay wurde unruhig und spürte, wie Angst in ihr hochstieg. Schnell legte sie ihre Hände auf ihre Mitte, schloss die Augen und atmete tief und gleichmäßig in ihren Bauch. Es wirkte, sie beruhigte sich wieder. Fay öffnete die Augen und blickte in den wolkenlosen Nachthimmel. Die Bergsilhouette auf der anderen Seite des Tales schimmerte silbern. Kurz darauf stieg der Halbmond hinter den Gipfeln auf.

Fay blieb noch ein wenig sitzen, bevor sie sich in ihren Schlafsack kuschelte. Es war ungewohnt, auf der Erde zu liegen. Hart und doch anschmiegsam. Der Schlafsack war warm, aber eng. Fay musste sich öfter drehen, bis sie eine Position gefunden hatte, in der sie sich wirklich wohlfühlte. Glücklich schlief sie ein.

Als sie aufwachte, war es immer noch stockdunkle Nacht. Fay war einen Moment irritiert. Was hatte sie geweckt? Sie hörte ein Rascheln hinter ihrem Rücken. Sie erstarrte. Was war das? Es hörte sich groß an, und es atmete laut. Was sollte sie nur tun? Fay spürte wieder Panik in sich aufsteigen. Ihr Herz klopfte wie wild. Das Rascheln und Atmen bewegte sich an ihrem Rücken entlang in Richtung ihres Kopfes. Fay rührte sich keinen Millimeter. Sie hatte die Augen offen. Etwas schnupperte an ihrem Kopf. Einen Augenblick später schaute Fay einem Fuchs ins Gesicht. Der Fuchs war ihr ganz nahe, er schnupperte an ihrem Kopf. Sie hielt den Atem an. Für eine gefühlte Ewigkeit schaute sie diesem wunderschönen Tier mitten in sein pelziges Gesicht. Die Ohren des Fuchses zuckten, er hob den Kopf, als würde er lauschen. Ein letzter Blick zu Fay, dann war er zwischen den Sträuchern verschwunden.

Fay legte ihre Hände auf ihre Mitte. Ihr Körper entspannte sich, und ihre Atmung beruhigte sich wieder. Sie lächelte. Jetzt, im Nachhinein, konnte sie die Situation mit dem Fuchs genießen. Sie war stolz auf sich, liegen geblieben zu sein. Auch wenn sie leicht panisch gewesen war. Sie hatte es geschafft. Fay empfand die Begegnung mit dem Fuchs als Geschenk. Mit diesem Gefühl schlief sie wieder ein.

Vogelgezwitscher weckte Fay, als die Sonne aufging. Das Licht stieg über die Bergkette auf der anderen Talseite. Fay drehte sich um, stützte ihren Kopf auf ihre Hand und schaute der Sonne zu, wie sie über den Bergen emporstieg. Fay war überrascht, wie schnell das ging. Sie musste mal. Dort, wo der Bach auf die Lichtung floss, war ein kleiner Platz, den sich Fay als Toilette ausgesucht hatte. Dorthin ging sie jetzt. Als sie an den Bach kam, bemerkte Fay, dass sie Durst hatte. Eine klasse Idee, an einen Platz mit einem Bach zu gehen, wenn man nichts trinken darf, dachte sie. Ihr wurde klar, dass dieser Bach eine zusätzliche Herausforderung sein würde. Sie ging in die Hocke und erleichterte sich. Würde sie noch oft aufs Klo müssen, wenn sie jetzt nichts mehr aß und trank?, überlegte Fay. Als sie fertig war, dachte sie einen Moment darüber nach, ob sie sich vielleicht das Gesicht waschen konnte. Aber sie wusste, dass das unehrlich wäre. Kein Wasser war abgemacht.

Fay klappte die Plane auseinander, räumte ihre Sachen auf und schüttelte den Schlafsack kräftig durch. Anschließend räucherte sie auf dem Stein wie schon am Tag zuvor. Den Rest des Tages verbrachte Fay damit, ihre Sachen mehrfach zu sortieren. Sie beobachtete Käfer, die über das Moos krabbelten. Fay entdeckte eine Ameisenstraße mit großen Waldameisen. Sie war froh, dass die Straße an ihrem Platz vorbeiführte. Emsig liefen die Ameisen auf der Lichtung hin und her. Fay zählte 17 verschiedene Blumen auf der kleinen Wiese. Insgesamt sieben unterschiedliche Farben. Den ganzen Tag beschäftigte sich Fay damit, den Platz, an dem sie war, zu erforschen.

Als es Nachmittag wurde, war sie froh über den Schatten unter der großen Tanne. Sie hatte Durst. Ihr Mund war trocken und fühlte sich klebrig an. Ein ekliger Geschmack lag auf ihrer Zunge. Hunger hatte sie kaum. Jedenfalls nicht so, dass es sie beschäftigt hätte. Aber diese trockene Kehle drängte sich mehr und mehr in ihr Bewusstsein. Fay wurde unruhig. Wie lange konnte ein Mensch ohne Wasser überleben? Erst übermorgen würde sie wieder etwas zu trinken bekommen. Oder sie bediente sich aus dem Bach da drüben. Fay seufzte. Nein, sie würde stark bleiben, auch wenn sie hier Wasser hatte.

Als es später Nachmittag wurde, zog Fay ihre Windjacke über. Ein kühler Wind war aufgekommen. Sie räucherte wieder Salbei auf dem Stein und setzte sich mit dem Rücken an ihren Baum.

»Fay, ist es okay, wenn wir hineinkommen?«, hörte sie Hans' Stimme.

Fay war überrascht. War es schon so spät? »Ja, gerne, kommt rein!«, rief sie zurück. Ihre eigene Stimme überraschte sie. Fay fiel auf, dass sie den ganzen Tag nicht gesprochen hatte.

Hans und Sandra kamen zu ihr auf die Lichtung. »Sandra hat nicht übertrieben, das ist wirklich ein wunderschönes Fleckchen, das du hier gefunden hast«, sagte Hans mit einem Lächeln. »Wie geht es dir?«

»Mir geht es gut, danke.« Fay lächelte zurück.

»Kommst du zurecht, oder hast du Fragen?«, erkundigte sich Hans.

Fay überlegte. Kam sie zurecht? Ja, im Großen und Ganzen schon. Die Versuchung des Baches mal ungeachtet. Sie nickte und lächelte tapfer.

Hans kam zu ihrem Platz, Sandra blieb am Rand der Lichtung stehen. Als er an den Rand ihres Kreises kam, blieb er stehen. Er griff in seine Jacke. Als er seine Hand wieder herauszog und öffnete, lagen zwei Kräuterbonbons auf seiner Handfläche. Er lächelte Fay aufmunternd an. »Die sind für dich. Sie regen den Speichelfluss an und helfen dir über die Zeit ohne Wasser. Teile sie dir gut ein.«

Fay ging zu Hans und nahm die beiden Bonbons in die Hand. Es war ein Geschenk. Noch ein Geschenk. Fay erfüllte Freude. Zwei Bonbons, jedes extra verpackt. So konnte sie jedes einzeln auf Raten lutschen und immer wieder einwickeln.

»Danke, Hans«, sagte Fay und meinte es wirklich so. Fay konnte die Dankbarkeit spüren. Sie hatte nicht damit gerechnet, etwas gegen den trockenen Mund zu bekommen.

»Wir sehen uns morgen früh, Fay«, verabschiedete sich Hans wieder von ihr. Er drehte sich um und ging zu Sandra. Beide winkten ihr noch einmal zu, bevor sie durch den kleinen Tunnel unter den Büschen wieder verschwanden.

Fay ging zurück zu ihrem Schlafsack. Sie legte die beiden Bonbons in den Kopfteil. Dann faltete sie die Plane wieder über ihren Sachen zusammen. Sie schlüpfte in den Schlafsack, nahm sich eines der Bonbons und packte es aus. Fay legte das Bonbon auf ihre Zunge und schloss den Mund. Sofort begann sich Speichel zu bilden. Sie konnte die Kräuter und den Zucker schmecken. Es war, als würde sie das erste Mal in ihrem Leben ein solches Bonbon lutschen. Fay schloss die Augen, und ihre Zunge umspielte das Zuckerstück in ihrem Mund. Sie musste schlucken, so viel Speichel hatte sich in ihrem Mund gebildet. Fay nahm das Bonbon wieder aus dem Mund und wickelte es in das Papier ein. Der eklige Geschmack im Mund war verschwunden. Fay legte sich mit dem Blick in Richtung Berge und Tal. Glücklich genoss sie den Sonnenuntergang. Allerdings hatte sie auch das erste Bonbon schon aufgelutscht, als die Dunkelheit hereinbrach.

In dieser Nacht war Fay lange wach. Sie beobachtete den Sternenhimmel, Wolken zogen auf. Der kühle Wind vom Nachmittag war stärker geworden. Sie lauschte den Geräuschen, die aus dem Wald zu ihr drangen. Weit unten im Tal konnte sie gelegentlich Lichter sehen, die sich bewegten. Da musste eine Straße sein. Der Fuchs kam nicht wieder. Sie überlegte, was sie bisher hier auf der Lichtung erfahren hatte. Ruhe, das auf alle Fälle. Sie hatte die Erfahrung gemacht, dass es schön war, auf der Erde zu schlafen. Mut und Vertrauen, letzte Nacht, als der Fuchs da war. Obwohl sie es sich den ganzen Tag über gewünscht hatte, dass ihre Verbündeten mit ihr Kontakt aufnahmen, war nichts dergleichen passiert. Das bedrückte Fay. Edith hatte ihr diesen Platz gezeigt. Fay hatte erwartet, dass ihre Verbündeten hier sein würden, wenn sie kam. Jetzt war sie schon über einen Tag hier, und noch keiner hatte sich gemeldet. Selbst das Meditieren am Nachmittag hatte nichts gebracht. Sie schaffte es nicht einmal bis an ihren Startplatz. Vielleicht, weil sie keine Trommel hatte, ging es Fay durch den Kopf. Warum passierte da nichts? Dafür war sie doch hier, oder? Warum sonst sollte sie denn hier in der Natur sitzen? Der Sinn war doch, mit den Verbündeten und der Anderswelt in Verbindung zu kommen und eine Vision zu erhalten. Über diese Gedanken schlief Fay irgendwann ein. Diesmal schlief sie durch, traumlos.

Der Himmel war bedeckt, als Fay aufwachte. Verschlafen rieb sie sich die Augen und schaute in den grauen Wolkenhimmel. Na toll, dachte sie sich. Es hätte auch einfach noch einen Tag schön bleiben können. Der schale Geschmack im Mund war zurück und auch das trockene Gefühl im Hals. Fay drehte sich um und rollte sich zusammen wie ein Embryo. Niemand hatte gesagt, dass sie aufstehen musste. Sie konnte ja auch einfach so liegen bleiben bis morgen. Oder, wenn es wirklich anfing zu regen, zusammenpacken und abbrechen.

»Fay, können wir reinkommen?«, hörte sie Hans' Stimme rufen.

»Ja«, rief sie aus den Tiefen ihres Schlafsackes. Fay setzte sich umständlich auf, ohne den Schlafsack zu verlassen. Sie machte sich nicht die Mühe, ganz aufzustehen. Missmutig schaute sie hinüber zu dem kleinen Tunnel im Gebüsch. Hans tauchte auf und direkt hinter ihm Sandra. Sandra lächelte sie an und kam auf Fay zu. Hans blieb diesmal am Rand der Lichtung stehen. Als Sandra bei Fays Kreis ankam, blieb sie stehen. »Fay, ich bringe dir einen Becher Tee, teile ihn dir gut ein. Mehr gibt es nicht.« Sie reichte Fay einen Becher entgegen. Nun musste Fay aufstehen. Sie ging zu Sandra und nahm den Becher. Es war so ein Thermobecher, wie sie ihn aus der Werbung kannte. Ungläubig schaute Fay in Sandras freundliches Gesicht.

»Geht es dir gut, Fay?«

»Ja, jetzt schon«, antwortete Fay mit einem Blick auf den Becher und grinste.

»Gut, dann kommen wir morgen wieder und holen dich hier ab«, sagte Sandra ruhig und bestimmt zu Fay und drehte sich um.

»Und wenn ich abbrechen will?«, rief Fay Sandra hinterher. Hans schaute sie an, Sandra blieb stehen und drehte sich wieder um.

Erstaunt blickt sie Fay nun an. »Aber warum?«, fragte Sandra.

»Ich weiß nicht, was ich hier noch soll«, antwortete Fay. »Meine Verbündeten melden sich nicht, und ich langweile mich.« Dabei spürte sie, wie ihr Tränen in die Augen stiegen. In ihrem Hals bildete sich der altbekannte Kloß. Fay war verwirrt. Alles, was sie gerade gesagt hatte, stimmte. Aber nicht nur. Sie fühlte sich im Moment richtig elend. Einsam und verlassen. Sie hatte Hunger, sie hatte Durst, und sie wollte mehr als nur einen Becher Tee. Gleichzeitig wollte sie hier nicht weg. Sie wollte an diesem Platz bleiben. Die letzte Nacht auch noch hier unter der Tanne auf der Erde schlafen. Fay fühlte sich hin- und hergerissen. Sie begann zu weinen.

Als Sandra einen Schritt auf Fay zumachte, begann Hans zu sprechen, und Sandra blieb stehen. »Fay, erinnere dich an die Voladores. Erinnere dich auch an unsere Gespräche über den Energiekörper. Schau dir deine Ängste und Zweifel genau an. Mach die Übungen, und halte die Aufmerksamkeit bei deiner Absicht. Lass dich nicht ablenken von Ameisen oder Vögeln. Bleib bei dir, und sei klar in dem, worum du bittest. Wenn du dir aber ganz sicher bist, dass du mit uns zurückkommen willst, dann packen wir deine Sachen zusammen, und du kommst mit.«

Stimmt, sie hatte hier am Platz vergessen, die Energieübung zu machen. Fay schniefte. Was sollte sie tun? Ihr war klar, dass weder Sandra noch Hans ihr bei dieser Entscheidung helfen konnten. Es war ganz alleine ihre Aufgabe, die Wahl zu treffen. Fay wischte sich mit dem Ärmel die rinnende Nase und die Tränen ab. Dann atmete sie tief durch. »Also gut, ich bleibe hier. Ihr könnt mich morgen abholen kommen. Danke für den Tee.« Fay versuchte ein mutiges Lächeln.

Hans und Sandra waren sichtlich erfreut über ihre Entscheidung. »Das finde ich gut, Fay. Du bist eine mutige junge Frau.« Fay wusste, dass Hans diese Worte ernst meinte. Sie ging zurück zu ihrem Schlafsack und stellte den Becher mit dem Tee dort auf die Erde. »Versuche, heute den Tag über noch zu ruhen, Fay. Vielleicht kannst du auch noch mal schlafen. Die letzte Nacht ist eine Wachnacht. Versuche, so lange wie irgend möglich wach zu bleiben. Konzentriere dich dabei auf deinen Wunsch der Vision. Öffne dich für die Vision«, erklärte Hans. »Wir sehen uns morgen früh. Ich wünsche dir eine gute Zeit.«

Hans und Sandra krabbelten durch den Tunnel wieder nach draußen, und Fay war erneut alleine mit dem Wald und dem Wind.

Die Vision

Fay nahm den Becher in die Hand. Als sie ihn öffnete, dampfte ihr der heiße Tee ins Gesicht. Vorsichtig nippte sie daran. Die zuckersüße, heiße Flüssigkeit rann ihre trockene Kehle hinab. Fay nahm einen zweiten kleinen Schluck und ließ ihn in ihrem ausgetrockneten Mund. Lange spielte sie mit der Flüssigkeit in ihrem Mund herum, bevor sie schluckte. Sie schloss den Becher und stellte ihn auf die Seite. Fay stand auf und machte die Energieübung. Ihr wurde heiß. Sie konnte spüren, wie die Energie in ihr System strömte.

Als sie mit der Übung fertig war, ging es ihr besser. Fay war nun wieder etwas zuversichtlicher. Sie legte ein bisschen Wüstensalbei auf den großen Stein, entzündete das Räucherwerk und fächerte sich den Rauch mit den Händen über den Körper. Tief atmete sie den würzigen Duft ein. Ich möchte heute meine Vision empfangen, dachte Fay dabei so intensiv wie möglich. Sie ging zurück zu ihrem Schlafsack und schlüpfte hinein. Sie kuschelte sich in den Schlafsack und schloss ihre Augen. Ruhen sollte sie, hatte Hans gesagt, und dann die Nacht wach bleiben. Als ob sie sich die letzten Tage überanstrengt hätte. Fay schlummerte vor sich hin. Weder schlief sie wirklich, noch war sie wach. Irgendwann setzte sie sich auf. Es hatte angefangen zu nieseln. Über die Lichtung zogen Nebelfetzen. Ihr Platz war zwar trocken, aber die feuchte Luft kroch in ihren Schlafsack. Fay begann zu frösteln. Sie stand auf, um die Energieübung zu machen. Es half, ihr wurde von innen heraus wieder warm. Dennoch waren ihre Sachen alle feucht und kühl. Sie zog die Plane enger um ihre Sachen und setzte sich darauf. Mit dem Rücken lehnte sie sich an den Stamm der großen Tanne. Fay schloss ihre Augen. Ihre Gedanken schweiften umher. Sie stellte sich vor, wie sie mit Marcel nach Amerika flog. Mit ihm dort zu den Crow-Indianern ging und ihren Vater traf. Sie träumte davon, wie sie mit ihrer Mutter die Wohnung neu gestaltete. Fay träumte sich in andere Leben. In Gedanken spielte sie verschiedene Möglichkeiten ihrer Zukunft durch. Einzig die Frage, was ihr wirklich Freude machte, konnte sie nicht schlüssig beantworten. Sie wusste, dass sie Geschichten liebte. Im Grunde genommen mochte sie auch die Menschen. Bisher war sie einfach nur schüchtern gewesen. Das konnte sie ändern, hatte sie schon geändert. Sie könnte sich in einer Bibliothek bewerben, am liebsten aber bei Hans. Bei dieser Vorstellung musste Fay schmunzeln. Alte Leute mochte sie auch. Sollte sie es noch mal in einem Alten- oder Pflegeheim versuchen? Dann wanderten ihre Gedanken wieder in ferne Länder. Zeremonien und Rituale, von denen sie gelesen hatte, gingen ihr durch den Kopf. Was die Menschen, die sie erlebt hatten, dazu geschrieben hatten. Da war die Rede von Erleuchtung, Bewusstsein, mit sich eins sein und lauter solche Beschreibungen.

Fay seufzte. Sie hatte keine Ahnung, wie spät es war. Seit sie aufgewacht war, herrschte dieselbe graue Wolken- und Nebelstimmung. Hunger hatte sie schon lange keinen mehr. Außer dem Fuchs in der ersten Nacht war nichts Aufregendes geschehen. Fay war kalt. Sie stand auf. Um sich aufzuwärmen, begann sie, ihren Kreis im Uhrzeigersinn zu umrunden. Immer rundherum. Sie begann, zu hüpfen und mit den Armen zu schwingen. Fay wurde immer schneller. Dann begann sie zu singen. Ihr Lied, das Lied aus der Schwitzhütte. Aus vollem Herzen sang Fay ihr Seelenlied mit dem Regen und dem Nebel.

Als sie sich wieder auf ihren Schlafsack setzte, glühte sie von innen heraus. Sie fühlte sich frei, kraftvoll, erfüllt von sich selbst. Fay war das erste Mal ganz und gar in ihrer Mitte. Sie sah ihr eigenes Energiefeld um sich herum leuchten. Ein vibrierendes Lichtei. Der Nebel streifte an dessen Rand entlang. Fay hatte das Gefühl, vor Glück zu explodieren. Es war ein Überschäumen, ein Sich-Ergießen in die Freude und das Glück zu leben. Mit all ihren Sinnen kostete sie dieses Gefühl aus. Als sie ihre Augen schloss, spürte sie eine innige Verbindung zur Erde, auf der sie saß. Dankbarkeit, Vertrauen und Liebe durchfluteten sie. Sie konnte das Lichtei immer noch sehen. Sie sah auch, wie dieses Ei unter ihr tief in die Erde hineinreichte. Es war wunderschön. Ihr gesamtes Sein bestand momentan aus Liebe in all ihren Facetten. Fay verstand in diesem Augenblick, was mit einer guten Erdung gemeint war. Aber auch, was es hieß, mit allem verbunden zu sein.

Als sie ihre Augen wieder öffnete, hatte sich der Nebel von der Lichtung verzogen. Fay schaute sich um und war fasziniert. Sie sah die Energiefelder der Pflanzen. Ihre Seelen. Fay erinnerte sich an ihren Wunsch, eine Vision zu haben. Das, was sie hier sah, war mehr als eine Vision, es war eine Offenbarung. Auch wenn sie es nicht einordnen konnte.

Fay bemerkte, wie sich ihr Verstand wieder meldete. Das Denken. Ihre Wahrnehmung wurde schwächer. Das Leuchten verblasste. Je mehr sie versuchte, es zu halten, umso blasser wurde es. Bis es ganz verschwunden war. Für einen kleinen Moment war Fay enttäuscht. Es hätte ruhig noch ein wenig länger leuchten können. Doch dann entfaltete sich in ihr neuerlich ein tiefes Gefühl der Dankbarkeit. Sie lächelte und legte sich hin. Unter ihrem Kopf spürte sie etwas Hartes. Sie griff nach hinten und hatte das zweite Kräuterbonbon in der Hand. »Genial«, rief sie voller Freude. Fay packte das Bonbon aus und genoss es von Anfang bis Ende. Sie wollte nicht sparen. Sie wollte es jetzt und zwar ganz. War das auch so mit dem Leben? Wie wäre es, wenn ich jeden Augenblick in meinem Leben so genießen würde wie dieses Bonbon jetzt? Dann, ja, dann wäre mein Leben sicher schön … Diese Gedanken trugen Fay in einen tiefen Schlaf.

Als sie wieder aufwachte, war es bereits Abend. Die Wolken hatten die Berggipfel freigegeben, und der Regen hatte aufgehört. Der Himmel war noch bedeckt, doch unter den Wolken schien die Abendsonne hindurch. Die Silhouetten der Berge leuchteten in Goldrot. Die untergehende Sonne beleuchtete die Wolken, die in unterschiedlichen Abstufungen von Rot, Orange und Violett schimmerten. Fay saß mit offenem Mund da und beobachtete dieses Naturschauspiel. Sie war fasziniert von dem, was sie sah. Einen Sonnenuntergang in dieser Intensität hatte sie noch nie erlebt. Sie genoss jede Sekunde dieses Spektakels.

Als die Farben verblassten und sich die Nacht endgültig über die Lichtung senkte, war Fay hellwach. So gut es in der Dunkelheit mithilfe ihrer Taschenlampe möglich war, räumte sie ihren Platz auf und richtete sich für die Wachnacht ein. Ihren Schlafsack mit der Plane zog sie so zu ihrer Tanne, dass sie sich an deren Stamm anlehnen und sich gleichzeitig in ihr Nest kuscheln konnte. Den Tee stellte sie sich griffbereit daneben auf den Boden. Der Regen hatte die Luft merklich abgekühlt. An einer trockenen Stelle unter der Tanne grub Fay eine kleine Mulde, um Räucherwerk zu entzünden. Der Stein war noch zu nass. Es funktionierte, in ihrem Loch brannte das Räucherwerk problemlos. Sie stand auf und machte die Energieübung, die sie von Hans gelernt hatte. Sofort spürte sie, wie die Wärme, die Energie wieder in und um sie flossen. Fay war mit ihren Vorbereitungen für die Nacht fertig und schlüpfte in ihren Schlafsack. Sie war jetzt hellwach, ausgeruht und zuversichtlich. Am Nachmittag hatte sie eine Vision gehabt, die ihr Herz immer noch erfüllte. Fay erinnerte sich an die Gefühle, die sie überflutet hatten, als sie sich mit allem eins fühlte. Die Freude, die Liebe, die Geborgenheit und das tiefe Vertrauen in das Leben. Genau genommen war dieses Erlebnis schon mehr, als sie sich erwartet hatte. Fay lächelte glücklich. Sie genoss das Gefühl, mit allem verbunden zu sein. Es war da. Es war kein Glauben mehr, sie hatte es an sich selbst erfahren. Fay wurde der Unterschied von Glauben und Wissen klar. Alles, was sie bisher gelesen hatte, konnte sie glauben oder nicht. Das, was sie aber hier in den letzten Tagen erfahren hatte, das musste sie nicht mehr glauben, es war ein Teil von ihr. Es war tief in ihr verankert, und sie konnte jederzeit darauf zurückgreifen. Sie hatte es erlebt, erfahren und in ihrem Innersten wahrgenommen. Fay hatte keine Erwartungen mehr an diese letzte Nacht. Sie war offen für alles, was da kommen mochte. Auch dafür, die ganze Nacht einfach nur wach zu sein.

Sie hörte es hinter sich rascheln. Ganz still blieb sie sitzen. Einen Moment später erschien ein Fuchs auf der Lichtung. War es der Fuchs aus der ersten Nacht? Fay beobachtete ihn regungslos. Der Fuchs lief quer über die Wiese zum Bach. Er nahm keinerlei Notiz von ihr. Dort trank er von dem kühlen Nass und verschwand wieder im Wald. Fay gefiel der Gedanke, dass ihr Fuchs in dieser letzten Nacht noch einmal bei ihr vorbeigekommen war, um sich von ihr zu verabschieden. Danke, Meister Fuchs, dass du mir meinen Mut gezeigt hast, schickte sie dem Tier in Gedanken hinterher. Fay schloss ihre Augen und atmete tief in ihre Mitte. Sie wollte dieses Gefühl der Dankbarkeit auskosten.

Als sie die Augen wieder öffnete, hatte sich etwas auf der Lichtung verändert. Fay war irritiert. Warum zogen jetzt wieder Nebelschwaden über die Wiese? Aber dieser Nebel war anders als der, der sie tagsüber umgeben hatte. Er leuchtete in einem magischen Licht. Fay war fasziniert von den Nebelschleiern, die sich immer dichter auf die Lichtung niedersenkten. Noch während sie dieses

Schauspiel beobachtete, teilte sich der Nebel in der Mitte der Lichtung. Was sie sah, verblüffte Fay und ließ gleichzeitig ihr Herz einen Freudensprung machen. Ohne eine einzige Bewegung gemacht zu haben, saß Fay jetzt in ihrem Garten. Die ganze Lichtung hatte sich verwandelt und war jetzt ihr Seelengarten mit dem kleinen Bach, dem Teich und der Hütte. All das sah sie vor sich liegen. Fay wusste, dass sie nicht aufstehen musste, um sich in diesem Garten zu bewegen. Alleine durch ihre Willenskraft konnte sie hier handeln. Fay schaute über das herzförmige Tal. Sie war tief berührt von dem, was sie sah. Hatte sie sich wirklich so sehr verändert, wie es diese Landschaft erahnen ließ? Das Tal vor ihr leuchtete in einem satten Grün. Der Bach war glasklar, und über dem Teich schwirrten Libellen in der Luft. Auf den Wiesen wuchsen Millionen von Blumen in allen nur erdenklichen Farben und Formen. Die Luft war klar und würzig. Fay hörte Stimmen. Diese kamen von unten, von dort, wo die Hütte stand. Auf der Wiese vor der Hütte, neben einem Haselnussstrauch, erkannte Fay mehrere Wesen. Kaum dass sie diese Wesen entdeckt hatte, wendeten sie sich ihr zu. Fay erkannte Funny, Lana und Sarah. Da waren auch Sir Samtpfote und Edith. So zeigten sich doch noch alle … Bei diesem Gedanken wurde Fay von Freude und Glück erfüllt. Einen Gedankensprung später war Fay bei ihren Freunden auf der Wiese.

»Endlich bist du da, Fay!«, rief Funny entzückt und umkreiste Fay mit einem fröhlichen Tanz.

Sarah kam auf sie zu, Fay ging in die Hocke und umarmte sie. »Ich bin so froh, dass du uns gefunden hast«, sagte die kleine Sarah und kuschelte sich in Fays Arme. Fay setzte sich mit Sarah auf die Wiese. Funny hielt in ihrem Tanz inne und setzte sich ebenfalls auf Fays Schoß.

Lana kam lächelnd dazu. »Jetzt können wir endgültig bei dir bleiben, Fay. Du hast dich für uns, für dich selbst entschieden.«

Fay lachte aus ganzem Herzen. »Ja, ich habe mich entschieden, für das Leben, für die Liebe und für euch alle. Ich will ganz und heil sein, ich will meinen Weg gehen, auch wenn ich im Moment noch keine Ahnung habe, wie dieser Weg aussehen wird.«

Edith kam zu der kleinen Gruppe. »Fay, dein Weg hat in dem Moment begonnen, als du dich entschieden hast, als Mensch zu inkarnieren. Alles, was du bisher erlebt hast auf diesem Weg, ist wichtig gewesen. Wichtig dafür, dass du heute hier in deinem Garten bist. Erinnere dich an das, was du immer schon gerne getan hast. Erinnere dich, was dich mit Freude und Liebe erfüllt. Dann wirst du wissen, was du tun willst. Was deine Aufgabe und dein Weg ist.«

Sir Samtpfote war jetzt auch bei Fay und setzte sich direkt vor ihr in das weiche Gras. »Schau mir in die Augen, Kleines, und erinnere dich!« Bei diesen Worten schien es Fay, als würde der Panther über das ganze Katzengesicht breit grinsen. Fay folgte seiner Aufforderung. Sir Samtpfotes bernsteinfarbene Augen funkelten wie Sterne. Wie lebendige Flammen. Fay versank in diesem Meer aus Licht und Feuer. Sie erinnerte sich …

Es waren die Geschichten der Menschen, die ihr am Herzen lagen, die einzelnen Schicksale. Sie erinnerte sich an den Ritter, der sie einmal gewesen war, der Beschützer der Hilflosen und Verlassenen. Sie erinnerte sich an die Kinder, die sie versucht hatte zu schützen. Kinder, die schwächer gewesen waren als sie selbst. Fay erinnerte sich auch an die Kraft und die Liebe, die sie in diesen Augenblicken empfunden hatte. Sie sah sich selbst, wie sie Bücher illustrierte. Mit Motiven, die sie auch aus Zeitschriften ausgeschnitten hatte, hatte sie ganze Bilderbücher gestaltet. Später hatte sie auch Geschichten dazu geschrieben. Sie erinnerte sich, dass ihre Eltern die Bücher zwar schön gefunden, aber stets an ihrer Rechtschreibung herumgemeckert hatten. Irgendwann hatte Fay aufgehört, Bücher zu machen, und stattdessen begonnen, Worte auswendig zu lernen, damit sie diese fehlerfrei schreiben konnte …

An all das erinnerte sich Fay, als sie in Pfötchens Augen schaute. Ihr war nicht klar, was das alles mit ihrem jetzigen Leben zu tun hatte. Sie war jetzt erwachsen, sollte sie etwa wieder Bücher machen? Wie sollte das funktionieren? Als diese Gedanken durch Fays Kopf zogen, verschwammen die Bilder an ihre Vergangenheit. Sie löste ihren Blick von den Augen der großen, schwarzen Katze.

»Fay, was meinst du, worum es im Leben eines inkarnierten Menschen geht?«, hörte sie Dianas Stimmchen hinter sich. Fay drehte sich um. Erst jetzt entdeckte sie den Kokon von Diana hinter sich im Haselnussstrauch. Fay überlegte. Diese Frage stellte sich wohl jeder Mensch auf Erden irgendwann. Worum geht es in meinem Leben, warum bin ich überhaupt da? Alles, was Fay in den letzten Wochen erfahren hatte, fügte sich in diesem Moment zusammen.

Mit einem Mal war ihr klar, was die einzige sinnvolle Antwort sein konnte. »Es geht darum, dass ich mein wahres Selbst finde und es entfalte. Es geht darum, zu leben, als wäre jeder Augenblick ein himmlisch süßes Bonbon. Es geht darum, dass ich tue, was mein Herz mit Liebe und Freude erfüllt. Im Prinzip ist es egal, was ich tue, solange ich es mit Liebe mache«, beendete Fay ihre Ausführung. Der Kokon bewegte sich, Fay hörte ein leises Knacken.

»Genau, du hast es erkannt«, antwortete Diana. »Alles, was für dich und deinen Lebensweg richtig und wichtig ist, wird dir leicht von der Hand gehen. Du wirst Freude und Liebe dabei empfinden. Immer dann, wenn sich Widerstände zeigen, wenn alles schwer und trostlos wird, solltest du die Richtung korrigieren.« Nachdenklich schaute Fay zu Dianas Kokon. »Es wird doch aber immer wieder Situationen in meinem Leben geben, die weniger schön sind. Zum Beispiel, wenn jemand stirbt, den ich sehr gerne mag. Was ist dann?«

»Auch das gehört zum Leben dazu, Fay.« Es war die Stimme von Gaia, die Fay nun hörte. »Schau dir Diana in ihrem Kokon an. Kurt, die Raupe, hat sich hier verpuppt. Er ist nicht mehr da. Du könntest nun annehmen, er sei gestorben. Doch er hat sich nur verwandelt, er wird jeden Augenblick in Diana wiedergeboren. Als Schmetterling. Wenn ein Mensch in der Menschenwelt stirbt, dann verschwindet er dort. Dennoch ist seine Energie, seine Seele, nach wie vor da. Nichts im Universum, in der Schöpfung, geht je verloren. Alles ist ständig im Wandel. Bewegung, Veränderung ist der Ursprung des Lebens. Sieh dir die Natur an, es ist ein ständiges Werden und Vergehen. Im Herbst scheint es, als würden die Pflanzen sterben, doch im Frühjahr erblühen sie mit neuer Kraft. Auch der Mensch ist ein Teil dieser Natur und somit dem Wandel und der Veränderung unterworfen. Es kommt immer nur darauf an, wie du auf diesen Wandel reagierst. Siehst du ihn als mühsam und schmerzvoll, so wirst du ihn auch genau so erfahren. Lebst du hingegen die Freude und die Liebe, so werden dir auch Freude und Liebe begegnen.«

Fay überlegte. Es stimmte, was Gaia da sagte. Sie hatte es in den letzten Wochen selbst erfahren. Sie erinnerte sich an die vielen Gefühlsschwankungen der letzten Zeit und wie gut es ihr dabei ergangen war, wenn sie sich für die Freude entschieden hatte.

»Das ganze Leben besteht aus Erfahrungen, die dich lernen lassen«, sprach Gaia weiter. »Im besten Fall bringen diese Erfahrungen dich dir selbst näher. Das funktioniert aber nur, wenn du bereit bist, dich selbst zu sehen. Wenn dir klar ist, dass dein Befinden niemals von jemand anderem als von dir selbst abhängig sein kann. Wenn du die Verantwortung für dein Leben und alles, was du tust, übernimmst. In jeder Situation kannst nur du selbst eine Entscheidung für oder gegen das Leben treffen. Der Indikator ist immer die Liebe. Vor allem die Liebe zu dir selbst. Wenn ein Mensch sich selbst wirklich liebt, dann erst kann er auch andere Menschen lieben. Du kannst nur so viel lieben, wie du dich selbst liebst. Mehr geht nicht, weil du mehr nicht kennst. Wenn du dich selbst liebst, dann bist du in deiner Mitte, in deiner Kraft. Bist du in deiner Mitte, in deiner Kraft, dann ist da kein Platz mehr für Neid, Hass, Wut und Angst. Dann kannst du dich aus dir selbst heraus entfalten.«

Alles das, was Gaia beschrieb, konnte Fay bestätigen. Sie hatte es an sich selbst erfahren, wie sie ihre Ängste Stück für Stück aufgelöst hatte, indem sie mit ihrer Mitte gearbeitet hatte.

»Fay, bist du bereit, deine Lebensaufgabe zu erfüllen? Dein wahres Selbst zu entfalten? Dich selbst zu lieben und deine Seele zu hüten?«, fragte Gaia sie jetzt sehr ernst.

»Ja, ich will«, antwortete Fay und musste schmunzeln. Fast, als würde sie heiraten, dachte sie sich. Kaum hatte sie diese Worte ausgesprochen, hörte sie ein lautes Rauschen in der Luft. Wie der Flügelschlag eines großen, mächtigen Vogels. Als sie in den Himmel blickte, traute sie ihren Augen nicht. Da kam ein schneeweißer Pegasus auf sie zugeflogen. Fay war fassungslos. Sie erinnerte sich schlagartig an den Pegasus aus Stoff, den sie als Kind gehabt hatte. Das Reittier von ihrem Ritter Edward. Mit dem sie so viele Stunden ihrer Kindheit in ihren Fantasiewelten verbracht hatte. Wie oft hatte sie sich als Kind vorgestellt, gemeinsam mit Edward auf diesem Pegasus durch die Luft zu fliegen. Fay konnte es nicht fassen, Tränen der Freude und des Glücks strömten über ihre Wangen. Sie erkannte Edward wieder als das, was er war. Ihr Lebenstraum, den sie vergessen hatte.

In dieser Sekunde wusste sie es: Sie wollte Kinderbücher schreiben. Bücher, um den Kleinen das Leben und die Welt zu erklären. Mit den Geschichten der Menschen aus den Völkern dieser Welt. Das war es, was sie tun wollte. Die alten Weisheiten sammeln und dann für die Kinder dieser Welt in eine Form bringen, die sie verstanden. Verpackt in Abenteuer, wie Fay sie mit ihrem Ritter Edward als Kind erlebt hatte.

Edward landete mit Fylgir auf der Lichtung. Lächelnd ging er auf Fay zu. Sie schaute in sein schönes, jugendliches Gesicht. Für einen Moment glaubte sie, Marcel zu sehen.

»Du hast mich wiedergefunden, Fay«, sagte Edward erfreut, »jetzt können wir endlich unsere gemeinsame Aufgabe erfüllen. Du bist eine Botschafterin des Lebens. Eine Verfechterin der Gerechtigkeit und des Wissens um die Liebe. Deine Lösung mit den Kinderbüchern gefällt mir, das wird uns viel Spaß machen.« Bei diesen letzten Worten grinste Edward schelmisch.

Fay hörte seine Worte, doch ihre Aufmerksamkeit war in diesem Moment bei Fylgir. Sie ging langsam und respektvoll auf den wunderschönen Pegasus zu. Fylgir schnaubte freundlich. Als sie bei ihm war, legte sie ganz sanft ihre Hand auf seinen Kopf. Vertrauensvoll senkte Fylgir sein Haupt. »Willst du mit mir fliegen, Fay?«, fragte er sie.

»Nichts lieber als das«, antwortete Fay.

»Dann spring auf meinen Rücken«, erwiderte Fylgir. Schüchtern schaute Fay zu Edward und zu ihren Verbündeten. Aufmunternd nickten diese ihr zu. Fay stieg auf den Rücken des Pegasus. Kaum war sie oben und hielt sich in der schillernden Mähne fest, stieg Fylgir mit ihr in die Lüfte. Immer höher zog er in Kreisen gen Himmel. Fay konnte ihr Glück kaum fassen. Sie flog, sie flog tatsächlich auf einem Pegasus. Sie konnte den Wind in ihren Haaren spüren, den kräftigen Körper des Tieres unter sich fühlen. Fay jauchzte vor Glück. Als sie hinunterschaute, sah sie ihren herzförmigen Seelengarten. Wie ein leuchtender, grüner Edelstein erschien er ihr von hier oben. Fylgir änderte die Richtung. Er flog mit ihr über die Berge hinaus. Fay sah die Prärielandschaft vor sich, die sie schon einmal gesehen hatte. In der Ferne konnte sie wieder die Tipis erkennen. Genau auf diese flog Fylgir jetzt zu. Als sie näher kamen, konnte Fay auch Autos sehen. Komisch, dachte sie sich, gab es in der Anderswelt Autos? Die Tipis waren in einem Kreis angeordnet. Fay konnte auch mehrere Schwitzhütten sehen. Dann erblickte sie in der Mitte der Tipis einen großen Kreis aus Baumstämmen. In der Mitte dieses Kreises stand ein einzelner hoher Baum mit bunten Tüchern, die im Wind flatterten. Fylgir flog noch näher heran. Nun erkannte Fay Menschen in diesem Kreis. Es schien, dass sie tanzten. Fay hörte auch Musik. Rhythmische Trommelschläge und die Stimmen von mehreren Sängern. Obwohl ihr die Melodie und die Worte unbekannt schienen, berührten sie Fay tief. Als Fylgir schließlich über dem Kreis angekommen war, konnte Fay die Menschen genauer erkennen. Sie schaute sich die unterschiedlichen Gesichter an. Offensichtlich waren diese Menschen alle ganz in ihrem Tun versunken. Fays Blick glitt über die Menschen und plötzlich erkannte sie eines der Gesichter. Es war ihr Vater. Im selben Augenblick wendete sich dieser ihr zu, öffnete seine Augen und lächelte sie an. Liebe erfüllte Fay in ihrem ganzen Sein. »Ich freue mich auf unser Wiedersehen, Fay«, hörte sie die Stimme ihres Vaters. In diesem Moment wurde Fay klar, was sie hier sah. Es war ein Sonnentanz, an dem ihr Vater teilnahm.

»Ja, Fay, so ist es. Bei jedem seiner Tänze hat er für dich gebetet. Er hat auch darum gebeten, dich eines Tages wiederzusehen«, erklärte Fylgir. »Es ist wichtig für dich, das zu sehen, damit du deinen nächsten Schritt gehen kannst.«

»Ich will ihn auch wiedersehen, ich will seine Geschichte hören«, sagte Fay ernst.

Zufrieden schnaubte Fylgir und nickte mit seinem Pferdehaupt. »Für den Moment hast du hier genug gesehen, Fay. Wir fliegen jetzt zurück. Wenn du wieder einmal einen Ausflug machen willst, weißt du, wo du mich findest. Übrigens, mein Name ist Fylgir, damit kannst du mich jederzeit rufen, wenn du mich brauchst. Ich bin einer deiner ständigen Verbündeten, so, wie Skulan es für Hans ist. Wir beide sind seit deiner Geburt miteinander verbunden.«

Fay war überwältigt von dem Gefühl, das sie in diesem Moment überrollte. Eine tiefe, innige Liebe zu diesem wunderschönen Tier erfüllte sie. Sie schlang ihre Arme um den Hals des Pegasus, und Fylgir stieg mit kraftvollen Flügelschlägen wieder hoch in den Himmel. Fay erkannte sich selbst in der Essenz des Pegasus wieder. Sie spürte Vertrauen in sich selbst. Das Vertrauen in ihre Seele und die innere Führung. Sie empfand Hingabe an das Leben und die stetige Wandlung. Fay war bereit, alles loszulassen, was ihr bisher vermeintlich Sicherheit gegeben hatte. Sie war bereit, in das Ungewisse der göttlichen Schöpfung einzutauchen. Ihren Lebensweg zu gehen. Ihr wahres Selbst mit all seinen Facetten zu entdecken und zu entfalten.

Kurze Zeit später landeten die beiden wieder auf der Lichtung in Fays Garten. Erfüllt von dem, was sie gerade erlebt hatte, stieg sie vom Rücken des Pegasus. Sie war unendlich glücklich. Mit dem Gefühl tiefer Liebe und Dankbarkeit ging sie auf ihre Freunde zu. Als sie Edward umarmte, verschmolz sie mit ihm, wie sie es schon mit Funny erlebt hatte. Es war so intensiv, dass Fay für einen Moment glaubte zu zerspringen. Auch Funny, Lana und Sarah verschmolzen mit ihr, als sie diese umarmte. Fay stand auf und schaute sich um. Sie fühlte sich größer, leuchtender, kraftvoller als je zuvor.

»Das liegt daran, dass du jetzt alle deine verlorenen Seelenteile und Essenzen wieder zurückbekommen hast, Fay. Das konnte nur gelingen, weil du dafür bereit warst. Du bist eine mutige junge Frau und hast noch einen spannenden Weg vor dir«, sagte Gaia mit einem liebevollen Lächeln auf den Lippen. »Ich werde mich jetzt aus deinem Garten verabschieden. Du brauchst mich hier nicht mehr. Mit deinen Verbündeten hast du die besten Helfer, die du dir wünschen kannst. Aber sei gewiss, ich bin immer da. Deine Freunde nennen mich MaPa, ich bin das große Geheimnis der Schöpferkräfte. Wann immer du mich brauchst, kannst du mich zu dir in deine Hütte rufen. Jeder Lehrer, der sich dir dort zeigt, wird ein Aspekt meiner selbst sein.« Mit diesen Worten und einer liebevollen Umarmung verabschiedete sich Gaia von Fay. Einen Moment später war sie verschwunden.

Als Fay sich umdrehte, flatterte ein schillernder, schneeweißer Schmetterling auf sie zu. »Du hast es geschafft, Fay!«, hörte sie Dianas Stimmchen überglücklich jubeln. »Schau mich an, ich bin geboren! Jetzt können wir gemeinsam die Welt erobern!« Fay musste lachen. Diana sprühte so vor Freude und Tatendrang, dass es ansteckend war.

»Für heute ist es genug«, warf Sir Samtpfote ein. »Lass Fay erst einmal all das, was sie in den letzten Tagen erlebt hat, verarbeiten.«

»Ja, er hat recht, auch wenn du gerade erst geboren bist, Diana, und ich deinen Wunsch verstehen kann, denke ich auch, dass es für heute genug ist«, pflichtete Edith Sir Samtpfote bei. Fay konnte sich anschließen, es war wirklich viel passiert. So gut sie Dianas Wunsch verstehen konnte, für heute war es genug. Im selben Moment, in dem Fay diese Entscheidung traf, wussten auch ihre Freunde darum.

»Wir sehen uns schon sehr bald wieder, das verspreche ich euch.« Mit diesen Worten und einer innigen Umarmung verabschiedete sich Fay von jedem einzeln. Außer von Diana, denn ein Schmetterling war schwer zu umarmen. Diana gab Fay stattdessen mit ihren schillernden Flügeln einen Schmetterlingskuss auf ihre Nase.

Als Fay sich auf den Heimweg machte, zog Nebel auf. Im nächsten Moment war sie wieder auf der Lichtung unter der Tanne. Die Morgendämmerung hatte bereits begonnen. Die Wolken hatten sich endgültig verzogen. Es versprach, ein schöner Tag zu werden. Fay saß an ihrem Platz und begrüßte mit ihrem ganzen Sein den neuen Tag und das Licht. Der erste Tag in ihrem neuen Leben, und die Sonne schien ihr ins Gesicht, dachte sie und lächelte. Sie war ein neuer Mensch. Bei sich selbst, in ihrer Kraft und ihrem Sein angekommen. Sie würde nach Nordamerika fliegen, danach würde sie sehen, wie es weiterging, beschloss Fay an diesem ersten Tag in ihrem neuen Leben. Ein schillernder, weißer Schmetterling flog in der Morgensonne über die Lichtung.

Nachwort

Wie ich zu Beginn meiner Geschichte schrieb, ist Fays Abenteuer frei erfunden. Aus meiner langjährigen Erfahrung vermute ich, dass es beinahe unmöglich wäre, all das, was Fay erlebte, in so kurzer Zeit tatsächlich zu erfahren. Alle Übungen und Hausaufgaben, die Fay auf ihrem Weg erhielt, sind jedoch Elemente der schamanischen Arbeit, wie ich sie praktiziere. Diese Übungen habe ich auf meinem Weg von unterschiedlichen Lehrern vermittelt bekommen und arbeite heute erfolgreich damit. Rituale wie die Schwitzhütte oder auch die Visionssuche bzw. Visionsfindung sind sehr alte, kraftvolle Zeremonien. Immer schon war der Sinn dahinter, sich selbst zu finden. Die in der Geschichte beschriebene Rekapitulation der Vergangenheit ist eine wichtige Vorarbeit für eine erfolgreiche Seelenrückholung. Ebenso die Extraktion, die Hans an Fay durchführte. Die Reise in den Seelengarten und das schamanische Reisen überhaupt sind Grundlage für die schamanische Arbeit an sich selbst.

Mein Anliegen ist es, interessierten Menschen den schamanischen Weg näherzubringen, sie dabei jedoch Schritt für Schritt in die Eigenverantwortung zu führen. So, wie es in dieser Geschichte auch Hans mit Fay macht.

Die Grundlagen, wie schamanisches Reisen, kann beinahe jeder Mensch erlernen, auch ohne dass er ein Schamane ist oder sein wird. Im Grunde genommen ist es ein natürlicher Zugang, den jeder Mensch in sich trägt. Manch einer findet seine Antworten im Gebet oder in der Meditation, ein anderer eben in der schamanischen Reise. Je mehr ein

Mensch an sich selbst erfährt und lernt, desto mehr kann sich auch in seinem Leben ändern.

Ein guter, seriöser Lehrer wird seinem Schüler immer Aufgaben geben, die den Schüler näher zu seiner Seelenessenz bringen. Nur das kann schlussendlich das Ziel sein, wenn ich Menschen auf ihrem Weg begleite: sie zu sich selbst und in ihre Selbstverantwortung zu bringen. Alles andere würde in einem Abhängigkeitsverhältnis enden. Als spirituelle, geistige Wesen, die eine Erfahrung als inkarnierte Seele in dieser Welt machen, kann nur jeder von uns sich selbst und seine Lebensaufgabe finden. Niemand sonst kann das für uns erledigen. Jeder Lehrer, ja, jeder Mensch, der mir im Leben begegnet, kann mir dabei helfen. Aber nur, wenn ich bereit bin, die Verantwortung für mich und mein Sein zu übernehmen. Wenn ich beginne, das Vibrieren meiner Seele wahrzunehmen, und dem Ruf folge. Die Art und Weise , wie das geschehen kann, ist so vielfältig, wie MaPa, das große Geheimnis, sich zeigt. Der schamanische Weg ist nur einer von vielen, um sein wahres Selbst zu finden.

Wenn du dieses Buch nun bis zum Ende gelesen hast, ist es vielleicht auch dein Weg zu dir selbst. Erinnere dich, alles ist verwoben in dieser Schöpfung.

Alle Lehrer, die mich auf meinem Weg begleitet haben und immer noch begleiten, haben mich stets dazu ermutigt, meinen eigenen Weg zu gehen. Wie oft habe ich mich geärgert, dass sie mir keine klaren, einfachen Antworten auf meine Fragen gegeben haben. Heute weiß ich, warum: Damit ich es selbst erfahren kann und nicht mehr glauben muss, was mir andere erzählen. Dies ist in meinem Verständnis eines der größten Geschenke, das ein Lehrer seinem Schüler machen kann.

Danksagung

An erster Stelle möchte ich mich bei Heidi und Markus Schirner bedanken, die es mir ermöglicht haben, diesen Roman in ihrem Verlag zu publizieren. Es ist schön, dass es euch gibt und ihr mit eurem Einsatz so vielen Menschen die Möglichkeit gebt, ihre Gedanken kundzutun. Danke für euren unermüdlichen persönlichen Einsatz in unserer Welt!

Murat Karaçay hat ein wundervolles Cover erschaffen – Danke, dass du das für mich gemacht hast, lieber Murat!

Diana, Petra, Heidi, Georg, Sylvia und meinem Mann Marcel danke ich für das Probelesen der ersten Fassung dieser Geschichte sowie für die Anregungen, die von euch kamen.

Dirk Grosser danke ich für das Lektorieren meiner Seiten.

MaPa, Funny, Lana, Kurt und allen anderen danke ich für die unterhaltsamen Stunden während des Schreibens dieser Geschichte. Wir waren ein geniales Team, finde ich.